我与
世界的距离

季栋梁◎著

北京出版集团公司

北京十月文艺出版社

目录 | Contents

挣扎

1

窗外是迷茫得甚至有些颓废的春天。悬浮在空中的沙尘与烟雾让这座城市像封存了多年的老照片，显得无比沧桑，整座城市仿佛世界初开时一派混沌。国槐、金叶榆、香椿、杨柳挣扎着披上了绿装，却都灰头土脸，老气横秋。大街上的人们行色匆匆，女士们用各种各样的丝绸将自己严严实实包裹起来，好似中东的阿拉伯妇女；男人们则将自己裹进或黑或褐或灰色的风衣夹克里，仿佛二战时期的欧洲间谍。

办公室给我订了五种报纸，四种地方报纸的头条刊登的都是张啸被判处有期徒刑二十年的消息。当那些大黑的初号字钻进我的眼帘，我脑海里一片空白，就如同那个守株待兔的农夫，经过漫长的等待，忽然一只兔子径直扑进怀里时的那种空白。结局的不经意到来比刻意努力之后的到来更让人震撼。在这之前，我没有任何预先感受，不知道结局到来后我会是一种什么样的心情。当从那一片空白中清醒过来，我的心有种被撕裂的痛楚。

想及张啸和我一块走进这座城市也正好是二十年。岁月常常以如此的巧合，将人推至一种无可奈何的宿命境地。对于张啸来说，二十减去二十等于零，二十加上二十还等于零。在生活中，这种违背数学的结果是经常存在的。到底是巧合，还是冥冥之中确实有什么大手在拨弄安排？从踏进这座城市的那一刻起，张啸绞尽脑汁全力拼搏苦心经营了二十年，换来的却是没有阳光没有自由没有思想的二十年深牢大狱的生活。人生能有几个二十年呢？二十年可以让一个天真烂漫的儿童成长为朝气蓬勃的青年，可以使一个成熟练达的中年进入日薄西山的老年。二十年后的张啸，该是一个步入花甲之年一头白发的老头儿，想及此，我的心情一片悲凉。

墙壁上的闹钟敲响了，它以时间的形式告诉我该下班了，该回家了，该吃饭了，该午休了，然而，我动都不想动。遇到事，无论是好事还是坏事，我总是没有食欲，总会少吃一顿或两顿。我想张啸也是一样，一定没有食欲吧。二十年前那个夏季的一个正午，当我们在县城一中那大红榜上看到我们的名字后，我们就是坐在大街边给骄阳烤炙得发烫的水泥板上，坐过了一个特别需要进食的正午。一大早水米没有沾牙，就从六十里以外翻山越岭赶到县城来，又给皇榜高中这么大的激动揉弄过，我们早饿得前胸贴到后背上去了。而那天我们都很富有，除了父亲给的十块打酒钱，每人还有几块零花钱，完全可以吃到一碗烩羊肉加一个葱花饼，然而，我们就那样坐着，任饥饿咬噬着我们的五脏六腑。张啸说："饥饿能够使一个人更真切地体味你的幸或不幸。"这话至今还萦绕在我耳边。

电话铃响了，青青问回不回家？我说要赶个材料，你和儿子出去随便吃点吧。我不想让青青这么快就知道这件事。明天青青要到另一个城市进行学术交流，我想还是等她回来再告诉她吧。就在前几天，我们像蜗牛一样驮负着的买房子欠债的沉重大包袱终于在爬行了八年彻底甩掉了，这是普通人生活中一个重大的里程碑。以后我们的日子所欠的没有钱了，只有人情。人情是弹性的，我们可以用最真诚的感恩和最长久的时间去偿还。还完最后一笔债，青青说在近期内谁也不许把任何不幸的消息带回家来。我说就是，我们至少要保证一年的好心情，来享受"翻身房奴把歌唱"的轻松与快活。经过"帝王宴"餐饮中心时，我们决定大吃一顿，到了门口，头往里伸了伸，青青就扯着我说回家去做，今天，我一定比特级厨子还优秀。到了现在我才明白，对于我们来说张啸的不幸就是我们的不幸。

我去了"埙屋"。"埙屋"是一个黄泥糊墙的小屋，一个土得掉渣的酒吧，一个最好听埙的地方。那低沉的浑厚的压抑的伤感的音调，缓缓地飘拂着缠绕着，比任何一种乐器都要悠远、久长，没有什么乐器比埙更能排遣人心头郁积的忧伤与悲凉。郁闷、烦恼的时候，我常常到"埙屋"来释放与排遣。"埙屋"还是张啸介绍给我的。忽然有一天，我接到一个电话，号码陌生，我问你是谁，张啸说我是张啸，你是不是把我删除了。我说把你删除了？他说我的手机号码从你手机中删除了。我说没有啊，怎么会把你删除了，手机显示的不是你的号码。他说这是我的新手机。我很生气地说这有意思吗？没事就挂了。他说中山街开了个"埙屋"，专门吹埙的，有时间你去听听。我说好的。他说有事打电话，关系不用，过期作废。

埙是我们小时候的耍头，及至到了城里，我才知道埙也是一种乐器。因此，填表时在"有何爱好"一栏，我总是填写"吹埙"。在家乡，埙并不是一种乐器，只是娃娃们的耍头，我们把它叫哇呜。我和张啸都会做，将胶泥泡醒和好，再掺些猪毛进去，像擀面一样擀得精而又精，然后开始捶打捏制。不掺杂猪毛干后会裂口。哇呜分七孔或五孔，形状随心所欲，有骷髅形状的，有葫芦形状的，有鸽子形状的，有桃心形状的，各依所好，各不相同。虽然不及现在城里机械制作出来的细腻美观，但其音声却并不弱。将孔掏好以后，我们像小老鼠偷油一样从家里的油瓶里偷点香油，用撕揉成团的麻匹蘸着像一个精心的油匠去油。之所以用麻匹蘸抹香油，是因为油贵，用其他东西蘸抹比如布、棉花，它们是要吃油的，麻匹则不吃油。油好后便放在阴凉下阴干。油过后的哇呜不但音域浑厚圆润，光鲜亮泽，而且遇了潮气表层也不会起沙。我和张啸都能拿哇呜吹《东方红》《我们是共产主义接班人》之类的歌曲，也能吹《兰花花》《五哥放羊》《小金莲》《走西口》之类的谣曲。这些谣曲都是些悲曲儿，沉重得很，经哇呜重复吹出来，就更悲凉了。大人们听到了就会皱皱眉头说像鬼嚎一样。尤其是在旱年困月里，要拿个哇呜"哇呜""哇呜"地吹，说不定啥时候就会挨一巴掌。日子本就过得艰难，还吹这丧气的声音，不挨打才叫怪哩。

音乐最能让人回到过去的岁月。在重复萦绕着的《五哥放羊》音乐中，隔着二十年的时光我回到过去。我和张啸同一年来到这个世界上，从小一块儿玩耍，自入学的第一天起就同一个班，一直到高中毕业，又考进了同一个城市。算起来我俩比一母同胞的亲兄弟在一块儿的时间都要长得多。用村里人二十年前的评语：我们像一对亲弟兄。张啸写过一篇题为《弟兄》的作文，至今我尚能背诵出来其中的一些语句："……我们是弟兄，虽然我们不是同一个姓氏，不是同一个父母，但我们是真正的弟兄，就像是同一块地里长着的庄稼，共同抵御着生命中的干旱；就像同拉一张犁的两头牛，共同出力，相携相帮，互敬互爱……"在我的日记中，任意翻出一页，都可以诠释这每一句话："今天是星期天。我装好了干粮准备走学校，娘说把老羊皮袄带上吧。我看看天气，阳光很好，就说下个星期天吧。娘说出门在外，六月里带皮袄也是常事。我说立冬还早，天气不会变的。我没带，因为父亲要出外放羊，山上风大，离不开皮袄，而家里要做新皮袄的皮子奶奶有病卖了。可是走到半路，似乎是谁使了魔法一般，天气忽然就变得阴沉沉的。不久就刮起大风，先是雨点，后来就变成了雪花。一走进宿舍，冷如冰窖，满身的大汗使衣服像铁皮卷成的一般坚硬冰冷。不听老人言，吃亏在眼前。教室里更冷了，上晚自习我冷得牙齿直打架。三栓把皮袄脱下来披在我身上，我说我不冷。他说你别逞能，硬硬将皮袄披在我身上。我披了一小会儿，就立刻给他披上，他的牙齿也在打架，就像吃炒豌豆一样。推来让去，班主任来了就把我们调到一张桌子上，于是我们同挤在一张皮袄下……"

三栓就是张啸，他的小名叫栓柱，因为排行老三，人们习惯叫三栓。他大哥小名叫栓门，大名张仁，人们习惯叫大栓；二哥小名叫栓梁，大名张义，人们习惯叫二栓；他弟小名叫栓柜，大名张礼，人们习惯叫四栓；张啸的大名原叫张孝，到了城里之后，他做的第一件事就是把张孝改为了张啸。二十年前我的日记中几乎到处都是三栓这个名字，然而二十年之后的日记中，却很难找出三栓或者张啸这个名字了，即使出现，也仅仅是像小说中一个极不起眼的过渡人物，不再有上面那样扎实而生动的内容了。

2)

二十年前七月的那个早晨，母亲把装好了馍的书包和装满了水的白铁皮水壶挎到我的肩膀上，往展里拽拽我的衣襟，又整了整我的头发，悄悄往我手里塞了三块钱，对我笑笑，那是一种疼爱的笑。和往年一样，父亲从他贴胸的衣袋里摸出十元钱来，在他递给我钱的时候，有些迟钝，手有些颤抖。他依然没有言语，只是用那种目光笼罩着我。这目光凝滞而沉重，仿佛将我置于一潭黏稠的汁液中，使我喘不过气来。而我接过那带着父亲体温与汗香的十元钱时，手颤抖得更加厉害，我努力想表现得自信一点，结果越是要表现得自信，手就越发地颤抖，像深秋风中的树叶一样，以致连我的身体也抖起来。我遁逃似的离开了那双眼睛。虽然我知道那双眼睛是善良的仁慈的宽厚的，但我内心无法排除对这双眼睛的恐惧……

七月为我们设了一个赌局。我就如同一个把所有赌资都押上的赌徒，期待着开牌。那种痛苦的折磨就像一朵含苞待放的花蕾渴望着太阳和雨水的滋润，尤其像我这样的赌徒已经不止一次在七月输到山穷水尽的地步。更让我感到痛苦与恐惧的是在我所有的七月中，父亲母亲也经历着同样的甚至更为深刻的痛苦的折磨。我再也输不起了。父亲一辈子好强，乡里诸事走在人前，他是多么希望能够培养出一个读书人来支撑门面，来打点种田以外的事啊。第一年的七月，去看榜的时候，父亲递给我十元钱说中了，就打十元钱的酒回来；没有中，别糟蹋钱。父亲的话总是这样直接。之后，每年七月，父亲都会给我十块钱。现在，父亲连"中了，就打十元钱的酒回来；没有中，别糟蹋钱"这样的话都不说了。

从我家出村外必须要经过麦场，我就像一个偷鸡摸狗的人顺着墙根往村外溜，毕竟这不是第一次去看榜。我怕遇到人，然而，大清早麦场上已经聚集了许多人。从春到夏，高高在上的苍天没有赐给张王庄这片土地一滴雨水来证明苍天有好生之德，豆、麦一露头就渴枯了，土地干得都张着大口，糜、谷、荞麦、洋芋等秋庄稼一样种都没种进去，在太阳的淫威下，村子笼罩在焦煳的气味里。这是一个已经跌定了的年成，"三年两头旱，十种九不收"，就像百年不灭的谶语，村里人已经麻木了这种没有收成的日子，也默认了由此带来的所有不幸。种下去的一样没长出来，麦场就成了他们东西南北地海扯胡诌打发漫长而无聊的时光的好地方。那时候还没有形成出外打工的形势，大家只能在村里窝着。我打量几眼麦场，只能离开墙根正正经经地走路，穿过麦场时他们说秀才，去看榜啊。村里人把只要在念书的都称为秀才。我红着脸点着头匆匆往前走。他们说秀才，今年一定能中。张光说秀才，我昨晚做了个梦，你猜我梦见啥了？梦见鱼了，鱼是啥？鲤鱼跳龙门呀，早晨起来我细细一回味，今天是张榜的日子，才想到这梦是给你做的，你想想咱们这里见过鱼的人都没几个，还梦见鱼，可不就是给你做的。尽管他们这样说，但我心里知道他们对我并没有抱多大的希望。恢复高考几年了，张王庄却一个人也没考上，即使是周边的村子也没有。在他们看来高考那是离我们张王庄很遥远的事，就像天上的流云、星辰，可望而不可即，张王庄生活过了多少辈子人，没有人能说得清楚，但从来没有出一个博得功名的人却是人人清楚的事实。老秀才就说从古到今都说穷山恶水出刁民，没听说出状元的。

来到了张啸家，张啸的娘说三栓扛着自行车从梁顶翻过去了。骑着自行车顺着村巷就能出村头到大路上，一路下坡，多省劲，不必翻那又高又陡的山梁，可他扛着自行车从梁顶翻过去，光上山就有二里地，那多累人，我明白他也怕见人。爬上山梁，就看见大路上张啸跨在自行车上等我。张啸叹口气说日他妈，看榜就像做贼似的。我说我都怕去看榜了。张啸说这是最后一次了，输赢就在今天了，无论是什么结果，我们都解脱了。我说就是，早一天解脱，早一天超生了。一说到解脱我们一下子轻松了，张啸嘿嘿一笑拍拍自行车座子，说这位老兄也解脱了。

五年前，张王庄考上高中的只有我们两个，上高中要到县上去读，张王庄去县城有六十里路，于是两家大人一商量，就一家卖了两口袋麦子，合伙买了一辆飞鸽牌自行车。去学校，他带我一段，我带他一段，他个头小，座子放到底还够不着，半站着骑。尤其是上坡，一上一下就像个瘸子走路，拧来扭去，感觉很吃力，因此上坡都是我带他，到了下坡，他再带我。他总是很歉意地对我说我一定要买辆自行车，把你累坏了。我说再买一辆自行车，那是多么遥远的事情啊。

火热的七月，大地就像蒸笼一般。当我们赶到县中，红榜早已贴出来了，公告墙前挤满了学生和家长，足有五六百人，真是人山人海，人头攒动。我们拼命往前挤，从里面挤出来的同学说你考上了，你中了。怎么能轻易相信呢？我们也这样对没中的同学说过。这并不是好兆头，我的心凉了半截。然而，当我挤到榜前，我看到了我的名字，看到了英英的名字，也看到了张啸的名字。我们揉揉给汗水浸得雾蒙蒙的眼睛，一遍一遍看过榜后，从人群挤出来，坐在大街烙铁般的水泥板上。我在人群中搜寻了半天，不见英英，我说英英怎么没来看榜。张啸说她怕看榜，去南京她奶奶家了。我说那么远，咋通知她？他看看我说这么大的事，能误下？他爹娘肯定来看了。校园围墙的影子已经缩回墙里，正午的阳光就像无数尖而密的针在刺扎着我们，汗水从那些针孔里往外渗。直到太阳斜过天空，我们开始一口馍一口水就着，吃光了书包里的馍，喝干了水壶里的水，水在我们的胸腔里发出咣当咣当的声音，我们打出几个响亮的水嗝来。

"打酒去。"张啸说。

"打酒去。"我说。

我们再次来到榜前，又看了一遍我们的名字，就踏踏实实往"鸿业老店"来了。"鸿业老店"除了卖百货日杂、学生用品，还卖散酒，那是一种非常廉价的散酒，用黑缸盛着，缸沿上挂着一排提子，有一斤的、半斤的、二两的和一两的，因此买那种酒叫打。即使再廉价它也是酒啊。它代表着喜庆与欢乐，它就是节日。除过年婚娶能喝到酒外，再是很难喝到酒的。用家乡人的话说酒是有闲钱的人喝的。家乡人没有闲钱。家乡人的钱比家乡人还忙。店里支着几张桌子，桌子上摆着一摞摞拳头大小的酒碗，很像武打小说里的布置。旁边有个水泥厂，我们经常碰见那些工人来抓起碗打一两、二两的，坐在桌子上喝完，走人。店老板大约是经常喝酒，因此长了个又红又大的酒糟鼻，我们都叫他大鼻子。浓郁的酒味让店里有一股恒久的芳香。我们花去身上所有的钱，打好酒，临出门时，大鼻子说秀才，中了？我们不说话，看着他。他说真的？！来来来，坐下。我们就坐在了桌前，他用一斤的酒提提了酒过来，倒满了三个酒碗，说喝。我们说我们没钱了，一分钱都没了。他嘿嘿一笑说贺你们的，喝。说着端起酒碗跟我们一碰，说喝。我们就喝了。这是我们第一次喝酒，看上去就跟水一样的东西，当大口喝下去，就像把看不见火把的火焰吞进去，一股热浪直蹿进胸腔里去了。酒燃烧着我们压抑的激动，在那斗折蛇行的山路上，我们把自行车骑得惊心动魄。

一入村口，远远看到了两个父亲酷似两只山鹰蹲在大门外的碱畔上头对头吃烟，我和张啸当时异口同声叫了一声"爹"，把变成了酒壶的水壶往头上举举，再举举。两位老人捕获了欣喜的信息，他们扇着臂膀站起来，就像山鹰扇着翅膀要高高翔起一般，脚底下带起一道尘土冲我们扑过来。

一时半会儿，我们中了皇榜的消息就传遍了全村。大哥、二哥、大姐、二姐……所有与我有血缘关系的人都来了。连户族掌户八十三岁高龄的三太爷也拐杖一捣一捣地来了。三太爷轻易不出门的，不管户族里出了多大的事，总是坐在家中那把褐红色杏木椅子上听人们说长道短，做出决断。

父亲仿佛一下子年轻了二十岁，驼了的背猛然抬直了，挺拔了，他高高背起双手在院子走来走去，腾腾有声。他说大事，咱王家的大事！你们说咋办！大哥说过，砸锅卖铁也得大过一场。我说算了，有啥过的，这几年复读把家里拖累的，还过啥。二哥说复读六七年的都有，你才复读几年？要过，要大过，三栓家也要大过，张罗着宰猪哩。大哥嘿嘿笑着说他才考上了个中专，我听人说不算中皇榜，咱喜子这才是真正中了皇榜哩。我说花这份子冤枉钱干啥？父亲腾腾地走到我跟前，几乎把脸吸到我脸上说这咋能说是冤枉钱，这要是冤枉钱，那这世上花啥钱不冤枉，你说花啥钱不冤枉？这时三太爷清清嗓子拿腔拿调地说你这娃说得就不对了，这是你一个人的事，你们一家的事吗？这是咱王家户族里的事，要把事过大了。三太爷自然是要站在户族的立场来看待这件事。三太爷说上学走时有困难户族里担了，这事一定要过出彩头来，硬叫挣死牛，不让翻了车，绝对不能让张家占了风头！

明天就摆宴席！父亲说三爷，得好好准备准备，太仓促了事怕过不好，家里要啥没啥，过不好咋行？！三太爷捣着拐杖子说凡事讲的是占个先机，最重要的是抢在张家前头，宜早不宜迟，连夜准备，现在就分头通知各家各户，让家里主事的人来。父亲就命我们弟兄几个各家各户分头去叫。不一会儿，张王庄所有王家当家主事的人都来了，三太爷就一五一十各家各户地安排了下去。在张王庄王姓，三太爷的话就是圣旨，得了令的人就风风火火地行动了。

二哥说我家猪大了，我这就回去宰猪。父亲说猪宰了过过秤，整个宴席用掉的肉，你哥、你和我来摊，你家里要用钱就按集上的肉价给钱，要肉明年下来还肉。二哥说算了，家里还有个半大壳郎猪充到过年也够刀了，肉嘛吃多吃少有啥。大哥说喜事是大家的喜事，亲弟兄明算账，别说么多烂话。两个姐姐也嚷着要均摊，父亲沉下脸说有你们争的啥？嫁出去的女儿泼出去的水，喜子走的时候，你们有心了能凑几个钱就凑上几个，让他到学校日子也宽绰点，日子紧巴了也就算了。又说快回去把你们的公公婆婆都请来，再啥事他们不来行，这事可都得来，不来我可多心哩。

院子里太拥挤太闷热了，我出大门来透透气，向张啸家望望，也是人头攒动，欢声笑语不绝于耳。大哥也出来了，拍着我的肩膀说你给咱们可是争足了气。他掏出一包烟来，是两块五一包的"兰州"，只有干部才能吃起的。大哥一直吃旱烟，我说哥，提档次了。大哥说这么大的喜事，该吃包好烟。他递给我一支，说喜事，吃一支。尽管我已有两年的烟龄了，可是在家里从来不敢吃烟。烟刚刚点着吃了两口，大哥说你会吃烟呀，啥时学会的？正说着爹也出来了，我忙将烟往身后藏，爹说能吃了，吃吧，吃吧。他往张啸家看了一眼说都要把劲儿鼓圆，把事做得漂漂亮亮的，不能输给三栓家。

　　有三太爷亲自坐镇，叮叮当当一晚上，十几桌席就连夜赶了出来。两个姐姐连夜请来了公公婆婆，每个人都捉来了五六只鸡。一桌就上了一只整鸡，席就很厚了。

　　第二日小晌午，村子里家家户户都来人贺喜，嚷着要上礼，大哥问爹说收不收？爹攥紧了拳头砸了一下墙说你长个猪脑子，咋能收礼？后面还有个三栓家哩，你收了礼，他家要不收礼，不把咱晾下了？爹就赔着笑脸一个一个地说又不是婚丧嫁娶的，收啥礼，就图个喜庆。人们说这可是大喜哩，多少年才遇一次，礼一定要上。爹就说考上了个学，能是多大的喜事，上啥呀上的。这么说着就一个人一个人往席上推。堂兄玉仁把结婚时在城里给公家开小车的舅舅贺喜的一块涤卡布料拿来，让给我做件上衣。爹不收，堂兄说咱一个打牛后半截的，土里来灰里去的，穿这料子也糟蹋了，我一直压在箱底，等着谁家有了大喜。叔，兄弟中皇榜，这村子上张王两家多少辈子才出了这么一个人，多少年了才出这么一件事。爹就捏捏堂兄的手收下了。

　　摆席桌、端盘子、倒茶、下席，我样样插不上手，一插手，他们就说你缓着噻，这事哪是你干的。一夜之间我就身价百倍了。我不知道自己要做些啥，就在院子里乱晃荡。爹把我扯到避人的地方说别中了皇榜就尾巴翘到天上去了，站到大门口给我候客去。我就站在门口迎候着一位位来客，爹又跑过来说别像把橡子吃上了，我就把身子往前躬了躬，爹说你难道不会笑吗？于是我就对每位客人点头哈腰地笑。我能理解父亲，他就是希望我做得谦恭甚至是卑微一些，不要端着架子。他说做大事的人从来都没架子。

　　酒席上，人们的谈话自然是集中在我和张啸两个人身上。他们说怪不得连年大旱，原来村子里是要出贵人啊。人们相信贵人的出现必然会让周围的世界付出代价。他们感慨地说值啊，真值。那时间只要被录取是包分配的，就意味着鲤鱼跳了龙门，就是国家的人了，家庭、家族就有了在朝的人了，种田以外的事就有人打点了。村里人尽管斗大的字识不得半麻袋，但这些道理理得很清。更多的话题是拿我和张啸进行比对。他们说最出息的是我，然后是张啸。尽管这些年周围没出一个大学生，可对大学和中专的区别村里人还是耳濡目染知道不少，他们说考上大学就是古时候的中皇榜，在过去那可是要敲锣打鼓，专榜发文，骑马坐轿，走街串巷，好不气派。至于这考上了中专，在古代是中了什么他们说不上来，就说总比没有考上强，好歹有了个粮本本，月月有个麦子黄啊，不再看老天爷的脸色吃饭，脱离苦海了。我不希望他们这样说，我知道这样的说法会带给张啸什么样的感受。从内心上来讲，我也不承认自己就比张啸有出息，要说出息，我和张啸是一样有出息，一年多少莘莘学子，就我们复读班来说，一百零八个学生，号称"水泊梁山"，被录取的只有九人，多不容易啊。我和张啸之间不存在任何意义上的比对关系。可是我无法制止他们，我阻止了一桌，阻止不了两桌，阻止了两桌，阻止不了三桌。村里人很实际，总是喜欢通过对比来认识价值，何况张王庄就是张王两姓的天下，张王两大家族就是在日常生活中比对、较劲、摩擦中进步的，说起话来张家如何如何，王家如何如何的。而且，这种比对会被他们带到张啸家的酒席上去，还将会在村子里演绎一段时日，无人阻止得了。

张啸的爹也来贺喜了。显然这样的说法他已经听到了许多，影响了他的情绪。尽管人们也都向他贺喜，但他的脸上看不出张啸考上之后带给他的荣耀与骄傲。他只是坐了坐就要走，说家里也在办酒席，忙得不可开交。人都说吃顿席能误多少事？他勉强地笑笑，说明天一定都到家里啊，就走了。人还没走出院子，就有人说脸上挂不住，搁谁谁脸上也挂不住。倒像是张啸不是考上了学，而是做了什么丢人的事。

酒席结束了，父亲坐在那一边算了算，让准备五老碗肉菜。他说别心疼肉，少吃上几块要不了命，别坏了人们的口。村里有几位老人没来，按理家里来人了就不管了。可爹还是让我们端着一个一个送过去。人老了，念着这一口哩。

晚上，一切都风平浪静了，客人们散尽，爹开始评论今日的宴席，就像自我检讨一样，说不是三爷催得急，事还应该过得更好一些，先机是抢到了，可席太糙了，蛋卷到处是洞，丸子太散不黏，黄花泡得时间太短，有土腥味儿，猪头猪蹄的褶皱里到处是猪毛。我一直觉得爹是很粗的人，在饭菜上从不上心，端起碗看都不看就往嘴里扒，像填坑，没想到这么细心。第三天，从张啸家吃席回来，爹很兴奋的，说人去的没咱家多，席也薄得很，说是十大碗，都是蓝边的二碗，一个碗上苫着三五片肉，全是肥的，一只鸡上了三个桌子，丸子指头蛋子大，还收了礼，张啸那娃连个面都没闪，总得给大家敬个酒吧？酒也没喝起来，吃完人就都散了，事过得寡淡得很，一点也不喜庆。对家里的酒席重新给予了很满意的评价。二哥说咱家都没收礼，他家咋还收礼？爹说反正也比对不过我们，还不如收点礼，实惠点。

爹把犁地的鞭子交到我手里，说家里不缺你这个劳力，可你中了皇榜，就得去犁地，做大事的人就得这样，不忘本，不要一得势就尾巴翘到天上去了，那样人家表面上会抬你夸你，可背后却会骂你踩你，人一旦活到这样的境地，你娃来日能再有出息也没意思了。又说不光是这个假期，以后每个假期回来你也得给我犁地。不是爹偷懒，是要你做给别人看。又笑笑说苦也就苦个十几二十天，你一走爹就犁。于是，每个上午我就赶着一对牛犁地了。犁地是个长远的计，一年之中从仲春开始一直到仲秋。尽管今年天旱得颗粒无收，可一年的庄稼两年做，地得犁，地犁不好，明年就是有雨水，照样没收成。地犁三遍自壮，伏天正是犁地的最好时节，伏里天骤一蔟，顶得秋上犁半年，犁头上有肥哩，把阳光埋下去，把杂草埋下去，把羊牲口的粪便埋下去，地就壮了。犁地也是个苦活计，每日五更出门，跟在牛屁股上一走一个上午，算算走出五六十里路程，这一直都是爹的活计。

从拿回通知书到我们离开村子走向学校的一个月，如果天照顾，雨水广，就是绣娘下床的一个月，割麦子、砍油籽、锄糜子、锄谷子、阴青草，可是种进地里的活一样都没长出来，忙月成了闲月，这使得谈论我和张啸成了这没有收成的年月的一种填补，另一种收成。在老墙根下，在大榆树下，在空阔的麦场上，在狭窄的村巷里，我比张啸有出息的说法在村子里飞扬着。张啸也肯定听到了，这会增加张啸一家心理上的压力，会迫使张啸认为完全是我们一家故意宣扬所致。换了我也会这样想，何况是张啸。张啸十分好强，他的作文一直写得很好，每次作文课上老师都要读的，有几次还抄在学校的黑板报上。有一次他的作文老师没读，读的是另一位同学的作文。下课后他把那篇三页纸的作文撕了一口一口吞了下去，嚼得满嘴都是墨水。

虽然我考上大学是很光宗耀祖的事，一家人都觉得蓬荜生辉，但爹私下一再训诫我们说不管别人如何说，我们不能自高自大，更不能爹狂，以前咋样还咋样。因此，我们一家人在人面前比往日更谦和，用现在的话说就是很低调，就差像日本人一样整日点头哈腰了。爹的训诫让我很感动，觉得很对得起张啸。然而，在以后的岁月中，我才逐渐认识到，这种状况下越发的谦和给人的感觉却是越发的骄傲，越发的张扬。我担心村子里洋溢着的说法会影响我和张啸的关系，就想见见张啸，想和他坐在山头被山风吹刮着说说话。心里有事，我们总是爬上一座山头，在山风悠长而匀称的吹拂中一坐就是一个中午或者一个黄昏。我们这里有的是山，像蒸笼里的馒头一样密集，每座山头我们都坐过。我决定去找张啸，卸了牛，吃过午饭，来到张啸家，张啸的父亲说不在。表情很是冷漠，语气也很生硬。我问去了哪里，他已经掉头进去了。以前，只要我去他家，他们总会摸着我的头，拿出一个馍来塞到我的手里。我能理解这都是村子里鸟群一样飞扬着的那些话害的。虽然不是我的错，但我心里还是很内疚，很难受。我一个人爬上了刺疙瘩梁，山风很劲，当我坐在山顶回头望时，看见张啸就在他家窑顶上坐着。显然，他也不想见我，否则他看见我会走过来。我生气了，心里说，张啸连你也这样想吗？我犁了一上午地，两腿乏困得编蒜辫子一样跑来见你，你却这样绝情，不见就不见，稀罕的。

张家的话终于传了出来，他们说喜子有啥了不起，不就是比我们三栓多考了十几分，要不是我们三栓考试时感冒发烧头疼脑晕，会输给他？去年我们三栓还比他多考了8分哩，日能个啥？这话传来，我本来很好的心情给弄了个一塌糊涂。张啸考试的时候并没有感冒发烧头疼脑晕，这是他们找的一个借口，我受不了这种说法，可我不能揭穿他们。我等着张啸来找我，可是他一直没来。

体检的日子到了，六点钟我就起来了，娘早给我打好了荷包蛋，烙了烫面油香。我吃过之后，在院子里出出进进磨磨蹭蹭地不肯上路，我还在赌气，我要等他来叫我，可他迟迟不见来。父亲说三栓不会来叫你的，怕已经在路上了。我只能上路了，心里对自己说我不见你的怪，你心里有事，我怎么能见你的怪呢？等你以后心里没事的时候，咱们再好好理论。我去找他，可他爹冷冷地说他走了好一阵了，这阵子怕过了狼嵝岘了。我傻子一般站在那里半晌，气冲冲地上路了。走到村后口，我看到他跨在自行车上向村里张望，显然是在等我，我心里的气一下就全消了。他的处境要是让我遭遇了，我会咋样呢？

你带我一段，我带你一段。这段路我们这么走了整整五年，一路上都是有说有笑打打闹闹，会追一只忽然间从田里蹿出来的兔子，撵一群正在山坡上觅食的呱呱鸡。我们往往会逮到兔子，抓到呱呱鸡。我们摸索出了经验，捉兔子得从坡上往坡下追，兔子前腿短，后腿长，上坡狗都追不上，可往下坡追，它就会栽跟头，撵着用棒打就可以了。捉呱呱鸡得从坡下往坡上追，呱呱鸡翅膀短，要借助坡疯跑一阵才能起飞，往坡上追它就只能一直跑，跑不动就抱个土块把自己藏起来。两个人箍着，就能让它们按照我们的方向跑。逮到兔子，抓到呱呱鸡，到了县城大食堂，就能改善一顿两顿伙食，送给补课的老师，就能换一点"偏食"。可今天，一路上我们都沉默着，说话很少，压抑得很，仿佛我们遇到了多么悲伤的事情。时有野兔、呱呱鸡扑入我们的视野，可他连看都不看，更别说追撵了。我鼓了好几次劲方才提起话头来，零零乱乱地表达了自己的意思，张啸却摆摆手，长长嘘出一口气来，说我们再也回不到从前了，已经开始对立着了。因为压抑，我们走得很累，到了县城已是中午。下午上班开始体检，到了下班还有四项没有体验，只能等第二天。我们找了一家很便宜的车马店住了下来。这是我们第一次住店。我很希望能像以前那样无拘无束地谈老师，谈同学，谈女生，谈将来，谈牛谈马谈驴，无话不说。可张啸却冷得像一块石头，不停地吃烟。我断断续续地起了几个话头，都被他不阴不阳有一句没一句地断了，后来他干脆用被子包了头睡了。我睡不着，他自然也睡不着，不时地翻身，不时地嘘出一口气来。

去学校我们得到县城火车站去搭火车，两家大人虽然心里都较着劲，但还能顾及面子上的事，约好一起送我们去车站。一路上拉一些家常话，谝一些庄稼活和这个早旱，但我和张啸却一路沉默着。在火车上，我们面对面地坐过上千里路程，除了互相递一递从家里带出来的锅盔或者酸涩的苹果和大枣，就陌如路人了。我们的眼睛都一直注视着窗外，偶尔碰到一起，便又匆忙地闪开了。从小到大二十年的友谊，就这样在短短的几个月内淡了，而且淡得已经看不出它有过那么美好的过去。

3

入校后，张啸一直处在变化之中。他将名字改了，说起了普通话。我说你的名字挺好的，为啥要改？他说名字太土气，让人家看不起。我说你何必太在意别人怎么说呢？他说人活在这个世上就不能不在乎别人怎么说你怎么看你，人活一辈子就是活给别人看的。后来他对我说你也改改吧，我们别的不如人，难道就连名字也不如人威风吗？我摇摇头说名字本身就是一个代号，再说名字是父母所取，你们弟兄仁义孝礼都是有含义的，咋能随便改？他咬了咬嘴唇就不说话了。张啸很快就融入了城市生的圈子，和城市生打成一派，捉弄耍笑污辱乡下生。第二学期，张啸的学校发生了一次城乡大冲撞，一位城市生用酒瓶把一位乡下生的脑袋开了瓢，他替城市生背了一个处分。这和我们班的"半成人"很像。"半成人"来自乡下，操一口"是""思"不分、"刚""光"不明的普通话，特别忌讳别人说他是乡下人，好像乡下人是一种耻辱。同学们经常捉弄他叫他"半成（城）人"，结果城市生耍笑他捉弄他，乡下生更是恶心他疏远他，骂他走狗，假洋鬼子。我担心张啸也有这样的结局，去找他，想给他讲讲"半成人"的事。可刚刚起了个话头，他就摆摆手走了。

我和张啸的学校之间只有三毛钱半个小时的路程。每逢周六周日，我都会去找他，我想修复那种被破坏了的关系。起初他还热情，可是慢慢地，我发现他有些厌烦我，有意要疏远我。我要走了，他都不送出校门来，有时一起走不了几步路，说不了几句话，就找借口"忙"去了。我坚持了一段时日，发现是徒劳的，修复是需要两个人努力的，可张啸在我面前已经把自己彻底封闭起来了。我心情悲凉得很，不再去找他。唯一让我们还保持联系的就是每个学期一块儿回家。

大二暑假，我去找他一起回家。他却冷冷地说你回吧，我不回。连个理由都不给。可在火车上，我看到了他和英英。英英说你不是说你不回吗？我没有说话去看张啸，他把目光转向了一边。我站在那里许久，但最终没有"打扰"他们。到了县上，我下了车，就直接踏上了回村的路。我一路上回头，却没有看见他。到了村口已是黄昏，我在大树下等了好一会儿，我不想让村里人看到我们一前一后进村。可没等到他。晚上，张啸的娘来问我，我说婶，他在县上有事打扰下了，明天就回来了，让我给家里捎个话，叫婶和叔放心。我担心第二天他不回来，一直在山梁上望他，下午，他回来了，带着英英。英英在村子上待了十几天，他们又一同去了英英家，直接从英英家去了学校。从那以后，我们就不再一起回家，后来，也不一同去学校了。

大三第一学期，张啸做了一件十分忘恩负义的事，让我真正理解了人性的改变是多么可怕。在"忘恩负义"前面加上"十分"我觉得一点都不过分，因为他背叛了爱情，抛弃了英英。

张啸有一个指腹为婚的媳妇，叫小翠。张啸出生的那年夏天，他的父亲和南湾村的王万成在同一座山上放羊。放羊苦，一年三百六十五天，无论刮风下雨，都得赶羊出山。那年月，放羊是出身不好的人的活儿。张啸家是地主成分，小翠家也是地主成分。相同的成分让他们同病相怜，惺惺相惜。一日，两个放羊人坐在山头上闲谝，因为他们的老婆都身怀有孕，两人谝着谝着就谝出了一桩亲事：如果生下来是两个儿娃，就让他们拜成弟兄；是两个女娃，就让她们结成姊妹；是一儿一女，就让他们结成夫妻。几个月后张啸和小翠相继出生了。小翠满月那天，张啸的爹送去了定亲礼，一根红头绳上拴了十块钱挽成一个项链，就算把小翠拴下了。一桌席，两家人，好不欢喜，亲事就这么定了下来。正是大集体时代，人们只有成分这个概念，都觉得门当户对。从此，逢年过节，张啸就到小翠家去拜节，这是规矩，小时候他爹背着抱着去，大了自己去。回来的时候，小翠会跟着张啸来玩，我们都知道她是张啸的媳妇。这种亲事在我们那里并不鲜见，没啥稀奇的。上学的时候，小翠家离学校远，就在张啸家里读书。三年级了，这种事就能做文章了，我们整天大喊："张三栓，王小翠，长大一个被窝里睡。"小翠懂得了害羞，我们这么喊着，张啸是追了这个又追那个，可一个班几十个学生，他一个人能捂得了几张嘴。三年级上完，小翠就和许多女娃一样不念了，回了家。小翠的爹娘说娃大了，回家学做针线、做饭，女娃习一手好茶饭好针线比读书要重要。上了初中，张啸心里就有了一种牵挂，每个星期天，我们都要爬一趟大牢山，像寻宝一样去捡骨头。大牢山是我们那里最高的山，那时间的大牢山还是葱绿的，丰富的，里面有狼、狐狸、獾、土豹子、黄羊、野兔。当然野鸡、隼、鹞、呱呱鸡等天上的飞鸟就更繁荣了。我们见过一只土豹子咬到过三只黄羊，老鹰两只爪子提着一只羊羔子飞上天空，狐狸追得野鸡群起起落落。因此，山野里时而会有骨头。过年宰了年猪，猪毛、猪鬃归我们。那时间草鞋镇供销社里收骨头、猪毛、猪鬃。这些东西卖下的钱是我们自己的。张啸会把这些钱攒下，逢年过节从货郎那里买红头绳、绣花线、针、发卡、袜子之类的东西送给小翠。每个学期开学，张啸都会穿一双漂亮的新鞋，鞋底上总是纳着很好看的九九连环或点点生春，里面垫着绣着喜鹊登梅或龙凤呈祥的鞋垫，我们都知道是他媳妇做的。初中在镇上，上学路上，他会忽然咯咯咯地笑着说去看看我媳妇。我也很乐意去看他的小媳妇，于是我们就往南湾村来了。南湾并不在去学校的路上，这样我们就多绕十几里路。小翠长得确实很好看，一双眼睛像刚开放的猫蹄蹄花，两个小酒窝像灯盏花。他总是对小翠说这是我亲亲的弟兄，一辈子的弟兄。我借故走开让他们说话。他们卿卿我我地说话，嘻嘻咯咯地打闹，我好不羡慕他们，也很想早早有这么个小媳妇。每次小翠都要送我鞋垫，都是碎布头子拼起来的，送过多少双我都不记得了，每年她都给我做一双鞋。我心里好不感激啊，不要说鞋面、鞋底的用料，就是工夫也没有啊，她家和张啸家近二十口人，哪一年不得做几十双鞋，还得下地干活。看到她那双到处皲裂的手，我都心疼。我对张啸说等我有了媳妇，我要她做的第一双鞋就是给你的。张啸就高兴而自豪地笑着。后来他说，到那个时候，我们都该像城里人一样穿买的鞋了吧，胶底帆布面的，回力的，球鞋。

就是这样一桩亲事谁也没想到会生变故。第一次高考我和张啸遭遇了失败的打击，我差了十分，张啸差了十四分。老师希望我们去复读，说得很肯定：这样的分数复读大有希望。这我们也知道，我们学校每年复读生比应届生上榜率高一倍。看榜回来的第二天，父亲态度很明确：再念！父亲说差十分一年咋都弄够了，在生产队我哪一年不比别人多挣个三五百工分？我无法对父亲讲学习和劳动的不同，或许他一辈子也不会明白。我想张啸肯定也会复读，高考作为我们走出这方土地唯一的出路，复读七八年的都有。可张啸给我说他爹不让他复读了，让他回来结婚，然后去青龙山下窑背煤。张啸让我帮他去求他爹。我去了，他爹听到我爹让我去复读的时候，他抬起头看了看我，叹了口气。我们以为他同意张啸去复读了。可是麦收结束后，张啸就被他爹带着去小翠家谈娶亲的事了。

后来我才知道张啸的爹之所以急迫地让张啸结婚，就是看到这门指腹为婚的亲事已经潜伏着危机。周围结娃娃亲的这几年退亲的事出得多了，他看得有些胆战心惊。到我和张啸高中毕业时，社会已经发生了很大变化，最明显的变化是姑娘的彩礼比原来涨了五六倍还多，而成分已不再那么重要。小翠有四个哥哥一个弟弟，小翠的爹挣死挣活给老大老二娶了女人，花光了大半辈子的积存，还欠下了一万多元的债，老三老四也已过了结婚年龄。因不能按时娶到媳妇，满生怨恨，不愿干活还老生事端，整得家里鸡犬不宁。有一天，老三竟然趴在后圈（茅厕）墙头偷看人家新媳妇尿尿，让人家逮住灌了屎尿不说，还硬硬拉走了家里一只羊。小翠的爹撵着打儿子，不但没打上，还被儿子推了一个跟头，坐在院里扒下鞋底扇肿了自己的脸。看着两个墙头一般高的儿子，小翠的爹发愁啊，他不止一次向张啸的爹倒过这些苦水。张啸的爹明白亲家一次次给他倒苦水就是想从小翠身上寻找出路。一个女儿换一个儿媳，换头亲是解决这个困难的最好办法，显然亲家已经在这么打算了。他和亲家的情况差不多，父亲母亲一直吃药养到了送终，又连续拉扯了两个媳妇，力尽汗干，还没缓过元气来，哪有能力帮亲家，而丢了这门婚事，就等于砸了几万块钱，这且不说，更重要的是丢了人，这种事最打脸面了，一旦被人家退了亲就在人面前抬不起头来。在村里他不是窝囊得说不起话的人，也是大小事情在人前走着。因此，为了免生枝节，在高考出榜的第二天，他就去了小翠家，找亲家商量娶亲的事了。张啸的爹顾虑得没错，当他把事提出来后，亲家瘪着嘴半天不说话，只是闷着头吃烟。他也不说话，就盯着亲家看。亲家忽然号啕大哭，边哭边又向张啸的爹倒起自己的苦水来，最后，直接提出如果能为他家老三娶回一个媳妇，曾经说的话就算数。担心成了现实，张啸的爹心里打了冷战，说我们两家结亲多少年了？亲家说十九年了。他说十九年来，这娃杀人放火、偷人抢人、挖坟掘墓的事出过吗？在家乡，退婚是最大的耻辱，除非是一方作奸犯科，有一份奈何，谁也不肯轻易退婚。亲家摇摇头说娃是个好娃，没一点说的。他说那是当年你说彩礼我不痛快，还是我这个做亲家的有毛病？亲家扑通一声就跪在了他的膝下说，你就算救我一命吧，他们逼得我死的心都有了。亲家这么说着就抱住了他的腿说，咱们也是这么多年的亲家了，你就当积德行善。他甩开了被抱住的腿，往外就走，咬着牙说我积不了德，也行不了善，小翠我儿娶定了。亲家把话从墙头撂了过来说，我家老三娶不了媳妇，这亲我也退定了。

  十几天的麦收过后，张啸的爹就带着张啸背着厚重的礼物去了小翠家。像是知道他们要来，小翠的几个哥哥摆开了阵势等着他们，更让他们没有想到的是婚事尚没有退，人家已经把能给儿子娶媳妇的主儿找下了。张啸和爹进屋，一个背煤的汉子，四平八稳地靠在被摞上，连眼皮都没抬一下，一口接一口吃烟。这对他们更是一种侮辱。张啸的爹说王万成，你还是不是人，人是要讲信用的，不能为了钱啥都不要了。小翠的爹说人没了钱还要啥，你说？还能要啥！张啸的爹说人活一辈子总不能让人戳脊梁骨吧。小翠的爹说我眼前都顾不过来谁还管球了背后，谁想戳就戳球去，戳死了我把孽脱了，我还谢他的大恩大德哩。张啸的爹说你这么做坟里先人都睡不安宁。小翠的爹说活人都顾不过来，谁还管球死人。张啸的爹说你那嘴还不如给女人养娃算了。小翠的爹说想咋说你就放开说，我听着，你想唾就放开唾，我接着。说着把茶缸子往前一推说喝，边喝边说。张啸的爹气得浑身发抖，一把将茶缸子抛到地上，吼着说想退没那么容易！小翠的爹说我给你落下啥字据了还是咋的，你难道还告得了我不成？张啸的爹说我儿子叫你十九年的外父（岳父）白叫了，逢年过节的礼给你白提了？咱们一样一样算清了。话音刚落，那个背煤汉子霍地站起来扑过来把脸吸在张啸爹的脸上说，咋，叫一声要多少钱？不就是个钱嘛，没钱还把话说得那么难听？说着"嚓"地掏出一沓子崭新的票子来，狠狠砸到张啸爹的脸上。张啸爹的脸就像被利刃划过，立刻流出血来。张啸扑了上去，却被小翠的几个哥哥连拉带打地扭住。张啸的爹站起来一句话也没说，拉着儿子就出了小翠家。回去的路上他泪流满面对张啸说，娃，记住，钱，就那么一张纸，可能把脸砸烂哩，没钱甭和人耍歪争狠。你去念书吧，人争一口气，佛念一炷香，你头悬梁锥刺股争个气把书念成，你把书念成了就等于把指头胖的一根柴棒子别进王万成的眼睛里，他狗日的一辈子都拔不出来，死了肠子都是青的。这件事在张啸心里投下巨大的阴影。许多年后的一天，几个高中同学来找我们，张啸在"帝王宴"招待大家，酒喝到半酣之际，他拉开手包掏几沓子新崭崭的百元钞票递给我说你使劲砸，往我脸上砸，谁能把我的脸砸出血来，这钱就给谁。我摇摇头，张啸就让另一位同学砸，那同学说真砸？张啸说砸。同学就砸了，砸了好几下，同学手软了。张啸说你使劲砸，你的劲他妈的让女人全掏去了咋的。同学就使劲砸，张啸脸上出现了一道道青紫的印痕，就是不出血。张啸哭了，放声大哭，说咋就砸不出血呢？你们说咋就砸不出血呢？可那狗日的只一下就把我爹脸上砸出血来啊！

退婚几天了，张啸没有见到小翠。他说难道她也变心了，就要去找小翠，我陪他去，在半路上遇到了小翠。小翠是来找张啸的。退婚那天，他爹让她去姑姑家帮忙，回家来她才知道婚已经退了。小翠站在那里一句话都不说，只是个哭。在这种事上，一个女子拥有的权利就只是哭了，谁也主宰不了自己的爱情。后来，他们就抱头痛哭。这年的冬天，小翠出嫁了，我和张啸在小翠家对面山坡上一棵老榆树下看着小翠出嫁，四对唢呐吹得满天喜庆。西北风一阵一阵刮来，把树枝压成一张张弓，风过了，树枝又纷纷弹回天空。他买了一角二分钱一包的卷烟。那天，我们都学会了吃烟。当一匹披红挂绿戴着大红辔头挂着一圈铃铛的儿马驮着小翠转过山嘴时，张啸就像疯了一样跳起来往坡下冲，我好不容易将他按住，他将头抵在我怀中号啕痛哭，硕大的泪滴打湿了我的衣衫。后来他说："那煤黑子看上去足有四十岁，黑得跟炭块一样，他们忍心把小翠嫁给他？你倒是找个好点的有钱人嚷。"

去学校复读的路上，张啸对我说我一定把书读成，挣大钱，做大官，让狗日的王万成看一看，让那个一动弹浑身淌煤渣子的狗日的看一看。张啸就是背负着这样沉重的包袱又回到学校去了。同学中定了娃娃亲的不少，平时都拿"媳妇"耍笑。张啸有媳妇同学都知道，退婚的事大家也很快知道了，因为南湾也有几个学生在上学。但同学们从不在这种事上取笑人，谁都知道这种事有多么伤人。我担心退婚和高考双重的压力会压垮他，高考谁心里都没底啊。自恢复高考以来，学校已经出过上吊、跳井、跳崖这样的事，也有过疯了、傻了的同学。张啸说不会的，我不会那么傻，我为啥要死，我要好好活着，活给他们看。

第二年七月"开牌"的日子到了，父亲依然把带着体温与汗香的十块钱塞在我手里，再没一句话。我多么希望能花掉这十块钱，打回酒来。然而，我们又输了，张啸差了七分，我差了十四分。张啸哭了一路，说我咋这么不争气，为啥就差了七分，要么你就差上七十分，我也就了了这份艰难，我真的不想再挣扎了，真的。回到家，当我再次把那十块钱放在父亲面前，我等着父亲的吼叫。庄稼没有收成，父亲都会吼着骂老天爷。可是，没有，父亲连声沉重的叹息也没有。父亲的沉静让我倍感痛苦。这年录取降了一次分数线，降了六分。张啸差了一分，张啸说这怕就是我的命，就差一分啊，这不是命是啥啊。

眼看着要开学了，张啸问我去复读吗？我说不知道，我害怕复读。张啸说我还要去复读，我爹说我就剩下这一条路了，死也得死在这条路上，我无路可走，得读出一条路来。张啸的大嫂得了病，张啸的大哥赶着驴车拉着大嫂去县医院看病，张啸把自行车推过来说自行车给你留下，你去学校时好驮铺盖。我说你骑着吧，我不想复读了。张啸说复读吧，今年，我们一定能考上。走远了又说我在学校等你。

收麦子、砍油籽、犁地、打场，我尽了浑身的力气在做。父亲沉默得像一块石头，始终没有提复读的事。我知道父亲的难处，这一年，我们家出了两宗喜事，二哥正月娶了，二姐正月嫁了。家里实在没有钱给二哥娶媳妇，好在二哥有个妹妹，我有个姐姐，就用二姐给二哥换个媳妇，自然谈不上什么爱情，尽管二姐跟村上的张原已经露出迹象，可二姐很认命，没有哭哭闹闹的，喜喜气气地嫁了。二哥一结婚，父亲就另了出去，说迟早要另，迟另不如早另，到起了疙瘩再另，情也没了，义也没了。妹妹虽然不念书了，可毕竟是个女娃，身体又单薄。弟弟还在读书，我再去复读，家里就剩爹一个劳力了，母亲又是个残病人，八十多亩山地种也种不过来。我决定不复读了，准备承担起家里的大活苦活。开学的头一天晚上，父亲说再读！没有多余的话，可那两个字个个像石头一样，把地能砸出个坑来。第二天早晨，父亲拉着驴，驮着我的铺盖卷和一学期的口粮出门了。他的步履有些疲惫，甚至是麻木，虽然父亲才五十多岁，可长年劳作让他的背驼得很厉害，仿佛是背负的东西越来越多，非要这样将背弓起来似的。看着父亲的背影，我忽然失去了赌的欲望，我为什么要继续赌下去呢，怎样不是活一辈子呢？我的同学不都在七月的赌局中输了个精光后回来了，照样活得好好的吗？我鼓足勇气说，爹，算了，我不念了。父亲回过头来看看我，他的目光里不再有那种凝重，反而凶恶起来，一甩手，鞭子狠狠地抽在我的脸上，吼了一声你个驴日下的！之后便默默无言，拉着驴继续走自己的路。我的脸火辣辣地疼痛，可是心里却踏实了，我想至少父亲对我发怒了。到了县城，把我安置好，我送父亲出来。父亲在馆子里要了一碗烩肉，推到我面前，又要了一碗汤，泡着吃馍。我不敢看父亲，夹了两块肉放在父亲的碗里，父亲把碗往怀里一揽，用手盖着碗说你吃你的，胡夹个啥，又夹了回来。那碗肉我是带着泪吃下去的。

复读班里来了一位女生，叫英英，是我们的校花。开学不久，英英与张啸的关系就显得不同一般，经常成双成对地出入，这自然而然地被同学们当作恋爱了。我当时想这不是恋爱，只是一种同情，因为我发现英英是个善解人意的姑娘。英英的父母都是知青，因为下乡期间结婚又有了孩子，大返城时没能回到他们的城市，滞留了下来，考上大学成了他们的子女回城唯一的路。英英的哥哥比我们高两级，在第二次落榜后，又遭遇失恋的打击，投井自尽，从井里捞上来后，英英抱着他的哥哥哭得晕死过去，送到县医院才抢救过来。那件事在学校震动很大。我想英英是把对哥哥的思念化作对张啸的同情。可是过了一段时日，我发现他们确实是在恋爱，而且有些沉溺。我担心张啸会因此而影响了学业，旁敲侧击地规劝过张啸。张啸却说恋爱是走向成功的最大动力，知道不？你没恋爱你不知道，我们互相勉励哩。他反而劝我说你也恋爱吧，真的，那是一种无可替代的动力。在以后的日子里，英英告诉我起初她确实是同情张啸，因为她怕张啸走了他哥的路。可是慢慢地发现她爱上了张啸，而张啸也爱上了她。有一次，张啸对我说你发现没，英英还有点像小翠哩。我细细端详了一番，没看出来。说实话，那时我有些嫉妒张啸。

有一个周末回来，张啸被他爹提着鞭子从院子里追了出来，边追边骂说我看你个驴日下的也是没出息的骨头，让人家一辈子像狗屎一样踩在脚底的货，你咋就这么不省事。在村子里追了几圈，他爹累了，张啸上了堡子山山顶。堡子是张啸的太爷为躲避土匪强盗掠抢而修筑的，现在成了一片断垣残壁，瓦砾遍地。但从那城垛门墩依稀能看出当年的辉煌来。张啸家在他太爷和爷爷手里是我们这方圆很大的财主，解放时归到生产队的地都是他家的。那堡子曾经好不辉煌，父亲不止一次给我们讲过，北八间，东六间，西六间，全是红松梁柱檩椽，青瓦封顶，青砖砌墙，青石铺院，门前两个大石狮子跟真马一样大小，四周是端溜律直的松树，好不气派，好不风光。张啸不止一次给我讲过堡子的辉煌。我也上了堡子山，问他咋的了？张啸低着头说我爹知道我跟英英处对象，他逼我跟英英断了，不断他就打断我的腿。我说，不让我和英英处对象我就死，我让你哭都没眼泪。坡上芦草飞白，坡下芨芨化雪，鸽群在天空一个弯又一个弯地晾着银翅，野鸡在草地上啄食风中摇落的籽粒，野兔、狐狸隐在蒿草中穿过平野，马在啾鸣，驴在撒欢，老牛的哞与羊的咩呼应而对称，秋风匀称而持久地刮着，我们坐在堡子的墙垛上，头发在风中乱作一团蓬草。许久之后，张啸突然说你说我能不能有朝一日把这堡子重建得像我太爷时期那样气派，然后把英英风光地迎娶进堡子来？他爆发出一声怪笑，把我吓了一大跳。

可是谁能想到，张啸竟然会抛弃了英英，这让我震惊。在丽园的小山上，英英号啕大哭，几次气憋过去。我想咋也得找张啸谈谈。我说得白沫飞溅，口干舌燥，张啸却一言不发，始终将目光投向远处，自始至终没看我一眼。我了解他，他不说话，你的话他就一句也没听进去，等于白说。后来，我懒得说了，他说，说完了，我可以走了吗？看他一脸无所谓的样子，我知道他骨子里彻底地变了。后来，他站在远处一挥手说我倒想劝你一句：该放弃时就放弃，如果背负的东西太多，是走不了多远的。这是别人的城市，你不能占有，到时候人家会骂"滚回乡下去"，这和没考上有什么区别？看着英英的痛苦，我想还得去找他，英英摇摇头说算了，他不会回头的，即使是回了头又有什么意思呢？又说，他想留在城里。我说这种想法很正常啊，哪个从乡下考出来的学生不想留在城里，难道抛弃了你就可以留在城市里？再说要留在这城里，要靠真才实学。英英看了我一眼说我们都是本科，他是中专，属于定向招生，毕业分配就得回去，想留在城里比我们更难。分手的时候，英英对我说以后叫我青青吧，我不想再听到有人叫我英英这个名字了。我点点头。

直到张啸疯狂地追求他们班的曲倩倩，我才认识到我是多么单纯，甚至是愚蠢。我见过曲倩倩，脸上一块很大的胎记，像一片枯黄的树叶，营养过剩的臃肿使本来就矮小的身材向扁平发展。就相貌而言，张啸没有放弃青青而追求这个女孩的必要，然而，曲倩倩的父亲是这座城市的一个局长。一切都明白了，当我还沉浸在过去的时候，张啸已经把过去彻底抛弃了，开始谋划自己的前途了。我为他难过，先后离开了两个心爱的女子，这是多么残酷，需要多大的勇气和忍耐啊！但，他做到了。那年月正是诗最走红的时期，曲倩倩喜欢诗，张啸开始写诗。

毕业那年，本市公开招考一批教师，我考上了。经过一段消沉的日子，青青从失恋的状态中恢复过来，考上了本校的研究生。张啸也留在这座城市，进了城建局，这当然归功于曲倩倩，也归功于他的诗，两年的苦苦追求，他写下了一千多首诗作。

4)

四年学校生活结束，我和张啸已经陌如路人，唯独将我们联系起来的就是我们有同一个故乡。当教师的好处就在于每年有两个假期可以自由支配。每个假期，我都要回老家去，暑假正是抢收的季节，而寒假则有春节。每到假期，我总去找他一趟，问他有没有捎回去的东西或话。张啸在城建局一个质检部门上班，老在建筑工地上奔波，有时连春节也不回去。我想即使不为张啸，也该为两个老人想想。我们远离家乡一千多公里，都是出门人，当我回到村里，张啸父母向我问起张啸的情况时，我总不能说不知道吧。张啸总是一脸感激的样子，拿出一些东西来让我捎回去，说又给你添麻烦了。我说你看你礼节咋多得跟日本人一样。我们两个人都笑了。但这笑里隐藏着一种深深的隔阂甚至是虚伪。每次他都要坚持把我送到车站，开始我以为他是大包小包捎了那么多东西不好意思，后来，我才明白他是想见一面青青。青青考入大学后，他的父母就搬回老家南京去了。青青对学业很认真，她很少回家。每到我回老家，她都会到车站送我。

三年后的一个寒假，补习班课程全部结束后，已经是腊月二十四了。我去问张啸回不回，他拍着我的肩膀说你等两天，我们一块儿回去。几天后，他坐着一辆丰田越野来接我。快进村子的时候，张啸对司机说村里路七扭八拐的，一不留心就有什么东西冒出来，你得不停地打号子。于是，司机几乎手按在喇叭按钮上没放开。车子一路狂叫着进了村子，整个村子都受惊了，狗追着车狂吠，牲口惊得在圈里撒欢，鸡飞到了草垛顶上，连羊都在山头上乱跳。我知道张啸的意思，他就是想让本村的人都知道他张啸坐着小车回来了。尽管丰田带起的尘土遮天蔽日，可人们都穿过土雾追着卧车而来，整日和土打交道的他们并不怕土。张啸对司机说开慢一点，让他们别追得太辛苦了。在我家门口，车停了下来，我下了车，张啸也从车里走了出来，戴着一双雪白手套，披着黑呢子大氅。村子第一次来了这么漂亮的卧车，而且是由本村的人坐着回来的，人们的激动是可想而知的。张啸拍拍我的肩膀说你在家等着，走的时候我叫你，用车就说一声。这话与其是对我说的，还不如说是对所有人说的。村里人立刻就明白了这样一个事实，这卧车是张啸坐的，而我只是一个搭车的。村里人就是这么的敏感，他们一下子就能看出事情的实质。而张啸要的就是这样的效果。接下来的几天，小车就像一辆驴车在村子里奔波，张啸一家人坐着赶集、办年货、走亲戚、拜年，即使大年三十晚上给先人上坟烧纸，张啸一家也是坐卧车而去，一车拉不下，跑了三趟。尽管父亲没有说啥，但我听到他轻微的叹息。到我们回城的时候，村里人有好多坐过卧车了。邓发、二柱还晕得吐在了车上，从车里出来脸色蜡黄，说日他妈，这么高级的车坐上硬硬不服，天生就是坐驴车的命。张啸就像一个新人一样，名字在人们中间传扬着。

初五，我们踏上了返程，车开出村子，张啸说我们去趟上刘庄吧。小翠的男人背煤时煤窑塌了，十几个挖煤的人全压在了下面，死了七个，小翠的男人虽然活着出来了，可是瘫了。车开到上刘庄村口时，张啸让司机停了车，长长嘘出一口气来，说我们走过去吧。我点点头，知道他怕带给小翠的打击太大。小翠家对面梁上那棵老榆树依然茁壮地挺立在西北风中，光秃秃的枝干发出呜呜的声音。在那棵树下能清楚地看到小翠家院里的一切。小翠正在院子里扯着一头骡子，不停地回头喝骂着两个娃娃。她一身衣服上打满了补丁，看得很清楚。张啸垂下头去，半天不说话，泪珠在防寒服上打出"嘣、嘣、嘣"的声音，嗓子里发出"咯儿、咯儿"的哽咽声。我的泪水也流了下来。我们吃了几根烟，上了车，张啸一句话都不说。他微闭着眼睛，我想他的脑海里全是小翠过去的身影。

自从有自由支配的小车坐，张啸回家就很勤了，他甚至有些痴迷于回家，除了春节，五一、十一黄金周以及双休日，我们在一年内回家四五趟。坐在同一辆车上要走一千多公里的路程，自然要说一些过去的事，可是我们已经无法回到以前的那种感觉，说起往事，感觉像是包了一层塑料纸，透明，但模糊。车在山路上奔驰，他说你还记得吗？上坡你总带我，我说把你累坏了，一定要再买辆自行车。你还说再买一辆自行车，那是多么遥远的事情啊，现在咱们不把小车都坐上了？又说你说咱们这算不算是衣锦还乡了？！

坐着不属于自己支配的小车回家，我感到压抑，尤其是到了村子里下车的时候，这种感觉就十分明显。尽管有时候我会这样开导自己，张啸坐的不是自己的车，是公家的车，这只能说明一个单位，并不能证明个人能力。继而我还用村里人以前的说法来安慰自己，他才考了个中专，我考的是正儿八经的大学。然而上车下车时，"搭车的"那种疙疙瘩瘩的沉重让我感到颜面无光。最沉重的还是觉得老欠张啸的人情。我最怕欠人家的情，为了还张啸这份情，每次回家都要给张啸的父母带一份像样的礼物。张啸的父母开始还客气几句，后来就连客气也不客气了，完全心安理得地收了，仿佛这是应该的。可是张啸却从没给我的父母拿过一分钱的礼物。我很憋气，心里说张啸呀张啸，你就是顾我的面子也得表示一下，哪怕是一斤糖、一盒饼干、一瓶罐头，可是张啸没有顾过我的面子。我明白不是他没想到，也不是他心疼那几个钱，而是他不愿意这么做。为了安慰父母，我只能多买一份礼物，说是张啸买的。我确实也挣扎过，然而，人的堕落往往是从小事开始的，虽然坐着小车回家心里很不舒服，但每次回家我都在等张啸的小车，毕竟在火车上夹在人流中挤来晃去一夜一天实在辛苦，而下了火车那走了五年的六十里山路，如今一年走上一两次也发愁了。

村里人依然通过比对认识价值。"张啸比我有出息"的话开始在村子里传播开来，沸沸扬扬的，张啸一家见了我们一家也是一副扬眉吐气的样子，仿佛我们曾经把他们踩在脚下，以致造成他们一家苦大仇深。后来，他爹当了支书，就更扬眉吐气了。我感到了从没有过的压抑与失落。

一个双休日，我们又回到了村子里。父亲没有像往日听到轰隆隆的声音就迎出院子来。我以为他不在家，进屋才发现父亲就在炕上吃着烟，像一块冒烟的石头，整个窑洞就像烟洞一样。吃过晚饭，父亲对我说我和你妈身体都好着哩，以后别有事没事老往回跑，一来回花费大不说，你工作忙，公家的事重要，拿公家的钱就把事给人家干好。我看看父亲，父亲低着头。母亲说要回来早早给家里发个信，让你爹套驴车去县城接你，娘顺便逛个县城，娘还没去过县城里，都说县城大得很，啥都有，人擦人地住着哩，娘也看个稀罕。我想母亲说的这话在父亲的心底不知压了多久，他最终选择了通过母亲的口说出来。我能理解搭张啸的车回家带给父亲精神上的压力。我点点头。这年的十一，张啸坐着丰田在学校门口等我时，我说我不回，拒绝了搭车。他说为啥？回去看看老人，不想住，咱们第二天就返回来。我说你回吧。本来我还想撒个谎，可张张嘴，啥也没说。张啸站了一会儿，走了。看着他失落的背影，我当时竟然心里非常地快活了一下。从那以后张啸回家少了。

这一年张啸娶了曲倩倩。婚礼没有通知我们参加。

5)

弟弟已经复读了三年，又落榜了。虽然是在我们学校复读的，可惜底子太薄，越读越差。分数出来后，我回去了一趟。弟弟倒显得平静，看来他对自己是有充分了解的。我给弟弟打气鼓劲，说再复读一年。弟弟想留在城里，除此之外，我再没办法将他留在城里。弟弟说我再复读一年，要再考不上，我这条心就死了。父亲听了这话吼道，你个没出息的东西，考了三年，一年比一年差，你连累你哥要到啥时候？你当城里日子过得容易？天生就是打牛后半截的命，你就认了吧。我说爹，就再给他一年时间吧，现在不读书，真是一点出路都没有。父亲说你三年就考上了，可他都四年了，而且在城里念书，别强撑了，几十亩地只要好好种，也能过个好日子。我说让他念吧，今年我好好抓一年。父亲叹口气就不说话了。收完麦子，砍了油籽，我和弟弟一道返回城里。路上，弟弟对我说哥，我不想念了，可我也不想回村子，你给我在城里找个工作吧。我说你在爹跟前保证了，现在却不念书了？弟弟说我不保证，爹能让我跟你走吗？哥，我要一直在这山窝窝里待着，不知道有城里这么好的地方，也就算了，可我现在知道世上有城市这么好的地方，你说我能在咱村里待下去吗？哥，现在让你回村里来过日子，不要说一辈子，一年你怕都生活不下去。弟弟说得没错，城里当然比乡下好，便捷、文明、时尚、浪漫。然而，要给弟弟找份像样的工作留在城里，于我无疑蜀道之难。当老师就是个孩子王，圈子连学校大门都出不了，没有别的关系可用。我说再复读一年吧。尽管我知道让弟弟读书是多么煎熬的事，可我别无办法。弟弟两手搂着头说哥，我现在一听见书，头上就像扣了个背斗，我不是那块料，再念十年我也考不上，你给我找个工作吧，先干临时的也行，慢慢等机会。又说哥，"四大铁"你知道吗？我说什么"四大铁"？他说一块儿扛过枪，一块儿下过乡，一块儿同过窗，一块儿嫖过娼。你不是有个同学当区长吗？你们同过窗，这关系现在最牛了，他现在想给人安排个工作还不是小菜一碟？我看看弟弟，他倒把这些关系挖得挺明白的。弟弟说的是王鹏，我们上下铺住了四年，他来自另一个山村，当时他家庭的状况比我更差，穿我的衣服、袜子。王鹏是一个很实际的人，他的理想就是当官，他说除了威风八面之外，能办好多事哩。人有什么样的理想就会有什么样的奋斗。毕业后，他想方设法转行进入了党政机关，从一个通讯员干起，一个台阶一个台阶地升到了首府市区区长的位置。他曾经推荐我去几个部门，我没去。我觉得做教师挺好，每当给学生讲好一节课时，我觉得这完全是一种享受，学生就会崇拜你，逢年过节学生和家长会来看你，心里就更熨帖，何况在教学上我已经小有名气，和精英中学几个为数不多的金字招牌一样，已成了一块招牌。许多家长都想方设法把孩子往我班里入，请客送礼的，托人说情的，好像一入到我的班里就跟上了大学一样。这让我自豪，让我留恋，让我激情无限。

回到城里，我就给王鹏打了电话。王鹏一听说安排工作，就一个字，难，现在进人就是个考，没学历连名都报不上。我说你看着办吧，能找个活儿先找个活儿。他说好吧，你等我电话。王鹏的电话迟迟不来，我也不好催促，弟弟整日无聊焦躁，人也消瘦了，我也心疼。安慰他说找个活不容易，不过你放心，他是区长，一定有办法。弟弟嗫嚅了半天说哥，你给张啸说说吧，他现在威风八面，人家都说他说句话比市长还牛哩。我说你听谁说的？弟弟说村里人都这么说。我几次调出张啸的号码，最后，还是把希望寄托在了王鹏身上。可是，王鹏的电话还没等来，弟弟却有了一份工作，是张义给找的。在一家大公司做内保，待遇还很不错，说试用半年后交三金。弟弟激动地说那公司老总给我好工作，还请我们吃饭。我说张啸知道吗？弟弟说知道吧，没他的面子，张义他算个球。张义是张啸的弟弟，张啸有个妹妹，一岁多夭折了，张义和弟弟同岁，是同学，高考落榜后，张啸就给安排了工作，而且是吃财政饭的。

6)

同情确实是离爱情最近的一种感情，在张啸的身上得到了证明，也在我身上验证了。一开始我也是带着同情与青青相处的，可是后来我们相爱了。已经几年了，但我一直没有给家人说，我知道他们不愿意接受这个事实。毕竟她和张啸恋爱过，而且张啸和青青两次成双成对回家，村里人也都知道这女娃是张啸的媳妇。青青研究生毕业，工作稳定下来，我们也该谈婚论嫁了，五一我和青青回了趟村子。我们一踏进村子，说法也就随之而来了。最得意的说法当然来自张啸家，他们说找了个女人还是我们张家不要甩了的。我和青青有充分的心理准备，可是这事对父亲的打击太沉重了，因为青青在家，他让大哥把我叫到二哥家，扳下鞋底在炕上拍得土尘乱飞，吼着对我说你把书念到狗肚子里了吗？那么大的城，女人都死绝了，你就再找不上了？几辈子没见过女人？先人的脸都让你打肿了。我不知道如何对答，只能说爹，这事你不懂。父亲一下一下拍着炕说是你不懂还是我不懂，有你这么给自己巴上支砖的吗，你听张家人咋笑话哩？那些话你要让一家人跟着你受一辈子啊！我说爹，这事不是他们说的那样。爹拍着炕说哪样？你看张家人都张狂到啥程度了！你咋就是这么没出息的东西啊。我说这事不是有出息没出息的事。大哥二哥说你就再找上一个吧，何必找人家不要的女人？再漂亮也是人家不要的，甩了的。我摇摇头，大哥二哥就长叹一声说，你咋鼻子淌到眼窝里倒回来了，不坐人家的车了，一家人才松了口气，现在又要娶人家不要的女人。我知道用爱情是说不通的，但我不知道如何跟他们说。父亲拍着炕说，别把丢先人当喝凉水哩，你狗日的娶了她就不要再回来了。我跟父亲拗了气，说不回来就不回来。晚上，大哥说要不在村上找一个，张千的丫头去年高中毕业，没考上，还没出去打工，人长得可漂亮了，像画儿上走下来的人一样，品性也好，那家人也厚道，处了几个对象都推了，就想嫁个城里人。二哥说娶了你带到城里也行，留在家里也行，地我们两个给你们种上，有我们吃的就有你们吃的，饿不着你们。我摇摇头。第二日一早，我便和青青返回了城里。

尽管一家人反对，但我没有动摇，回到城里，我和青青就开始为我们的爱情筑巢了。一有空闲，我们就在那些楼盘之间穿梭。这个过程辛苦而漫长，因为我们没有钱，就希望找到更便宜的楼盘。有一天，在一家新开的楼盘我们碰到了张啸。已是城建局局长的张啸戴着安全帽，被人前呼后拥着在工地上指手画脚地检查工作。我们本来想躲一下，可他先看到了我们，怔了一下走过来递给我一根烟说买房？我点头。他忽然吼叫起来，说看不起我这个人总得看起这个局长吧，这事也不给我说一声，我把你们家的人娃娃捏死了还是把你家老人推下崖了？！他满脸怒容说回，回去，等我的电话！

回去的路上，青青情绪很低落，我的心情也很压抑。我知道张啸出面一定会弄到便宜的房子，可是从我们打算买房开始，我们都托过好多人，包括学生家长，奇怪的是我竟然就没想到张啸，我想青青一定是想到张啸了，她却没说。

两天后，张啸给我打电话说你们到"锦上添花"来吧。"锦上添花"的房子是全城目前最贵的，我和青青去看过，户型很好，旁边有一个湖，叫锦湖，小区内的绿化很足，大树参天，欧陆风格，很人性化，离青青单位又近。可是价格高得吓人，比别的楼盘高出两千多元，我们只能望而却步了。青青非常感慨地说现在咱们买不起，以后有了钱，我们一定要把房子换到这里来，我太喜欢这里的环境和风格了。去还是不去，我在办公室走了好几圈，最终还是打电话给青青说下午去"锦上添花"看房子，青青说下午单位有事，房子我们一起看过了，你一个人看着定吧。她找了个很不聪明的借口，她那学术研究单位有啥要紧事呢？我去了，张啸看了我一眼又一眼，我说青青单位开会，又说"锦上添花"的房子我们看过了，太贵了。张啸摆摆手说你就说环境、户型看上没看上？我点点头，他转身对一个腆着大腹夹着小黑皮包的男子说老陈，最好的楼层，最大的面积，这是我的弟兄，价格不用我再交代了吧？老陈躬着身子说没问题，没问题，局长你放心，一切办得保证你满意。老陈说张局，赏个面子，都十二点了，吃个便饭吧。张啸看了我一眼说吃。吃饭的时候，张啸又说不是我的弟兄，你这饭我是不吃的。陈总点头如捣蒜说知道，知道，房子的事你就不用再费心了。吃过饭出来，张啸从包里掏出五万块钱说拿着吧。我推了回去说我首付和装潢的钱都够了，你也一大家子，用钱的地方多。他说你拿着用吧，少贷点款，利息低一些。我把钱装进他包里说真的不用，谢谢。他情绪立刻一落千丈，直接上车走了。办手续的时候我大吃了一惊，每平方米的价格比我们选择过的最便宜的小区还要便宜许多。

这年寒假，我和青青结了婚。旅游度蜜月是一种时尚，我问青青到什么地方去旅游？青青说我们回你老家去吧，快两年你没回家了，我也想那片土地。这让我很感动，青青就是这么善解人意。自从上次与父亲拗了气后，这是我们第一次回家，一眨眼近两年了。也不是因为与父亲拗着气真就不回家了，我知道父亲和我说的都是赌气的话，主要是带补习生挣钱、买房、装修、置家、准备结婚，忙得晕头转向。父亲和母亲原本都要来参加我们的婚礼的，可临行时一头牛病了，不吃不喝，就没能成行。牛是家里的重要劳力，忠厚的兄弟。母亲走了没人给父亲做饭，加上大哥二哥家里的鸡狗猪羊大牲口还要照顾，干脆就让大哥二哥全家都来了，让他们借机逛逛大城市，说等大哥二哥回来了，他们再过来。

年关将近，我们回来了，父亲和母亲很高兴，晚上做了丰盛的一桌，父亲喝了不少酒。一年多不见，父亲老得厉害，头发一片灰白，就像刚从土地上回来。其实，父亲才过花甲之年，也没啥病疾，我知道是心里不闲的缘故。尽管父亲看上去很轻松，很开心，但我知道他内心的深重，坐在那里常常走神，一呆一呆的，那棱角分明的脸渐渐模糊起来，布满了沧桑与苦难。中间我出去尿尿，父亲跟了出来，拉住我说上次我说过的那些话你没给青青说吧。我说爹，你把你娃当瓜子呀。父亲就咯咯咯地笑着说，青青是个好娃。

冬日的乡场一直是人们山南海北闲谝消磨时光的中心，一座座大草垛遮挡了劲烈的西北风，靠上去又绵软又暖和。现在这个中心移到了张啸家的院子里，人们围成一团，簇拥成堆，时高时低的笑声穿过村子，鸟群一样起起落落的。张啸的父母盖起了五间宽敞明亮的大瓦房，瓷砖贴面，两扇紫红大铁门，十分气派，比老君山的庙宇还要显眼。张啸的两个哥哥一家一台四轮拖拉机，轰轰隆隆，在村子里出出进进风光得很。时时能看见张啸的爹披着黑呢子大衣在村子里走着，就像那个时候的大队长一样，动不动咳嗽两声。他来过家里一趟，大大咧咧地坐在炕上，品着母亲给他泡的糖茶，和我东拉西扯地说了一个上午的话，不时看一眼青青。青青很大方，并没有躲出去，还能与他说话。他吃的是"中华"，把整盒烟摆在面前。我吃十块钱的烟，递给他，他就摆在"中华"旁边。

张啸在村子里的影响力已经全面显示出来了，村里人出外打工，都是张啸给找的活，工钱不低，而且不会被拖欠；村里人有事，都找张啸，张啸也很帮忙。

父亲很少出门去，总是抱着那台我刚刚参加工作时买的录音机，一盘一盘地听秦腔。这让我感到压抑与无奈。我们准备过了十五再走，可刚过初五，父亲就催我们回去，说乡下干的活有季节，城里的活没季节，忙你们的去吧，把公家的事给人家干好。我张张嘴，没说出话来，父亲说咱这里不通电，天聋地哑的，啥也不方便，你们也住不惯。我知道父亲是怕我受不了，心里涌起一股难以说清的伤感。我想我们走了父亲心里的沉重也会减轻些。娘说过了初七，喝了七菜汤再回吧。正月初七是人的节日，初七不出门，初八不归家，初七这天是不出门的，按习俗要用菠菜、芹菜、葱蒜、韭菜、芥菜、荠菜、白菜等七种蔬菜熬煮汤羹，喝了祛病避邪。家乡没有这么多的蔬菜，尤其是冬日，几乎没有什么新鲜蔬菜，就用土豆、萝卜、红薯、大豆、扁豆、花生、核桃、红枣之类替代熬粥喝。初八，我们就离开了村子。二哥骑着摩托车去送我们，临出门时父亲说你们也结婚了，家里也都好着哩，没啥扯心的，回来一趟艰难，花费大，没事就别来回跑了。

7

学校提升我为教导主任，我很满足。教导主任虽然不是个啥官，但至少是一种肯定。然而，仅仅过了一个月，我转行的心思急不可耐。

张仁家的地和我大哥的地埂相连，张仁犁地时放倒了大哥的地埂，翻过了两犁去。虽然十年九旱，但土地永远是庄稼汉的命。大哥倔强，人不犯我，我不犯人；人若犯我，我必犯人。用这几句话形容大哥，是再恰当不过了。大哥气咻咻地找张仁理论，张仁却不搭理大哥，眼睛都不愿往大睁一下。大哥拉张仁去地里看现场，张仁不去，反而破口大骂，之后两人就骂了起来。骂着骂着就扯出了我和张啸这两个远在城里的人来了。张仁说我放了地埂，你能咋样球了我？你弟弟再日能还不是老坐我弟弟的车子回家，有出息自己坐个小车回来，有出息自己把老娃子安排了，有出息盖一溜排开的五间大房让老爹住上，给老爹老娘买两口上好的柏木棺材拉回来摆上？你弟弟有本事，还不是娶了我弟弟玩过的女人。

父亲本来是去劝老大的，怕老实倔强的大哥在气头上做出出格的事来，在门口听到张仁的骂话眼前一黑就跌到了。爹睡了炕。我回来看望父亲。父亲消瘦得厉害，要拉父亲去城里检查，父亲说能有啥病，死不了。母亲炒了几个菜，父亲强撑着爬了起来，坐在桌边开了一瓶酒，斟好了酒，端起酒杯说，这事就算了。我们弟兄三个都没说话，父亲用烟锅敲着桌子说听见没？我说了，这事就算了，以后都省着点事。他的手抖动得厉害，一杯酒洒出来有半杯。我想还得去找张仁做个了断，不然大哥气憋住出不了，谁知道会做出啥事来。张仁再混，至少会给我点面子吧。刚出大门，碰上大哥，大哥说你甭管，等爹好了，我跟他狗日的没完，我要让他狗日的好吃难消化，张啸日能，他能把我这个平头百姓咋样？这事你甭掺和，你掺和进去就和张啸结了怨，张啸会整你的，你处在下风子，人家在上风子站着哩。又说张家人现在心都窄得很，如今出了个张啸，行事都横，你在人家手底下活着哩，等你啥时候比他有出息不怕他了再出头露面管事吧，我一个打牛后半截的，怕啥？张啸再日能，我不杀人放火，他还能把我横吃了竖咽了？我说哥你放心，他把我咋样不的。大哥却说人家出入坐小车，想把你咋就把你咋，你甭逞能，君子报仇十年不晚哩，你得忍，只要你以后有大出息，还怕没整他们的日子？

　　大哥想得太多，一时间跟他说不清楚，他走后我便去了张仁家。可张仁正眼看都不看我一眼，只了句没你的事，我不跟你说，要说你跟我弟弟张啸说去，也不怕和我们这些大老粗说话掉了你的架子。我受不了这种眼光，更接受不了他这种口气。我还想说啥，他已经出大门去了。我想这事还得让张啸说。回到城里跟张啸把情况一说，谁知张啸说不就是把田埂放了吗，就是占了一块地又咋样？又不是这城市里的地，寸土寸金的，让他们自己闹去，天塌不下来。我一句话没说就走了。张啸能够理解我哥对土地的感情，更能够理解这种事背后的东西，放了地埂，是占不了多少地，可这分明是欺负人。张啸不是不知道，不是不在乎，其实他很在乎。

　　没出一个月，大哥和张仁打了一架，警车"日儿——日儿——"耀武扬威地进村把大哥捕走了，给张仁赔医药费误工费三千块，又被罚了两千块，还关了十五天。大哥刚刚买了辆摩托车，又卖掉了给了人家钱。张王庄这些年被警察捕的人掰着指头能数过来的，张三娃拿刀子捅了丈人，因为丈人把女儿扣在家里不让回来；王富贵偷了王庄的二十多只羊；李喜喜哄骗着睡了傻花花，就这么仨人。放了田埂，牲口进了庄稼地，小孩打架引起大人打架，女人间戳闲话，都会引起打架，警察从来没捕过人，大哥却被捕了。打架是两个人的事，无非你踢了我几脚，我捣了你几拳，可是张家人先告了，谁先告状谁就是受害者，警察说你觉得冤枉你咋不告状，看你长得五大三粗的就是个祸害，大哥被描述成了村霸。想让警察捕警察就把他捕了，这最能树威，张家要的就是这个效果。大哥冤屈，家里尊严受到了很大伤害。

　　回到家，大哥也刚放了回来。我进了屋，大哥努力笑笑说我没事，啥事都没有，你工作忙，跑回来干啥。大哥胡子也不刮，面颊凹进去两个深坑，眼圈青黑，一下子老了有十岁。他的笑是那样惨淡，那样勉强，还不如不笑的好。大嫂坐在灶膛前啜泣，大哥吼了一声说你嘤嘤嗡嗡的哭丧啊，还不搭火做饭。我也努力笑笑说哥，你把胡子刮一下吧。他看了我一眼说对，这就刮，这就刮。嫂子就立刻端来一盆热水。我说大嫂你不要做饭了，娘那边已经做着哩，等会儿过去一块儿吃。嫂子说我做饭，等会叫爹和娘过来吃吧。我说爹宰了只羊羔子，你过去帮娘的忙吧。大哥刮了胡子，又换了身衣服，一下子就显得精神。二哥也来了，精神有些萎靡。大哥的腿一瘸一拐的，我说哥，他们打你了？大哥说那些狗日的横着哩，难怪人说硬吃十年亏，不坐一年牢，他们说我是村霸，要好好熟熟我的皮。嘿嘿一笑又说日他妈，狗日的会整，把我都整成村霸了。二哥说都是张啸狗日的暗地里使了坏。朋朋来叫吃饭。我抱起朋朋，朋朋把小嘴巴贴在我的耳朵上说三爹，我往翠喜家大门上尿了一泡尿，还把半截子砖扔进她家院子里。翠喜是张仁的女儿，我心里说才一个五岁的孩子啊。

父亲已经在院子里摆好了桌子，菜摆了满满一桌子，父亲端起酒杯说你们弟兄三个听清了，事到今天这个日子就止了，止了！父亲的声音不大，但很威严。大哥把头猛地扭向一边，父亲用烟锅子敲敲桌子说咋了，上次我就说算了，你就脖子拧儿拧儿的，闹了个啥下场？人吃了亏不说，还丢人现眼的。父亲一仰脖子灌下一杯酒，说事要往长远里看，亏吃下去都是福，你们两个都省点事，看把你弟害得一趟一趟往回跑。又对我说别老这样一趟一趟往回跑，天塌不下来，日子长着哩，有些事你不理它，它会自己消磨光的，日子能把所有的事弄得不是事哩。

两个侄儿一个个吃得嘴巴油乎乎的，父亲还在不断地给两个孙子撕肉，脸上洋溢着笑容说我们怕啥，我们后辈重着哩，看这两个小土匪，大手大脚，秃头尖脑的，大了个个都是上天入地的汉子，你明年给我再生一个长把的孙子，我后世多重啊，他狗日的到现在还一个端香盘子摔孝盆子的都没积修下哩。说着父亲用筷子蘸了点酒，往两个孙子的舌头上一点，两个孙子立刻龇牙咧嘴头摇得像拨浪鼓一样。父亲很爽朗地笑出几声来，说人有三年旺，神鬼都不挡。张家狗日的正旺着哩，人要会避锋芒哩，能伸能屈才是大丈夫。

躺在炕上，我翻来覆去睡不着，我想如果不是我，这事一开始一家人就会像亏一样吃下去，张啸一家得势人人都看得明白，他们不会这么好强争胜。可是因为我，他们就不能不好强争胜，不得不顾忌到我，不得不巴望着我。不仅仅是我家，张王庄整个王家的人都在期待着我。亏吃下去都是福，可有一分奈何，谁愿意吃亏啊。他们不甘心，可是却又没有办法，他们只能忍受着。

院子里月光很厚，我睡不着，从窑洞里出来，才发现父亲也没睡，他蹴在杏树下吃烟。我拿了件衣服披到父亲身上，父亲抬起头来时，月光里他满脸泪水。我蹴了下来，父亲忙抹去了泪水说给牛添了夜草，睡不着。点了支烟，父亲又说为难你了，也不是个啥事，你别总放在心里，回去好好做你的事，把日子过好，城里日子不容易，家里也帮不上你。我啥话都说不出来。父亲又说事已经过去了就不要再想了，心里放着事终归不好，把心劲都弄散了。

回城后，我想这事张啸不会不知道，说不定就是他弄的，怎么也该给我打个电话，即使是几句虚伪的解释，因为这事他确实做得太过头了。我甚至想他会和我一道回去，上门给我父亲道个歉，把事扭一扭。倘若能这样，我会跪下来给他磕头的。可是张啸一直没有打电话。一个月后我想转行的心思急不可耐。

我去找王鹏。要想转行，我只能靠他。他说孩子王做腻了？我点点头。他又说那时间我就说做孩子王一辈子都是个孩子，男人最不能做的就是孩子王，你还痴迷得不行，自己不懂还看不懂啊，你看看当官的子女哪个当孩子王？他问我想去一个什么样的地方？我想也没想就说我想去一个回家能坐小车，回家能让人害怕的单位。他笑了，说你这个要求符合时代精神，更符合农民意识，有了这种精神和意识，从政你会攀升得很快。最后他告诉我说市委纪检委差一个笔杆子，书记和我很铁，你又擅长舞文弄墨，估计问题不大。那地方是个弄官当的单位，只要好好干，送你车的都有。我说好。他又说入这一行，就得把你的清高与自信彻底放弃，一丁点儿都不能留。

当我把填好的表递给校长，校长看了看，说才提了你教导主任，你就要走？这是不是太黑色幽默了一些。校长是很有名的教育家，有着广泛的影响力。他说到了一个新单位一切又都得从头开始，在政界要论资排辈，背景更重要。我无言，没有说什么。校长又说你转行太可惜了，凭你在教学上的潜力和目前在教学上取得的资本，照样会有辉煌的前途。我还是没有说什么，校长就长长叹息一声给我盖了章。

一个多月后，我便到了市纪检委上班了。

进入纪检委后，我很快就得到了书记的赏识，成了书记的跟班秘书。这主要归功于一是有王鹏的关系；二是王鹏对我进行了洗脑，装进去了官场规则和潜规则；三是因为我学的是中文，又当过老师，写个讲话、总结时用一些古诗词句，擅长于煽情；四是我彻底放弃了清高与自信；五是我拳高量大。因为和书记如影随形，许多人都主动与我接近，才半年时间，我已经结识了不少官员老总。这让我想起古代的近臣。应酬多了起来，仅仅半年时间，我就胖了一圈。青青担忧地说，这样下去如何是好。我说这样下去如何就不好呢，回村人们都会说我富态了，有官相了，就威风了。

8/

堂兄玉仁的儿子考上了重点大学，父亲打电话来问我能不能回去一趟。父亲提到那截布料，我说我当然记得，一定回去。我给一位国企老总打了电话，第二天，一辆丰田越野就来接我了。车上装满了老总对我父母的一片心意。我打电话过去时，老总说你看你这人，这是给老人的心意，又不是给你的。又说以后这辆车你啥时想用，给司机打电话就行。坐在车上，我的心情很是熨帖。

车一过马嵬岘，我眼睛一亮，堡子山顶变了样，瓦蓝瓦蓝的天空下，青砖古色古香，琉璃瓦闪闪发亮，飞檐翘角就像展开的鸟翅定格在空中，高大的朱门和绵延的院墙气派宏伟，一群鸽子、几只鹰隼在上空飞翔。我才明白那年在这堡子山上，张啸所说的那句话并不是突然冒出来的。

进入村子，正在田野里劳作的人们都是注目观望，当车停在我家院里时，正在刺疙瘩峁上劳作的父亲奔扑下来，身后带着一道尘埃。父亲的激动是难以言述的，他那昏黄的脸上泛起一阵阵红光，皱纹都舒展了，说话前言不搭后语，不停地请师傅进屋里坐，给师傅递烟端茶，弄得师傅很不好意思。我睨了一眼张啸家，张啸的爹披着衣服站在大门口。我给来家里的人发散着刚刚拆开的"中华"。那是老总给我准备路上吃的烟，还有两条是给老父亲。他们平时虽然吃的是八毛钱一包的"金驼"，不少人吃的是旱烟。但对"中华"他们都认识，而且都知道价格。因为张啸回去发给他们的烟就是"中华"。他们在院子里攒成一堆，都在谈论着，不时地提到张啸。我知道他们还在拿我和张啸做比对。对比是他们认识事物的重要手段。

晚上，我们一家人都热热闹闹地聚在一起，欢声笑语不时传出院子。大哥喝了酒，大嗓门不时传出院外，最后吼起了秦腔，父亲再三阻止，可大哥已经微醉了。我说爹，让大哥好好吼一阵吧。大哥吼了一段《下河东》里赵匡胤唱段：

王不该当年离龙朝，祸不寻王王自招。虎离深山难展爪，蛟龙出水凤凰离巢。狮子平地遭犬哮，大鹏展翅折翎毛。下虎穴王把虎子找，蒯黄剑斩了海底蛟。河东的兵乱未平定，闪得王进退难开交。站立在营门用目瞭，众将士的尸首道卧荒郊。下河东把你们命丧了，为国的亡家苦担劳。有朝一日太平道，把你们的尸首个个都搬回朝。请高僧来和高道，祭奠你亡魂飞上九霄。

《金沙滩》《二进宫》《游龟山》……大哥一段一段吼着，最后爹也跟着小唱起来。我们家的灯一直亮到了凌晨两点多钟。第二天早晨，我去了堂兄玉仁家，一家人正忙得筹备酒席，玉仁兄正打发人骑摩托车到镇上去采购酒席原料。我说让小车拉着人去办吧。玉仁兄搓着双手，就像搓粗糙的草纸，说这……这……这太夸张了，兄弟。我说有啥夸张的。我对司机说辛苦你一趟，不好意思。司机却诚惶诚恐地说领导，看您这话说的，啥事您吩咐就行了。

堂兄家的酒席结束后，我对大哥说明天让车送你和嫂子去趟娘家吧。大嫂娘家远，你可有好几年没去丈人家了。大哥有些不好意思地说算了吧，老女婿了，他们也不会见怪的。父亲也说算了，你快回去上班吧，现在的工作可不像在学校里。我说没事，我有公休假。车开到大哥院子里，侄儿和侄女兴奋得狂蹦乱跳。大哥不停地呵斥着一双儿女别把车弄坏了。尽管他们小心翼翼的，不像坐驴车那么自由自在，但他们的脸上写满了自豪与幸福。我心里一阵内疚，这一天他们盼望了多久啊，他们之所以盼望，是因为有我。如果没有我，他们会和这村里许多人一样不会有什么希望，也就不会有什么失望，过着一种与世无争、与人无争的无怨无忿的日子。

送走了大哥大嫂，父亲说这车不是你租的吧？我摇摇头，说你咋会这么想。父亲不好意思地说随便问问。我说我想去看看张啸的父母。父亲说这才是我的儿子。我提着礼物走进张啸家的院子的时候，张啸的爹正蹲在院子里。他看了我一眼，笑笑说回来了，进屋吧，你婶在屋里。虽然笑着，但那表情却有些僵硬。我进到屋里，张啸的母亲忙着倒茶拿烟，又要去做饭。我说刚刚吃过。张啸的爹随后进屋来，我递给他一根烟，他看了看烟上面的字，吸了两口烟，说双福的工作还满意吧。我笑笑，说挺满意的。他说满意就好，有啥事你就找张啸，找不动你给我说。我明白他的意思，他是要提醒我，要打击我。我告辞出来，在院墙外，听到张啸的娘说这娃总是这么仁义，每次回来都来家里。张啸的爹却说你长着猪脑子呀，当他是来看我们，是来示威的，这狗日的心里恶着呢。

我上了趟堡子山，虽然是复原了堡子山的旧制，却变成了一座寺庙。里面有一个灰衣人，头发短短的，没有香点，看不出是和尚还是道士，大约是类似于庙官儿的俗家弟子。晚上，父亲告诉我说上堡子山看了吧。我点点头。父亲说一开始要恢复他祖爷时的堡子，可后来不知谁指点了，他爹就到处化缘建了寺庙。他家建个寺庙容易，老二开的砖厂红得很，老大又在县城边上开了一个啥厂。父亲说庙刚建成香火不旺，人们还是认老君庙，可不久，三栓就升了副市长，香火一下子就旺了起来，庙会定在四月十五。我说一般庙会不是三月三就是四月八，咋会定这么个日子。父亲说四月十五是张啸的生日，不过许多人没想到这一点。

父亲说三栓这娃心里装的事大着哩。

9

回城后，我决定给弟弟调换工作。我列出了几位老总和官员的名单，试探着给他们打电话，没想到第一个电话弟弟的工作就落实了，老总说第二天就去办公室上班，下个月交三金。青青说弟弟成熟了，我说何以见得，青青说不再叽叽喳喳。其实我明白，正是活蹦乱跳叽叽喳喳的年纪，弟弟不是成熟了，而是心里装着事，家里的事不可能不影响到他。有时候坐在一边发呆，有时候在地上乱晃悠，显得无所适从。弟弟下班回来，我问他工作咋样？弟弟笑笑说还成。我试探着说那就干着吧。弟弟搓着手说要能换一个工作也好。我笑笑，拉着弟弟的手把消息告诉他后，他显得那样的激动，一扑子上来抱住我在我脸上来了一口，又来了一口，然后就紧紧地搂着，搂得我气都喘不过来。之后，非要请我和青青吃一顿。我说买些菜咱们在家里吃吧。他说坚决不行，那没有请人吃饭的感觉。

弟弟说吃火锅吧，嫂子爱吃火锅。我说吃火锅就喝啤酒。弟弟说哥，啤酒不过瘾，喝白酒，白酒才喜庆，啤酒在咱老家都不是酒。弟弟要了白酒，拿了三个口杯，把一瓶酒分了。

青青说："你们是弟兄，又不是应酬，咋能这样喝，非得一个把一个灌醉。"

弟弟说："今天不喝醉咋行？"

我说："敬你嫂子一杯。"

弟弟就敬青青，青青说："我喝不了，你们喝。"

弟弟却不依不饶说："你不喝，就不是我们家人，就觉得我给你添麻烦了。"

青青勉强喝了一小口。

我没见过弟弟喝酒，一口杯过后，他已经喝得脸和脖子都红了，手都有些颤抖了。这种状况是喝不了多少酒的。可是我不想劝他，想让他喝醉，把压抑在心里的东西释放释放。

弟弟开始叽叽喳喳起来，说："哥，嫂子，你知道吗？我就等这一天哩，你要不给我换工作，今年我到工地上打工去。"

青青说："你不是干得好好的吗？收入也不低。"

弟弟又灌了一杯酒说："嫂子，你不知道，那工作不能说不好，咱啥学历都没有还想干啥？咱也努力，干得也不错，人家老板对我也不错，可是我心里憋气啊。"说到这里，他又碰了一下我的酒杯，自己喝了一大口。

"张义他算个啥，凭啥对我指手画脚的，还不是靠了他哥？没有他哥他屁都不是！动不动就带着几个人来，让我请客，好像我欠着他的。动不动给我打电话，让我立马到他那里去。你说，我是拿人家的钱哩，随便离岗像话吗？可他说你来，我看谁敢说你？去了啥正经事都没有，不是唱歌就是喝酒打麻将。他不喝酒还爱划拳，一输就让我给他代，不给他代，他就发火，给他代酒，他就不知道天高地厚，一个关一个关地打，我就是酒缸啊。就说打麻将吧，赢了他的钱，他也不高兴；把钱退还给他，他又说小看他。我心里憋气啊哥，嫂子。他恨不得把我变成一头驴骑上哩。

"这都不说了，自从大哥和他家闹了事，你猜他对我咋说，说你哥也真是扛着杆子打月亮，摸不着个天高地厚啊，你说他跟我哥弄啥？弄得过嘛！人最怕的就是自不量力，你该给你哥讲讲螳螂挡车的故事，不然粉身碎骨了还不知道是咋死的。哥，我几次都想给他两拳，然后走人。公司一直不给我交三金，比我去得迟的都交了。我问一个管我的副总，副总悄悄对我说别看你和你那老乡走得近，他对你可不咋样，他给我们打过招呼，总是说先等等。哥，你说他这人多可恶。

"他不是想帮我才给我找工作，就是想耍我，想让我欠着他的，就想让村里人看，他们压我们一头。"

弟弟说得泪流满面，泣不成声。我抚摸着弟弟的背，心里无限的愧疚。倘若不是张啸的爹那句"双福的工作还满意吧"，不知道他会在这样的苦楚中要挣扎多久。弟弟已经喝多了，连椅子都坐不稳了，但他还不停地和我碰着酒瓶说喝，哥；喝，嫂子；喝，今天咱们都喝醉吧。他趴在桌子上睡去了，连口水都收不住了，可脸上始终洋溢着灿烂的笑容，就像一个梦见糖果的娃娃。

青青拿餐巾纸给弟弟擦着汗水和口水，抱怨我说："看看，把他灌多了吧，你们男人咋这样，非得喝成这样才好？"

我笑笑说："有时候喝多了比清醒着好，你也喝醉吧，感受感受喝醉的美妙感觉。"

我让青青先回，带着弟弟去洗了个桑拿。洗桑拿最容易醒酒，洗过桑拿，弟弟酒醒了不少，他说："我明天想请张义吃顿饭，也摆摆谱，这公司国营的，大到哪哒去了。"

我说："算了吧，学得这样可不好。"

弟弟说："他都给我摆过多少次谱了，我摆一次还不行啊。"

第二天晚上，弟弟兴奋地对我说："哥，我把事给张义说了，张义就像给拴在磨道里的驴，脸都变绿了。"

我说："张啸知道吗？"

弟弟说："肯定知道了，他的脸一定绿了。"

我说："你咋知道？"

弟弟说："想都能想到，给我安排工作也是他们压着我们一家的一招儿。"

我想这事对现在的张啸来说未必是一个打击，他的脸不会变绿的，但至少能使他心里不舒服。

春节过了不久，王鹏进入市委成了常委、组织部部长。之后不久，我被提拔为纪检委副书记。我去了趟王鹏家，提了点烟酒。王鹏笑着说他妈的，老师出身的人什么都学得快。走的时候，王鹏又给我提了烟酒。我不提，王鹏说我们是同学，妈的这样做咱们都老了你还不骂死我。又说你以为我腐败到啥地步了。

青青进入了预产期，我说："雇个保姆吧。"青青摇摇头说："我想把娘接来吧。"我回去接娘，父亲对我说："张啸的爹病了。"我说："上次回来还好好的，有多长时间了？"父亲说："你上次回来走后不久就病了。"我没有说话，父亲说："人老了啊，疾病就找来了，算算比我才大六岁哩。"我准备了些礼物，去看望张啸的爹，父亲说："算了吧。"我知道父亲的意思，父亲说："三栓的女人有娃了吗？"我摇摇头说："不知道。"父亲长吸一口气说："哎，其实你们应该好好的，那么大的城，同一个村子出去的才有几个人，在那里你们都是出门人了。"

青青生了一个七斤八两的胖小子，母亲高兴得等不到胖小子从医院抱回家。满月的时候，母亲说咋也得过上下。为了满足母亲的心愿，我说那就凑上几个人坐坐。我和青青商量叫不叫张啸的事，母亲听了后说你们城里人咋心都这么窄，这事咋能不叫呢？在咱们村里，除非杀父仇人，再就是有多大的隔膜，这些事上都得走动，你请了他他不来是他的不对，你们不请就是你们的不对了。于是我就给张啸打了个电话，没想到张啸带着妻子和张义都来了，带了一大堆礼物。大约有一年时间我们没见面了。他显得有些疲惫，脸色有些苍白。他们走了以后，母亲悄悄对我说张啸咋娶了那么丑的个女人。张啸从没有带妻子回过村子，母亲这是第一次见。

10

换届对于一些人来说是机遇，可对于另一些人来说就是一场劫难。张啸出事是和他竞争市长有关。他的竞争对手一直在暗地里整他，从中纪委到省纪委，告状信雪花一样满天飞。书记提升到了省纪委，把我也带了过去。经过最初的几个环节之后，纪检委立刻就成立了专门小组。书记任组长。因为我和张啸既是老乡又是同学，自然是要回避的。几个月后，落实了许多事。我才知道张啸又把事做过了头。

和所有犯事的官员一样，张啸所犯的事也没有什么新意，无非是受贿、贪污、挪用，但和绝大多数腐败官员不同的是，张啸没有包养情人。这有些出乎许多人的意料。

要深入到家乡调查张啸，主要是调查堡子和他二哥的砖厂以及他大哥的建筑构件厂。书记说，一起去吧，顺便回去看看老人，也带个路。又说我想你该能把握住原则的吧。我点点头。回乡的路上，我的心情是很难形容的，情绪自然有些不正常。同事们看我这样，以为我是为同学老乡的事而悲伤，便都说些安慰我的话，书记看看我说要不到县上你就别去了，我们让县上的人带路去，不要让你同学的家人以为是你在整他。我摇摇头，还是坚持下去。不能不承认，尽管我为张啸悲伤，但我的内心多少是有些卑鄙的。我想书记定然知道我和张啸的关系的状况，因为王鹏知道我和张啸之间所有状况。或许他是有意这样安排。领导有时候非常善解人意。

砖厂和建筑构件厂，几乎没有什么账目可查，几个烂本子一样混乱，只能交代县纪委去进一步审查。之后，三辆小车便扬起一道尘土往村子里而来。张啸出事已半年多的时间了，张啸一家在经历了恐惧与慌张之后，显得平静、冷漠、沉寂。张啸的娘卧病在炕，张啸的爹蹴在院子里，不停地咳嗽，当他在人群中看到我的时候，他的脸上仿佛被拧了一把，我掏出烟来递给他，他一转身走了，给我一个背影。建庙的事大家都不愿意深究，毕竟牵扯到神佛之事，人们都是心存敬畏的，一个化缘就可以了结。事实上到他家里调查也只是走个过场，对于张啸来说，坐实的证据已经足够判他了。调查进行的过程中，张啸家围了一院子人，我家一个人都没过来。结束的时候，书记说到你家里去看看两位老人吧。父亲已经宰了一只羊，正在锅里炖着。才下午四点钟，完全可以赶回县城去吃。书记说老人费心都做了，就吃了再走吧。我问娘还要多长时间，娘说肉烂自香，半个时辰。书记说爬爬你们的山吧。书记组建了一个爬山队，一周爬一次。几个同事开玩笑说爬山去，爬完山回来把你家的肉多吃点。

村子对面的山叫野鸡岭，不算太低。又是一个旱年，所有的田地都荒芜着，山头看不到一片绿色。爬到山顶之后，大家都一屁股坐在山顶上大口大口喘着气。等气喘定后，大家沿着山顶走着，看着一望无际重重叠叠的光山秃岭，书记拍拍我的肩膀很感慨地说："这样一个穷乡僻壤，你们两个能从这里走出去真是不容易，要好好珍惜啊。"

吃过炖羊肉，临上车要走，父亲将我拉到一边，看了看我却又说："没事，你走吧。"

11

在城里是感受不到春天的，到了郊外，方才知道春天已经很盛大了，尽管风沙没有停止过肆虐，可大地萋萋茂茂，姹紫嫣红，芬芳四溢。离市区四十多公里有一建筑材料厂，是监狱的劳改之所。张啸就是在这里接受劳动改造。

狱管把我带到脱砖坯的地方，张啸光着膀子正在脱砖坯。他看看我，指着一排码得整齐的砖坯说："我脱的，很有成就感哩。"

狱管说："他其实可以不用这么辛苦的，可他偏偏要干，你们聊。"

张啸说："来来来，抽个烟。"说着递一根烟过去，对我说，"老乡，一个县的，在这城里可不多。"

我们握握手，那狱管笑笑，说："你们聊吧，我去那边看看。"

我递给他一支烟，他说："还记得我们第一次吃烟吗？"

我说："记得，怎么不记得，在小翠出嫁那天。"

他说："你说吧，那烟一盒才一角二分钱，这烟一根就能买那烟几条，可就是没那味儿好。我有时还想啥时咱俩还能像以前那样躺在山坡，在那样的大风里吃阵烟，还是那种牌子的。"

我说："那种牌子的烟早已经不生产了。"

他说："那时候假期赶着一群云白水亮的羊，头朝下倒挂在山坡上，吼上几声，是高达云天的那种吼，听声音在那山那谷那壑里游走，看谁的吼声走得远，多么惬意。我和别人说我怀念那种日子，那些狗日的都说我在作秀，唉，日他妈，一切都回不去了。

"你知道不，从我们上榜的那一天，我就在挣扎，在村子里挣扎，其实，我考上了，我的命运已经改变了，可我们都有深重的家乡情结，村里、族里那些鸡毛蒜皮的烂事，那些目光、眼神、表情、语气，都让我不能不挣扎。我比没考上还惨，挣扎得还辛苦。到了学校里我挣扎，抛弃了青青。和曲倩倩结婚后，我还是一直在挣扎，她家人看不起我，他们调查过我，也去偷偷地看过青青，对我追求曲倩倩的动机他们了然于胸。可曲倩倩对我一片真心，让我感动。有一次，一家人喝酒，她姐夫和她哥划拳输了，把一杯酒递给我说喝了。我喝了，喝到第三杯，曲倩倩接过去，一杯酒泼在了他姐夫的脸上，一盆菜也扣在了她姐夫身上，恶恶地骂了句你妈个×，你还不是像条狗一样爬起来的。她姐夫你知道不？那时是副市长，尽管是她爸一手栽培的，可也要给几分脸面的。我那时想我一定要对得起倩倩，轰轰烈烈地带着她活一场，让倩倩挺直胸膛出一口恶气。我也对得起倩倩，到了我这样的地位谁没几个情人，可是我除了逢场作戏的那些事，我一个情人都没有，这让我心安。"

他把头高高仰起来，深深吸了一口气说："倘若我们是在两个村子里，那么我们会得到同样多的夸赞与欣赏，会给两个村子的人们带来欢乐与希望，可是命运就把我们安排在同一个村子里——一个叫张王庄的村子里。"他停顿了一下，说，"我们就得互相挣扎！"

"你不承认你挣扎过吗？从我第一次坐小车回家，我就知道你开始挣扎了，你找我说你大哥的事，就说明你在挣扎，我不是想咋样，就想看你挣扎，我都挣扎了多长时间，咱们是弟兄，不能老让我一个人挣扎！但是你大哥被抓进班房，我事先一点都不知情，你知道人到了一定的位置上，有许多人围绕着你替你做事，而有些事你根本不知情。后来是我弟弟告诉我的，他是以那样的口气告诉我的。你知道不？我一顿皮带，把我弟弟抽个浑身青，一皮带抽在眼镜上，镜片碎了，差点把一只眼睛扎坏了。我并不想伤害你。真的。"

"还记得我给你说过让你早早转行吗？"他盯着我说。

我当然记得，是在坝屋，我进去他一个人在那里自斟自饮，他拍拍桌子让我坐下，几杯酒过后，他说你改行吧，你迟早得改行，迟改不如早改。可我当时并没有改行的想法。

"我为啥要劝你改行？我知道你挣扎得辛苦，可是当一辈子孩子王，你就是干得再好，只要一回村，你就还得挣扎，我不想你挣扎得太辛苦，人一辈子其实短暂得很，没有后悔的余地。挣扎很累人，我挣扎得很累，真的，我不知道你有没有疲累的感觉，我已经很累了。

"我闲下来的时候就会想，啥时候我们能像上初中上高中时那样，我想我们一定能够恢复到那个状态，只是不知道是啥时候，或许是五十岁以后，或许是六十岁以后，或许是七十岁以后。"

风很轻柔，一忽儿一忽儿的，赶走燥热，还带来一阵阵的花香。

"到了这里清净了，一天脱几百个砖坯，几身臭汗一出，要多舒坦有多舒坦，真的，一点都不是作秀。"

我说："我能理解，真的。"

他说："出事之前我读到一首诗，是一个叫海子的诗人写的《面朝大海，春暖花开》，我背得下来"。

> 从明天起，做一个幸福的人
> 喂马，劈柴，周游世界
> 从明天起，关心粮食和蔬菜
> 我有一所房子，面朝大海，春暖花开
>
> 从明天起，和每一个亲人通信
> 告诉他们我的幸福
> 那幸福的闪电告诉我的
> 我将告诉每一个人
> 给每一条河每一座山取一个温暖的名字
>
> 陌生人，我也为你祝福
> 愿你有一个灿烂的前程
> 愿你有情人终成眷属
> 愿你在尘世获得幸福
> 只愿面朝大海，春暖花开。

"写得多好啊，咱们那里没有大海，但有大山。我有一次出海，看到大洋之上，波涌浪起，就像一座座山一样，只不过那是流动的山，我们那里是静止的山，我就在想，我们也可以说面朝大山，春暖花开。你别笑我，觉得我和那些附庸风雅的人一样，我那时候诗写得不错，能够追求到倩倩，写诗起了很大的作用的，可惜，我好久好久都没写过诗了。但我爱读诗。"

临走的时候，他攥攥我的手说："我猜想第一个来看我的人会是你，果然，我没猜错。那些狗日的，我不会让他们好过的，我要让他们的心脏一个个崩溃。"

我走的时候，张啸忽然说："青青还好吗？"

我说："她在一个城市做学术交流讲座，回来就会来看你的。"

张啸叹了口气说："我对不起她，我一直想对她说，可却一直都把话咽到肚子里去了，那是一句很没有用的让人恶心的废话，可是你知道不？放弃青青需要多大的勇气。"

12

父亲忽然打电话，说他已在火车站，让我接他。到了火车站，才发现小翠也来了。

小翠显然是刻意打扮了一下，穿的衣服褶子都还十分鲜明。那些衣服可都是品牌，质地很好，背的包是皮尔·卡丹的，几千块钱，想来都是张啸给的。我想她一定不知道价格，要是知道她绝对舍不得穿舍不得背的。那年，我和青青搬进了属于自己的家后，换了台新电视，想到家乡已经通上了电，就打算把淘汰下来的电视送给小翠。到了小翠家，只有三个孩子在院子里，一个比一个大一点，最小的在院子里爬来爬去抓着吃鸡粪。我把他抱起来，想给他洗洗嘴，可是，屋门锁着，我用卫生纸给他擦，他不哭，反而对着我咯咯地笑。我把带的水果和小食品分散给他们，他们抢着笑着闹着。老大说爹去村长家要吃的去了，娘去地里干活还没回来。老二说我叫去。老大也跟着去了。小翠回来了，见了我吃了一惊，两手在衣服上抹了抹，忙打开了屋门。进了屋，我才发现她已经有了电视机，跟我新买的一样。我想到了张啸。她很认命，问啥她都说好着哩。她始终低垂着眼睛，眼泪落在鞋上，嘭嘭嘭的。电视没好意思送她，我掏了身上的五百块钱给她，她坚决不要，我说就当我给三个娃交一学期的学费还不行吗。她才收下了。想想最近一次见小翠，已经有好几年的光景了，小翠老了许多。算算也就四十出头，可她都成个老太婆了。

　　一进家门，小翠扑通一声就跪在地上。声音很响，我想她的膝盖一定很疼。我忙去拉她，可她死活不起来。拉了几次，拉不起来。父亲说小翠，你就起来吧，你这样喜子心里也不好受。她这才起来，坐在一边啜泣，父亲也陪着她流泪，我的眼睛也酸溜溜的。父亲说："她在家里就跪着不起来，说啥她也听不进去，我实在不忍心，就把她带来了。"小翠从包里掏出三沓崭新的百元大钞来，说："这钱你拿着办吧，我找不到门路。"我不想让她失望，也不想哄骗她，就对她说："小翠，如果你还记得我们过去的那些时光，你就听我的，谁也没办法，谁也救不了他，他这事惊动大了，是很大的领导直接抓的。"小翠一双眼死死盯着我，一眨也不眨，仿佛一眨眼我就会逃跑一样，我不敢与她的目光对视，低着头说："小翠，你不懂，这事已经不是花钱就能解决的事了，你一定要听我的话，不要再拿着钱跑来跑去。"小翠抹了一把泪说："现在这世道花钱就能把事了了，我知道钱少，家里的房子卖了，能卖个六七万，不几天我就给你送来。"又说，"我不哄你，新盖的，才住进去两个月。"我在地上走来走去，说："你咋就听不进去话呢？你以为钱真是万能的，如果钱能解决的问题，他就没事！"可能是因为我声音太高，小翠不说话了，她的双手有些颤抖，痴呆呆地坐在那里，我说："小翠，是你觉得我不帮忙？难道你也觉得是我把他害进去的？"小翠说："我没那么想过，尽管好多人说是你把他害进去的，可我从来没相信过，你们原来多好啊，一个麻雀腿都要分着吃，再咋也不至于这么害人。"我知道这时我咋说，她都会有想法，就说："小翠，明天我们一起去看张啸，你听他的话。"小翠呜咽起来，说："都是我害了他，我就是个扫帚星，害得人断路稀的。"看着她浑身一抽一搐的，我心疼她，可是我无法让她平静下来。我想到张啸定然经常接济小翠，她男人断了双腿，那都是多少年前的事了，肯定没有赔多少钱，又一口气生下三个娃，都在念书，就靠着她一个人，能有多少钱，能卖六七万的房子盖起来至少得七八万。想到这里，我就说："小翠，你记着，不管谁到你家问你，张啸就是给了你一根柴棍子，也不能说，你千万要记住，一旦说出去，就是他的灾难了，明白我说的意思吗？"小翠点点头。我之所以这样说，张啸给小翠的钱物对于张啸的罪行来说已经没有意义，我只是不想让人去打扰她，也希望那些被肮脏的利益浸染的金钱在小翠的苦难中得到净化。

晚上，父亲唉声叹气的，脸色僵硬。我看出来父亲有心事，果然吃了几根烟后，父亲压低声音说："你给爹说个实话，是不是你一手把三栓送进去的？"我说："爹，你……"父亲摆摆手说："娃，这世界这么大，咱们村里那些烂事放在这世界上算个啥，连鸡毛蒜皮都算不上……"我打断父亲的话："爹，连你也相信是我把他害进去的？"父亲的表情活泛了，说："只要不是你干的，我就心安了。"又说，"能帮你就帮帮吧，这么大的城，咱们那旮旯里就来了你们两个，你们从小就好，人不亲山还亲哩，帮他就是帮你自己哩。"我说："爹，你不懂，就像我害不了他，我也救不了他。如果说能救的话，这城里救他的人多着哩。"父亲长叹一声，拍拍我的手说："我不是不相信你，只是怕你圈在村里那些鸡屎狗尿的事儿里出不来把事做过头了。"我说："爹，你记着，如果是我出了事，不用你求，张啸也会帮我的。"父亲呸呸呸地呸了几口说："别说这不吉利的话，三栓一家甚至张家可把仇记在你身上了。"我说："记就记吧。"

第二天早晨我带着小翠去探望张啸，父亲说我也去看看吧。

父亲的到来让张啸倍觉意外，他对我父亲深深鞠了一躬，握着父亲的手半天，说："老叔，你得原谅侄儿。"他流泪了，父亲也流泪了。

我和父亲到一边去等着小翠。许久后，小翠抹着泪过来了，说："他有话要和你说。"

我过去，张啸对我说："小翠家的房子是我给盖的，那煤黑子到城里看病装假肢，也是我给安排的，那副进口的假肢也是我买的。这么多年，我从没忘记过她，可以说我一直在脊背上背着她。看在我们过去的分儿上，看在小翠可怜的分儿上，不要告诉别人好吗？这是我这辈子唯一值得欣慰的事。我知道我们家人会怨你，会骂你，但小翠不会怨你，我了解她。她深明大义哩。"

我恶恶地呸了他一口，说："你这些话是这世上让人最恶心的话，我要是想说，就凭你这话挡得住吗？难道因为你这样的叮嘱我就不说了，真想不到你会说出这样的话来？！简直不可理喻。"

张啸挠挠头说："我错了，真的我错了，我他妈的老是出错，你就再原谅我一次吧。"说完他笑了，放声大笑。

我们握手，他说："我现在连那个煤黑子都不恨了，真的。"

回家的路上，我对小翠说："好好过日子吧，再不要胡思乱想了，张啸的事有大人物关心着哩，比咱们的关心有用得多。"

小翠情绪好了许多，说："张啸说他们都冤枉了你。"

我仰天长叹一声说："冤枉就冤枉吧。你男人咋样了？"

小翠说："装了假腿，现在能自己照顾自己了。"

我说:"好不容易来一趟,明天我陪你转转吧。"

小翠摇摇头说:"家里离不开,庄稼都快荒了,我下午就回了。"

父亲说:"我下午和小翠就一起回去了,眼看到忙月了。"

我知道留不住,就要找车送他们回去,父亲坚决说:"别找车了,我们坐火车。"

到火车站,小翠又把钱递了过来,我说:"你还和他们一样看我?回去好好过日子,别让张啸太牵挂了。"忽然想到她的几个孩子也大了,就说:"你的几个娃都该高考了吧,书念得咋样?"

小翠说:"老大复读了一年了;老二还行,都今年高考;老三上高二,一级一个。"

父亲说:"老二在全县拔尖哩,不包分配了,多少人家的娃都不念书了,小翠把三个都供养读书,心大着哩。"

我说:"好,日子再艰难,娃的书都一定要念下去。"

小翠点点头。

从车站回来,青青已经在家里了。她坐在阳台上望着窗外。我说:"咋不打个电话我去接你?"青青回过头来,我一看竟然满面泪痕。我说:"你都知道了。"她点点头说:"我走的那天就知道了。"我说:"我看过他了,明天你去看看吧。"青青忽然一下子扑到我的怀里哭了起来。许久之后青青抬起头来说:"我没有别的意思,张啸和哥哥太像了,总是把事做过头,从来都不知道爱护自己。"我用劲搂着她说:"张啸很好,用不了多久就会有人把他捞出来,许多人把柄在他手里抓着。"

晚上睡下,我们谈起张啸来,这是我们第一次在家里谈张啸,也是我们第一次谈得那样的多,那样的动情,那样的深刻。

13

  大哥的两个孩子都已经毕业，我准备接到城里来念书，镇初中确实教学质量太低了，学生也越来越少，有能力的都转学了，有些人想方设法把孩子转到城里，边打工边供孩子读书。大哥虽然没提这事，可是我不能不想到这些事。青青说转过来，反正我做学术，在家的时间多，两个娃好好抓抓。回家时我顺便去看了趟张啸，问他要不要给家里带什么东西。临走的时候，张啸忽然说："你能不能帮我个忙？"我说："你看你，有啥事就说，什么帮忙不帮忙的。"他脸红了一下，嗫嚅许久说："你能不能不要买礼物去看我爹？我知道你一定会这么做。可你知道我父母他们多么要强，虽然他们做事有些鼠目寸光，可鼠目寸光的要强也是要强呀。你是真心去看望他们，可他们会认为是炫耀、示威，我知道这对你来说是件很为难的事，你不去别人会骂你不仁不义，可是你去了我怕会击垮我父亲，他得了肺气肿，喘口气都难。"我点点头说："你放心，我不会给老人增添压力的。"

  村里人都拥到我家院子里来了。不能说他们势利，更不能用"小人"来形容他们。除了种地，他们两眼墨黑。他们有许多种田以外的事需要我们这样的人去打理，他们说背上猪头认不得庙门，我们就是那认得庙门的人。尤其是这几年，家乡一直干旱，打工被誉为铁杆庄稼，他们成为城市的一部分，可城市为他们设置了许多陷阱，一不小心就掉进去，只有靠我们这些人来打捞。比如有些被欠了的工钱，我们一个电话就能要来，可让他们去要，一辈子怕都要不来；比如孩子入学，他们找人家人家理都不理……前些日子，张前山打电话来找我，我们一起念书到初中，他憋红了脸才说出找我的原因，他得了肮脏病（性病），看了好几个大夫，药吃了几千块钱，就是看不好。他说不认得人，大夫就是不愿意一次看好，套着你收钱。问我医院里有没有熟人，找个大夫花钱多少一次把病看好了，别把日子耽误，他说日子一天一过，耽误不起啊。我给他介绍了一位熟悉的大夫，一周后，他的病好了。他来谢我，临走时说日他妈，咋也得把娃培养成个读书人啊。

晚上，父亲说："明天，你去看看张啸的父母吧，肺气肿，人老得厉害。"我说了张啸的想法，父亲叹了口气说："可你不去看村子里人会骂你的。"我说："骂就让骂吧。"爹说："你给爹说个实话，你坐的是不是张啸的小车？"我说："爹，你咋这么问呢？"爹说："人都说你坐的车就是你整倒了张啸从他手里弄过去的，我也看你坐的车和张啸坐的车一模一样。"我就笑了说："这种车城里多的是，跑咱们这里的路就得这样的越野车，别的车跑不了。"爹就点点头说："这就好，这就好。"

家里院墙全放倒了，父亲要盖几间房，说村子上多数人家房子都盖起来了，再不盖人笑话，你回来脸上也挂不住。我打算把父母接到城里去，可爹不愿意去，说我才不住你们那火柴盒盒哩，整日头上像顶个火炉，我死了可不想让你们一把火给烧了，我要埋在祖坟里。车就停在门前的打麦场上。师傅说这行不，会不会有小孩胡整？我说不会的，这里人敬畏这东西。第二天早晨，车上就刻了一行字："小人不会有啥好下场。"那种刻字时的力量连铁皮都刻出印痕来，看得出仇恨。师傅急了骂道："谁干的，这漆可是金属漆，补上得几千块哩，得找到这个人。"我忙对师傅说："算了，回去我给你们领导说。"第二日晚，爹一晚上没睡，守车。

临走时我对父亲说："地能包就包出去，别再种了，该享福了。"

　　父亲说："现在人都到城里打工了，地承包不出去了，可撂荒心里难受，能种一年种一年，种不动了再说。"

　　两个孩子进城读书，大哥大嫂也进城来打工。到了秋天，大哥忽然要回家，我说回去做啥？活重受不了了，我给你调换个活。大哥挥挥胳膊说这胳膊到处是肌肉疙瘩，有啥活受不了。我说那你回去干啥？大哥说你别装了，装啥？我说我装啥？大哥诧异地说不是你给他们说的？你不说，村长能轮上咱？上面指定让我当哩。晚上，父亲打来电话，问大哥回了没？我说明天回。大哥接过电话对父亲说城里挣得不比种地少，村长一个月发的那点钱连个烟钱都不够。父亲说说啥废话，快点回来，这是户族里的事！三爷去世了，现在张王庄王家父亲开始主事了。

招惹

　　马兰花漫山遍野地开放的时候，马兰河谷就像叼了一块天，蓝汪汪的，就和蓝天一个颜色了。风儿掠过的时候，整个河谷就像一条河一样荡漾着，看上去心里都水汪汪的。那些花朵吐出的香气很是浓酽，氤氲着整个河谷。蜜蜂、蝴蝶、麦鸟、马燕这世上能飞的东西似乎全涌到这河谷里来了，闹嚷嚷的，喜滋滋的。尤其是早晨，棉被一样盖着的雾被太阳一片一片地揭去，空气就像老白干一样清冽。

　　野老头起来，吞吐了几口清冽的空气，亮亮地打过几个响鼻儿，擤了擤鼻涕，又咳嗽了几下咳出一口痰来，再扩扩胸，伸伸胳膊，浑身就清爽通透得很了。他向小龙山看看，雾已经扯到半塬坡上了，还有一丝一匹的，就像上好的绸带被蒿秆齿草挂住，在风中一曳一飘的。太阳已经露了半个脸出来，喜气得很。

　　野老头向羊圈走去。在这个过程里，他觉得缺了点啥。思谋了一下，原是不见了喜子。每天早晨，随着他开门的声音，喜子就会跑过来，他走出门来，喜子站立起来，把两只爪子搭在他的身上。他捉着喜子的两只爪子扭扭，就像人见面握握手一样。然后喜子便高兴地围着他蹦蹦跳跳地向羊圈走去。可今天，喜子是咋的了？于是响亮地咳了几声，还是不见喜子。又叫了几声"喜子"，却连个"汪汪"的应

064

答声都不见。心里算算时令，狗走游（发情）的时节已经过了。除非走游，喜子是从来都不会离家出走的。走游的时候，喜子会到三四十里以外的塬上去。他来到喜子的窝棚前，这才发现喜子被绑缚在窝棚边的一个木桩上，嘴被胶带紧紧地缠裹着，窝棚被喜子抓刨得乱七八糟。他知道出事了，而且他能想到出什么事了。他没有先去羊圈，而是蹲下去，先解开套着喜子脖子的绳索，再一圈一圈地撕开拴在喜子嘴上的胶带。因为胶带粘得瓷实，又粘着喜子的毛，怕撕痛了喜子，不敢太用劲，撕胶带就撕出他一身汗来，但这也撕得喜子又蹦又跳的。撕下胶带，他这才发现喜子的嘴里有一块骨头，是猪的拐骨，骨头太大，卡在喜子的嘴里。解开了，喜子就像被捂在被窝里很久的人一样，依偎在他的腿边大口大口地换气。他想好在这狗日的把鼻孔给留开了，要是一起缠裹上，喜子就憋死了。看来这狗日的心还不恶。

他顾不得心疼喜子，急忙向羊圈而来。喜子出事了，羊就肯定出事了。绑缚喜子目的当然在羊。进到圈里一看，羊少了。一数，剩下了六只。他又数了一遍，确定只剩下六只时，就觉得天旋地转的，眼前一阵发黑，忙扶着羊圈门边的木桩站住换了几口气。这种状况只有儿子出事时有过，那次他跌倒了。隐约听得身后有欻啦欻啦的声音，一转身被吓出一身冷汗来，女人不知道啥时候站在他的背后。

他几乎是吼了一声说："你是个死人，到人跟前连个声气都没有。"

女人也没好声气，说："一大早的，你吃了火草了。"掉头就走了。

他说："日他妈，羊让人偷了。"

女人听得这话，又回头跑过来，钻进羊圈，数了一遍，又数了一遍。野老头说："就剩六只了，又不是六十只了，一遍一遍地数啥？"

女人一个坐墩坐在地上，两只手拍着大腿骂起来："哪个缺了八十辈子德的干的，哪个养娃没屁眼的干的，哪个天杀的干的。"

这骂声在清早的马兰河谷十分的刺耳。

野老头听得烦躁，就说："你骂给谁听哩，这谷里还有别人？"可女人却不听他的，继续骂。野老头听得越发烦躁了，就说："你这么骂这么喊，能骂回来？能喊回来？"

女人住了声，抹了把眼泪，擤了擤鼻涕，说："不会是夜里脱圈了吧？"

野老头说："要脱圈也一起脱了，它们又不是人会闹事生气，一拨儿一拨儿地走？"

野老头回到窑里，从箱子里摸出一包纸烟装在身上，对女人说："我上塬去了。"

烟是儿子出事时他买下招待那些大盖帽的，可人家一副公事公办的样子，没抽他一根烟。他得去报案。这事只有大盖帽管得了。自从人们都搬上山去了，还从没出过这样的事。一个村子都挤在河谷里的时候，倒是老出现这种事。一出事大盖帽就来了。有几宗事还真就弄出个名堂来了。

现在，马兰河谷里只住着野老头一家。之所以说是现在，是因为以前村子里住着一大村的人，村子就叫马兰河谷村。两年前，上面实施村村通工程，马兰河谷村因为在塬下，山大沟深，一上一下有三四十里地，交通极不便当，费用很高，上面跑了又跑，算了又算，就提出将整个村子迁移到塬上去。事虽然是好事，可搬家不是件容易的事，上面最后又答应给每家每户补三千块砖，十袋水泥，人们就都很踊跃了。塬上一马平川啊，又靠近公路，出门赶集，走南闯北，不再爬山越岭，翻沟过壕，平展展地就到了。村址选定后，全村的人都上去看了，回来就兴奋得像是要搬到北京去一样。野老头也去看了一趟，回来后就不愿意搬了，因为根据画出来的地基看，家家都房前屋后地挨着，就像夏天羊在没有阴凉的原野上扎堆歇凉一样，比在这河谷里住得还挤。野老头有些想不通，那么宽展的一个大塬，为啥要将人集中住在一起呢？家家弄得一模一样。他厌恶扎堆，甚至害怕和人挤在一起。太挤了，人情就淡了，过几天这两家臭了，过几天那两家臭了，传染得一村人都臭着，你家鸡啄了他家的鸡都惹得骂仗打架的，见面都阴着一张脸。儿子不认老子，舅舅不认外甥的事时有发生。人挤毛了，就容易出事，就像攒东西几年把堆攒大了，两三年总会挤出个大事来。为一个鸡蛋都弄出人命来。朱大宽和牛小山两家就因为一个鸡蛋，最后，牛小山的小儿子一砖下去，要了朱大宽的命。惹得那些大盖帽的铁驴子吼来吼去像赶集似的。

全村人开始搬迁的时候，村长来家里，对他说你不上塬，给你就通不上电，以后可别后悔了到处告状。野老头摇摇头说这些年我告过状吗？告状我还不知道人家门向哪里开着哩。野老头想，等儿子出来，他就有一群羊了，想往塬上搬就搬，塬上平坦，再说也通了电，点灯不用油了，还能看上电视，他们还说犁地都不用牛了。一个村子的人都争先恐后地搬上塬去了。后来，有人说给他家的那三千砖和十袋子水泥村长领着用了。这他能想到的，也知道来的人是来说是非的，想挑拨事哩，就说用了就用了。

马兰河谷村主要是由两大户族组成的，朱家和牛家。野老头老家是甘肃省人，家乡闹匪，爷爷带着一家人跑了出来，一路上走到了这里，就落在了马兰河谷，给朱财主拉长工。后来，爷爷一场大病走了，留下了奶奶和爹相依为命。爹从八岁上就给人家拉长工一直到解放。因为成分好，爹就做了组长，后来又做了队长，再后来又做了大队长。那些年，他家可以搬回甘肃省老家去的，生产队时代一切都是集体的，容得下他们一家人。可爹当着大队长，日子过得顺溜，就说哪垯的黄土都养人哩。不过，爹也不是没有想到以后的日子，单门独户的人家要在两个大户族组成的村子生存，是很难的，用爹的话说人家一人一口唾沫，就能把你淹死。远的不说，村子里那六七户外姓人家就是例子，随着包产到户，一家家都寻根问祖搬回老家去了。母亲前后生了不下十个娃，可生一个眼睛睁开看看这个世界走了，生一个眼睛睁开看看这个世界走了，最后就活下了他一个。爹就希望能和朱家或者牛家结个姻亲，这样就能融入大户族。他十八岁那年，媒人前后介绍了几个朱家牛家的姑娘，他就是不同意。爹脾气大，性子烈，他从小到大都很惧怕，啥事都顺着爹，偏偏在这事上不知咋的就跟爹拗了一股劲。有一次，媒人又介绍了朱家的一个姑娘，她家就住在谷后。媒人带他去看对象的时候，正是马兰花盛开的季节，蓝格莹莹的河谷就像天落在河谷里，他像个贪玩的娃娃在河谷里追逐着蝴蝶掐蝴蝶落过的花朵。蝴蝶落过的花朵是世上最香的花朵。媒人是队上的朱大肠，受着管制，不敢强迫他，又不敢丢下他走人，只能坐在那里等着他。马兰花、山丹丹、猫蹄蹄、野女子他掐了一大把，然后一朵一朵编织成一个草帽。正编织着，一阵歌声就传过来，他投过目光看去，一个穿水红衫的女子背着草篓，在那里边割猫草边唱，山风吹过，那单薄的水红衫子就扬起来，露出细白的腰身，就像碗瓷一样闪着釉光。是荞荞。他就把那花帽递给荞荞，说我给你编的。然后直接回家了。媒人跟在屁股上又喊又叫的。爹虽然对他严厉，但毕竟稀欠他这唯一的儿子，结果他就娶了荞荞。荞荞家也是个外乡人。他结婚后不久，荞荞爹娘就搬回老家去了。他家就在村子没了带血带肉的亲戚。可是，婚后一家人急得火烧火燎的，女人就是不开怀。爹就说你离了吧，家里可是担负不起这样的责任，不孝有三无后为大。他把爹的话对女人说了，并说他不愿意离婚，就是一辈子不生，他也不离婚。女人就抱着他哭了。大概是被爹的话吓着了，女人一下就开了怀。先生了个女儿，爹虽然不很满意，可毕竟是开头了。才几个月的时间，爹就整天抱着孙女，小拇指按一下孙女的鼻子说你爹要给你生一个生产队哩，爷爷就是死了，你们后辈重，看哪个狗日的还敢对你们龇牙咧嘴，用一个生产队的势力跟他们弄事。女人又怀孕了，这当儿就包产到户了，大队也改成了村。选村长的时候，爹就给选掉了。女人刚刚生下个儿子就计划生育了。一包产到户，运动也没了，各过各的日子，就像又解放了一次，一切事儿又翻了过来。当了那么些年大队长，爹在马兰河谷的两大户族都惹下了不少人。他们就时时处处跟家里过不去，明明知道人家偷了你家的鸡，不但讨不回来，连个公道都没人站出来说。小事是这样，大事人家就更是拧成一股绳。有一次，家里的田埂被人家放了，又占了几犁地过去。爹找上门去，理论没理论成，却被人家十几个人围着打得浑身没一处好的。爹睡了半个月才能下炕。下炕后爹就去了乡上，让乡上给他做主，可乡上那些人说你就不要再逞能了，现在不是那回事了，回去吧。闲气胀死人，爹当时就吐出了一口血，回来人就不行了。他没想到以后的日子会变成这样。从乡上回来，爹就睡炕起不来了。忽然一天，爹说要回老家一趟，他说等你松活点咱再回。可爹说我这辈子松活不了了。他只能备好骡子送爹回了趟老家。到了老家他才明白爹是想搬回老家。可是，现在都已经包产到户了，地都在私人手里，从私人手里往回弄地，就像割人家的肉。没有地，回来靠啥活？从老家回来后的第三天，爹就咽了气。咽气前爹对他说不要招惹他们，躲着他们，你闹不过他们。说到这里的时候，爹攥紧拳头在炕上砸了一下说尤其不能招惹那些吃公粮的白眼狼，我当大队长的时候，他们下来，哪个没吃过我的，喝过我的，拿过我的？低标准的时候，谁家我没救过？不是我他们能活到现在？现在我遇事了，他们都给我翻白眼，说我不要逞能，这些狗日的啊我都交不过，你不要招惹他们，离他们远一点，远一点。话没说完，爹气就断了。两只眼睛就是合不上，眼皮压下去了，拿开手又翻上来了。

那时候，野老头已经三十多了，爹的话他不但明了，而且也有了经验教训，知道招惹不过人家，更没想着去招惹那些人。好在包产到户了，自己的地自己种，种啥吃啥，不和人挣狠使歪，少听少说，不掺和别人的是非。野老头一边精心种着自己的地，一边就想着多生娃，像爹说的生一个生产队，看哪个狗日的还敢和老子弄事。可女人生下儿子后就计划生育了。他就和别人一样让女人东躲西藏，可别人都能躲藏得住，偏偏他女人躲藏不住。女人才躲了一次，第二次就让人家抓了，没几分钟就结扎了。他知道村子里有人报信，人家躲藏了，互相瞒着，他女人躲藏了，人家就报信。他恨死这帮孙子了，可只能把仇恨埋在心里。他蔫过一段日子，可日子还得过下去。他就想把日子过扎实了。在这里过日子最简单，只要你不胡来，日子就能过下去，再用心一点，日子就能过到人前头。他除了种地，就精心喂自己的羊。羊是主要的经济来源。不用进到家里去看，一看门前屋后的粪堆就知道谁家过得殷实。粪堆大了，地里就有粪上，庄稼就长得歪，收成自然好，日子自然就殷实了。那些年，野老头家的羊群是村里最大的，羊最多的时候超过七十只。每年粪堆也比别人家的大出几倍。日子过扎实了，就有了点小势，找你闹事的人也就少了，找你借钱的人就多了，找你借钱就跟你闹事少了。谁来他都能多少给借一点。每年他还要宰一两只羊，请一些人来吃一顿两顿的。日子总算从父亲带来的阴影下脱了出来，顺当了。可是，挤在一道河谷里住着几百口人，你不能把人人都维下。尽管你不招惹人家，可人家招惹你，躲都躲不过。他曾经想搬到龙尾山去，虽然更不方便，但蓝天白云的宽展哩。可一直没搬，毕竟搬家不是件容易的事。就这样儿子大了，血气方刚的样子，不知道村子这条河里的水有多深。被人家惹了不服气，鼻孔撑得像牛鼻孔喷气，就像一头发怒的咆牛，随时把锋利的角抵进人家的肌肉里去。他总是按着，可有时候按都按不住。就在全村搬迁的前一年，儿子终被挤毛了，和老朱头的老三闹起事端，儿子气糊涂了，拿石头拍人家的头。拿石头拍人的头，一下也就够受的了，儿子却把积攒下的气恨全发泄出来，竟然连续拍了十几下，结果把人家拍傻了。公家一断，把五十三只羊全断给了人家不说，儿子还得坐五年的牢。那些大盖帽对他说不服可以上诉，他摇摇头。把五十三只羊全判给人家，他一句怨言都没有，虽然觉得重了点，可人家活蹦乱跳的儿子现在躺在那里像个死人一样，一辈子就像草呀树呀的活完了。然而，让儿子再坐五年的牢，他心里很是有看法。从古到今，打了不罚，罚了不打，这人人都知道的理儿，现在也还是这样。再说儿子是个老实娃娃，儿子拿石头拍人家的头是给挤毛了，被逼急了，问问村子上的人，公正一点谁能对儿子说出啥来，有啥改造的？可他知道大盖帽听不进去这理由，老朱头为了打赢官司，上上下下都使了钱，他有看法也没处说。因此，自从出事后，他一直躬着身子跟在人家的屁股后面像条狗一样赔着笑颜，不敢对大盖帽有半点不敬之词，人家说啥就是啥。不希望人家开恩，是怕儿子进去了再受二茬罪。心想就当个亏吃吧，虽说活了这么大的年纪，他没看出来亏吃下去都是福的状况来，但也只能吃了。老朱头来赶羊的时候，他啥也没说，把羊圈门开得大大的躲在一边让人家赶羊。老朱头大概觉得事是做得过了些，对他说你挑三只羊吧。他摇摇头。老朱头说日他妈，你不留羊，这羊我咋赶啊。说着就把鞭子扔了，走了。他想了想就留下了三只怀羔的母羊，然后提着鞭子赶着羊给人家送了过去。去看儿子的时候，他对儿子说等你回来，爹就能给你娶媳妇了，虽然一群羊给他们赶走了，可还给咱留着三只羊哩，都是好母羊，秋后就有六只了，你回来家里就又是一群羊了，有了一群羊，你就有媳妇了。儿子点点头，嘿嘿地笑着把头往他怀里抵了抵。这一抵把他的眼泪就抵了出来，从出事到现在他还没流过泪。

儿子劳改了，野老头悲伤了一段时日，又重新鼓起生活的勇气，精心地侍候着三只母羊。这三只母羊就是羊根啊，有了这三只羊，就像有了土地，日子就有了支柱。有了这三只羊，他就能给儿子一群羊，没有别的门道，就是每年下的羊羔子，母的只要活下来的就全留下来，要是公羊羔多，就到别人家去换母羊羔回来养。这是个当下吃亏日后占便宜的事。母羊羔就是土地，能够繁衍出羊群来。公羊羔出月阉成了羯羊喂养十几天，发膘快，肉比母羊羔好吃，卖价比母羊羔高，不想把羊群往大里养的人是乐意换的。家境差点等着花钱的人也乐意换，喂壮了去卖钱，补日子烂下的窟窿。母见母，三年五。一只母羊要是操心得好，三年能下五只羊。操心羊野老头在马兰河谷村是没人能比得上的。有了这三只母羊，五年他怎么也能操心出一群羊来。有了一群羊，儿子的媳妇也就有了。儿子的媳妇有了，他这一辈子的事也就了了。

村子上的人都搬走了，马兰河谷的天地就宽展得很了。不要说天地宽展了，就是草也比以前茂盛了，绿油油的。马兰河谷也不光是马兰花一种花，一年四季都有花，猫蹄蹄花，灯盏盏花，山丹丹花，串串红，菊花，就是冬天，地爬爬也紧挨着地皮一嘟噜一嘟噜地开着。在河谷里走一趟回来，浑身都沾了香味。而且，村子中央那口井又出水了，愈来愈旺，那水清澈得趴在井沿上能照着影子。那井算算可是枯了有十几年光景。野老头觉得这都是人搬走了的原因。村里人没搬走的时候，整个河谷污浊得很，草都不好好长，马兰开花季节都闻不到香味，人是有臭味的，越挤臭味越大。稍稍平坦的山坡都被人开荒，种了庄稼，天不下雨，夏秋两季到处都是一片荒芜。风一吹来，尘土蔽天。才两年多的时间，这些地就被草覆盖了。野老头在河谷里住得自在极了，整个河谷都是他的了。因为心情好，野老头精神了许多。在这只住着他一家的河谷里养羊，日子就光明了许多。

三只母羊争气，像是要救他一样，儿子走后不久就下了三只母羊羔。开春的羊羔操心得好点，到了秋后就能走羔（发情）怀羔了。这样第二年，他就有六只下羔的母羊了。母羊走羔的时节，他赶着羊到了女儿家。女儿家留着一只羝胡（公羊）。现在的人都离钱近，女婿留着羝胡，专门给羊配羔收钱。为此，他有些看不起女婿，在女儿跟前说过几回这钱挣得不光彩，惹人背后骂。可女儿说爹，这可能挣钱了，一只羊挣一块，一年两季也能挣不少钱哩。他就不再说啥了。现在羊要配羔，女儿自然不会说啥。女儿是亲生的，可嫁了人就是人家的人了。为这事惹得女婿说出个啥来不值得。他不想让女儿为难，也不想因此惹得女儿女婿淘气，便给女儿放了半个月的羊。庄稼打碾后，他又把一年的羊毛和豌豆、胡麻、扁豆这些值钱的小杂粮打折出来，卖了又买回了四只好母羊。今年，他就有了十八只羊。有两只羊宝贝似的一肚子下了两个羔，他激动地和女人说了一夜感恩的话。尽管第三天一只羊死了，他还是感恩着。唯一让他觉得不满意的是有三只公羊羔。但这不要紧，他还是老办法——用公羊羔换母羊羔。当他开始找着换羊羔的时候，才发现事情并不像以前那么简单了。村子搬上塬后，许多人家把羊全卖了，盖了房，养羊的人就越来越少了。以前家家都有十几只羊，可是现在许多人家连一只羊都不养了。他跑了几个村子，才换回来一只羊羔。羊羔大了点，他还不死心，可女人说咱喂着吧，等再大点，你带着两个羊羔去看儿子吧，说是给看管儿子的那些人送羊能减刑哩。女人侍候两个公羊羔就像侍候两个先人地侍候了三个月，两个公羊羔就像牛犊子一样。他就用蛇皮袋子将两个羊羔装好去看儿子。儿子虽然在监狱里，可个头蹿出很高，竟然比在村子里白净了许多。他问儿子把羊羔送给谁，儿子说送给大队长吧。儿子说得宰了送。他就找了个人把羊羔宰了，把肠肚心肝这些下水送给人家当了回报，毕竟人家害了命。他走的时候问儿子说亮子说送羊能减刑哩。儿子说送羊减不了刑，送钱才能减刑，家里没钱，我坐够牢就行了，坐牢挺好的。他就告诉儿子家里已经有了一小群羊了，等你出来就有一大群羊了。这话不是吹牛，儿子还有两年出来，两年出来可不就成了一大群羊了吗？儿子就嘿嘿地笑。他心里也快活，想坐就坐完吧，坐完出来就给你娶女人。

可谁能知道日子走得顺顺的，偏偏出了这样的事。他就想到娘说的，人人家门前有个塌窖，说不定哪天一脚就踩进去了。他没想到自已把门前的塌窖踩开了。

爬上了塬，目光就展展的了，攒成一堆的村子在宽展的塬上就十分醒目，就像是一堆一堆在风中干裂了的牛粪，远远地就能感到那村子散发出来的燥热。村子搬上塬这才两年多的时间，就出过好几次事了。麦根把猪头的女儿强奸了，猪头提着镐把麦根的腿砸断了，尽管麦根说家家房屋都建得一样，把猪头的女儿当成自家女人了，可人家哪里认这理儿。结果两个人都在里面蹲着哩。燕子去城里做了小姐，被人家抓了送回来，结果这娃吃了老鼠药。野老头听人说这事的时候，就说都是挤出来的事啊。

自从一村的人都搬上塬后，就很少有人下到河谷里来，一上一下三四十里路程，多少年爬上爬下已经爬怯了。偶尔有放羊的或者走亲戚的会从这河谷里经过，口渴了讨口水喝。野老头总是要给泡杯茶，装锅子旱烟，要是赶上饭口，一定要留着吃口饭。离得远了，人就亲了许多。有些人在河谷里住着的时候，他是不待见的。村子里的一些事也就这样传到他的耳朵里来了，他也只是听听。他就想起爹临死说的那句话，离他们远一点，远一点。

村长家一眼就能看出来，像庙一样显眼。房子三面墙壁全是红砖到顶，门面墙一溜儿云白水亮的瓷砖，釉光闪闪的。不像其他人家，门面墙是砖的，另三面都是土坯砌的。而且，比别人的房子都高出许多，屋脊趴着两条大龙，中间有一颗五颜六色的大珠子。大门是钢铁的，漆得艳红艳红的。野老头进去的时候，才发现村长的院子都是用红砖铺成的，有别人家的两个院子大。自从村子搬到这塬上来的时候，他还没有进过村长的家门。

村长正在那里看电视，电视里有几个女子在给村长跳舞。

他摸出烟来半天才拆开，递给村长一支。

村长说："你是稀客啊，啥风把你给吹来了？"

他说："我的羊让人偷了。"

村长说:"啥时的事?"

他说:"昨晚的事。"

村长想想说:"这事得抓紧报案。"

他说:"你说报案?"

村长说:"你到乡派出所去报个案吧。"

他就离开村长家向乡上来了。走了几步,又折回村长家来,把那拆开的一包烟放在村长面前的桌子上。

去乡上有二十多里路程,野老头到的时候,看看手腕上的电子表,是下午一点。想到人家是两点上班,就在乡里的街上转悠。肚子咕咕地叫着,他摸摸口袋,走的时候没装个馍,连钱也没装,遂就咽了几口唾沫。咽了几口唾沫,又觉得渴得不行。他来到一个饭馆,对一个胖头掌柜说大哥,给我口面汤喝吧。那胖头看看他,舀了碗面汤给他说吃碗面吧,一碗面值不了几个钱,面汤越喝越饿。他说走得急,没带钱。胖头大哥就给了他碗面汤。喝了碗面汤,给人家道了谢,又在一棵大树下歇了一会儿。看看到了两点,他往派出所来了。派出所他是熟悉的,儿子出事后他被弄来过几次。听到一个房子人声喧哗,到门口一看,几个大盖帽正在打牌。野老头看见他们把大小王扔在一边,一个人手里捏着三张牌,桌子上扔着一堆捏卷了的钱。野老头看了一眼,有好几百。他就知道他们在扎金花。

儿子出事的前一年,村里出了一个大事,就是扎金花惹出来的事。旺子的爹在炕上咽气,旺子的娘就把准备好的钱给旺子,让旺子去李棺材家买口棺材。旺子拿着钱去李棺材家里,碰见几个人蹲在一起扎金花。旺子被拉扯进了场子,结果三下五除二就把给他爹买棺材的钱输了。旺子就回不了家,旺子的堂兄说那几个人会洗牌,下了圈套赢他的钱。旺子就提着斧子去要钱,结果钱没回来,就砍杀了两个人。抓旺子的时候,就是这几个去的。旺子最后被枪毙了,旺子娘就上吊了。不到一个月,这家人就亡了三口。

野老头心想他们不止一次到村里讲过禁止赌博，特别说了扎金花，说要是抓住一定要严惩的，可他们咋还玩呢？也就这么想了一下，他顾不上细想。

几个人抬起头来看了他一眼，他哆嗦了一下，忙说："我家的羊让人偷了。"

这时，一个胖子把手里的牌扣在桌子，说："我倒了。"然后对他说："你跟我来。"

他就跟着胖子到了另一间房子里，胖子说："啥时的事？"

他说："昨晚。"

胖子说："你说细一点。"

他就说我叫野贵儿。然后从早晨起来狗被绑了说起来，还说到女人悄无声息站在背后把他吓出一身汗来。这他有经验，儿子出事，他就这样给人家说过不止一遍。不过那次记录的不是胖子，而是一个瘦子。胖子记了一阵，从墙上拿下大盖帽往头上一按，来到院子里喊："别扎了，有案子。"又对野老头说："我们去一趟吧。"野老头长嘘出一口气，心里说谁说人家不好请，羊找回来咋也得好好谢谢人家。这时间，那几个打牌的大盖帽已经吵吵嚷嚷地散了，一个个走出来，胖子又说："小苟、小朱、小虎一起去，小杨留下值班。"

野老头心里高兴，去这么多人，事就好办了。

不一会儿他们一个个推出了铁驴子，都穿上了警服，戴上了大盖帽，立刻就威风多了。

胖子说："小苟，你把老头捎上吧。"

铁驴子走乡上到村上的路，容易多了。半个多小时，他们就到了村上。在村口，他们停下摩托车，胖子问野老头，老王八在不？野老头迷惑了，小苟说就是你们村长。野老头说在，在。

来到了村长家，村长早已在院子里等着了，见了胖子说："几辆摩托，吼得整个村子都动弹哩，我还当日本鬼子进村了，后来一想，是苟所长进村了，只有苟所长进村才有这样的气势哩。"

胖子说："日本鬼子进村奸淫掳掠，你可把王八婆藏好了。"

村长说："送上门你怕都不要了，日本鬼子喜欢花姑娘。"

这么说着笑着，他们就进了屋。抽了几根烟，胖子说："咱们去看看吧。"

胖子就捎了村长，一路往马兰河谷来了。

到了野老头家，胖子说："咱们看看现场吧。"

野老头看看村长，村长说："现场就是羊圈。"

野老头忙带着几个人来到了羊圈。几个人在羊圈里看了看，把院子走了一番，那个叫小苟的还拿着相机咔嚓咔嚓地拍了又拍。之后，他们几个又顺着河谷跟踪了一番，然后就回来了。

胖子说："河谷里草茂盛得很，啥痕迹也没有，这案子麻烦着呢。"

村长说："你就给费个心吧，野老头日子就在这几只羊身上驮着哩。"

胖子就感慨地说："是啊，羊是咱这一带人的命根子哩，啥都得从羊身上出。"

野老头从箱子里摸出包烟来，拆开一人一支敬上，又让女人烧水泡了茶。茶也是儿子出事买下的，可人家没喝他一口水。他喝的是马兰河谷里生长着的一种叫地爬爬的草。夏天叶儿还嫩着的时候收回来阴干，就可以喝了，很苦，但喝上有一股清凉味儿。可谷外的人不喝这茶，说这是草。

村长从炕上跳下来，拽了野老头一把，野老头跟着村长来到院子里。村长说："宰只羊吧，吃惯的野狐赛狼哩，这些家伙南北二川把嘴吃油了，你不好好招待一顿，他们是不好好做事的。"

野老头心想反正自己愿也许下了，羊找回来要好好犒劳人家的，这愿迟还不如早还。早早地吃了，他们做事就更用心了，就说："村长你陪着他们，我这就宰羊去。"

剩下的六只羊就在坡上。有两只老母羊，两只小母羊，两只去年的羊羔子。两只去年的羊羔骨架还没起来，这个秋天，它们的身子骨就长起来，就会怀上羔了，明年开春就会下羔做娘了。没下过羔的羊肉是最好的。可捉哪只呢？他心里很痛，看哪个都不忍心。他想了想，就揪了苦豆草的一个小枝。苦豆子草的每个小枝上都长着三片叶子。他闭着眼睛像女娃编辫子一样，把三片叶子编成了一条小辫，然后，掐去一片叶子的尖儿，心里说如果掐了尖儿的叶子是左边的，就抓旺旺，如果是右边的，就抓福福，要是中间的，就再掐一次。这个习惯已经有好多年了，每遇到难以选择的事，他总是这样做的。好在有苦豆草，从春到秋都很茂盛。他散开那条小辫，结果掐了尖儿的是左边的。他叹了口气，叫了声旺旺，旺旺就来了。他的羊都是有名儿的，从一生下来他就准备好了名儿。他抱起了旺旺，福福就咩咩地叫着追了上来，就像他把它给冷落了。野老头说回去，吃你的草去。可福福还撒着欢子追来。要在平时，他会放下旺旺，再抱起福福来。可今天跟往日不一样了。他抓起一个土疙瘩打在福福的头上，福福就站下咩咩地叫着。

养了一辈子羊，野老头却从来没有宰过羊，只能进去叫村长。村长说日囊尿，连个羊都不敢宰。村长宰羊的时候他就躲到一边去了。可村长说你来把羊给我按住。他只能过来。两手捉着羊的后腿，眼睛却望向了一边。村长很麻利，一刀子下去，再往深里抹了一下，旺旺四条腿乱蹬了一气，便不动了。村长把刀子递给他说剥羊总会吧。他努力地点点头。

剥羊的时候，女人就站在一边看着，他没看女人，女人却说："羊还没找回来，就把一只宰了？"

他不接话茬，知道女人心疼，就说："快去烧水准备吧。"

女人又说："这就等于又丢了一只。"

野老头心烦，就恶声恶气地说："话比猪屎还多。"

女人走了。他口气一大，女人就不说话了。可从她离开的脚步声，他知道女人有气。可他心里说我也有气哩。

村长又出来了，说："不要炒，剁成大块炖上，这些狼喜吃炖的。"

野老头就按照村长说的把肉剁成了大块，让女人去炖。这样做倒也省事。他又从园子里挖了些葱和蒜回来剥了，把蒜捣碎准备好，抬头看看太阳，想去年的羊羔子，肉嫩，估计赶天黑前就能吃到嘴里了。

大概是嫌窑洞里黑吧，他们又到院子里来了，小苟说："所长，不和老王八扎两把？"

胖子说："老王八的钱不好赢啊，说是老王八，比猴还精哩。"

小苟说："我不信他能扎过你！"

胖子说："没带牌啊。"

小苟说："要不我咋能当所长的秘书，你看。"从怀里掏出一副扑克牌来，说，"这东西咱可是走走站站带在身上的，知道你喜这东西。"又嘻嘻笑着说，"所长，你看我给县长当个秘书也不差哩。"

扑克牌都拿出来了，村长却摆着手说："不敢，不敢，跟你们扎金花，那不是小鬼和阎王爷耍赌，你们的钱是好拿的？"

胖子嘿嘿笑着说："不是不敢，是没本事吧，有本事就放马过来，尽管赢，钱不够这还有几辆摩托车哩。"

这么说着，小朱已经抱出窑洞里的桌子，几个人就扎起金花来了。

小苟对野老头说："你也来吧。"

野老头忙说："不会，不会。"

小苟说："咋连这都不会，马兰河谷村扎金花可是远近闻名的。"

胖子说："来来来，三分钟学会，两分钟致富，一分钟破产。"

野老头红着脸说："你们玩，你们玩，我玩不了。"

野老头跑了一天，积下了好几件活，他开始做活了。喂牲口，扫粪垫圈，准备夜草。野老头把活做完了，肉香就从窑洞里飘了出来。羊肉味尖，院子里飘满了羊肉的香味。野老头皱着鼻子吸了几下。自从儿子出事后，三年了，他和女人没吃过一口羊肉。羊肉不敢奢望吃上一口，就是一年喂一头年猪，女人精心地喂大了，也是卖了，攒着钱。鸡，女人也不让吃了，因为有来收鸡的，说是城里人喜欢吃土鸡，这里的鸡是最土的土鸡了。到过年的时候，女人才让宰上一只，算是饭菜里有了荤腥。可是鸡肉不比猪肉、羊肉解馋。只能应个穷日子，富节气的讲究。

女人来叫他，他就过去对村长说："村长，肉好了。"

他看看村长的表情，胖嘟嘟的脸上就像拧了麻花一样，村长是输了钱了。

胖子说："吃肉，老王八，看来今天你是捞不回去了，沙泥底子，越捞越深。"

村长红着脸说："最后一把，再来最后一把。"

胖子摆摆手说："这不有案子吗？还不多来几趟，还怕你没时间捞，饿了，前胸都贴到后背上了。"

村长说："吃吃吃。"

肉一端上来，几个人也不等野老头的女人把筷子拿上来，就用手抓了起来，胖子撕了一片肉放到嘴里吞嚼了几口，连声叫："这肉不错，真是不错。"

胖子又说："再有点酒，那真是啊，应该带酒来。"

村长看了野老头一眼，说："还愣着干啥？把酒拿出来呀。"

野老头迟疑了一下，打开箱子，提出两瓶酒来。

那也是儿子出事时买下的，没送出去，过年时没舍得喝。想着等儿子回来，好好喝一顿。他记得家里有两个小酒盅，那都是很早以前的事了。女人不开怀，别人说吃别人的席时，偷个酒盅揣回来，让女人在怀里揣上一月，就能怀上了。他就从张喜婆女人的宴席上偷了一只酒盅，女人揣了一月，可是还不开怀。后来，他又在李四的宴席上偷了个酒盅回来。现在娃娃都这么大了，两个酒盅不知放在了啥地方。

他到处找，喝酒没酒盅咋行？可是就是找不到。村长等不及了，就很不高兴地跳下炕来，捂在他耳朵上说："磨蹭个啥？这些人要不服侍好，他们不高兴，你的羊能找回来？"

野老头搓着手说："不是我磨蹭，家里没有酒盅。"

村长说："拿几个小碗来。"

一个一个小碗，倒满了酒，几个人的脸上立刻像照上了太阳，灿烂无比。

村长说："野老头，你还瓷着干啥？快打开给所长倒上。"

野老头拿起酒瓶，弄了半天打不开。酒买回来后他就放进箱子里，他看都没多看一眼。以前，他喝过的酒那瓶盖用牙就可以咬开，可这酒瓶的盖不是用牙咬的。

所长一把拿过来，一手捏着酒瓶，一手捏着瓶脖，一转"咔嚓嚓"的酒瓶就开了，所长自得地说："这世上没有我打不开的酒。"

小虎嘿嘿笑着说："要不您咋当所长呢。"

他们喝起来了，野老头就到外面去了。给牲口上好了夜草，又把剩下的五只羊收了圈，蹴在羊圈里装了锅子烟，边抽边对羊说知道你们咋没被赶走吗？他们留着一手哩，做了长远打算，等你们下了羔子，膘肥体壮了，他们就会再来。这么说着，他心里就很沉重。这贼只要抓不住，有了第一次就会有第二次、第三次，他这羊还咋养啊。他想好在连所长都出动了。他从他们的说话和做事知道那胖子就是所长，是领导了。抽完一锅子烟，野老头这才想起喜子一天没有汪汪了，就连所长他们这么多人来了，它都没叫上一声。于是就叫了声喜子。喜子叼着一块骨头跑到他面前看着他。可是，喜子嘴里的骨头掉到了地上，大张着嘴呜里呜啦地哼着。喜子的嘴肿得像个罐罐，他知道那块骨头卡在嘴里大半夜，又被胶带紧紧地缠着，喜子嘴里一定溃烂了许多处。喜子不甘心地又叼起那块骨头，跑了几步，那骨头又掉了下来，喜子呜里呜啦地哼叫了两声，再次叼起那块骨头。要是嘴好着，那骨头不要说是掉下来，拽都拽不下来。野老头拿来瓷盆子舀了些清水，放在喜子眼前。喜子舔了几下水，又开始痛苦地啃那骨头了。

他把另一个窑洞收拾了一下，羊怎么都不能在圈里了，得圈在窑洞里。这伙贼才走不会再回来，可谁知道这世上到底有几伙贼。

划拳的声音传了出来，在夜幕下的河谷传得很远，在野老头听来，不是几个人在划，而是几十个人在划。他觉得这声音好吵，就像一个村的人挤在一起时一样吵。他向谷坡上爬去。不知道惊动了什么，从他的身边奔逃而去。自从整个村子搬迁到塬上之后，野兔、狐狸都多了起来，有一次他还看到了狼。这些东西也被人挤跑了，人走了它们都回来了。可刚刚爬了不远，就听见村长喊叫起来："野老头，拿酒来。"

他只得又回来，嗫嚅半天才对村长说："就两瓶酒。"

村长说："就两瓶酒？"

野老头说："我到塬上去买。"

村长说："到塬上去买？等来啥时候了？"

所长摆摆手说："好了，好了。"

野老头看看，盆子里的肉已经没了。他就知道整个羊没了。女人是个实诚人，一盆子全端了上来。

所长站起身说："回去了。"

村长说："酒没喝好，这野老头是个实诚人，不会来事。"

082

小苟说："下次来，我会捎一箱酒来，不醉不归。"

四辆铁驴子都已发动了，所长对野老头招招手，野老头走过去。野老头以为所长要和他握手，就伸着双手，可所长没伸出手来，满嘴酒气地对他说："你放心，我们一定把你的羊给你找回来。"

野老头就很感动，说："谢谢所长。"四辆铁驴子便射出四条光柱，向塬坡上刺去。

野老头从外面进来，女人才从灶火里出来。

女人问野老头吃点啥，野老头说不吃了。女人说羊肉汤还有些，热一下泡点馍吃吧。野老头说那就吃点吧。

一人一碗羊肉汤，泡了馍吃过。收拾骨头的时候，女人说他们吃肉太糟蹋了，肉哪有这么吃的，骨头上肉还这么厚就扔了。又说肉丝比米丝贵，肉是要害命的。野老头说他们大酒大肉吃惯了。女人一块一块拣骨头，拣出来几块，给野老头，野老头说我不啃。女人说啃吧，一只羊哩，你害的命，总得啃一点。野老头说不是我害的命。女人说羊是你抱来的。野老头还是没啃，女人在骨头堆里发现了一块肉，说这有一块他们没啃过，你啃吧。野老头看了一眼，接在手里。女人把那些骨头仔细地撕了一遍，竟然撕出大半碗肉来。就将蒜汁浇在上面，推到野老头面前。女人又抓着那些骨头仔细啃起来，说骨头撕是撕不干净的，只有啃才能啃干净。女人把一个个骨头啃了两遍，才将骨头一个一个扔给了喜子。

睡下后，女人说："能找回来吗？"

"能。"野老头肯定地说，"那个胖子是所长，所长就是官，就是领导，他都来了，该没问题。"

女人就说："我想也是，要是没把握，他们能让咱们给他宰羊吃？吃了咱的羊，羊再找不回来，到时候咋交代，不把人丢下了？"

女人只要话说明白了，就睡得很快，呼呼地睡了，可野老头睡不着，福福的叫声不时传出来，叫得他揪心。福福和旺旺自生下来就一直形影不离，没了旺旺，福福怎么能不叫呢？野老头知道人和牲畜的区别就是说话和不说话。牲畜不说话，但心里啥都明白。

从第二天开始，野老头就开始了焦急的等待。一晃几天过去了，啥消息都没有接到。又过了几天，还是不见消息。野老头等不住了，想是不是该去问问，可是他又拿不定主意。他害怕把人家找毛了，人家不管了，这事就没人再管了。他只能等待，可他又着急。羊要是几天内找不回来，人家卖了你去哪里找？捉贼捉赃哩，人家把羊卖了，就没了赃，没了赃就没了贼。

这天下午，野老头正在地里锄糜子，就听见铁驴子的吼声，抬头一看，铁驴子扯着土带齐刷刷地从塬上下来了，他急忙扛着锄头赶了回来。

院子里横七竖八地停下了好几辆铁驴子，人比上次多出了四个。他们叽叽嘻嘻地笑着说着，小苟正把一个箱子从铁驴子上抱了下来。他真带了一箱酒来了。野老头心里就咚咚咚地跳。

村长看着满头大汗的野老头说："快去，快去，今天得宰两只羊炖上，县上的领导来了。"

那胖所长给他一一介绍，局长、政委、科长什么。野老头惶恐地一个个握了手。

握过手，野老头想问啥，村长却拽拽他的衣襟说："磨蹭啥？还不快去。"

野老头就往坡上爬去，羊就在坡上，像一朵朵山莲开在碧绿的草丛中。他的羊总是半月要给洗上个澡，以前在一起住的时候，村子里人都说又不是你婆娘，洗干净了用哩。他说羊就和人一样，勤洗澡长膘哩。他边爬边想看他们那么高兴，村长那么大的口气，所长和那个什么局长、政委又不时地大笑几声，整个河谷就像都站满了人一样。羊一定是找到了吧，要没找到来这么多人干啥？想是这样想，可一下宰两只他就心疼了。

　　五只羊正在坡上晃悠，它们已经吃饱了，很悠闲地在草地上，不时地"咩"上一声，就像人走在地里看庄稼，不时地吼唱一声两声一样。这次他不用掐苦豆子草的叶子来选了，福福是活不了。他叫了声福福，福福就一个欢子撒到他面前来，仰着头看他。他抱起福福来，村长已经提了刀子在手里等着。村长宰羊的时候，他几次想问，可又想他要说自己就会说的，问啥？惹人家烦。村长说这次你来宰吧，不会宰咋行，以后总不能老是我害命吧。他说我下不了手，还是请村长来吧。村长头都没抬说你真麻烦，一只羊是只老虎吗？他捉着福福，福福还以为他要给它挠痒痒，它很乖地躺在那里，像个娃娃一样看着他。野老头还没把脸转过去，村长的刀子已经戳进去了。

　　再次去捉羊的时候，他心里就疼得像针扎一样。剩下的四只羊都怀着羔，宰一个就等于宰两个啊，这是有罪的。下不了决心，他就在山坡上转圈，像套在磨道里被蒙了眼睛的驴。可有啥办法呢？村长已经在那里叫了。他只能应着"就来，就来"，两只老母羊当然不能捉了，肉柴了，不好吃。两个小母羊肉嫩，可是都怀着头羔，看上去一模一样，可到底哪个下的羔好，奶水好，还不知道。

　　他往院子里看了一眼，那些人就像一只只肥壮的黑蚂蚁一样在他家的院子转着，那胖所长已经摆好了桌子，高喊："老王八，快点，今天可有高手哩，局长、政委都是高手哩。"

　　村长应着马上就来了，对野老头吼叫："捉个羊是捉老虎啊。"

　　野老头被催促得脸一红，叫了声："花花。"

　　那只小母羊就蹦子流星地扑过来，禾禾偏着头看他，他抱起来跟头流星地就下来了。

　　花花刚刚被他按倒，村长的刀子就已经割断了它的喉咙，一股血就扑了出来。花花还在抽搐着，四蹄乱蹬，村长已经站了起来，把刀子插在地上，说："还像上次一样，剁成大块炖上。"

　　他们围着那张桌子又扎起金花来了，八个人都上了，那桌子看上去就很小了。野头老头觉得他们就像一堆苍蝇聚在一起。可他被自己的想法吓了一跳。这话要是不当心说出来，他们还不翻脸铐了他。

野老头剥福福的时候说："旺旺在那世等你哩，到那世你们又是兄弟了。"

野老头剥花花的时候说："你是长辈，去了照顾着两个小辈。"

当野老头把花花剥完到锅上去的时候，女人瞪着眼睛，他忙说都是大领导啊，羊肯定是找回来了，要不县上的领导不会惊动的。这么说着便赶紧溜了出去。他知道女人只会在他跟前使歪，看不见他，她就只会干活，啜泣，最多把盆盆罐罐弄出响声来。

肉一端上去，胖所长就迫不及待地抓起一块胸脯肉递在那个局长的手里，又抓了一块递在政委的手里说："我说过我要带你们去吃的肉是这世上最好的肉。两位领导先啃一口，感觉一下再说，看看我老苟是否哄了你们，看看你们今天吃的是不是这世上最好的肉。"说着又把一块肉递在那科长和另一个人的手里。

其他几个人就看着那四个人吃，结果局长说："真是好肉，真是好肉。"

政委也说："肉又嫩又鲜，还是炭火炖的，没放太多的调料，真好。"

另外两个边啃边说："城里根本就找不到这样的好肉。"

胖所长脸上就洋溢着红润的色泽，说："我说过要带局长和政委吃这世上最好的肉，敢说假话？"

这时村长插话说："那当然了，没听城里人咋说我们的羊，吃的是中草药，喝的是矿泉水，拉的是六味地黄丸，尿的是太太口服液，男人吃了壮阳，女人吃了滋阴。"说着，把一大块肉送到胖子手里。

胖子接过肉笑着说："还有说法哩，说男人吃了，女人受不了，女人吃了，男人受不了，男人女人都吃了，床受不了。"说完，就哈哈大笑起来。

　　一群人就笑得前仰后合的。

　　局长说："老苟，今晚回去不是你家的女人受不了，不知道谁家的女人受不了啊。"

　　政委也说："你日子过得好啊，这样的肉吃上，天天入洞房，夜夜当新郎还怕个球！"

　　野老头就到外面去了。

　　因为一箱子酒，他们就喝的时间比上次长了一倍，到走的时候，他们喝得舌头都大了，局长摇晃着拍拍所长的肩膀说："老苟啊，你真会吃，在城里可是吃不到这样的肉的。"

　　胖所长说："只要局长想吃，随时过来，你那卧卧车从县里到咱这一亩三分地上，还不是'日儿'一声就到了，这可是我专门给局长、政委踩的点。"

　　政委说："这肉真的不错，就是酒太差了，喝了上头。"

　　局长说："下次来我们把酒带上。"

　　这么说着那些电驴子一个个吼叫起来，野老头就有些着急，他们还没给他说话哩。他硬着头皮往所长跟前走了两步，所长看看，打出一个刺鼻的嗝儿来，拍拍他的肩膀说："你的案子有眉目了，你就等着好消息吧。"

　　野老头还想再问仔细一点，可那些电驴子已经跑了。

　　电驴子刺出的一条条光柱呜儿呜儿地一起一落地远了，最后消失在了塬畔上。

　　野老头嘘了一口气，进得屋来却不见女人收拾摊子，就有些纳闷。细听时，女人坐在灶火里啜泣。他知道女人心疼，想说两句安慰的话，女人却说开了。

　　"你当你养着一百只两百只啊，一宰就是两只，你好大方。"

　　野老头心里烦乱，就说："来这么多人，你说咋办？村长说了，不宰能行？"

女人抹了一把鼻涕在鞋底上说:"他们算个啥,为啥要给他们宰羊吃?"

野老头说:"你当我愿意给他们宰羊吃,这不是没办法吗?他们让咱们等着好消息哩。"

女人却不依不饶地说:"你当这些人是好招惹的。"

野老头不想和女人说话了,他走出来,坐在院子里。月光就苫盖了一身。

抽了一锅子烟,女人出来说吃饭吧。女人声音弱了许多,野老头心疼女人,他知道自己再心疼,也没有女人心疼,因为女人心疼儿子强过他十倍。

野老头进窑洞一看,女人已经挑拣着撕出大半碗肉来,说:"他们已经吃掉三只羊了。"

这句话让野老头心里又一阵憋烦,就狠狠地说:"女人家头发长,见识短,现在办个啥事不得花销点?"又说,"三只多,还是十二只多。"

女人说:"现在要找回来也不是十二只了。"

野老头:"丢了十二只,找回来不是十二只是几只?"

"要找回来也不是十二只了。"女人固执地说。

野老头说:"你脑子让猫掏去了啊,十二只找回来咋不是十二只?"

女人说:"他们已经吃掉三只了。"

野老头说:"就是吃掉十二只,他们找回来的还是十二只。"

女人说:"你没想对,他们不吃羊,十二只要找回来,咱家就是十八只,可是现在十二只全找回来,加起来也只有十五只了。"

野老头大张着嘴半天没说话。

胖所长他们这一去就再没了信息。看看麦子快黄了,野老头等不及了,就到了塬上,去村长家村长不在,便径直往派出所来了。来到派出所，胖所长正好在和人说话，他叫了声："所长同志。"

胖所长看看他，皱了一下眉头说："你是谁？"

他说："我是野贵荣。"

胖所长说："野贵荣？"

他说："就是野老头，马兰河谷的。"

他想他怎么就不认识我了，想想一定是自己换了件衣服他才认不出来的。走的时候，女人把他拉住，从箱子底下扯出那件蓝布上衣换上了。这衣服是女儿出嫁时给他做的，已经洗得有些泛白色，但还没有打过补丁。

胖所长又皱了下眉头说："你啥事？"

他说："就是丢羊的那事。"

胖所长拍拍自己的后脑勺说："噢，你那事，你那事有些眉目了，这两天我们正在加紧弄哩，回去等着吧。"说完便继续和那人说话去了。

野老头出来，想去找找那几个，看能不能探点口风出来。却正好碰上小苟，就说："小苟同志。"

小苟看看他，把眉头皱了一下说："你是谁？"

他说："我是野贵荣。"

小苟说："野贵荣？"

他想他也认不得他了。

小苟也又皱了下眉头说："你啥事？"

他说："就是丢羊的那事。"

小苟拍拍自己的后脑勺说："噢，你那事，你那事有些眉目了，这两天我们正在加紧弄哩，回去等着吧。"

野老头想他们说得一模一样，这事一定弄得差不多了。

野老头便想该回去了。从派出所出来，看看才十一点，肚子虽然有些饿了，但有一个多小时就能到家。可走了几步，又想上次在那家饭馆里喝过人家一碗面汤，吃碗面也算是答谢吧。就去那家饭馆里要了碗面。遗憾的是今天卖饭的不是那个胖头掌柜。

收麦的季节到了，野老头种着四十多亩麦子。麦子长得喜人，麦穗像鞭杆一样。野老头和女人起五更睡半夜的，用去了二十多天才把麦子收完拉上了场。这段日子，野老头虽然每天忙得连个放屁的工夫都没有，人苦得都脱了相，可是并没忘记羊的事，时时刻刻侧耳听着铁驴子呜儿呜儿的吼声。又过了几天，还不见，他想得去问问了。可是，他犹豫着迟迟没有动身，他想再等两天吧。人家都说了正在抓紧弄哩，真怕把他们找毛了，人家撒手不管了，就连羊毛都找不回来了。

好在麦子拉上场，只闲了一天，胖所长和村长又来了。

野老头在山背后的老鹰嘴犁地，他没听到铁驴子的吼声。

女人翻山越岭地来叫他，说："他、他们又来了。"女人有些惊慌失措，就像看见了土匪，说话就结结巴巴的。

野老头就忙卸地，女人说："你、你回、去看吧，我、我犁地。"

野老头说："快回，这次一定是把羊找回来了。"

女人说："他们没赶羊。"

野老头说："你个瓜子，他们是赶羊的人？"

野老头和女人赶着牲口回来之后，他们已经在那里扎金花了。

野老头有些激动地来到村长的背后叫了声："村长。"

村长抬头看看他，说："野老头，你说你这事，把所长害得一遍一遍往来跑着哩，你面子大哩，在太石镇，谁敢这么用所长。"

野老头就赔着笑脸叫了声所长，说："谢谢领导，给领导添麻烦了。"

所长对野老头笑笑，说："毛主席说为人民服务嘛，应该做的。"

野老头想所长可能会跟他说事了，可所长却只说了这么一句话就再没话了，又继续扎金花了。野老头就想所长笑得那么自然，那么得意，还说"毛主席说为人民服务嘛，应该做的"的话，显然是羊找到了，羊找到了他当然得意了，因为现在他就是找羊人。要是羊没找到，不要说他是所长，是领导，就是村子里的人，事没给人家办成都不好意思来，还能坐在他家院子里像没事一样扎金花？野老头这样分析着，就心情很开朗了。

村长看了野老头一眼，又盯着自己手里的牌说："还僵着干啥，快去整呀。"

野老头磨蹭着，他想等他们把这把牌耍完，问个实诚话出来。可村长掏出五十块钱扔进了桌子上的钱堆里，又转头看了他一眼，说："你怎么还站在这里，不想要羊了？"

野老头听得这话，忙说："村长……"

村长又想什么来了，站起来把野老头拉到一边说："两只，一只炖了，一只得给县公安局局长送去，他打电话要了，对咱们的羊肉念念不忘。"

野老头迟疑了一下，说："村长，我的羊……"

村长摆摆手说："哎呀，你啰唆个啥，这些人交下了，还怕会亏待了你？"

野老头想问个实话出来，就说："村长，你给我说个实话，我的羊到底找到了没找到？"

村长挠挠头说："贼娃子已经划定范围了。"

野老头说："那就是说羊还没找到。"

村长说："也不能说没找到。"

野老头就坐在一截墙头上，这次他铁了心不给他们宰羊了，他就剩下三只羊了，他得留着它们，留着他的希望。这样下去，丢了的羊没找回来，家里的羊也没了。

村长看出野老头的心思来了，说："你儿子不还在坐牢吗？他们都是一个蔓结出的洋芋蛋，都是一窝的，连着哩，你可要想好了。"

野老头觉得头皮一阵发麻，眼前一晕。

村长又说："惹下这些人就惹下灾难了，你当我愿意陪着这些王八蛋。"

野老头从墙头上跳了下来，说："我这就去捉羊。"走了几步，回过头来说，"我把羊捉回来，还得麻烦你给宰一下。"

野老头几乎是跑着出了院门，谷坡上却是不见羊，他有些着急。就"固固""毛毛"地喊起来。喊了半天，也不见羊。他爬上了一道坡，来到梁顶上。梁顶上眼界很宽，四下里望，还是不见羊。他就有些奇怪了。回来的时候还看见羊在谷坡上的。他又喊了起来，这次他不是喊羊，而是喊女人的名字："嗷，成成他娘，嗷，成成他娘！"成成是儿子的名字。可喊了几声，女人也没了声息。他有些纳闷，女人和自己一同回来的，怎么一眨眼就不见了？他又"禾禾""固固""毛毛"地喊了两声，然后静静地等着回声。他知道只要羊能听到，就会"咩"地回他一声。果然，他隐约听到"咩""咩"的回应声。原来在坡底面的沟谷里。他叫着"禾禾""固固""毛毛"顺着坡往下走。就看到了羊，还看到了女人。原来女人把三只羊箍在水涮出来的一个深坑里。他知道女人是赶着羊躲了起来。

他来到女人跟前，女人往羊前一横说："今天你别想抱走一只羊，谁捉我的羊我跟谁拼命。"

野老头没有办法，他又听到了村长的喊声，他着急啊，一着急就说："羊找到了。"

女人从地上站了起来说："他们说羊找到了？"

野老头说："羊没找到，他们的口气会那么大，他们还有脸来？！"

女人说："你说他们说羊找到了？"

野老头被女人纠缠得发毛了，提高了声音说："羊找到了，在派出所的院子圈着哩。"

女人说："你看见了？"

野老头说："我犁了一天地看见了？"

女人说："你没看见咋知道他们找回来了？"

野老头说："是他们说的，"又说，"他们是哄人的人？"

女人说："十二只都找回来了？"

野老头说："肯定都找回来了，十二只一起丢的，找也肯定是一起找回来了。"又说，"咱家的羊一个恋一个哩。"

野老头只能这样说，要不然，从女人扎下的势看，不这样说她是不会让捉羊的。那些人还在那里等着哩，不好惹。可他不能把村长的话说给女人听，怕女人听了犯病。儿子出事后，女人见到大盖帽，头一歪就睡倒了。女人说心里像钻进了一只猫，抓着抓着疼。又说天在转，地在摇。结果在炕上一睡一个多月下不了地，把家里的五谷杂粮全换了药吃，才勉强好了。那年的日子过得就剩下了两口锅。

村长像叫魂一样又叫起来。

野老头就往羊跟前走，女人极不情愿地让了路。可羊们却警惕了，因为它们看到他抓它们的羔子，弄得它们母子再也见不着面。因此，野老头走向它们的时候，它们敏捷地跳上坑沿向坡上跑。野老头爬上坑沿追羊，可他怎么追得上羊呢？野老头追到半坡，已经气喘得不行了。他坐在山坡上，看到女人还坐在那里，便气咻咻地骂道："你是个死人啊你，没说来把羊挡住点。"

女人却两眼茫然坐在那里，一动不动，对野老头说："他们非得把这羊吃完了。"

三只羊已经上了坡顶，野老头只能往坡上追去。追上坡，羊又顺着梁顶向西跑去。野老头就坐在梁顶上，他实在追不动了。

村长爬上坡来了，走到野老头跟前很不高兴地说："咋了，有意见了？"

野老头忙说:"我咋敢,这狗日的羊就像见了狼一样跑得追不上,我追了几道坡了。"

村长看看顺着梁往西跑的羊,就喊"小苟、小朱、小虎,快来帮帮忙,羊捉不住,等会可就吃不到肉了。"

小苟、小朱、小虎和胖所长就爬上坡来了,几个人就四下里往一块儿箍,羊就被箍到一起,胖所长双手叉腰说:"捉那个黑头,它的尾巴大。"黑头就是"固固",野老头原想着要捉毛毛,固固下的羊羔子。可所长却识得羊的好坏,知道尾巴大的羊肉壮。固固被捉住了,又蹦又跳的。胖所长又说:"再捉那个花头,那个肉嫩。"花头就是"禾禾"了。这时间村长凑上前去,说:"所长好眼力,识羊这样准。"野老头还大张着嘴喘气,胖所长拍拍野老头说:"下次捉羊,你不要管了,让这些年轻娃娃捉。这是年轻人干的活啊。"野老头心里一阵下沉,还有下次?几个捉着羊往下走的时候,他听到那胖所长对村长说:"让把大尾巴的炖了,花头留着带给局长吧,那家伙贼精,肉不嫩不吃哩。"村长这次没有让野老头宰羊,他直接接过刀子宰了,把刀子递给野老头,说:"花头找个干净袋子装上吧。"之后便吆喝着几个人又去扎金花了。

野老头觉得自己的筋骨都被人抽了,剥羊的时候,手抖得刀子都抓不稳。

他们扎着金花,野老头听到村长和小虎喊了起来,就像两个人有仇了似的。对这种喊叫野老头一点都不陌生,村子没搬走的时候,扎金花的那些人就会这样喊叫。后来,他们会打起来。野老头心想他们咋不打起来呢?他们打起来就好了。

把"固固"的肉端进去给女人炖着,"禾禾"他没敢往进提。他知道女人见了,必是一番大闹。

羊肉炖好端上来的时候,小虎已经把酒倒好了。野老头看看,这才发现他们又带了一箱酒来。

　　直到几个人一个个舌头都大了，他们才动身要走了。野老头一直坐在墙头上吃烟。看着他们出来，他也没有走过去，更不想和他们说话了。他明白了他的羊或许他们就没当回事。

　　电驴子"呜儿——呜儿——"吼起来的时候，野老头还坐在墙头，可女人却扑了出来，扑到了胖所长的面前，抓住了所长骑着的铁驴子的把说："所长，我们明天到派出所去赶羊。"

　　所长已经有些摇摇晃晃，嘿嘿地笑着说："赶羊？你说赶羊？老王八，她说要到派出所去赶羊。"

　　村长也摇晃着，嘿嘿地笑着说："噢，那就让去赶吧，你们肚里装着她的羊哩。"

　　所长说："羊她怕是赶不到了，赶泡屎回去还差不多。"

　　"呜儿——呜儿——"几声响过，几辆摩托车就蹿了出去，女人被带倒在地上，野老头跑过来搀扶女人，被铁驴子扇起的土呛得猛烈地咳嗽起来。

　　野老头搀扶起女人，说："多危险，你没看他们喝醉了。"

　　女人说："咋不摔死他们这些狗日的。"

　　四条光柱，刺破了马兰河谷漆黑的夜晚。随着"呜儿——呜儿——"的声音越来越小，那光柱也一截一截地短了，短成了一个点，越来越小，最后消失了。马兰河谷恢复了伸手不见五指的漆黑。

　　野老头把女人搀扶进窑洞，女人却甩开他的手，放声号哭起来，说："你和他们合起来骗我呀，你良心坏了啊。"号哭着，她一屁股坐在地上嗷嗷大哭起来，她边哭边骂开了，骂了半天那些人，开始骂野老头："他们就像冤魂一样，你招惹他们干啥？"

　　"羊丢了不找他们找谁？"野老头实在被女人骂毛了，他不能不还口，不还口就会憋死。

　　"亮亮家招惹了他们，招惹了个啥结果？"

　　野老头被女人堵住了，只能说："你不要说了行不行？"

女人说:"不说?我为啥不说?丢了的羊没找回来,没丢的羊被吃光了啊。"

野老头大吼一声说:"你还让人活不让人活?"

女人忽然又放声大哭起来了,说:"你招惹他们做啥啊,他们是我们这些人招惹的啊。"

"他们来了,不给他们吃,他们哪个是惹得下的?他们和管咱儿子的都是一窝的啊。"野老头吼着说完,也号啕大哭起来。

女人忽然没了声息,野老头不敢再哭下去,忙回头看女人,女人展展地躺在地上,他心里一凉,伸手搭在女人鼻子上一试,没气了。他忙掐着人中又喊又叫,女人才吐出一口气来。野老头忙将女人抱上炕去,女人"咯儿咯儿"地喘气。他轻轻地将女人放在炕上,跳下炕去端了碗凉水来给她灌了两口,女人气顺了些。

两个人都不说话了,就那样躺着。

第二天早晨,野老头起来,见女人还没起来。他有些生气,这事是他想弄成这个样子的吗?要是知道这样,他就不会去报案了。他出门的时候,回头看了女人一眼,见女人盖的被子抖动得像风中的窗纸。走到女人头前一看才知道女人又睡倒了,和儿子出事后一样。野老头不敢耽误,只能去找朱赤脚。吊了几瓶子葡萄糖,吃了一大堆药,女人的疼痛松活了些。朱赤脚一算,算了几百块。野老头想等着豌豆、麦子打了再给朱赤脚钱,可朱赤脚却说就一只羊钱,给一只羊也行。野老头说我没羊了,只剩下一只老羊了。朱赤脚说你哄人,你要剩下一只羊,这世界上就没羊了。野老头不说话,带着朱赤脚去看,朱赤脚就看见一只羊卧在那里,朱赤脚说羊呢?野老头说让他们吃了。朱赤脚说那些人可轻易招惹不得,比驴染染(一种长着刺球的草,染在身上撕都撕不下来)还染,你咋就招惹上了他们,唉。朱赤脚叹了口气很大方地说等豆子、麦子卖了,我再来吧。

女人还是不行,他就对女人说:"你打起精神来嘚,你这样把人的心劲都弄散了，这么下去非把毛毛也吃了药不行啊。"

儿子出事后，女人睡倒了起不来，他就是这样说的，女人就打起精神来了。

这么一说果然有效，女人打起精神来下了炕。

女人一下炕，就给毛毛挽了笼头，走走站站地拉在手里，形影不离，仿佛一眨眼就不见了。

野老头想这羊现在拉是拉不住了，那些人来了，看到羊咋挡得住，挡住了就把那些人惹下了，惹下了这些人就惹下了日子。那天来了个收鸡的人，骑着摩托车，女人听到铁驴子"呜儿""呜儿"的吼声，就像看见鬼一样，拉着羊往沟坎下跑去。看到女人跟头流星跌跌绊绊奔跑的背影，他感到深深的悲凉。这只羊要再没了，就像地里没了种子，种子没了，就什么都没了。他想了一个晚上，决定把这只羊送到女儿家去代养。赶着羊去女儿家的时候，他是半夜动的身。月光就像霜一样单薄，草叶一动，月光就随着草叶跳跃。夜晚的马兰河谷有些凉了。

女儿离河谷有三十多里地，女儿问咋就剩了一只羊了？村里人都搬上塬后，什么音信都不通了，女儿不知道家里的羊丢了。他说的情况，女儿说大，你咋就招惹他们呢，他们难缠着哩。

回来的路上，他想好了一件事，他们还会来的，吃惯的野狐子比狼快。他们来了要问羊呢？他就说又让偷了。

回来女人说："亲家没说啥吧？"

野老头说："没说啥，一只羊能说啥，放在群里看都看不见。"

晚上睡下，女人说："你可再别招惹他们了。"

野老头说："不了，不了，再也不招惹他们了。"

羊送走没几天，四个铁驴子就齐刷刷地停在他家院子里了，村长就高声叫道："野老头，快去炖只羊来。"

他们这么说着，就像到了自己家一样，已经把个方桌抱了出来，摆在院子里准备扎金花了。

野老头嗫嚅了半天说："村长，羊……羊又让偷了。"这是他一辈子第一次撒谎，他的脸红得像刚刚下过蛋的母鸡一样。

几个人停顿了一下，胖所长说："又让偷了？"

野老头点点头，说："又让偷了。"

所长说："这些狗日的也太张狂了。"又说，"你咋没报案？"

小苟说："野老头，你这不报案可就不对了，这会滋长那些贼娃子的志气，灭我们的威风哩。"

小朱也说："不报案可是不行的，要罚款哩。"

野老头说："还……还没来得及去。"

小苟一步就跨到他跟前，说："以后可要及时报案，不报案就是怂恿他们犯罪。啥是怂恿，就是和他们是一伙的，有罪哩。"

小苟几乎是把脸吸到他脸上说的，野老头往后退着。

村长说："野老头，那就快去宰上几只鸡炖上吧，所长可是为你这事没少费心，南北二川都跑遍了。"

胖所长说："这里鸡也不错，是环保鸡哩，大补。"

野老头就去捉鸡了，他真是后悔啊，前几天，那个骑摩托的人来买鸡，为了五块钱的差价，女人不卖。他想现在羊没了，再没了鸡，这河谷里就只剩下他和女人了，那就太孤了。

现在，野老头每过上一段时日，就得去趟女儿家，主要是去看羊。其实羊不用看，女儿家有三十多只羊，一只羊放到群里，不会有啥事的。可是，他怎么就总是不放心。可去女儿家也不能太勤了，勤了女儿没啥，女婿会厌烦的。去女儿家谁也不会怀疑，碰见熟人，他就说是走亲戚。只是有一件事他始终没想好。羊代到女儿家，到了冬天就会下羊羔，再过一年就成了四只羊。一两只羊还能对亲家女婿说不凑群不好养，四只总不能再代下去吧。他不知道两年后到底该怎么办？如果不养羊又该怎么办？他放了一辈子羊啊！

郑元，你好福气

郑元从老疙瘩峁一翻过来，就看到趴着一溜黑哇哇的鳖盖车，在上午的阳光下熠熠生辉，数一数，有十一辆，还有一辆警车，顶上的红蓝警灯虽然没有"日儿——日儿——"地号叫，但郑元心里还是有些发怵。捉乔兵、拉改花去结扎都是这种车。郑元忙将身子向一个塄坎后面隐去，稳稳神快速地检讨了一次自己，觉得没犯啥法，跟人连架都没吵过，唯有一个雨天，耿原、苟五子喊他去耍小姐，可是他没去，再都是老老实实地干活，规规矩矩地领钱。娘说出门三辈小，他对谁都是赔着笑脸的。尽管没找出自己的毛病来，可心里还是毛毛的，就想等着这些人走了再回去。

本来这车队是直奔广田而去的，可过龟背山的时候，郑市长看到了龟背山顶上飞檐翘角的老君庙，听到了风中荡来的梵铃声，眼睛为之一亮，精神为之一振。他没有想到这样的穷乡僻壤，竟有如此气派的寺庙，就看了秘书一眼。郑市长虽然不是个很迷信的人，却是逢寺庙必进。这作为贴身秘书的小陈了然于心。于是车队就拐上了龟背山。却说这龟背山的老君庙有着悠久的历史，始建于晋朝，那时候这里发迹过一个人，衣锦还乡就建了这座寺庙，香火极盛，规模远不是乡间小庙可比。又因这偏乡僻壤远离战火，故而没有遭遇创伤。从老君庙出来，郑市长兴致极高，站在险崖峭壁处，伸伸胳膊，踢踢腿，一展眼就看到了龟背山半坡上葫芦一样吊着的一户人家。郑市长抬手一指说这里怎么还有一户人家。随行省电视台记者说市长，过去看看，上几个镜头。郑市长说极好。于是车队便向着这户人家而来，走出没多远，车就攀不上去，郑市长一行弃车步行。到了大门口，一位戴眼镜的扑到前面说郑市长慢点，小心狗。郑市长慢下了脚步，那戴眼镜的探至大门口向院里喊了声挡狗来，可没有反应，复喊一声，依然没有应答，就试探着进了院子，四下环顾，回头说没狗，没狗。院里空空荡荡，不仅没狗，连鸡猪牛羊也看不到，只有风卷着几棵蓬蒿像一个顽皮的孩子，在院子里又跑又跳。三孔依山坡而凿的窑洞，左右两孔没门，除了右边一孔窑洞有一盘石磨，再看不到有什么，中间的一孔有门，却挂着拳头大的一把锁，几个人趴在窗口往里看，里面黑咕隆咚啥也看不清。大家一致断定这是一个被遗弃了的古庄院，郑市长说要是遗弃了，怎么这门还锁着？那戴眼睛的说可能是刚刚搬走不久，尚未搬利索。

却说这郑元隐在窑垴一个塄坎后，不时探出头来看看自家院子，思忖着这些人来他家做啥。按说郑元这时间应在某一座城市的某一处建设工地上拆墙砌墙。一过正月十五，连一天都不耽误，人们就像赶花期的蜜蜂一样进城揽活去了，今儿都已是十九。可正月十九是郑元娘的没忌日子，今年是三周年。对于亡人来说，三周年是个大节日，再穷的人家也要开一卷黄经，给亡人送衣裳，送灵楼，送金童玉女，这几年又兴送小车、家电啥的。儿女们要抹孝，舅舅们给他们买顶帽子，富裕点的买件衣裳，就算抹了孝帽。可娘临死的时候说三周年你不要给娘念经。他说不念？不遭人骂呀。娘说你听娘说，三周年经不念，等到五周年，你给娘好好念一场经，把你媳妇带到坟上来娘好好看看。后来，娘说记着，三周年你要念经，娘生气哩。郑元知道娘是给他算过账了，三年他是挣不回娶女人的钱，就给了他五年的期限。

现在已经整整过去了三年，他挣的钱离娶媳妇还远哩，可五年也不一定能娶个媳妇回来。娘说五周年要看他媳妇，有逼他的意思哩。五年要娶媳妇，除非女方不要房子。可现在的女子哪个不要房子，没有三间砖瓦房是不和你谈婚论嫁的，那就不是五年的事了，钱是个硬通货，他想娘是知道这点的。可三周年黄经可以不念，但坟不能不上，衣裳不能不送，孝不能不抹。一周年、两周年他都是在城里的十字路口给娘烧的纸，三周年咋也不能在外面找个十字路口烧张纸钱了事，得到娘的坟上去看看，坟里有没有野东西打了洞，水冲到了没有，坟堆给羊牲口踏平了没有，按规矩三周年还得往坟头上添土，郑元觉得人到了那一世和这一世是一样，娘惦记着哩。因此，十六大伙吆喝着走的时候，郑元给耿武说给我把活一起揽下，给我娘烧完三周年纸就赶过去。今儿早晨姐姐一早就赶过来，郑元从窑里地下刨出一把锹来，家里就只有这把锹了，就是想着三周年给娘上坟要用。上坟不能早过十点，十点过后，他和姐姐去了娘的坟上，郑元给姐姐一件衣裳，自己也拿出一件衣裳穿在身上。郑元只有一个舅舅，可舅舅在城里打工几年都没回来，这衣裳他是以舅舅的名义买的。对姐姐说是舅舅从城里捎回来的。上过坟，又往坟头上添了土，然后姐弟俩在娘的坟前坐坐，姐姐背着他的铺盖卷儿回去了，他折回来准备赶到镇上去，坐班车去县城赶明早的火车。

郑元从塄坎后面探出脑袋来往自家院子瞄了几眼，人群中没有看见村长，不过有些人他认得，扛着摄像机、挎着照相机的，他知道是记者，就知道来的人都是大官。在城里打工几年，这些见识是有的，他们来检查工地的时候就是这种阵势。郑元正要缩回头去，不料被一个尿尿的家伙看到了，对他招招手说下来，下来。郑元愣了一下，只能下来。一进院子，所有人都把目光投向了他，他立刻感到浑身热辣辣的。一个肚子腆得老大的人把手伸向他，那戴眼镜的立刻说："这是郑市长，要跟你握手哩。"他就慌忙把手在衣服上蹭了几下，伸出手去，郑市长捏住他的手摇了摇，记者们就有些忙乱地又拍又摄的。

郑市长说："这是你家？"郑元点点头。郑市长说："就你一人？"郑元点点头。郑市长说："你叫什么？"郑元点点头，那戴眼镜的说："市长问你叫什么名字。"郑元慌了一下说："郑元。"郑市长环顾了一下笑笑说："噢，是我一家子。"然后拍拍郑元的肩膀说，"咱们有缘哩。"

那扛着摄像机的记者说："你把门打开，让市长进去看看。"郑市长说："对，进去看看。"郑元就打开了门。窑洞光线很暗，那戴眼镜的说："把灯打开。"郑元说："这里没电。"那记者打开摄像机的灯光，窑洞里一下子亮堂了。窑里除了一个拉杆箱和一个帆布包，还有两口大缸，炕上铺着一片烂了的竹席，墙上挂的芨芨笼子，再就没什么东西了。要说这家里应该还有一个老式的榆木立柜，两个紫红大箱子，一副驮水的木桶，一个四方四正的枣木炕桌，还有锅、碗、瓢、盆、刀啥的。只不过三年前，郑元出外打工时，一驴车全拉到姐姐家存放起来。两口缸一口是盛水的，一口是腌菜的，都烂了箍过两遍，要翻山越岭拉到姐姐家去，路上经不得几下颠簸就烂成几片了，放在这里也没看上。突然，窑顶碱下来一块泥皮正好落在市长的头上，市长拍拍头上的土，抬头看看，那戴眼镜的立刻牵着市长往外就走。郑元心里笑了，几块泥皮就吓成这样了，要是天阴潮气重，泥皮会像雨点一样往下掉哩。

从窑里出来，郑市长仰起头长长地嘘出一口气来，低头在院里踱着步，神情肃穆，没有人说话。忽然传来"哞——"的一声，很远，很悠长。郑市长抬起头四顾一下，问一头牛多久生一头牛犊。干部们互相看看，那戴眼镜的说一年生一头牛犊吧。郑元心里笑了一下，脱口而出就说三年五。好几个人都重复了"三年五"这个话，郑市长也重复了一次，看着他。他就说牛羊猪，三年五，三年下五窝。郑市长"噢"了一声，又踱了几步，站在郑元面前说："媳妇没娶吧？"郑元说："没。"郑市长说："娶一个媳妇需要多少钱？"郑元说："十万。""十万？"大家又重复了这句话。郑元说："彩礼少说也得四五万，买衣服、首饰得两万，待客得一两万，不过能收点礼补回来一点，这窑娶不了媳妇，还得到山下造三间瓦房得两三万，十万紧紧儿的。"郑市长蹴了下去，说："来来来，一家子，来蹴下，咱们给你算个账。"郑元就蹴了下来。郑市长就在地上边用指头划拉，边说："按你说的，三年五，给你一头牛，现在是年初，到年底你就有两头，第二窝你就有四头……"有人寻了一截蒿棍子递到郑市长手里。郑市长就拿蒿棍子在地上列算式。郑元心里却在发笑，这账他们几年前就算过了，因此郑市长算到了第三窝时，郑元脱口而出："要都是母的，三年五窝十六头。"郑市长扬头看看大家笑笑说："这小伙子头脑很清楚嘛！"郑元心里却说账要这么算，人人都富得流油哩。那戴眼镜的在郑元头上点了一指头，低声说："少说话，听市长说。"市长站起来说："你记着，生下来要是公的，就换头母的，这个道理懂不？"郑元点点头。那戴眼镜的立刻对郑元说："你要牢记市长的话。"郑市长说："十六头牛能娶回媳妇吗？"郑元看看戴眼镜的，没有说话，那戴眼镜的说："市长问你哩。"郑元看了戴眼镜的一眼说："十六头牛还哪有娶不回一个媳妇的？"郑市长站起来再次拍拍郑元的肩膀说："好，你姓郑，我也姓郑，时尚的话说叫缘分，我和你结扶贫对子，给你一头牛，三年娶个媳妇回来。"于是就响起了一阵热烈的掌声。那戴眼镜的笑着说："市长和你结对子，郑元，你好福气哩。"郑市长对那戴眼镜的说："要不是调研没结束，我要亲自送哩，可现在调研还没结束，明天你就代我送一下吧。"那戴眼镜的说："市长，你放心，到有信号的地方我立马打电话安排，明天保证送到。"郑市长说，"喂牛你总会吧。"郑元"嗯"了一声。郑市长说："年底我可是要来看的，到时候牛要带牛犊的，你可别谎了我这个一家子。"这么说着郑市长放出嘹亮的笑声，一群人就都开心地笑着。出了大门，郑市长又拉住了郑元的手说："你可要好好喂牛，三年后我还要来讨杯喜酒喝的。"来到车前，郑市长上了车，那戴眼镜的走过来说："明天就把牛给你送上来，你不要乱跑，记下没有？！"郑元点点头。

警车顶上的灯一红一蓝地闪着，"日儿——日儿——"地叫着，十一辆小卧车扬起遮天蔽日的黄尘走了。郑元翻卷起防寒服包裹住头站在渐渐落定的尘埃中痴想了一阵，他拍掉身上的尘土，回家锁了门便往姐姐家来了。看来今年出外打工是不行了，得把铺盖锅碗瓢盆刀啥的背回来，一年三百六十五天，总不能再去姐姐家蹭吃蹭喝的。郑元五岁，爹和人打架，骂人没好口，打架没好手，爹失手一拳打在人家太阳穴上，就抵了命，丢下了娘、姐姐和他。三年前，姐姐出嫁了，娘就瘫在炕上，郑元服侍了三年，娘咽了气，送埋了娘，郑元就进城打工了。他本不想回来，别人回来是图过年哩，可他回来图个啥？过年，就一个人，冰锅冷灶的，哪垯不是个过？可是一到年关跟前，城里所有工地都停活了，工地上就留个看场子的，虽然工棚没拆，可老板像从窝里轰猪一样全轰走了，不让在工地待，怕他们住下生事，偷盗、打架啥的，惹出事来老板要受牵连，当然工地大锅饭也就没了，再继续待在城里就得掏饭钱、店钱，一天再省吃住没有六七十块出不来，腊月十五左右停活，到正月十五前后开工，有一个月时间，没有两千块出不来，他就只能回来了。第一年回来，他背回了一箱子方便面，一箱子火腿肠，都是在城里批发的，比村里买要便宜多了，村里是没有批发价的。姐姐、姐夫来看他，姐姐一把一把抹泪，姐夫说不就是添一双碗筷的事嘛，你看你弄得这么生分，让别人知道了还说我们这些人不够人，啥是亲戚？亲戚就是互相添麻烦互相照顾的嘛。硬硬把他拽到家里去，姐夫说就在家里吃在家里住，不就一个月的时间嘛。可住他还是坚持回来住，吃住都在姐姐家就得整日待在姐姐家，冬日啥活也没有，要是有活，他还能做几把活，心里也自在一些，可没活做整日待在别人家就不自在了，不好意思了，再说吃住在姐姐家，他就觉得自己成了个没家可归的人了，五六里路程，翻一座山一道沟就到了。为了不让姐姐作难，他每年回来，都给姐姐的公公、婆婆各买一件衣裳，给姐夫买一条烟，称二斤糖，买两瓶酒，给小外甥买身牛仔衣，吃的，玩具，给姐姐买身衣裳。他想姐姐当然不说啥，姐夫也不说啥，可有两个老人，不一定就不说啥，等把话说出来就不好了，给姐姐下巴上支砖哩。虽然说这要花出去三百多块，但和留在城里或是自己开灶相比，还是要省不少。自己开灶从米、面、油、醋、酱到烧锅的柴火，样样都得有。别的不说，单说这柴火是平日要积攒的，没攒下就只能去买炭，那可是一笔不小的花销。吃喝的问题解决了，至于睡觉就好办了，他扛着筢子在山坡上筢一些蒿草，剁几棵狗牙刺母猪刺回来，填进炕洞烧上一阵，炕烧热了，被子一焐，睡个昏天黑地，比在姐姐家自在多了。

娘到死都不肯认姐姐，是因为姐姐自己把自己给嫁了，一下就把娘的计划彻底打乱了。按娘的计划，是要用姐姐给他换一个媳妇回来的，这在老埂村方圆是天经地义的事。嫁一个，娶一个，天圆地满，男人扔给她的事就交代了。那年对象都选好了，地窝子的张家，媒人穿针引线，双方走动了几次，互相都相过了，双方都还是满意的，就准备秋收后闲下来摆桌酒席把婚事一定，正月里一娶一嫁。可秋还没收，姐姐的肚子出锅了。娘气得用鞋底扇，用鞭子抽，用棍子抡。姐夫家来提亲时，娘拒不答应婚事。可是，事情已经做下了，女子不争气，自己失了尊贵，就不值钱了，人家那面已经打了退堂鼓，难道让把娃生在家里？眼看着姐姐肚子上扣的锅越来越大，娘蹲着姐夫家门槛骂过，吼过，想多要些彩礼，可姐夫家也是穷得老鼠都不愿做窝，娘只好忍气吞声地把姐姐嫁了。嫁了姐姐，娘生了一场大病睡了炕，就再没起来，发下毒誓这辈子再不认了。逢年过节姐姐一来家里，娘就拿放在身边挡猪打狗的长竿连捣带捅，大口大口喘气，疼得搐成一疙瘩。姐姐就不敢再进院子里来，每次都是将给娘做的吃的置的衣物送到大门口，他再拿进来。娘觉得自己是个累赘，寻过死，可瘫在炕上的人寻个死，难。郑元把剪刀、绳子啥的全都收起来了。有一次大婶来看娘，娘让大婶给代着买点老鼠药，说老鼠欺负得不行了。大婶说养着猫哩，还买药。娘就骂猫如何的懒，大婶说郑元在哩，赶集时让买回来就行。娘说郑元侍候我哩，多久的日子都没有赶集了。大婶买了老鼠药，却碰到了郑元，就把药给了郑元。郑元就知道娘想做啥，回来把老鼠药当着娘的面点了一堆火边烧边说，你这是断我的后路哩你知道吗？你喝药走了，让人家一提起来咋说？娘就号哭着说命苦得想死都死不了，连累你连累到啥时候。郑元说你不连累我连累谁，不连累我你生我做啥？娘说我不死害你娃哩，跟你一样大的，都娶女人了。郑元说我宁愿打一辈子光棍。娘就用长竿捣着他说你打一辈子光棍以后就别去娘的坟上。郑元说你这么死了，我还能娶上女人，叫人家说连个老娘都养不活，娶个女人还不饿死？谁还把女子嫁给我？娘就瘪着嘴不言语了。娘虽然说这辈子再不认姐姐了，可最终还是捏着姐姐的手咽了气，指甲都掐进了姐姐的手背。姐姐抹下娘的眼皮，娘的眼皮翻上来，抹下来，翻上来。姐姐就不停地抹着，哭着软在炕上起不来，泪水落在娘的脸上，落得娘也满脸是泪。他把姐姐抱到一边，说娘，你就放心走吧，别再扯心了，有姐姐照顾我哩。说着抹下了娘的眼皮，娘的眼睛就再没翻开。

姐姐家在云山台子，虽有六七里地远，却是两个村。从姐姐家回来的路上，经过她村里的小卖部时，郑元买了几张白纸，一时半会儿走不了，他就得把窗户糊一糊。窗户是老式的小格子木窗，窗户纸破了个口子，风小的时候就像一群蜂儿嗡嗡地叫，风大的时候就鬼哭狼嚎的。年前郑元糊了一次，结果糊住了这边，旁边又裂了个口子，纸给晒损了，一碰就烂。他就懒得去理会了。要重新糊一遍就得下山去买纸，不是他懒得下山去，问题是一去就忍不住要花钱，再说糊上也住不了几天，到年底回来，纸又晒损了，白糟蹋钱。虽然几张纸花不了几个钱，可娘说过，一天省一把，三年买匹马。这是有道理的，省下的就是挣下的。反正从姐姐家吃完饭回来包头就睡，一睡就睡到日头晒进门来。现在要长住了，不糊就不行了。

郑元正糊窗户，一阵摩托车声进了院子，郑元出来一看，是村长。村长没有下摩托车，只是斜了摩托车，就像狗浇尿一样一条腿跨在上面说狗日的交狗屎运了，市长跟你认亲结对子哩。郑元忙掏根烟双手递给村长，村长点了烟说这事动静大了，明天县里的书记、县长给你送牛来哩，你可别胡跑，一早就到山下村委会等着，你这一截路领导走起来吃力费劲的，我给他们说在村委会接头。郑元点点头。村长说日他妈，这事重大哩，县长是第一次给我这个村长打电话。说着就骑着摩托车一溜烟走了，在大门外绕了一个圈子又停到大门口说明早你可别睡到日头晒到卵蛋子上再起来，误了事，给我把天戳个大窟窿。

第二日一早，郑元就下山来到了村委会，只见村委会院里欢迎的阵势已经摆好。会台上几个人正往上挂一条写了白色大字的红绸子。村委会已经聚了一些人，郑元认得，是耍社火的锣鼓班子，有钱人家娶媳妇也请他们去闹场子。他们头扎羊肚毛巾，腰缠红绸子，都已装扮好了。笸箩一样的高架鼓、筛子一样的大铜锣，也摆弄停当了，村长的孙子和一个娃娃两个人提着鼓槌在咚咚哐哐地敲。村长、副村长、会计、妇女主任都在。看到郑元，村长阴着脸说给你狗日的办事哩，你倒好，睡到日头晒到卵蛋子上才来，市长去了趟你们家，就身价高了？你咋不等到给你送到家去？！郑元就搓着双手。会计说郑元，你狗日的在哪里烧了啥高香，市长跟你结对子，给你娶媳妇，还跟你认成一家子了，赶明儿你那一家子叫你吃饭的时候把我们叫上，看看市长都吃些啥噻。妇女主任嘻嘻笑着说唉，女儿都嫁早了，要还有没嫁的就嫁给你，咱也攀个市长亲家，到时跟市长碰个酒喝噻。郑元被他们说得就像喝了烧酒脸烧岗岗的，他知道他们都带有耍笑他的意思。陆陆续续来了几十个村民，一阵叽叽喳喳的嘈杂，学生娃整着队伍进到院里来了，就像过六一儿童节，娃娃们手里都捧着纸花，红领巾在风中一拽一拽的，像一面面小旗子，鼻子下挂着亮晶晶的鼻涕。村委会院子里一下子热闹了许多。

可都十二点了还不见来，天上挂起了云，风就硬朗起来了，扬起的沙子打在脸上火辣辣的，就像针扎。学生娃娃就剁着脚，队形也乱了，都靠在向阳避风的墙根挤暖暖，肚子里叽里咕噜叫唤的声音都听得见。几个小娃儿喊起饿来，老师说要不让学生先回家吃饭，娃娃小扛不住饿。村长一瞪眼说吃啥饭？饿不死。两个学生娃打起架来，号叫着满院子追着打起来，老师阻止住正在处理，村长扑过去一人扇了一巴掌说些个驴日下的，再胡整市长来了把你们铐了一个个关牢里去。有几个人筒着手往院外走去，村长说谁也不能走，等会儿我可一家一家数人哩，到时候谁家没人可别恨我狠。几个人就又筒着手挤到向阳避风的墙根下去了。村长打了个电话，说快了，快了。副村长就说快了？这些老爷哪有实话，说不定这阵子出发。有人就说郑元，你看你狗日的把人害，给你送牛哩，弄得我们都不安生。郑元就红着脸赔着笑一人散了一根烟。

一直到两点多，村巷里开过来三辆小车，后面跟着一辆大卡车，一头牛威风八面地站在车上。顿时锣鼓镲铙齐响，比耍社火娶媳妇还欢实。学生排成两队，站在街道的两边，摇曳着手中的鲜花，高喊着"欢迎，欢迎，热烈欢迎"。郑元第一眼看的是牛。这是一头紫褐色的牛，个头很大，肩峰高耸，头上拴了红缎子艳红艳红的。郑元心里一阵激动，可是头好牛哩。小卧车上的人陆续下来之后，村长大声叫着郑元，郑元。郑元走到村长跟前，一眼就认出了那个戴眼镜的。村长说这是张书记。张书记把手伸出来，郑元忙上前握握。村长又说这是李县长。李县长伸出手来，郑元又忙上前握握。之后是局长、镇长啥的，就这么握了十几个手后，牛被从车上卸了下来。李县长将牛缰绳牵过来，郑元接在手中，几个记者又是拍又是摄地忙活一气。张书记对郑元说："这头'鲁西'牛可是精挑细选的，现在给你送来了，昨日市长对你说的话记着吧，年底他可是要来看牛犊的。"郑元点点头，张书记又说："市长说跟你认了一家子，你可别让市长失了面子，三年咋也要娶回个女人来。"郑元点点头。李县长对村长说："老耿，你要监管着他，让他按照市长指的路坚定不移地走下去，要把这件事当政治任务来抓。"村长头点得像捣蒜一样，对郑元说："郑元，你可要把市长的牛给喂好了。"张书记皱皱眉头说："咋说话哩，不是市长的牛，是市长买的牛，致富牛。"村长说："对对对，致富牛，郑元，这事大哩，有多大，知道不？！"

几辆车扬起一道尘带走了。张挤眼抚摸着牛挤巴挤巴眼睛说郑元，市长真跟你认成一家人了，给牛把名字都起好了，叫啥来着？村长说叫"鲁西"嘛。牛前山说天上掉元宝，让你狗日的给捡着了。张挤眼说他吃肉你狗日的也喝汤哩，这牛要下犊，还不得往你家送钱呀，一上一下一百二哩，那钱挣得，你出了个啥力！牛前山说咱哪有你狗日的有劲，两个眼睛不停地挤巴，也费劲吧。李婶摸着牛头上的红缎子说这么好的红缎子都能当被面子哩，结婚装新都是彩货哩，郑元，好好收着结婚的时候用，可别糟蹋了。

风越刮越大了，给街道两边的房子一夹，就更猛劲了，人都站不稳，大家就都吸溜着双手捂着耳朵跑散了。郑元把"鲁西"头上的红缎子解下来，揣进怀里，在老郑小卖部里买了些醋、酱、盐、辣面子，又买了几包方便面，就牵着"鲁西"穿过村巷上山了。回到家，郑元才发现还得去趟姐姐家，"鲁西"得吃草，可家里一根草都没有。"鲁西"咋办？当然不能圈在家里，让人顺手牵走了，那可真就把天戳了个窟窿，他只能牵着"鲁西"。路上，他回头看看"鲁西"，叫一声"鲁西"，牛却不理，只是看着那山那梁的。郑元就想大概是刚取的名儿，还没惯上耳音。于是他就一路"鲁西""鲁西"地叫着。

"鲁西"拉回来的第三天，村长又来了，郑元知道村长是来看"鲁西"的，就引着村长到牛窑里。郑元把左的窑洞收拾成了牛窑。村长抓起牛槽里草看看，说这不行，你得给上料。郑元说还要喂料，又不是育肥了去卖。村长说你就得当育肥来喂，明天就去镇上买饲料回来喂。郑元还想说啥，村长已经跨上了摩托车说你可别不当回事，没听县长说，这是政治任务，明天就去买，我要来检查的。村长走了，郑元摸摸牛头说"鲁西"呀，你咋就这么享福哩，还说我好福气，我看你才好福气。又过了几日，村长上来了，照样直接进了牛窑，从槽里抓起一把看看说要好好观察，"鲁西"骚情起来就抓紧时间拉下去配种。说着从口袋里掏出一张报纸说你狗日的上报了，碗大的照片哩。打开报纸，郑元就看到了自己和郑市长正在握手哩，他就有些遗憾，自己的头发太乱了。村长说郑元，你好福气。郑元脸红了一下说村长耍笑人哩，我哪有你有福气。村长说是报纸上这么说哩，你看这几个大字，就是郑、元、你、好、福、气！村长一个字一个字点着念给他。村长把报纸折起来装进口袋里时，又掏出来说你收着吧，上面又没我，我要它做啥。听说电视上也有你哩，我没看上。村长走了，郑元又看看那张报纸，他不认得字，不过他的名字认识，身份证上有。"郑元，你好福气。"郑元这么念着嘻嘻一笑，把报纸小心地折好，和照片夹在了一起。

二月二，龙抬头，家家户户吃耕牛。这时节就该收拾那些闲了一冬的农具了，断了的接，锈了的擦，坏了的修，缺了的补，然后等一场雨到来，提耧下种。看来一时半会儿是出不去了，郑元就想得把地种上，日子总不能这么闲着过去，一头牛捎带着就喂了，不影响种地。日子要说慢很慢，要说快也很快，娘睡炕三年，光阴就与人家落下了一大截。原本这坡上住着十几户人家，如今都搬到坡下公路边造了房，郑元没钱造房，只有住在山上，再要逛过一年，日子就被撂得更远了。要种地，啥都得有，可是郑元现在啥都没了。抬埋了娘，郑元原本想着自己再也不会种地了，这老埂坪的地是越来越不养人了，以前说五年三旱，现在是十年九旱，一年比一年旱，把人是谎了一年又一年，打工倒是旱涝保收，政府都说是"铁杆庄稼"，看看村里堂亮屋高的人家，谁不是从城里挣了钱回来造下的？种庄稼是种不出媳妇的，也种不出好光阴，老埂坪只要有力气的人，再也不想种地的事了。娘去世后，他就把一对牲口卖了，犁、耧、耱啥的也是卖的卖，送的送，家里就只有一把锹和一个筢子。郑元只能又从地下把锹刨出来，扛着锹来到地头，展眼一望心就凉了。庄稼地撂荒了三年，荒草淹到膝盖骨，几只野兔受了惊踏起一道淡淡的尘带逃遁而去。地板结得就像水泥板，锹剁下去剁出一道青印给弹了回来。郑元用力把锹踏进地里，撬了半天撬起来，就像一块一块的水泥片。才挖了两下，锹头掉了。锹把干透了，木头一干就瘦了，锹头就松了。他将锹头按好，蹾瓷实，然后浇了一泡尿，点了根烟。一根烟抽完，木头被泡醒涨了起来，锹头就嵌紧了。可是这一泡尿把他的心劲也尿没了。一年的庄稼两年种，头一年没有三犁三耱，第二年雨水再广也不会有好收成的。再说这种地也不是挖着种的，犁、耱、下种都是需要牲口的，要买一对牲口可不是一个钱两个钱的事，问题是他迟早还得出去打工，在老埂坪种地他是看不到一点儿希望的。这国家也是知道的，因此就提倡动员大家出外打工。买了牲口种上几年地再卖掉，就得赔钱，那可不是几十几百的事儿，种地不一定能把赔的钱收回来。还要置犁、耧、耱这些东西，也得花不少钱。就今年来说，从去冬到现在，雨星星没落，雪片片未下，怕又是个旱年，种上有可能连籽种都收不回来。这么想着郑元打消了种地的念头。可新问题又来了，地要不种，"鲁西"的草料咋办？牛可不像羊，雨水再稀欠，多走几个山头也能吃饱，牛可不一样，夏秋季节，山里野草长起来，赶出去能吃个肚儿圆，可到了冬春，山干了，就全得麦草糜草来喂，一头牛一冬一春是要吃不少草料的，总不能用饲料喂，那样一头牛值的钱不够一头牛一年吃。郑元心里就一阵督烦，蹾在地上，点了根烟，两眼眯成了一条缝儿。他就想起打工的日子来了，一天除去吃喝，六十块钱总是稳拿的，还啥心都不用操，力出尽了，睡一觉就又补回来了。继而他就想到了这一段日子，心里算算，今年要不是遇上这事，出去打工的话，到现在他已挣过千元了，可如今他不仅没进一分钱，还花掉了几百块。他正跟上耿武学大工哩，说好了学成给耿武三千块钱。他今年再跟着耿武干一年小工，明年就是大工了，一天工资就能涨二十块。

　　在天上是翻转着的雪花，落到地上就成了雨了，就那么沸沸扬扬地下了一天。正是下种时节，能有这样一场雨，在老埂坪是稀罕的难得的。天一放晴，太阳展脱脱的，田地里氤氲着潮气，坡地里上就有了忙活的人，都是些女人娃娃。这场雨是带给了人们希望的。有这场雨，至少种子能种进去，苗也能抓住。郑元心里就慌慌的，他将"鲁西"牵出来赶进园子，园子里长满了荒草，牛能揽到嘴里。牛没有上牙，啃是啃不上的，只能揽着蒿草往下捋。郑元开始翻园子，地种不种菜得种，总不能老是吃洋芋，吃得一见洋芋胃就翻江倒海似的往上泛酸水。园子也就一亩大，挖着就能种上。一场好雨浸透了板结的土地，翻起来就轻松了。这又唤起了郑元种庄稼的欲望，或许今年有个好收成。园子翻过了一半，他点了支烟坐下来歇息，他叫了声"鲁西"，"鲁西"对着他"哞——"了一声，这"鲁西"已经灌上了耳音。郑元忽然有了主意，怎么就把"鲁西"给忘记了呢？有了"鲁西"，种地的问题就解决了。他到姐姐家借一头牛过来，或者跟别人互换配对也行。自己有一头牛，再借一头牛来，话好说，牲口谁也有不配对的时候，到时候别人也可以借他的"鲁西"去配对种庄稼，可是你没牛，要借一对牲口来种地，那会讨人嫌的，谁会操心着牲口让你去种地？口都张不开。郑元再往下想，要是今年雨水广，收成好，秋收了他就再买一头牛，和"鲁西"配对，也不影响"鲁西"给他下牛犊。郑元就有些激动，站起来拍了"鲁西"几巴掌，"鲁西"对他"哞——"了一声。郑元回窑里，从墙上取下套绳。这套绳本来就残了，接过好几次，才没送人，怕老鼠磨牙，就挂在墙上。取下来时，才发现还是被老鼠咬成了几截，用是用不成了，要种地还得置新的。不过现在他只是想试试"鲁西"犁过地没有，不管长短只要接起来就行。如果"鲁西"没犁过地那就要调教。接好了套绳往"鲁西"背上一搭，就像蛇蹿到了背上，"鲁西"喷着鼻子又踢又蹦的，显然是没犁过地的。郑元笑笑，心想还把你给调教不过来。调教就是按牛的性子，把性子按下去，就会听话地犁地了。郑元就一遍遍把套绳往"鲁西"背上搭，"鲁西"喷着鼻子又踢又蹦地在地上转圈圈。就在这时间村长又来了，喝了一声郑元，你狗日的想做啥？郑元说我试试它会犁地不。村长说你个驴日下的，扛着杵子打月亮哩，连个高低轻重都摸不来？这牛是犁地的？市长给你买牛是让你犁地的！得是！郑元被村长吼得不敢出声。看过"鲁西"，村长就走了，都走出了老远，忽又回头走回来骂，你长了个猪脑子，我说过的话像放屁？村长拐过弯去了，郑元气呼呼地唾了一口痰。郑元种地的想法就这么又没了。他就赶着"鲁西"蹾在山坡上看人们种地，与那些年的种地是没相比的，没了气势，女人娃娃手忙脚乱的，还夹杂着哭声骂声。那时间要有这么一场雨，这满山坡上都是人和牲口，人欢马叫的，吼酸曲儿的，摔跤的，抬杠的，一派热闹。现在这坡地上连那时间十分之一的人都不到，大片大片的地给撂荒了。他就想那时候人那么种地哩，一年的粮食都不够吃？如今，都跑到城里打工挣钱，到处都是农民工，这粮食咋就够吃呢？他想不出个名堂来，他有些担心，万一国家哪年跌了年成？吃啥？想到这里他就笑了，国家的事用不着他操心。

草不像庄稼那么娇贵，雨水再少也能长出来。像铁一样硬了一冬的树枝软了，地上就有了瘠薄的绿色。"鲁西"就给这绿色拴住了，认真地吃自己的草，连郑元也不理会了。郑元就闲得慌，在城里打工，想着挣够钱娶了媳妇好好闲一闲，可这么闲下来，他就慌。就吼曲儿：

> 住店你住大店，
> 不要住小店。
> 小店里贼娃子多，
> 操心把你偷。
> 睡觉你睡中间，
> 不要睡两边。
> 操心那挖墙贼，
> 挖到你跟前。
> 喝水你喝长流水，
> 不要喝泉水。
> 泉水里蛇摆尾，
> 操心喝坏你。
> 吃烟你自打火，
> 不要和人家对火。
> 梢林里绿林响马，
> 操心那蒙汗药。

又唱：

> 这么长的辫子探不上天，
> 这么好的妹妹见不上面。

这么大的锅来下不下两颗米，

这么旺的火来烧不热个你。

三疙瘩的石头两疙瘩砖，

什么人呀让我心烦乱。

　　唱着唱着，他就没心思唱了。都说心烦唱曲儿，可这曲儿越唱却越心烦了。

　　麦子和豌豆种上后，牲口有一段闲日子。村长说"鲁西"不能犁地那就不能犁地，郑元只能再去趟姐姐家，借对牛过来给"鲁西"种草料，不然，他攒下的那点钱就全喂了"鲁西"了。种草不像种庄稼，迟迟早早都行，也不像庄稼那么娇贵，大燕麦、谷子种进去就会像草一样长出来。他实在不想再麻烦姐姐，可日子卡在这里。他对姐姐说种两晌草就行。姐姐看着他身后的"鲁西"，他就说村长说了"鲁西"不能犁地，犁了地市长会生气的。姐姐说村长说得对着哩，"鲁西"可不是一般的牛哩。又说干脆把地都种上吧，加点料，没事，牲口就是做活的。他说不种，白糟蹋种子哩，种上也是谎人哩，就给牛种点草。姐姐说连续谎几年了，该给一年好收成，老天爷不会总在一坨坨耍歪使狠，你看这场雨下的，石头一样的土疙瘩都泡碎了。他说地都荒了三年了，给个好年景也赶不上趟儿，我迟早还得进城打工哩。姐姐赶出两头牛来，"鲁西"见了很兴奋，又是闻又是啃的，郑元想牛也知道孤单哩。姐姐套上了车，装上了犁和套绳，又装了一袋子种子，郑元又向姐姐寻点菜籽儿。

　　小寡妇开出一嘟噜一嘟噜火焰红的时候，"鲁西"就显得狂躁不安，郑元知道"鲁西"该配了。他牵着"鲁西"去了趟山下牛前山家。郑元是看不起牛前山的，靠配牛过日子，日子过得再好也没球意思，人要是名声瞎了，就再也好不回来，钱再多有啥意思。可是牛前山靠着两头公牛日子过得有滋有味，盖起了六间砖瓦房，现在诸事也是走在人前头，人五人六的。尽管这样，郑元还是看不起牛前山，见了面连话也懒得说。可是，如今就是再见不得牛前山，他都得去找牛前山。牛前山家喂了两头大公牛，专门配种。郑元没有想到配一次要一百二十块，而且要现钱，大张着嘴半天说不出话来。牛前山说都这么个价，朱老大家还要一百四哩。这时间另一个来配牛的老汉说就是这个价，我是从那边过来的。郑元没装那么多钱，他以为有十块二十块的就够了。牛前山说那你得把钱凑足了再来配。郑元说我这么大的一头牛还怕差你那几个钱？牛前山嘻嘻一笑说"鲁西"是你的？那是市长的。郑元说咋能说是市长的，是市长给我买的。牛前山说"鲁西"是你的，我给你一万，你敢把"鲁西"卖给我吗？郑元就说不出话来，只能说先配牛，我明天就给你送下来。牛前山指了摩托车说牛拴在这垯，我把油钱贴上你去拿。郑元就气势汹汹地骑了摩托车取来了钱。

    配过以后，"鲁西"就很安静了，郑元想是配住了，心里就高兴，只能把娶媳妇的希望寄托在"鲁西"身上了，希望"鲁西"能像郑市长说的那样给他下小"鲁西"，就是不能下那么多，下几头也算日子没有闲过。可多少天过去了，听到牛哞声，"鲁西"又显得兴奋不已，又踢又哞的，水门也红红的，流出水来，就知道"鲁西"没怀上，郑元就叹口气，又拉着"鲁西"去牛前山家。牛前山又要钱，郑元睁大眼睛说还要钱？娘还在的时候，家里喂着一头草驴，发情的时候娘让赶着驴到张台子去配，是配住了才收钱的。牛前山说你没耍过小姐，耍一次给一次钱还是耍一年给一次钱？都啥时代了，还翻老皇历。郑元懒得和牛前山理论，只能交了钱。公牛还在"鲁西"上面大张着嘴抽动哩，牛前山就把公牛硬硬给扯了下来，说一滴就够了，多了浪费，可惜。郑元真想和牛前山好好干上一架，可是他忍了，别人拉牛来配，牛前山也是这样。为了钱，牛前山这人是啥都不顾了。

春天就这么过去了，"鲁西"依然没有配住。其实也不奇怪，大家还都在这山上住的时候，镇上村上就来推广过养牛的事，可是后来就不推广了，科技员说这山上太寒凉了，牛怀犊难，育肥长肉也慢。

村长又来了，一看牛还没配上，就骂开了，说你个狗日的连个牛都配不上，还能干个啥？你别把事不当回事，书记、县长都打电话来问哩。郑元也火了，说是我不想配上？我不想让牛下牛犊子？我不想发家致富？村长绷着眼睛盯了郑元半天，吼着说你个驴日下的，和市长结了对子有脾气咧，敢跟老子这么说话。他就再不敢说了。他和娘和舅舅都敢这么说，可咋敢和村长这么说话呢？房底子、扶贫窖、吃救济啥不是村长说了算？郑元就软软地说这里养不了牛，你也知道前些年那科技员给咱这山上养牛判了死刑的。

年好过，月难过，日子还比树叶多。年就像一棵树，日子就是那一片片树叶，树尖的叶子是最鲜嫩的，那就是新日子，叶子翻转着，阳光照在上面又给弹了回来，耀眼耀眼的。就像一个顽皮的娃娃拿一片碎镜片玩光影一样。日子就是这么在树叶上翻转着流走了。郑元紧锣密鼓的日子随着"鲁西"蹒跚的步子一下子就这么慢了下来。郑元牵着"鲁西"会想起在城里打工的日子。天还没亮，就给人轰猪一样轰起来，晚上天黑尽了，扒上几碗饭，倒头就睡，日复一日，年复一年的，只知道活做完票子就到手了。可现在，他把日子寄托在了"鲁西"身上，真希望能像市长说的一样，可"鲁西"却一次次谎他。日子又这么慢，一些事就涌上了心头，结果是越想越麻烦，就连看"鲁西"也越看越麻烦。以前村里是通了电的，可人们都搬到山下去了，电就给掐了。夜长得慌啊，有电，他就买个录音机，带广播的那种，听歌听书。可现在要买一个用干电池的，两截电池还用不了一天，那可是个费钱的祖宗。在漫长的闲日子里，郑元会掏出那张报纸来，看看那幅照片，他不认识字，但"郑元你好福气"这几个字他是认下了，而且会写了。

姐姐抱了一窝鸡娃子，一芨芨笼全提了过来，还捉来两只大鸡，背来了半口袋干粮馍，都是晾干的。这干粮馍姐是用了心思，面里搋了鸡蛋和油，吃起来像饼干一样酥脆，再热的天也不发馊长毛。姐姐给他做饭，边做边说日子这么下去可咋办，娘给我说过五年让你带着媳妇给她念经哩。郑元搂着头说姐，我也着急哩。姐姐说要不"鲁西"姐给你操心着，你打工去。郑元一想这是个主意，"鲁西"谁操心上不是操心，姐姐家里有两头牛哩，一起操心也不费啥事，而且姐操心上比他操心得还好。可这事他做不了主，他得去给村长说，村长同意了才行。他就去找村长，村长跳了一个蹦子说啥？"鲁西"是市长给你买的。郑元说让我姐给我操心着，比我还操心的好，"鲁西"还是我的，不是送给我姐了。村长说市长是跟你结对子哩，不是跟你姐结对子，市长忽然来了，找你找不见，那不是把大祸闯下了，不行。郑元只能掉头往回走，走了几步，又想起姐姐给他捉来的几只鸡，就又去市场上买些玉米回来，没有饿死的鸡，坡上的草、虫子，鸡刨一刨就能吃饱，但还是觉得过意不去，养上了就得操心，再说吃人家的蛋哩。

有了鸡，院子里就有了活气。可郑元的日子还是树叶那样悠闲地翻着日光。娘睡炕三年，他倒是把做饭练出来了，园子菜也长起来了，给"鲁西"种的草也能割着喂了，日子也就一天天地顺溜了。给腌韭菜、窝酸菜里滴几滴麻油，日子就很有滋有味了，倘若不懒，再泼上一碟油泼辣子，炒个鸡蛋韭菜，日子就更有味道。跟"鲁西"也处出了感情，不用缰绳牵着，他走到哪里，"鲁西"就跟到哪里，再也不刁着漫山遍野地胡跑了。更多的时候，郑元就躺在山坡上，"鲁西"就在不远的草地上，他喊一声"鲁西"，"鲁西"就哞的一声，他喊一声"鲁西"，"鲁西"就哞的一声。有时候"鲁西"还会跑过来，卧在他的旁边。郑元记起娘说过一个故事，牛原本是天上的神仙，一日，玉皇大帝派牛下来给人立规矩，说一日一吃饭三穿衣。老牛记性不好，给人传成了三吃饭一穿衣。结果，玉皇大帝一脚将老牛踢下凡间，说那你就下去养活吧，结果玉皇大帝那一脚正好踢在牛的嘴上，踢落了牛的一嘴上牙，牛从此就没了上牙。他就对"鲁西"说时世倒过来了，现在不是你养活我，是我养活你。"鲁西"知道他跟它说话哩，就抬起头对他"哞——"一声。

　　春天怎么过去了，夏天还是怎么过去，"鲁西"没有配住。秋凉了，郑元知道要让"鲁西"怀犊就更难了。这一年老天爷照样谎了老埂坪，庄稼种上就再没下雨，苗苗刚刚露个头就给晒死了，籽种都没收回来，山野就寡得厉害。不过郑元种下的五亩草倒收了一个小草摞，够"鲁西"吃一年的。郑元又牵着"鲁西"去了趟牛前山家。从牛前山家出来，他照例要绕道经过村长家，他得让村长看见。他怕市长和那些人来后"鲁西"没生下牛犊把事全弄在他身上，到时候村长也能给他做证，公道地说他尽心了。

　　一场小雪落停，冬天就来了，年关晃晃悠悠地近了，从"鲁西"拉回来时间整整过去了十个月，郑元估摸着市长该来了，按市长算的，"鲁西"该有牛犊了，就该来看了。郑元就日日站在窑垴梁峁上，向着那条路望着。路从这个弯里转出来又隐进另一个山嘴里去了，就像散落在山野里的镰刀片儿。市长要来，就会从这条路上过来。他不知道市长来了能不能把他给解放了，但他想只要市长来了事情总会有转机的。市长只要来，肯定会问为啥"鲁西"没下牛犊，他就会对市长说山上地势高，寒凉，一年了，都配了不下六次，"鲁西"就是怀不住，以前就这样，科技员都说过这山上寒，养牛不长肉不怀犊。市长就会"呃"一声，说是这样啊，那就算。然后，把"鲁西"牵回去。倘若市长再问下去，说那你为啥不到山下去养呢？他就说盖不起房噻。市长一挥手指着那戴眼镜的说给他在山下盖两间房，让他到山下去养牛。那他就把事弄大了，国家盖的房子漂亮着咧，到时候他就再添点钱盖三间瓦房。

出外打工的人都陆续回来了，站在山头上的郑元倍觉亲切，让着他们到家里坐，想和他们多说说话，可他们只是站在路边和他打打招呼，说郑元，你好有福气。郑元就说哪有你们有福气。他们就给给给地笑。郑元就猛然想起报纸上的话来，脸就红了。他们说你混大了，市长给你送牛养哩，报纸电视你都上了，快飞黄腾达了。再不就说郑元媳妇定下了吧，可别耽误市长喝你的喜酒。这么说着他们就一个个匆匆忙忙赶回家去了。他们穿得光鲜光鲜的，大包小箱地提着拉着，咬着过滤嘴香烟，说话粗声大气的，郑元就觉得空空洞洞的，想到人家又比他多了一年的收成，自己的日子又拉开了一年的距离，心下就觉得凄惶不已。只有耿武进来坐了坐。耿武说你上报纸了，还上电视了，市长跟你成了一家子了，咋都一年咧，日子还过得这么凄惶？他带耿武看了"鲁西"，耿武说是好牛，可要是不下牛犊，不犁地，不能卖，苦就是个白下，今年国家大把大把地花钱哩，一个普通工都涨到八十了，民工都不够用，活多得很。耿武给他留了手机号码说你要进城，给我打电话。后来，郑元才知道那年耿武已经是小工头了。

郑元对郑市长的思念随着年关越来越近而越来越迫切，他的日子挽了个老大的疙瘩，而这疙瘩只有市长才能解开。可是，荒山瞭成白路了，鞋底子磨成眼睛了，郑元把所有有出外打工的人都瞭回了村子，也没有瞭来市长。他下山去问村长市长啥时来，村长抬头看着他半晌说你娃是沟子底下戳橡子，高抬老子咧，我要知道还当这个破村长？！说不定哪天就像风一样就来了，你就等着吧。

大年三十晚上，郑元盘腿坐在炕上算了个账，可有啥算的，这一年他一分钱都没进，存的钱是有数的，再数一遍钱就知道这一年他花去了多少。郑元数了一遍，这一年他把三千九百六十多块钱贴了进去。

三天年过了，村子里结婚的人就多了。郑元吃了三家宴席，耿长生、郑海龙、郑喜娃都结婚了。耿长生和他同岁，郑喜龙、郑喜娃还比他小两岁哩。这一场场宴席本就吃得恓怕，许多人还说"郑元，你好福气"，还有人问"你那一家子市长啥时给你娶媳妇，到时候我们能去喝喜酒不"，这分明是耍笑他哩。

年过了，日子打了个转身，一切又复原了。打工的人又从一条条小路上聚到大路上，成群结伙地出山去了。郑元目送着他们有说有笑地出了山，日子又和去年一样了。村长害怕他偷偷地走了，专门上山来了一趟说市长要走哪里他们的鳖盖车比风还方便，说来就来了，去年年底没来，怕是给事打扰住了，今年就不一定年底来，按他们的说法去年就有牛犊了，啥时来都有可能，你可别胡思乱想，到处乱跑。郑元明白这个道理，那小卧车走哪里不方便？你别当市长跟我们开玩笑，市长是跟我们这些人开玩笑的？市长不会说话不算话的。郑元只能耐心地放牛、种草、配牛、等市长。先是春天来，随后夏天又来了。不过，郑元虽然没能出去打工，可还是捞到了一个挣钱的机会。一条电线要从龟背山上穿过，龟背山山大沟深，汽车有劲使不上，架高压线的铁杆上的角铁、水泥、水、石头、瓷娃娃、螺杆都要人往山顶送，村里妇女娃娃一起出动了，人拉驴驮的，学校还专门放假搞啥勤工俭学，反正是按件算钱，大有大的钱，小有小的钱，人人干得了。不过，许多活只有郑元这样的小伙子才干得了，村子里像他这样的小伙子可不多。郑元拉了"鲁西"精神百倍地加入到行列中去了，可只干了一天活，就被村长拦了下来，村长说这牛是拉来做这活的？郑元说你看这牛都吃肿了，连肋巴都看不出来，这点活……村长说你看牛背上的绳印子，再驮几趟，磨光了毛，到时市长看了不心疼，到时你咋交代？我看你狗咬拉屎的哩，不招祸才怪哩。可这么好的钱郑元不能不挣，就用一根长绳将"鲁西"拴在能看见的坡上，然后自己往山顶背那些东西。那些人就笑他，说为啥不用牛驮，难道那牛是你家家长。郑元说不但是我家家长，还是我们村村长、镇里镇长、县里县长哩。那些人就哈哈哈地笑。老埂村这一截拉完了，郑元牵着"鲁西"撵到另一个村，拉电线的人没啥，活谁干不是个干，郑元有的是气力，可那李家洼村的人却不高兴，觉得郑元是挣了他们的钱。郑元不喜吃这下眼食，就牵着"鲁西"回来了。不过，郑元算算，心里还是很敞亮的，今年"鲁西"的饲料和配种钱是挣下了。

　　天暑了，日子闷乎乎寡森森的，老埂村的阳光是越来越霸道了，毒辣辣的。郑元从牛前山家出来，村巷里就他一个人，阳光就像惹恼了的马蜂群，全扑着他来了，追着他蜇。郑元怀念起城里的日子，坐在一棵树下，灌一瓶冰镇啤酒，浑身都爽快了。经过老关家小卖部时，看到老关家添了一台冰柜，一位司机站在那里喝一瓶冰镇啤酒。他咽了几口唾沫，没走过去，走过去就忍不住了。在城里多背几袋沙子水泥，一瓶啤酒钱就出来了，可现在他一天连一瓶啤酒都挣不回来了。经过村长家时，村长坐在院子里，郑元想想就进去了。村长抬头说你说你弄的这是啥事？把我也黏到里面出不来，去年就黏了我一年，今年这一年又完了。郑元说村长，你这话亏心哩，这是我弄的事？这事是我弄得了的？村长说不是你哪有这事。郑元说我放下好好了的工不打钱不挣，我自己弄个缰绳把我拴起来，事是我弄成这样子的，得是？村长就长长叹了口气。郑元说村长，你想个办法噻，这事这么下去咋成？你说要是这"鲁西"能配住，咱啥话也不说了，就按市长说的走噻，可山上配不住，这你又不是不知道，这眼看着两年了，我一分钱没入，还把攒下的几千块钱花进去了，你说"鲁西"不怀犊子，我喂它有啥用噻。村长说我有啥办法。

　　秋枯叶黄，落尘飞扬。市长没来，"鲁西"也没怀上。郑元拍着"鲁西"说到底是我连累了你还是你连累了我噻。"鲁西"哞的一声，郑元就说你倒是个人陪我说上两年话也行噻，你知道不，我好久

122

都没有说过几句话，快成哑巴了。他领着"鲁西"往牛前山家去，说这是最后一次了。他是对"鲁西"说，也是对自己说，他对"鲁西"已经不抱任何希望了。在去牛前山家的路上，郑元遇到了令弟。见了令弟，心里就堵得慌。其实，他和令弟没有啥成见，他们两个挺好，可人就是这么个怪东西，总会和一个人较上劲，他啥都和令弟要比，和令弟较着一股劲。令弟原来也和他一起房前屋后住的，日子过得还不如他哩。娘睡了三年炕，令弟的日子就跑到前头去了，把家也搬到了公路边。令弟裤线笔直，西装笔挺，显然是刻意打扮过的，西装折叠过的痕迹十分明显。令弟给他扔了一根"黄山"，说本来要到山上请你哩，正好碰见省我一趟路。郑元点了烟说请我？请我干啥？令弟说吃席呀。令弟的眉眼间荡漾着按捺不住的激动，亢奋。郑元说咋没放到正月里结？令弟说城里人说明年是寡妇年，都抢着今年结哩。令弟又扔给他一根"黄山"说一定来，我还要请别人去哩。就骑着摩托车走了。郑元捏着烟，心里很不好受，连令弟都给他"扔"烟了。扔烟就意味着人家把你根本没当回事。日子过到人后面，天长日久，谁都会上眼皮搭着下眼皮看你了。日子就是这样，你不撑它，它真就把你给撂了，年头月尽，日子就会打你的脸了。屋前屋后住着的时候，令弟啥时身上装过过滤嘴？还不是老顺到他跟前等着他给根烟过瘾。

进了牛前山家院子，看到牛前山搐成一疙瘩，平日高扬着的头夹进了裤裆里。村长也在，还有几个人，郑元听明白了，牛前山家的两头种牛让人下夜功偷了。郑元说他家不是养着连他都扑着咬的大狼狗吗？村长说狗让人家麻倒了。耿老四说派出所那几个混工资的能找个球，这些年咱老埂村丢了多少东西，破了一件？老关说不是一般的贼哩，连狼狗都能麻翻，你想想？市长来了都没办法。牛前山忽然跳起来，踢了"鲁西"一脚说快把它拉走，我再看头就爆炸了。郑元就牵着"鲁西"往回走。

晚上，郑元做了个梦，太可怕了，"鲁西"让人偷走了。因为丢了"鲁西"，那辆警车呜儿呜儿地追着要捉他，他专拣悬崖峭壁跑不了卧卧车的地方跑，可那车会飞，他跑到哪垯都能追上，他无路可逃，一脚踩空从悬崖上掉了下去，他往下落呀落呀……惊醒来，浑身让水洗了一般。他披着衣服去了趟牛窑，"鲁西"卧在那里倒沫，从牛窑回来他裹着被子坐在那里，点了一根烟……

正月初五刮了一夜大风，初六天还没亮透，郑元就一路小跑来到村长家，气喘吁吁地拍开了村长家大门，村长披着衣服说一大早的，死人呀。他说祸事了，祸事了。村长说啥祸事了，日急忙慌的，死了爹还是嫁了娘，慢慢说。郑元说村长，丢了，牛让人偷。村长眯着眼睛看着他说我给你找牛去？你说的意思？他就看着村长，村长又说怪事了，牛丢了也来找我，我是警察呀还是你爹。郑元掉头就走，才走出几步，村长就追了上来说你是说"鲁西"丢了？郑元没好气地说不是"鲁西"难道还是"鲁东"？村长揉揉眼睛说啥，啥？"鲁西"咋能让人偷了？郑元说谁知道哪个瞎贼做下的瞎事，可把天戳了个窟窿。村长推出摩托车，捎着就往郑元家来了。进了院子，郑元说我四下里拔了踪，一夜大风，刮得啥也看不清。

四下里看看，村长说日他妈，世道越来越不安生了，你就自认倒霉吧。郑元说市长要来了可咋办？村长说贼偷了，还能咋办？多亏"鲁西"没下犊，要下个犊，你娃就折了大财。郑元说你说市长说要来看，两年了咋都没来噻？村长说谁球知道？你还真以为人家把你当一家子啊。郑元想想说报个案吧。村长说报也白报，多少个案子一次都没破，不过报一下也好。郑元就随着村长到了山下，在老关的小卖部打电话报了案，派出所那值班的警察说我们备个案，你们自己找找看吧，还过年哩，所里没人手。郑元说村长，这牛找不到，我待在家里咋办，我进城打工去了。村长看看郑元，背着手回去了，有啥事，你给耿武打手机，我跟他在一起干活哩。

　　郑元把鸡全捉了绑了腿子，装进蛇皮袋子提到姐姐家来了。一年里他吃掉了四只鸡，还有六只。姐姐压低声音说："他们信了？"郑元也压低声音说："信了，连派出所都信了。"姐姐说："这事想起来怪吓人的。"郑元说："姐，你别吓，有我哩，'鲁西'留在你这垯，想咋使唤就咋使唤，别太娇惯了让人看出来，我过两天就去打工去了。"然后他过去摸了一把"鲁西"，"鲁西"回过头来舔舔他的手背，"哞——"的一声，然后又和那两头牛亲昵去了。他跟姐姐说："以后你可千万不敢叫它'鲁西'了。"姐姐说："这我知道。"姐姐边往外放鸡边说："把钱算一下，我给你。"郑元笑笑说："我都吃了它们一年蛋了，还收钱？！"郑元把耿武的手机号码留给了姐姐说："市长说了三年要来讨喜酒喝哩，万一他要来了，你听到啥风声，就给我赶紧打电话，别把你再给牵扯进去了，日子好端端的。"姐姐说："你看你这话说得生分的。"

　　正月十五一过，郑元就和耿武一帮人进城了。

　　郑元已经成了大工了，正带着人砌墙哩，耿武喊说："郑元，电话。"郑元的心一下子就提了起来，腿子也稀软了，问："谁的？"耿武说："你姐的。"郑元抓过电话，往远走了几步说："姐，出啥事了，市长来了？"姐姐嘻嘻一笑说："'鲁西'给你下了个犊，母的，好壮实哩。"郑元喘了口气说："姐，没听到啥风声，市长一直没有来？"姐姐说："没有。"郑元说："姐，再不敢叫'鲁西'了。"姐姐说："不是给你打电话嘛，身边又没人。"郑元说："姐，就麻烦你好好操心着，我过年时回去。"姐姐说："你好好打你的工，姐姐给你好好操心着，明年让它再给你下一个牛犊。"

　　这天干了半天活，就下起雨来，活干不成，回到工棚，有睡觉的，有看电视的。就一台电视，你争我抢地看不到一块儿，郑元跟着看了看电视，就想睡觉，因为心里老想那些事，他今年一直睡不好。上了铺刚刚躺下，就听见耿武大叫着说郑元，郑元，那不是你一家子，在电视上哩。郑元从床上跳起来扑到电视跟前一看，果然是郑市长，正在电视上讲话哩，郑元说这是在哪垯，绿茵茵的，不是咱们那干山枯岭的地方。文肚子撇撇嘴说人家会在咱那地方待一辈子？人家现在是大领导，在省里哩。文肚子是另一个李洼村的，复读了几年也没考上。念了那么多年的书，大家就叫他文肚子。一家子的镜头没了，又换了台，郑元就上铺睡觉去了，不一会儿就听到他很响的呼噜声。

良民李木

1

李木提着一泡尿出了大门，站在岗子上对着一个土帽儿恣意地撒起来。土帽儿都让他射成了筛子底，当然也有儿子欢乐射下的小窟窿眼儿，就像麦虫儿打下的洞洞。每天早晨李木第一泡尿，都是这样解决的。岗子是老埂岭努出的一个嘴儿。李木家住岗子上。站在岗子上，有着八十九户人家的老埂坪就像一头老牛一样卧在眼底，瞭眼，老埂坪就一目了然了。李木畅快地射着，瞭着庄子，就看到"火柴盒"扯着一条土龙在庄子一起一落，像浮在水上。看得出来"火柴盒"已颠簸了老一阵儿，浮着的一道尘带像天上过飞机留下的烟带，浓浓淡淡，把星散零乱的家户勾连起来。

"火柴盒"是老埂坪人对切诺基的叫法。切诺基四方四正，在塘土路上撒着欢进了老埂坪，蒙了厚厚的土尘，雾突突的，咋看咋像个"火柴盒"。自老埂坪人见过丰田越野，就觉得切诺基更像个"火柴盒"了。丰田越野老埂坪人也不叫丰田，叫"咆牛"。因为它力大声类，一发动就"哞儿哞儿"的，跑起来更像狂了的咆牛，多陡的坡都蹿得上去。至于两头平中间鼓动不动让圪塄架空的卧卧车，老埂坪人一概都叫了"鳖盖"。老埂坪人就是这么形象。

李木知道猪头又带着人来抓赌了。猪头就是杨所长。杨所长头大，肉多，脖子壅起拇指宽的三道肉棱儿，缝儿里夹根烟都看不见。巴眼估摸过那头至少有二十斤重，比年猪的头差不了几两。叫杨所长"猪头"当然只能在背后叫叫。杨所长可不是李麦他大（爹），碰面就能"猪头""猪头"叫的。

老埂坪的赌在外头名声很大。要说这老埂坪的赌和老埂坪的"柴火羊肉"有关。老埂坪的"柴火羊肉"名气很大，省上大领导都来吃过。老埂坪的"柴火羊肉"主要是肉好。老埂坪是绵延一百多公里造就的一百二十多个村庄中的一个。老埂岭上不但有鲜嫩的蒿草、荻草、冰草，还有甘草、秦艽、刺五加、车前子、苦豆子等中草药。这几年人是这么说的：吃的是中草药，喝的是矿泉水，屙的是六味地黄丸，尿的是太太口服液。还有更日赖的说法：男人吃了女人受不了，女人吃了男人受不了，男人女人都吃了床受不了。当然是外面人总结出来的。山外的人总是叼吃抢喝的，眼尖手快把"老埂岭羊肉"给注册了，说是谁要用这个名号得掏钱。老埂坪人不理这茬，反正养羊不愁卖。那些年上头鼓动养羊养牛，老埂岭上总是牛歌羊唱的，外头人整车整车往外拉。这几年封山禁牧了，不准进山放牧，只能圈在圈里育肥，羊一下子少了，就越发贵了。不仅是肉好，煮得也好。老埂坪人煮肉没有高压锅，也不用炭，用刺棒树根树股，叫柴火棒子。大腿粗的柴火棒子擩进灶膛，火苗儿哗剥剥剥满锅底扑舔，味儿都煮进肉里，肉味就厚了，不像高压锅压出来，十几分钟就出锅，肉给压烂糊了，味儿也飞了，也不像炭火煮肉，火头太硬太集中，舔着一坨儿锅底，还花钱。老埂坪的水也好，煮肉，水就是一道上好的调料。十几丈的深井，蓝幽幽的，微咸，外面人还说含这含那的，不像城里的自来水，多少层过滤，瞎的好的都过滤掉。有人在乱岗子、草鞋镇都开过"柴火羊肉"馆子，肉煮出来就是不及在老埂坪的香，研究来研究去问题出在水上，别人说一方水土养一方人，老埂坪人说一方水煮一方肉。还有就是老埂坪人煮肉不像城里人十几种调料一把一把往里搇，老埂坪人就搇一把盐，一把花椒，煮出来就一瓣儿蒜，一勺儿醋，调料多了反倒把肉味改了。除了羊肉，老埂坪的鸡也很有名，像野鸡一样在坡上谷里散落着，啖草根，啄虫子，啄花饮露的。外面人也给了好听的名字，环保鸡、虫子鸡、草芽鸡。老埂岭野菜也多，有沙葱、苦苦菜、蘑菇、荠菜、沙盖、灯苗儿、玉串儿、红星星，都上口得很。当然还有野兔、野鸽子、呱呱鸡，都是上等野味儿。而最后的一碗洋芋臊子猫耳朵面，更是必上的。

要说老埂坪的"柴火羊肉"的名气，是乱岗子的老板吃出来的。

老埂岭慈眉善目绵延百十公里，在离老埂坪十几公里的地方，忽然像肚子疼，一抖，抖出一疙瘩一疙瘩奇峰怪峁来，横七竖八的，就叫了乱岗子。别看乱岗子乱得还不如乱坟滩，下面全是煤。那些年煤只是国家挖，后来私人也挖，煤矿就这疙瘩一个那疙瘩一个，乱岗子给钻得像蜂盘，发财的就多了，就有了好多大老板。煮一只羊，焖一只囫囵鸡，配几盘野菜，运气好熏烤一只野兔，辣爆几只野鸽子、呱呱鸡，老板来吃，也带客人来吃，"柴火羊肉"被吃火了。起初，老板们来只是为解馋，吃着吃着就上瘾了，说隔几天不吃一顿，浑身都不得劲。吃着吃着觉得在老埂坪开展起来另一项活动，也是再好不过了。那就是耍赌。乱岗子赌博名声很大，赌出了一连串的社会问题，绑架勒索的，非法拘留的，缺胳膊短腿的，卖儿卖女的，杀人放火的，倾家荡产的，上面的打击力度就大了，为了鼓励捉赌，还给了政策，只要捉在赌场，桌上、身上、包里的钱统统没收，还要重罚。没收的钱和罚款，参与捉赌的人员有提成，参与捉赌的单位有提留，举报者有奖金。因此，从上到下都很卖力尽心，不但矿上自己捉，镇派出所也捉，县公安局也捉，市公安局也捉，省公安厅也来捉。在乱岗子耍赌就提心吊胆，极不尽兴。这老埂坪是老埂岭弯出来的，村庄就给老埂岭抱在怀里，清静僻远，重要的是路就在岭上盘绕，外面来车还在岭上盘绕，狗先叫了。狗是比人还忠诚的哨兵，狗一叫，先有人出来探听虚实，若是捉赌的来了，这厢立刻打扫战场，一张塑料薄膜往上一铺，赌桌变成了餐桌，肉、菜往桌上一摆，酒打开了，拳猜起来了。因此，常常是捉赌者还在坡上颠簸盘旋，这厢已经善后完毕。老板跟警察大都熟，还请到桌上一起大吃海喝。于是，老埂坪卖柴火羊肉的人家也就成了赌窝。老板们耍赌不打麻将，不摸纸牌，更不折牛腿，说太慢，麻烦，还要洗牌码牌抓牌出牌，累。老埂坪人就很感慨，说这还累呀，这些有钱人啊。老板们耍赌就是摇宝，三个色子，小碗往大碗上一扣，摇。别看赌具简单，赌法传统，赌得可大了，用皮包背着钱，煮肉的工夫，就有数万输赢。可这对于那些坐"呛牛"的老板来说，就是卖几天煤的事。有人这样形容：三分钟致富，五分钟破产。

世上没有不透风的墙，即使是老埂岭，风照样翻得。风声越来越大，于是到老埂坪捉赌就成了杨所长工作的重中之重，坐着"火柴盒"来老埂坪就像回家一样勤快。杨所长把捉赌叫打猎，老埂坪人却说是搞副业。想想真是这么个理。都旱涝保收地拿着工资，捉赌有提成、提留加奖金，不知自己要落下多少钱，可不就是副业？有一次没收了六十多万，巴眼眨巴着眼说咋也比出门揽一年工挣得多。更有人说没收的钱只往上报个零头，剩下他们就分了。老埂坪人就哐出一片"啧啧"声来。

李木瞥了一眼颠簸着的"火柴盒"，反身回到院里，先进羊圈将羊轰起来。卧了一个晚上，该起来屙屎撒尿活动活动。整日圈在圈里，不活动就吃得少，膘添得慢。轰了一阵羊，又进了牛圈，把牛解开从窑里赶到日光下。外面酷热，窑里晚上还有些凉阴，黑花儿怀了犊，受凉容易小月，小月了就是折财了，一个牛犊可不是小财。从牛圈出来，打开鸡窝门，鸡们争先恐后出了窝，院里一下活泛起来了。

这时豆姑在屋里喊：水热了。

草鞋镇来了展销蹦蹦车的，有十几种牌子，在集上展销。李木要去看蹦蹦车。城里人吃细粮吃出了毛病，血糖高、血脂高、血压高、尿酸高……这高那高的，就开始吃粗粮。老埂岭一带产小米、黄米、荞面、大豆、豌豆、扁豆，都是城里人要吃的。城里人吃啥啥就贵了，杂粮一天一个价，比大米白面还贵。李木想买一辆蹦蹦车，农闲时节走村串户收贩杂粮，这活儿要赶着牛车去做就慢了。不过今天他先去看看，这么大价钱的东西，可慌不得。

洗了头，喷了头油，又换了过年置的新衣裳，皮鞋擦了油。李木出门还是讲究的，日子顺溜了，人就得讲究点，人有精神，日子也有精神。豆姑把荷包蛋泡馍端上来，李木吃过，出门来蹲在岗子上候蹦蹦车。李家圈李瘸子买了一辆蹦蹦车，逢草鞋镇集日拉人赶集，一来一回一个人车费六块，一车能挤三十多个人。李木就想平时收粮，集日也像李瘸子一样开着蹦蹦车赶集拉人挣钱，也是好收入。

李瘸子的蹦蹦车还没过来，"火柴盒"离开庄子向着这边来了。李木知道猪头又扑空了，就想那大扁脸又该绿了。"火柴盒"三蹦两跳蹿上了坡，掀起的土雾像旋风卷过来。李木刚洗过头，喷了头油，又换了干净衣裳，他可不想让这条土龙把自己弄成一头从土堆里拱出来的猪去赶集，一个蹦子翻过园墙往瓜棚里跑。"嘎吱"一声，李木回头一看，"火柴盒"停下了，车门打开，跳下三个警察翻进园墙扑他而来，高喊：站住，站住！李木左右看看，没别人，忙蹲在地上，双手抱头。这是他揽工时从电视上学来的。

两个小警察很麻利，扑上来一人扭了李木一只胳膊往高一撅，李木觉得胳膊快给撅折了，忙深深豁下腰去，喊：做啥，我啥都没干。没人接话，只是连推带搡往"火柴盒"前来。李木看时，三个人里没杨所长，不过有胡协警，脸上堆着笑说胡协警，我是李木，不认识了？咱们喝过酒。

胡协警却不答话,头一甩,两个小警察将李木塞进车里。李木见杨所长就坐在前面,悬着的心一下子实落了。他跟杨所长熟。村长在村上的时候,杨所长一到老埂坪,就在村长家吃吃喝喝。村长喝不了多少酒,杨所长酒量却大,喝酒能喝出牛饮水的声音来,"咕儿咕儿"的,偏爱划拳喝,就得有人陪。前些年出外揽工的人还不多,陪酒的人多的是,挨不上李木。这两年,庄子上的男人大多数都出外揽工,像他这样年轻力壮待在村上的没几个,只能是他了。多数情况下是他们吃喝得杯盘狼藉才来叫他陪酒,他往往是从地里回来空着肚子陪酒,陪一次喝得吐一次。而且陪一次酒,他还得赔一只鸡。喝到差不多了,村长就会说李木,回家逮只鸡来炖上,给杨所长醒酒。李木只能跑回去抱一只鸡来。后来,只要村长喊他喝酒,他就顺手捉一只鸡提上。杨所长还夸他懂事了,知道鸡炖得时间越长越有味儿,骨髓都熬进汤里了,大补哩。尽管村长也出去揽工,大半年时间他没陪过酒了,但和杨所长喝酒次数他记都记不清了,杨所长咋能不认得他。

李木忙喊:杨所长,我是李木,李木。

杨所长没有回头。"咔嚓",胡协警把铐子铐在了李木的手上,李木吃了一吓,说,咋铐我?我没犯啥事。

住嘴!胡协警捣了李木一拳。

这一拳正捣在李木的腰眼上,疼得他大咧着嘴。在村长家陪杨所长喝酒,当然也少不了陪胡协警喝酒,胡协警当然认得他。可胡协警却一脸不认识的样子,李木恨得牙根痒痒,脸上却依然堆着笑。其实,李木是见不得这个胡协警的。胡协警以前就是草鞋镇上一个混混,老歪戴着一顶帽子,斜叼着一根烟,这儿踢两脚,那儿捣两拳,向摆摊设点的收管护费,他在集上卖猪娃子、羊羔子,没少从他手里弄过钱。不知道凭啥关系摇身一变就成了协警,还不是正经警察,跟在杨所长后面,耀武扬威的,把自己当作个人物,乍狂得都不知道自己是人生父母养的了。

"日儿——日儿——"，"火柴盒"就开了。李木说杨所长，我是李木，咱们喝过酒，在村长家。杨所长还是没有回头，也不吭声。"住嘴！"胡协警又喝了一声，又捣了一拳，李木就再不敢叫杨所长了。

塘土路坑坑岗岗的，颠得像捣蒜，李木被三个人夹得半蹲着，腰酸腿困，头撞得车顶哐哐作响。开始李木还想把他拉到草鞋镇一问没事放了，正好去看蹦蹦车，还省三块钱车费。可不一阵就顾不上这么想了，"火柴盒"像个闷葫芦，加上颠簸，一进草鞋镇派出所院内，刚被推下车，李木蹾在地上嗷哇嗷哇地吐了个一塌糊涂。

2

草鞋镇派出所的院子是个四合院，面街的房子都租了出去，办公在后院坐北朝南的一排房子里。李木吐净了，胡协警打开手铐，一个警察拿来铁簸箕和芨芨扫帚搋到李木手里，李木不好意思地笑笑，将吐下的拾掇干净。胡协警又"咔嚓"一声将手铐给他铐上了。李木说铐我做啥，怕我跑了不成，我又没犯事。胡协警没理会他。

杨所长背着手走了。李木见杨所长走了，喊：杨所长，我是李木，李木。

杨所长没有回头，继续走自己的路。李木急了，说杨所长，我没犯事，我是良民啊。

杨所长掉转头来，几步跨到李木跟前，给给给笑了一阵，说你是良民，那你的意思我们就是日本鬼子了，我们下去维护治安是日本鬼子进村了，侵略去了，扫荡去了，烧杀掠抢去了？！

李木哪敢有这意思，他是见杨所长要走，一急才冒出个"良民"来。那年在城里揽工，正放电视剧《小兵张嘎》。看完，"良民"这个词就挂在他们嘴边。虽然都是出来卖苦力的，可他们之间也常常起事，睁眼豹遇上撞墙鬼，三句话不投脾气，就起事了。有了"良民"这个词，只要有人生事，劝架的会说：日他娘，都是良民，闹个球，有本事去跟那些不是良民的闹嘛。这么一说，还真就息事了。有一次讨工钱，他们把政府大院大门给围了，来了一车警察，气势汹汹的，他们就喊：警察同志，我们是良民。警察们嘎嘎地笑了，一个警察说：你们用词不当，这是抗日战争时期日本鬼子创造的词，我们是人民警察，咱们之间属于人民内部矛盾。

李木急红了脸，说杨所长，我不是那意思，我哪敢有那意思。

杨所长一张长脸几乎吸到了李木的脸上说：那你啥意思？你就是这意思，你是良民，为了一方稳定安宁，我当定这个坏人了，给我关起来好好问一问！

李木被杨所长那张浮肿肥大扭曲变形的大柿饼脸一贴，又被那嘴里臭肉的气味一熏，又恶心得要吐，扭着头说：所长，我、我真不是那个意思……

给两个警察架着，胡协警又从后面给了一脚，踢在腿腕子上，李木腿一软，跪在地上。李木扭头翻了胡协警一眼。他们几乎是把李木拖进一间房子。李木以为胡协警会给他打开铐子，不管咋说认识嘛，再说他又没犯事，铐着还怕他跑了？可胡协警并没有给他打开铐子，而是坐在椅子上。李木说你把这东西卸了，戴上让人看见了，还当我犯下了多大的事，坏名声呢嚓。胡协警吼一声说给我戴着，想搞特殊？你犯事没犯事我们说了算，你当你是哪头蒜？！李木心里骂×了狗尿拿砖砸，翻脸无情，说我又没犯事，跑啥？胡协警说再不老实就把你铐到墙上。李木看看墙上，像老王家猪肉铺，一根杠子上钉着一排铁环。胡协警一副不认人的样子，李木心里就拔凉拔凉的。

房子黑乎乎的，白壁上一层烟渍黄，一看就是抽烟熏的，就知道这里关过不少人。胡协警从抽屉里拿出一沓稿纸说姓名？李木心里说装个球，明明知道我叫李木，喝酒时咋记得那么清？还捏着我手叫李哥哩。胡协警又提高声说姓名？李木说李木。胡协警说家住哪里？李木心里说一年往老埂坪跑多少趟，荒山都跑成白路了，问爷？胡协警又提高声音说家住哪里？李木也大声说老埂坪。

胡协警盯了他一眼，说你参与赌博了？李木说我没参与赌博。胡协警拿笔剁着桌子说对抗对你没有一点好处，坦白从宽，抗拒从严，你知道不？李木说我真没耍赌。胡协警敲着桌子说没耍赌你跑啥？看到我们比兔子跑得还快。李木说我啥时见着你们跑了？都是熟人嘛，我跑啥？胡协警说你没跑，我们车到跟前你没跑？！李木脑子里闪了一下，说噢噢，我是躲土尘嘛。胡协警说躲土尘？李木说不躲？站在大路上啊，你们那"火柴盒"掀起的土龙还不把人埋了。胡协警说"火柴盒"？李木说就你们坐的那车。胡协警拍了一巴掌桌子，说见我们就跑，证明你做贼心虚。

胡协警点了支烟说在老埂岭，你说你没耍赌，谁信？李木说我给你赌咒，我李木要是耍了赌，出门让卡车撞死，坐蹦蹦车翻沟里。胡协警说你给我赌咒我就信了？谁能证明？李木说我自己能证明。胡协警说自己不能证明自己。李木说豆姑能证明。胡协警说豆姑是谁？李木说我女人。胡协警说你女人也不能证明。李木说我儿子欢乐能证明，我搂着他睡的。胡协警敲着桌子说自家人不能证明，还有谁能证明？要说能证明的只有老拐子，现在耍赌多数在老拐子家耍，可一说等于把老拐子告下了，支赌场的罪比耍赌的罪还重，李木挠着头想想说要不你去问那些耍赌的，他们能证明我不在场。胡协警说要是捉住了耍赌的还用审你？胡协警翻翻眼睛，忽然说你看过他们耍赌？李木说看过一次，可只看一把就让人家赶了出来。胡协警说有认识的吗？李木说没有，人家都是大老板，哪里攀得上。胡协警把烟头扔在地上，搓了一脚。李木只想快点从这烂事里脱身去看蹦蹦车，就说他们哪里看上和我耍，庄子上人都不愿和我耍，叫我球毛。胡协警没憋住扑哧笑出声来，说他们为啥叫你球毛？李木见胡协警有笑了，心里松宽了一下，说你没听过球毛上捋着吃虱子的话吗？我怕输，赢得起输不起，输一块钱都心疼。胡协警说你想要，但舍不得钱，是不是？李木说他们那赌大着哩，钱都是用皮包提着，可不是装一二百块能耍的。胡协警说你还有啥要说的吗？李木摇摇头。

胡协警将记录下的几张纸撕下来递到李木面前说看看吧，和你说的没啥出入，就签字。李木说签啥字？胡协警说你的口供，不签字？录口供就说明你犯了事，这李木是知道的，嘴唇哆嗦着说我、我不签，我又没犯事，录、录啥口供？胡协警说你别耍赖，不签是吧，那就给我关着，啥时签字啥时放你。李木听得这话，就拿起笔，看着那稿纸心里说日他娘，字写得像一堆堆拢起的干柴火，也能当警察？还在人前人五人六的，到哪里说理去？看了一遍，有些字写得他不认识，意思能辨明白，记的是他说的话，便签了名字。胡协警拿出印色盒，指着几个地方让他按手印，李木心里督烦，摁手印没好事，却又不能不摁。胡协警拿着那几张纸出去了。李木往门口撵了两步，说你不是说签字就放我走吗？胡协警吼了一声说老实待着，迈出这个门槛以逃跑处罚。李木听到了"哗啦哗啦"的声音，就知道杨所长在垒长城。他听朱远说猪头也是个赌徒，一晚输过六万，眼睛都不眨一下。李木说谁敢赢他的钱？朱远说你当世上都是咱们这样的茶障人啊，让他像捏泥疙瘩一样捏，比他厉害的人多了，不说你不知道的，就说镇长不比他厉害，他输了不掏行？

胡协警拿着那几张纸又进来了，说交罚款吧，交了就可以走了。李木像给猛泼了一马勺冷水，打个冷战，说啥？你说啥？胡协警把嘴巴贴在他耳门上吼交罚款，你耳背呀？李木甩甩头说我又没耍赌，凭啥罚款？胡协警说你敢当着我的面翻供？李木说我翻啥供？胡协警说你别嘴硬。说着就把口供拍在桌子，说刚说过的话就不承认了，自己看，看！

李木看了看说你看嘛，这上面我说我耍赌了？胡协警拿过口供说听清楚了，你说他们看不起和你耍，叫你球毛，就说明你以前耍过赌。你说你耍不起，就说明你不是不想耍赌，而是怕输，你有耍赌的思想。你看别人耍赌，就是参与赌博，你不举报，就是庇护，一个罪。李木大张着嘴心里说我日他娘，让这狗日的给绕进去了。早知这样，就该像顾旦子那么说话你姓啥？啊？你姓啥？啊？你姓啥？我刚吃过。

胡协警还是用笔剁着桌子，说交了罚款就可以走了。李木蹴在地上不说话。胡协警说你别磨蹭，别妄想能耗个啥结果。李木仰起头说罚多少钱？胡协警说这次少一点，就交五百块吧，下次要再犯，可就没这么便宜的事了。啥？啥？五百块？还少一点？！抢人啊！李木像被蝎子蜇了一口，跳了起来，可他的手给铐在一起，他这一跳，就像在作揖。胡协警一把揪住李木的领子说你说啥，我们抢人？李木又打个冷战，赔着笑脸说说溜嘴了，说溜嘴了，你别翻脸噻。胡协警说这都是少的，看赌和耍赌同罪，不举报更要重罚，就凭这条罚两千都不为过，我们捉住的从没罚过这么少！李木说可我没耍，就是看也早了，昨日这次我知都不知道。胡协警说少给我胡搅蛮缠。

李木脖子一梗蹴在地上不说话，他想见杨所长。尽管杨所长装作不认识他，可杨所长是官，是官就有水平，有水平处理事就公正，他不信杨所长不认识他，会这样对他。胡协警说你交不交？李木不说话，他打定主意要等杨所长。胡协警拍着桌子说我警告你，耍赖是耍不过去的，耍赖的人我见多了。说着往外就走，到门口又说不交是吧，那就在这房子给我待着。胡协警把门锁上走了。这铁皮门李木在城里见过，门锁从外面用钥匙一拧，就反锁了，里面也打不开。

可杨所长就是不闪面，麻将声也没了。一个上午就这么过去了。李木看看电子表，已过十二点，一阵吐把几天攒下的东西都腾空了，肚子饿得猫抓一样。饿过头了，就是困乏，李木眼睛都睁不开，往那把椅子前走了两步，又靠墙蹲了下去。坐在椅子上趴在桌上睡当然比蹾着睡舒服多了，可他怕胡协警看见又吼他，他懒得听那像吆喝牲口的声音。

"哗啦哗啦"的麻将声又响起来，李木醒过来，看看腕上的电子表，已过了三点，门还紧闭着，李木有些着急了。到草鞋镇赶集的都是这村那寨的，集半后晌就散了，蹦蹦车看不看都在其次，他还要坐蹦蹦车回去，不然得走回去，二十多里路程哩。又等了一阵，还不见人来，李木正举起手要拍门，门哐里哐当一阵响，胡协警打着哈欠进来了，蜷着十指当当当地敲着桌子，说想明白没有？别耍赖，我这人再没长处，就会治耍赖的人。李木心里说你原本就是个无赖嘛。

李木尽管心里着急，那可是五百块钱哩。胡协警说不交是不是，好，我看你能硬到啥时候。又要走，李木说我没钱。胡协警说你没钱？就在他身上摸起来。摸了半天，又把他的鞋扳下来，也不嫌臭，鞋壳郎里掏挖了一遍，说你身上就十块钱？李木说赶集来回的车费和一碗拉面钱。李木赶集没一定要买的东西从不多装钱，装上钱看这也好，看那也想要，忍不住就会花钱。人就是这样，装了钱会忍不住，不装钱就忍得住。胡协警说赶集你不装钱？李木懒得说话。

胡协警站在那里想想，又把手攉进去摸捏李木的裤衩，李木怕痒痒，躲着说我又不出去揽工，没穿防盗裤衩。胡协警咬咬嘴唇说你可想明白，搜出来全部没收，不顶罚款。李木本身就讨厌胡协警，现在胡协警这么捏来摸去，浑身痒酥酥的，就更厌恶了，说你把铐子打开，我把裤子脱光翻给你看。胡协警却不打开铐子，一双手只顾在里面摸捏，几次捏到球上，李木就扭着跳着说你别掏挖噻，掏挖得人浑身毛爪爪的，要不你先给我垫上，下次到了老埂坪，我还给你。胡协警说我给你垫上，你当你是哪头蒜？！

胡协警又出来进去几趟，说我给你说抵赖对你没好处，过了四点就加倍。李木说我要见杨所长。胡协警说杨所长是你想见就见的？李木就垂下头不看胡协警，也不说话了。胡协警转起圈圈来，转够了又说你当杨所长会像我这样对你客气？

不一会儿杨所长来了。李木一喜，脸上堆着笑说所长，我没耍赌。杨所长盯着李木说你要从思想上认识你的错误。李木说所长，我思想上也没错，我知道耍赌的危害，女人跑了的，被放板的撅折胳膊挑了脚筋的，在外一躲多少年不知死活的，见得多了，赌博真是害死人。杨所长说没错你怎么在这里？李木说我也不知道你们为啥要捉我。杨所长说你的意思是我们冤屈你了？李木讨好地说哪敢嘞。杨所长说连自己的错误都认识不到，你思想深处错误大着哩。李木一张嘴，杨所长摆摆手说赌博是社会公害，赌博是万恶之源，远离赌桌，珍爱生命，远离黑暗，拥抱阳光；一人参赌，全家遭殃，众人参赌，难奔小康！这些写在墙上的话都是给谁看的？一拍桌子，高声道就是给你们这些顽劣不化的人看的！你是叫啥来着？啥木？张木还是王木来着？对，是柳木吧。胡协警说所长，叫李木。杨所长就说李木啊，你得好好反省，知道啥叫反省吗？就是自己好好想想自己，别总觉得自己冤屈得不行，我们冤屈过谁？我给你说这世上没有人是干净的。

李木大瞪着眼睛盯着杨所长，啥话都不想说了。杨所长不但没记住他人，连名字都没记住，再说啥顶个球用。陪杨所长喝酒的时候，李木还想杨所长有头有脸，大所长，咋也得维下这个人，以后有个啥事，也是个可以奔往的人，杨所长也捏着他的手说以后有啥事直接找我，草鞋镇没有我办不了的事。原来这话连个屁都不是，人家眼里根本就没有过他。想想也罢，胡协警说得对着哩，你当你是哪头蒜，土里刨食的东西，自己还把自己当成个人了。

杨所长点了根烟，咂了两口，说你硬啥？你敢说你从没耍过赌？别以为我们都是吃干饭的。我们要挖，你还没问题啦？有你硬的啥？我们不是想捉谁来就捉谁来的，为啥没把别人捉来？

李木垂下了头。

　　杨所长回头对胡协警说你跟他咋说下了？胡协警说我让他交五百块钱罚款。杨所长说啥？罚五百块？！李木抬起头来，以为杨所长会向着他说话，毕竟还是认识嘛。杨所长说五百块？捉来的啥时候罚过五百块？像他这个态度罚款一千都是轻的。李木头皮就一阵发麻。杨所长看看李木说既然小胡说了五百块，我也不驳他的面子，五百块就五百块吧，交了回去好好种地去，少惹是生非的。胡协警说他身上只有十块钱，我摸遍了，多一分都没有。杨所长又开始在地上转磨磨，就像套在磨道里的驴，最后说这样吧，你想办法，当下能交，就少罚一百块，要不就到你家里去拿，罚款一分不少，来回汽油钱一百多也得你出。好好想想，想通了就喊我们。说着就和胡协警两人往外走。

　　李木长咬咬嘴唇，叹息一声，说所长，麻烦你把扁头叫来吧。杨所长说谁叫扁头？李木说就是朱记货铺的朱远。杨所长对胡协警说那狗日的还叫扁头？我心想做事搋着杵子打月亮，连个天高地厚都不知道，头都长不圆嘛，嘿嘿，快去把那狗日的叫来。胡协警就去了。杨所长指着李木的眼窝又说只要进过赌场子，就是参与赌博，往深里说你想想我们掌握了大量信息，为啥每次扑过去都扑个空，肯定是有人走漏了风声，老埂坪还剩几个踢得起土的男人？通风报信这罪比耍赌更重。李木忙说我没给他们通风报信，那些耍赌的我不认得，又不沾亲带故，通啥风报啥信。杨所长掏了一支"中华"叼在嘴上说这么说你要认识他们，要是你的亲戚，你就通风报信了？李木低下头不说话了，他害怕和他们说话了，他们的话里有坑哩，一句说不好就掉进去。杨所长说我告诉你，凭我这些年的断案经验，没一个人是冤枉的，谁沟子上都有屎臭。在一个人身上想找点事还不容易，按你的口供罚你这点钱是轻得不能再轻了。李木心里说沟子本身就是屙屎的地方，当然有屎臭，你难道还能闻出饭香味来，可话说出来却是：所长说得对，谁沟子上都有屎臭哩。

　　朱远来了。杨所长嘻嘻一笑说朱大老板啊，没想到你还挺义气的，来捞朋友啊。朱远递给杨所长一根烟，杨所长没接，说朱大老板的烟可不敢随便抽，到时候又告咱受贿贪赃，可是吃不了兜着走。杨所长甩身走了，又回过头来说我还不知道你还叫扁头哩，难怪做事都做不圆。朱远掏了四百元出来，胡协警收了钱，就打开了李木手上的手铐，说可以走了。

出了派出所大门，李木停住脚步，抬头想了半天，又进了派出所院子。朱远说你又回去干啥？李木不说话，朱远说别跟他们讲理，别指望他们对你发善心。李木没回头，朱远说对了，顺便把收据要一下。李木推开传出麻将声的房门，看到杨所长正摸了一张牌。杨所长站起来，李木说杨所长，你到底记不记得我？咱们喝过酒，每次都是我家的鸡给你醒的酒。杨所长用麻将"梆梆梆"敲着桌子说记得咋，记不得咋？记住了就不秉公办事了？跟我喝过酒的人多了，喝过酒我就得当先人一样敬着？！全镇的人都认识我，我都得记住？！李木愣愣地站在那里，杨所长说人都说我六亲不认，我告诉你只要犯了事，就是亲娘老子我也不认哩，你算个球！

李木脖筋跳了下几下，说杨所长，在你的眼里我是不是连一条狗都不如？杨所长停了一下，脸上的肉抖了几抖，在李木的脸上拍了两巴掌，嘿嘿一笑，说你不是狗，你咋是狗呢？你是良民嘛，大大的良民嘛。其他人就哈哈哈大笑起来。胡协警两把就把李木从房间里掀了出来，说还不回家，想惹事？出了派出所大门，李木想起四百块钱，心像锥子扎一样疼，心里说就当出来遇上恶狗让咬了看病了，又说，狗日的拿去吃药去。

李木撒腿就走，朱远撵上来说收据要上了？李木说要个球！朱远说罚了四百块钱，总得给个收据，去要收据噻。李木头也不回，说我看都不想再看狗日的一眼。朱远说唉，你这人，你等着，我去要收据。胡协警走了过来，朱远说胡协警，她婆娘厉害，你给开个收据吧，不然回去要不上钱，我的钱啥时候才能还上噻。胡协警说有你啥事，狗逮老鼠，想找事咋的？朱远嬉笑着说看胡协警说的嘛，我哪敢找事。胡协警上前揪住朱远的领口说我警告你，别把头往胶锅里擩。朱远赔着笑脸说不开就算了，算了，不要了。脚下有一个喝过水的塑料瓶，李木抬起一脚，那塑料瓶就咣当当飞到胡协警前面，胡协警回过头扑到李木跟前，说给谁扎势哩，这是给谁扎势哩？李木忙笑着说哪敢嘛，怕绊着你磕了门牙。

3

五点多钟的日头把光从草鞋镇街西口铺进来，街道上铺了一层软软的金黄色。李木肚子叽里咕噜叫唤，走上去就有些发飘。集市散了，街巷空荡荡的，街道两旁到处是塑料袋、葱皮、菜叶、牛屎、羊粪、鸡毛，一片狼藉，摆摊设点的正在收拾。展销蹦蹦车在东头子市场里，摊子是不是已经撤了？李木也就这么一想，还哪有心思去看蹦蹦车。李瘸子的蹦蹦车肯定回了，就对朱远说过两集把钱给你送来。甩开步子就走，朱远小跑着撵上来说早晨给捉来到现在没吃饭吧？李木说还吃个球。朱远拽住李木说再大的事也得吃饭，还有二十多里路要走。

这阵馆子里吃饭的人很少，服务员趴在柜台上打盹，整个饭馆懒洋洋的。只有两个人在喝酒，舌头都直了，还在那里纠缠，一个把一个叫哥，叫得那么亲。李木又想起和杨所长、胡协警喝酒的情形，往地上呸了一口。

朱远说想吃啥？李木说烩肉，米饭。朱远就对服务员说一碗烩肉，加二两肉，一碗米饭。李木说你不吃？日子细到这程度了？朱远说我还饱着哩。朱远点了两根烟，递给李木一根说耍赌了？李木说要耍了也不冤枉。朱远说那他们把你捉到赌场了？李木说都是外面人耍，门闭得做贼一样，进得去？朱远说那凭啥捉你，凭啥罚你？李木说他们做事你不比我清楚，还问我？

李木饿急了，烩肉米饭端上来，呼噜呼噜刨着肉片粉条萝卜片，烫得不停地哈气，说再来三碗米饭。朱远说这事有名堂。李木停下筷子看朱远，朱远说一是不该捉你，二是不该罚你，三是罚了款就该开收据，不开收据就等于他们私吞了。李木说这就是你说的名堂？他们想捉谁想罚谁是个啥事？他们罚款给谁开过收据？去年过年，大家聚在一起热闹热闹，让他们扫住了，每个人罚几百，开过一张收据？

李木连扒带刨将一老碗烩肉和四碗米饭拾掇进肚里，又要了一碗米汤，咕咚咕咚灌下去，出了一身大汗，打出几个响嗝，抹了一下嘴巴，跳起来就走，说饭钱你也替我垫着，赶集一并给你。朱远拉住说着急啥？事就这么了了？李木说不了还能咋？我要是狗倒想把狗日的球咬了，让他们断子绝孙哩，可我不是狗嘛。

其实时间还早，赶回去来得及，李木是怕朱远把他压在心底的火燎起来，着了朱远的道。心里的火和灶膛里的火一样，压一压就灭了，可是，要让人撩拨撩拨，就越来越旺。他当然想把猪头好好整整，不是为四百块钱，就凭陪狗日的喝了多少场酒，吃了他多少只鸡，却从没把他当个人看这一点，就该把狗日的整趴下了。日他娘世上还有这号人，老子那些鸡就是喂了野狗也喂家了，见了还摇尾巴舔脚面哩。这口气比那四百块钱难咽。可这口气是那么好出的？气再难咽也得咽，人家上下都通着哩，拔根汗毛比你腰还粗，弄事还不是老鼠舔猫屁，作死？天下衙门朝南开，有理无钱少进来，进来了就是个破财消灾的事。先人说过的话都是真理。他只想平平顺顺种地，把自己日子过好，这些人惹下了灾呀难呀就全来了，一指头能把你的日子戳个天大的窟窿，他一辈子都不想招惹这些人。

朱远和猪头弄过事。朱远是老埂坪的人，后来在草鞋镇买了两间房子开了个铺面，跟猪头好得穿一条裤子，大街上手拉手哥长弟短的，常常醉得一个扶一个走路，惹得人都眼红。朱远回家，有时候和猪头一起回来，有时候就是那"火柴盒"送回来，好不威风，划拳谈笑爽朗朗的，整个老埂坪都听得见，酒喝得昏天暗地的。朱远他大的咳嗽声都是响亮的。老埂坪人家里遇上事了，都托朱远找猪头疏通。前年老埂坪出了一桩案件，一夜让人赶走了六头牛几十只羊。后来，案破了，贼头正是朱远的小舅子，既是内应，也是主谋。朱远就找到猪头希望罚点款别判刑。猪头说这事可不小，他是主犯哩。后来又说咱是兄弟，我把话给你说明了，这事就是个上钱的事，要摆平别人得上十几万，你嘛少也得上八万，你能上八万，我保证你小舅子判不了刑。朱远就去找小舅子媳妇，好说歹说，小舅子女人只一句话，没钱。小舅子媳妇在城里打过工，自嫁了小舅子就不守心，有跑的毛病，一跑就不回来。一次小舅子背了一桶汽油撵到外父家，火机在手里"吧嗒吧嗒"地打，媳妇才吓得跟着回来了，小舅子麻绳蘸水把媳妇打得一个月没下炕，威胁说再跑老子把你活剐了。这回小舅子媳妇是寡妇站到门槛上，有走心无守心，当然不会出钱了。朱远就说你不拿钱出来捞你男人，你男人判了刑，以后出来不一刀一刀碎剐了你一家才怪。小舅子媳妇吓了，可只能拿出来五万，没办法朱远先垫了三万。朱远做这事，也不全是为了小舅子。小舅子有两个娃，如果给判刑，媳妇定然飞了，家也就散了，这且不说，朱远的外父去世了，外母改嫁了，小舅子就姐弟俩，两个娃就会到朱远家里来讨生活。八万块钱上给杨所长，可小舅子还是给判了刑，而且判得很重。事没办成，小舅子媳妇就找朱远要钱。朱远去找猪头，猪头说钱花出去了咋要回来？那些人都手大得遮天，要回来还活不活？朱远说那你要回来五万也行，那三万是我垫的，就当我花钱买个教训。猪头说你的意思我给你掏三万？一来二去的两个人就撕破了脸皮，猪头干脆不承认，说根本就没这回事，罪犯是他捉的，他咋可能再活动着把罪犯放了，朱远黑了小舅子的钱血口喷人栽赃于他。朱远花钱找门路告状。

告是告响了，上头下来也查了，可没证据，事情不了了之，猪头还是
所长。猪头把朱远小舅子媳妇拉到派出所说拿人钱财与人消灾这道理
我还不懂，可朱远没拿一分钱给我，他黑了你的钱往我身上泼脏水
哩。小舅子媳妇就日日追在朱远的沟子上要那五万块，朱远说为了你
们的破事我赔进去三万，再给你赔五万，我是印钱的机器呀。小舅子
媳妇逢人就说朱远黑了五万块钱，咒朱远不得好死。有一次堵在大街
上，把朱远的脸抓了个稀烂。小舅子媳妇还是飞了，拉着两个娃往朱
远家一扔，说黑了我们五万块钱，养活两个娃够了。朱远弄了个里外
不是人。事还没了，猪头找上门去对朱远说告我，也不看看你是哪根
葱哪头蒜，经常耍黑秤耍得连自己有几两重都不知道了啊，你歪得狠
嘛，放出狠话来要把我咋样咋样的，你变个疯狗来把我球咬了，再
告，老子不把你抓起来，告你个诽谤才怪哩。从那以后，猪头每次
到老埂坪来，都会到朱远的爹娘家里"问候"一下。闲得没事，还
会专门来"问候"。"火柴盒""日儿——日儿——"来了，"日
儿——日儿——"走了，有时候会把朱远的爹、弟、姐夫、妹夫招呼
起来问话。老埂坪人都知道朱远把事惹大了。这朱远他大的头疼病
就是那些日子得上的。朱远他大给人说他头里面老是"日儿——日
儿——"的，可拿眼睛找，连个"火柴盒"影子都没有，"日儿——
日儿——"的声音变成了巨大的泼烦。朱远他大头一疼，就吃去疼
片。去疼片就一大瓶一大瓶往回买。后来朱远的铺子也开不下去了，
地痞来了，流氓来了，要这要那，白拿白吃，明拿暗刁的，都知道是
派出所让地痞流氓来的。朱远回家来选地势盖房，准备关了铺子回家
来。不知咋就搬动了镇长，镇长给猪头打过招呼，事才平息了。事平
了，朱远那口气还窝在心里，总想把这口气出了。

朱远说这事有弄头，弄好了，他们要赔偿你名誉损失费、精神损
失费、误工费，抵得上你种一年的地，外面这么弄成的事多了，你不
看报纸不看电视不知道，我能找上人，都是厉害人。李木心里说就是

赔偿的钱再多，他们的钱是你能花的？你能找上人，都是厉害人，咋把自己的事弄日塌了？李木把烟屁股往地上一扔，站起来说跟他们弄事你当是我和你弄事哩，弄了就弄了，今儿弄明儿和的，不说了，不说了，我得走了，再不走就得走夜路了。朱远说你住下咱们好好合计合计，这事能弄住他狗日的哩。李木说我不想弄，也不敢弄。朱远说尿包样，就当哑巴亏吃了？李木说还能咋？你弄了个啥结果？把他们惹下了有好日子过？出了饭馆门李木大步流星往回走了，朱远追出来说软蛋，难怪人家捉你罚你辱没你。

　　一路上李木这样想，亏吃下去都是福，谁都知道也就是个说法，有一份奈何谁愿意吃亏？可是亏要找上你了，吃下去是福不是福由不得你，这世上不吃亏的人都是有本事的人，这事明摆着就是吃亏的事儿，小亏不吃，猪头给你吃大亏哩，一次亏好吃，惹下了就是触了大霉头，人活一辈子不怕倒一次霉，怕的是倒一辈子霉，罚了四百块钱，事也息了，人也宁了。又想这几年日子过得顺溜，不倒这么个小霉，说不上哪天就会倒大霉，世事就是这样，说个欺天的话，日子过得太顺溜了，老天爷都妒忌，会让你受点磨难，这就像经常有小毛病的人不会有大病，不闹病的人却会得大病一样。这么想着，李木心里豁亮多了，就深为自己脖筋一拧，脑子一昏，说的那句"杨所长，在你的眼里我是不是连一条狗都不如"话和踢那个塑料瓶后悔不已，扎那势做啥呢嘛。

　　翻过老埂岭天子口，老埂坪就现在眼前，一家一户亮起一星一豆的灯光让庄子显得地老天荒。还没给山谷汲尽的天光里，豆姑牵着欢乐站在岗子上瞭着，两只狗一黑一白，一左一右，你一声它一声叫着，他嗷嗷地叫了两声，两只狗扑他而来，欢乐高叫起来：我大回来了，我大回来了。到了大门口，豆姑声音颤颤地说没啥事？李木嘿嘿一笑说能有啥事，熟得跟米汤一样，他们都记着我哩。豆姑说可把人吓死了。李木说吓啥，咱是良民。豆姑说那几个扑到园子来捉你的人，凶巴得，我还当祸事哩。豆姑是个屁胆子，一受惊吓，整夜闭不上眼。李木怕豆姑吓着，地里的活都长起来了，睡不好咋做活。

大门口备下一大堆野柴火，欢乐拿着火柴在点火。豆姑忙说别点噻，不是祸事，燎啥。李木说点，点点，燎嘛，咋不了，火烧财门开，斗大元宝滚进来。男娃跟火亲，欢乐点着了柴火堆，柴火堆熊熊燃烧起来。李木在火堆上面跳了几个来回，又抹着欢乐在火堆上抡了几圈。这是豆姑的老习惯了，只要在外面遇上倒霉事，就会准备野柴火像正月二十三燎疳一样燎一燎。豆姑说一燎百了。

进了屋，豆姑系围裙做饭，李木说刚吃过，饱饱的。欢乐扑上来说大，你下馆子了，嘴张大我闻闻。李木就抱起儿子，大张着嘴让儿子闻。欢乐闻过说你吃肉了，我也要吃肉。李木说给儿子炒肉，炒肉。豆姑说是杨所长请你吃的？李木腾了一下，说你咋知道是猪头请的？豆姑说身上装了十块钱，能吃个啥，现在啥都贵得要命，指头剁给人家？李木说当然是驴日的猪头请老子吃的。豆姑说我就说不说你老陪他喝酒，单说吃了咱多少鸡，也该回请你吃一顿馆子，不是咱计较嘛，人有了情总得还，他们都是识文断字的人，这理还不懂？得是。李木说他驴日的当然是该请老子吃一顿了。豆姑说人家请你吃馆子，多给面子，还驴日的、猪头的说人家，给人家当老子。李木咬咬牙说对哩，我不该驴日的驴日的说他驴日的，不该给他驴日的当老子，也不该叫驴日的猪头。

豆姑偷懒，觉得炒肉麻烦，对欢乐说娘给你用勺子炒两个鸡蛋，明天咱们炒肉。欢乐说不，总让人吃鸡蛋，吃得嘴里一股鸡粪气，不信你闻。说着便嘴大张着要豆姑闻，豆姑说炒炒，馋痨害上了。

晚上睡下，豆姑说杨所长这人要好好维着哩，人家是国家的人，有头有脸的，以后用的地方多着哩。李木说是得把驴日的当狗一样喂着。豆姑说我不是说喂着，我是说维着，把人家所长说成狗，小心让人家听见招祸。李木说我知道是维着，喂狗不就是维着狗嘛，喂得好就维下了，听上去不好听，意思对着呢嘛。

4

老埂岭坡缓，那些年修成了梯田，一挡一挡，平展展的。宁种两个窝窝子，不种十个坡坡子。窝窝子就是平地，保墒攒肥。今年天爷照顾，雨水广，庄稼种上就没受过磨难，长得攒劲。糜、谷全抽穗了，就有五分的收成，想抹都抹不住。胡麻吊着蓝汪汪的花铃铛，油菜金灿灿像铺了一挡一挡的金缎子，荞麦一嘟噜一嘟噜全身甩满了花苞，洋芋秧子一鼓堆一鼓堆墨绿墨绿的。庄稼地密匝匝厚森森飞蜂舞蝶的。天爷再给一场雨，今年的庄稼就成收了。就是再不给，六七分收成也稳攥手里了。满眼都是收成啊。李木浑身咯吧咯吧地响。锄头底下三分肥。李木一头扎进地里，等力尽汗干时，抬眼一望，五亩大的地锄得剩下一个拐拐子。李木在地头的老榆树下躺下，扳下鞋底一枕，心里说日他娘，就当是出门不小心让狗咬了，狗咬了你还生啥气，天爷造下狗就是咬人的嘛，自己养的狗情绪糟糕了还咬自家人哩。这么一想昨日的倒霉就烟消云散了。

李木没有和许多人一样进城揽工，不是嫌揽工苦重，这世上没他受不了的苦，拿不下的活。他揽过几年工，挣的也不能说少，只是揽工的日子就像进了地洞，看不到光亮，看不到尽头，让人惶恐，困惑，心疯。一年正月初七八出门，小年前后才回家，遇上个日赖老板给套住一年两年回不了家。从这个工地到那个工地，给人家甩着一张脸子攒着牙劲像使唤牲口一样吆五喝六驱来赶去，那眼神、那口气、那表情，就没把你当个人看过。老板在别人跟前受了气，就会在活上找碴把气撒在你身上，出言出语的，跟骂孙子一样。拿自己挣下的钱时就像讨吃，人家眼皮都快掉到鞋面上了。有一回工钱拿不上，一群人去讨，讨来讨去，钱最后是讨来了，可人家拿着钱把每个人的脸砸了一遍，还得赔着笑脸点头哈腰的。长年四季住在工棚里，床铺、被褥潮乎乎臭烘烘的，比猪圈还味，衣裳黏几几馊乎乎的，贴在身上就像抹布搭在锅台上。过年回家就像城里人过黄金周，女人的被窝还没暖透身子还没睡软又匆匆走了，家就像个车马店，回来脾气都没了。别看到了年关跟前，一个个大箱小包油头粉面体体面面风风光光地回来了，家里人欢马叫的，其实心里苦得像药罐，个个心里恓惶着哩。年复一年，日复一日的，有些人揽工都十几年了，还这样过活着。

白日恓惶，晚上更恓惶。一年不回家，谁不想那事，不找小姐谁憋得住，遇上没活或连阴天，就想得要命，浑身燥烘烘憋鼓鼓的像要着火爆炸。出去找小姐，松快是松快了，可花钱不说，感觉像是配牲口一样。其实也不光是憋的个事，就想这身子贴着那身子说说这说说那的，搂搂抱抱的，摸摸揣揣的，扭扭捏捏的，拧拧掐掐的，叽叽咕咕的，多好，多美。跟小姐能那样吗？你想那样，人家还没时间。城里人叫"打炮"，想想真像"打炮"一样，战场上那些炮兵谁感受到了打炮的快活？一股子劲儿才过，想在小姐身上赖赖，衣服都没穿上就伸手要钱，你说恓惶不恓惶？有一回，他找了个小姐，不想日急忙慌了事走人。他想即使是不能像婆娘汉子那样，也总得有个过渡吧，又不是给自行车打气哩，气肠子往上一擩就呼哧呼哧打。可那小姐却三下五除二就扒了个干净，把身子往床上一撂，摆了个八字，躺在那里嘀嘀嘟嘟鼓捣着手机发信息，自顾自给给地笑，看都不看他一眼。他刚挨了一下小姐身子，小姐就闭了眼睛噢噢啊啊地大喊大叫，他就趴在那里看，小姐大呼小叫让他又失笑又悲凉。小姐噢噢啊啊地喊叫了一会儿，睁开眼睛两把提上裙子，伸手要钱。他说我啥都没干，给啥钱。那小姐脸一下就变了，说别赖账，还轮不上你个穿汗衫的吃白食。他就生气了，说穿汗衫的咋了？小姐说想赖账？他说你看我像干过你的吗？这话说出来，自己都脸红了，可那小姐一点都不生气，看他还穿着裤头，抹了一把自己，咯儿咯儿笑出声来，说我还当你干完了，又几把脱了衣服，说快点噻，你咋这么磨蹭，别耽误人家时间，时间就是金钱哎大哥，你没听说这句名言。他就想起家里那些大牲口来，觉得一点意思都没有了。小姐说大哥，你干不干都得付钱，因为你点了我，老板还问我抽钱哩，快噻。你说有意思没意思？有意思没意思还在其次，更不安全。老疙瘩抠得要命，连裤衩都不穿，找了一回小姐还让人家扫住了，罚了五千，一年苦就白下了。年底回家问这个借点问那个借点，家里等着用钱不说，拿不回钱给女人咋说？朱全让一个女子诱到背巷的黑屋里，刚发的工钱给搜刮干净，啥事都没做成，还让几个壮汉打得鼻青脸肿。女人知道男人在外的难处，也都默许了，可心里不是个滋味儿。钱是挣了点，家却撂荒了，女人也撂荒了。帽子的女人就是受不了被撂荒，跟着一个收猪的跑了。三眼跟比他大三十岁的老女人黏到一起吃软饭，回来离了女人，儿子都不要了。人人都说出门好，出门人茶障谁知道。歌都是这么唱的。

　　三年前过年，一场大雪把路封了，在家里多待了几天。欢乐喊着要到岭上去套雪鸟。下雪正是套雪鸟的时候，他就绾了绳扣线网和欢乐到岭上去套鸟。结果上了岭，见帽子领着儿子在那里套鸟。套了几只鸟，两个娃牵着鸟在雪地里追闹，他和帽子蹴在雪地里吃烟，他说先人守着这片土地过了多少辈子，照打窑洞，照盖房子，照娶女人，照一嘟噜一嘟噜生娃，照一个个抓大，也没见穷死几个，也没见断了几门香火，为啥咱们现在不揽工就像活不下去了？帽子说就是，日他娘，我不出门揽工了。他说我也不揽工了。雪化了，路开了，帽子依旧走了，他还想娶个女人。他没走，说老子就不信种地能把人穷死。女人种地，娃娃放屁。耕种打糨的，男人走了，女人种地就难了，再说有打工挣票子的靠头，日子就少了压力，加上旱年多，也就少了心劲，窝窝地就撂荒了。他租了些窝窝地。种地这么些年，他心里有底的。虽然会遭遇旱年，但颗粒无收的年景并不多，十成种五成收的年景还是匀匀的，老埂坪的雨季多在后半年，除了麦子、豌豆、油籽、糜子、谷子、荞麦都是秋庄稼，而这几年杂粮比细粮还上价，地还是有种头的。种了庄稼，禾衣柴草都是喂猪喂牲口的好东西，家里就喂了几头母猪，一年能下几十个猪娃子，一个猪娃都过百了。喂了二十几只羊，一年能卖羊羔羯羊。把牲口也倒换了，以前喂一对骡子种庄稼，现在喂着一对牛种庄稼。老垭坪人使唤牲口喜欢使唤骡子，骡子有猛劲，可骡子不下驹，使唤到老了就不值钱了。牛有长力，种庄稼不比骡子差，还能落牛犊儿，牛犊过了一岁，他就把牛犊调教出来犁地，这时大牛也就三四岁，骨架皮肚都撑开了，正是喝水都上膘的年岁，加点瘪粮食充几个月，就能卖上好价钱。

要说起苦来，一年也就下半年的苦，比起揽工能大到哪垯？每天早晨在地里忙活，犁地、锄地，下午就套牛车去割草。套着牛车，谷壑里走上一圈，一车草就割满了。去年，李木算了个细账，净收入相当于像他这样的两个人进城揽工的收入，还有余头。倘若算上放开吃掉的羊肉、猪肉、鸡肉、鸡蛋，杏子、枣子、苹果、西瓜、香瓜以及找小姐干啥的开销，那余头可就大了。在城里揽工，工地上的伙食说是天天有肉，到每个人碗里就指头蛋大的几疙瘩，实在馋得不行了，偷偷摸摸啃个猪蹄、鸡腿，吞二两二两牛肉都心疼，几个人凑一块儿聚一顿，几十块花上了，还没吃饱。就说鸡蛋吧，一个鸡蛋到了城里在茶水里咕嘟一阵就八毛。过水果摊口水咽得咕噜咕噜的，称上一斤二斤，你一个他一个都抓不过来，哪像在家里这么放开吃。在家里，院里、园里、垙上一抬手就揪得到，李子、杏子、苹果、犁、枣，从刚有个红脸蛋就开始吃。西瓜有了红瓤，香瓜出了香味，半生不熟吃起，一直吃到中秋过后。再说像睡婆娘一样睡小姐，得多少钱？算都没办法算，倘若背霉，让人家扫了床，让人家钓了呆，一年的苦都白下了，弄不好再得个艾滋啥的，一辈子都完了。在家里啥时想要就啥时要，自己受活，女人更受活，把女人滋养得云白水亮，扭着腰身给你端吃端喝的，小沟蛋子颤着给你做这做那。唉，这账谁算过？更重要日子自己说了算，有紧，有松，有快，有慢，春播，夏耕，秋收，冬眠，苦上一阵，歇缓一阵，忙闲分明，规规律律，忙日子让活把自己揉成一摊稀泥，闲日子头睡扁了也没人管，自由嘛。和老婆打打骂骂，恼恼好好，让儿子当马骑当驴喊，和儿子比谁尿得高，射的洞洞多，架着儿子翻山越岭套鸟打兔，十里八乡追着看戏。在地里苦累了，球朝天一躺，看天天是蓝的，吹风风是爽的，展眼眼是宽的，吼两嗓子，哥呀妹呀的，满世界都是你的声音。你在城里能这样吗？麻乎乎让哨子吹醒，就上了工地，让人家吆喝着吼骂着，黑乎乎回来，倒头就呼噜，一天不干活，一家人就没收入，人家不逼迫，自己心里慌着哩。在工地你想球朝天一躺就由着你球朝天一躺了？老板不翻先人道亡人骂你才怪，再说想球朝天一躺都没地方。你吼两嗓子看看，路上的人都会围过来看你个神经病，警察不扑过来拿吆喝牲口的声气收拾你才怪。再说天乌突突的，风黏爪爪的，气味怪乎乎的，身子软塌塌的，你还吼个甚？有心思？

李木对自己现在的日子很满意，敞亮敞亮的。

李木蹴在岗子上吃烟，一辆蹦蹦车停在了门口。是草鞋镇吴记粮庄的老板吴大头。李木往蹦蹦车上扫了几眼，蹦蹦车上装了一袋一袋的五谷杂粮。吴大头常来庄子上收五谷杂粮，就和李木熟了。吴大头说今年捞着了，这庄稼长得俊的。李木美滋滋地说天爷照顾嘛，可我再好也没你好，你挣得比我多。吴大头递过一根烟来说今年的五谷杂粮到时候可得给兄弟留着，价格上不会亏你的，你是大户嘛，我出大户的价格。吃了根烟，吴大头开着蹦蹦车走了。李木一阵失落，要不是那天倒霉，选好了蹦蹦车，第二集买回来，他现在和吴大头一样，开着蹦蹦车走村串户收五谷杂粮哩。唉，一件倒霉的事会伤做一件事的元气。豌豆黄了，李木决定豌豆收打了就去买蹦蹦车，日子不等人，就在树尖上挂着一晃一天哩。

5)

　　胡井婆姨骑着摩托车过来了，李木问做啥去？今儿个不是集。胡井婆姨说报案，昨夜惨了，六七家子让偷了。身强力壮的男人都出门揽工去了，偷盗的事就时有发生，不要说牛、羊，就是鸡都偷。李木叹了口气，心里说以前人说强贼怕弱主，现在不是那回事了。胡井婆姨说你家没遭贼吧。李木说夜里没听到啥大动静。胡井婆姨说快看看去嚛，手段高哩，不知给狗喂了啥，几家的狗都麻翻了，到现在还不灵醒，蒜头家门从外面锁了，现在还锁在屋里，哪里是偷嚛，明抢嘛。李木心里咯噔一下说呀，我去看看。豆姑正喂大黑小白，李木各踢了一脚，大黑小白龇牙咧嘴呜呜的，就对豆姑说多加点料。别人吃肉骨头啃了扔给狗啃，狗啃完了也就撂了。可李木会把骨头扔给狗啃，狗啃过后，再把骨头收拢，一顿锤子砸成碎末，拌到料里喂狗。两只狗就吃得滚圆滚圆的，背宽骨壮的，像个板凳，驮得住人，他骑上去，狗腰都不会塌下去。豆姑说庄子上又让贼扫了？夜里这俩东西不宁，我当捉赌哩，唉，这世道。李木进了牛圈，两头牛都在，又进了羊圈，数一数，羊一只不少，心里就踏实了，出来说谢天谢地，没遭贼。胡井婆姨说还是男人在家好，男人一堵墙嘛。李木说偷过多少回了，他们破过一回？报也是白报。胡井婆姨说唉，报了是个望想，不报就连个望想都没了，他们知道了还罚款哩。胡井婆姨骑着摩托车走，李木心里说报了案，他们找羊不行，吃羊行哩。

　　李木从豆地里浪了一圈，豆角已经白了，决定下午就开镰收豆。要说再长几天也行，可是就怕冷子（冰雹），这季节是最易下冷子，一场冷子，苦就白下了。从豆地回来，李木开始磨镰，就听到"日儿——日儿——"的声音，知道猪头带人来破案了。李木没敢出院门，怕再出那天的事，还是不遇面的好。

吃过午饭，李木套了牛车和豆姑下地收豆，出了院门没走几步，"火柴盒"就过来了。李木心里说倒霉鬼遇上丧门神，忙把牛往路边拉着避让，可"火柴盒"却停了下来。大黑小白从院里扑出来围着"火柴盒"咬。只要下地干活，大黑小白是不拴的，没人挡，再厉害的人也别想进到院里来。掀起的土尘落定，车窗摇开，胡协警把头从车窗伸出来，说把狗拦住。李木和豆花慌忙追出来一人裆里夹住一只狗，双手抔着脖子。杨所长他们这才从车上下来。大黑小白又扑又跳，吠声不绝。随着狗一扑一跳，李木和豆姑就像坐在船上，晃悠晃悠的，杨所长就一退一缩。杨所长说把狗拴了。李木忙和豆姑夹着狗挪进院里到狗绳前拴了。

李木脸上堆着笑，说杨所长来破案啊，我家没丢啥。杨所长看着李木，李木有些发怵，头皮麻酥酥的。杨所长说你家没丢啥？李木说啥都没丢。杨所长说噢噢。李木说这两只狗连你们都敢咬，贼想进都进不来。

杨所长说跟我们去一趟吧。李木浑身就有些抖了，说我家没丢东西。杨所长说我知道你家没丢东西，可别人家丢了。李木说别人丢了该是别人家去，我去做什么？胡协警不耐烦地说叫你走就走，扛得住？另一个警察说是协助调查。说着两人就扯住他往车里塞。李木双手撑着门子说所长，杨所长，你听我说嚅。可是杨所长已经上车，头也不回。李木被硬硬推了上去，"火柴盒"就开了。

又是那间黑房子，又是那样的问话，问完了前面一截后，胡协警说昨晚上你干啥去了？李木说在家睡觉。胡协警说谁能证明？李木说豆姑能证明。胡协警说豆姑不能证明你。李木说欢乐能证明，我还给他捉虱子来着。胡协警说胡搅蛮缠是吗？上次就跟你说自家人不能证明。胡协警咬着烟思谋了半晌，说你家从没遭过贼？李木说没。胡协警说那为啥别人家老遭贼？李木说我、我咋知道。胡协警说你家牛羊

多，又在大路边上，一次都没被偷，不觉得很怪吗？李木想想说我家
那两条狗，上身下口，连你们都敢咬，贼进不去。胡协警说谁家不喂
狗？李木说我家有男人。胡协警说张老头家、朱长声家也有男人，丢
的比谁家都多。李木说他们都是老弱病残嘛。

这时间杨所长接了话茬，说那你咋没出外揽工？李木说我不爱揽
工。杨所长说不爱揽工？挣不上钱？嫌苦重？李木摇摇头说不是，我
喜欢种地，揽工揽得人下贱不说，日子也不能老是这么个过法，长年
四季在外，家不是家。杨所长说那别人为啥都不种地去揽工了呢？
李木说各人有各人的想法嘛。杨所长说那你的想法是啥？这么问李木
就不知咋说，说不清楚还不如不说，别再让猪头套出事来。

杨所长又眯着眼睛看他。杨所长本来眼睛就小，眼圈周围堆着
两疙瘩肉，一眯就彻底没眼睛了，只剩下一条缝。杨所长忽然吼了一
声，你给我老实点，还自称是良民，我看你就是个刁民，待在村里别
有企图吧。李木低下头去。

李木知道这回还得罚款，可他这次是打定主意一分罚款都不交，
不扛住点还了得，有了再二，就有再三，有了再三，就有再四，为啥
老辈子人说吃柿子拣软的捏。顾旦子舍命不舍财，捉了去要罚款，顾
旦子就是不交，要钱没有，要命一条，关了三天，还白吃了三天饭，
最后不还是放了。想关就关，日他娘还没治了，反正糜谷锄过了，豌
豆再过两天收也成，总不可能关他一月半年吧。杨所长一拍桌子，说
李木，骨头可不是铁打的。又对胡协警说，好好审审。

可是，一个多小时后，胡协警就打开铐子把李木放了。李木笑
了，心里说有本事你关呀，放了做啥？！从那房子出来，李木伸了个
展脱脱的懒腰。派出所院子里有几棵槐树，落满一树一树的鸟儿，像
结了一树一树长嘴果子，叽叽喳喳的，李木踢了一脚树身子，鸟儿就
像熟透了的果子，不过不是落下来，而是飞走了。胡协警掀了李木一
把，把李木掀了个趔趄，说给谁扎势哩！李木忙笑着说哪敢，就是觉

得狗日的吵得，影响你们办案子。李木一扭头，见杨所长站在院里，就冲杨所长笑笑，说所长，我走了。杨所长说我等你问话哩，你没话要问我吗？李木知道猪头还记着上次的事，嘿嘿一笑说上次是脖筋拧住了，冒出那么一句话，所长，你大人不计小人过嘛。说着在自己的脖子上狠狠抽了两下，说今儿个不拧了，一点都不拧了。杨所长哈哈哈地大笑着，背起手走了，到了远处又回过头来说李木，我记住你了，记得很牢，你是良民。

从派出所院里出来，见豆姑站在大门旮旯里，说你咋来了？豆姑说你给他们捉走，我就撵来了。李木说你撵来干啥，没事儿的，你看他们还不把我放了。从派出所院子里出来，见朱远站在门外，李木对豆姑说赶紧回，豌豆干到地里了。朱远说忙啥，吃饭，我请客。豆姑说吃了饭再回吧，一惊一乍的我也饿了。李木瞪了豆姑一眼说吃吃吃，饿死鬼转世的。

进了老牛烧肉馆，朱远要了一盘红焖猪蹄、酱骨头、韭菜烧肉片，又要了一瓶酒。朱远说又罚了多少？李木说没罚。朱远撇撇嘴说没罚？猪头说过打猎最忌讳的是空手而归，能把你轻易放了？你是他爹还是他小舅子？李木说真没罚，他们拉我来是来配合调查村子遭贼的事儿。朱远说你家也遭贼了？李木说没有。朱远说要配合调查该拉那些遭贼的人，你家没丢啥，拉你配合调查个啥？李木说唉，都剩下些女人娃娃了，话都说不周正，能配合个啥。朱远摇摇头说他们破不了案，总得找个垫背的嘛，捉了你表示他们尽心办案哩，你就成了嫌犯了。李木抖了一下，豆姑说嫌犯是个啥？朱远说嫌犯就是和偷人的是一伙的。豆姑说你别胡诌，说得吓人的。朱远说那么多人家都遭贼了，咋就你家没遭贼？对了，说不定他们把你当内应哩。李木说内应？朱远说里应外合，就是和贼娃子合伙偷自家村里人知道吗？就像我小舅子。李木跳起来骂道，他娘个屁吧，我日他八辈祖宗。豆姑张着嘴还要说啥，李木瞪了一眼说快去催菜，进一回那烂杆地方就饿得不行。豆姑去催菜了，朱远说猪头把你的魂吸了，失魂落魄的样儿。李木说我给狗日的攒着哩。站起来说，我去尿个尿。

　　李木进了厕所。其实尿不憋，都出了汗了，还哪有尿，只是他不想再听朱远说，嫌犯也好，内应也罢，反正事已了了，他不想再提了，怕朱远这么往起挑事。李木蹲在厕所点了根烟。抽完一根烟从厕所出来，朱远已经走了。李木说扁头咋走了？不是说要请客吗？老领空头人情，日子过得细得连面子里子都顾不住啊。豆姑说你躲起来了，他不走干啥？李木说我躲他干啥，他当他是猪头啊。朱远和你都说了些啥？豆姑说他问罚款没。李木说他就找这碴碴哩，总想拿别人的事出自己的那口气，这回没罚让他很失望吧。豆姑说我给他说罚了五百块。李木说罚了五百块？豆姑说就是罚了，不交钱他们不放人。李木一跺脚说你个瞎种，败家的婆娘，谁让你交的？钱是狗厨下的？狗日的有能耐把老子关着，我看能把老子横吃了竖咽了，把老子球咬了吹喇叭。

　　前一集豆姑带着欢乐赶了个集，给欢乐买了身衣裳扯了鞋面，在朱远铺子里听朱远女人说上回李木是交了罚款才放的。朱远女人和豆姑是一个庄子上的，豆姑每次赶集，都会到朱远铺子里坐坐，平时烟酒糖茶酱油醋呀啥的，都是在朱远的铺子买，也算照顾生意。

　　豆姑捏着李木的手说罚就罚了，就当花钱买个平安，破财消灾嘛。李木说破财消灾，这是招灾上身。往外就走，豆姑跟上来说不吃饭了。李木说吃个球。服务员拦住说菜都下锅了，不吃也得掏钱。李木眼睛绷得铜铃一样，说掏你大个锤子。服务员说你咋骂人？！一下子冒出好几个人来，豆姑拽着李木坐下说吃吃吃，你们快点上。

　　吃过饭，豆姑又切了一斤牛肉，要了几个糊辣羊蹄和一个肉夹馍给欢乐带上。路上，豆姑说你别生气嘞，五百块钱就当逛集让人掏了，张光逛集不把给他大买棺材老衣的几千块钱让人掏了？李木长嘘一口气，说倒是让人掏了也罢。豆姑说咱少花几个就省出来，你再想

想今年那庄稼多俊，多少年的一个好收成。李木说不是五百块钱的事
噻，我的奶奶，吃惯的野狐比狼利，不扛着点，这一次一次地下去了
得，顾旦子一分不交不照样扛过去了，现在见了顾旦子咋不捉？知道
捉去没油水。豆姑幽幽叹了一口气，说下次扛硬点。李木跺着脚说你
听你说的这话，还下次。豆姑吐吐舌头。

　　上了老埂岭，李木在一块石头上坐下来，点了支烟，豆姑偎坐
在旁边，李木说唉，罚也就罚了，扛硬点也就是说说，以后躲着少
见面，可你不该给朱远说罚款的事。豆姑说为吗？咱掏了钱还不能说
了，钱又不是咱掏来的抢来的。李木说他一直想拿咱们的事出他那口
气哩，会招祸的。

　　一斤牛肉，几个糊辣羊蹄，一个肉夹馍，欢乐吃得满手满脸。
欢乐牙稀，豆姑给欢乐掏塞在牙缝的肉，还没掏净欢乐就打起了小
呼噜。李木扒光躺在炕上，两眼盯着窑顶。豆姑剜了核桃大的一疙瘩
蜂蜜，化了一罐头瓶蜂蜜水，麻利地跳上炕来，一眼一眼看李木。往
时，豆姑化蜂蜜水，李木就像月娃儿看到羔羔（乳房），急扑扑的，
"啊啊噢噢"地欢叫，可今儿个李木一点声息都没，两眼盯着窑顶，
眨都不眨一下，就像一眨眼，窑顶就会塌下来。豆姑知道李木心里瞀
烦，就光溜溜地贴在李木身上，捏摸着李木。李木捏了捏豆姑圆乎乎
的羔羔，在沟蛋子拍了几巴掌，手就回到自己身上去了，眼睛又盯着
窑顶。豆姑的手就在李木身上游走，口里"吭哧吭哧"起来。刚结婚
那会儿，豆姑害臊，不敢出声，只是喘粗气，身体像橡皮筋一弹一
缩，有一回，声儿没压住，吭哧出声来。李木就像是学生娃得到老师
的表扬，越发显出能耐来。事后李木说我出力着呢，你倒像老牛趴坡
哩，挣得吭哧吭哧。豆姑拧了李木一把说你当人家不挣嘛。从那以
后，他们就把那事叫了爬坡。

　　豆姑边捏摸着边"吭哧吭哧"的，李木大叫一声一翻身就压了
上去。从豆姑身上滑下来，李木两眼又盯着窑顶。豆姑把蜂蜜水端上

来，李木"咕咚咕咚"喝了，豆姑跳下炕去又化好了蜂蜜水，上炕枕着李木的胳膊抚摸着李木说：说说话噻。李木眼睛还是盯着窑顶。豆姑说说噻，不管说啥，说城里的事。李木还是不说话。豆姑说你不说话人心里没底底子。李木就说我日他娘。豆姑说好好说噻。李木就说我日他奶。豆姑嘻嘻说日日日，有本事来噻。豆姑像蛇一样缠绕李木，招惹着，李木一翻又上来。李木再次一身大汗下来，豆姑跳下炕去兑好蜂蜜水端过来，李木已呼儿呼儿睡了。豆姑喝了蜂蜜水，躺在炕上感觉骨架子都散了，浑身酸困，瘫软。可她没瞌睡，望着李木嘘一口气出来，心里就踏实了。李木说过，从你娃身上下来，再灌一罐头瓶儿蜂蜜水，老天爷让咱当神仙咱都不当，这事最解泼烦哩。到了明天，给地里堆垒着的活再一揉搓，李木心里的事就会淡落了，用不了几天就烟消了，云散了。人怕心里装事，装了事就会绾成疙瘩，堵在胸口，压在心上。这疙瘩需要揉搓捏掐，经过揉搓捏掐，疙瘩就散了，疙瘩散了，事就了了，事了了日子就会平顺了。豆姑跳下去看看日历，明儿正好是集，就想让李木去买蹦蹦车。李木一直念叨着要买蹦蹦车，买了蹦蹦车肯定高兴，一冲，泼烦保准就散了。

早晨起来，李木有些沮丧，尤精打采地提着镰刀往地里走，豆姑说你去赶集噻，再长两天收不迟。李木说赶集做啥？豆姑说你不是要买蹦蹦车收粮吗？迟买不如早买，现在啥都涨价哩，再说买回来咱们拉豆子打豆子都用得上。李木翻了豆姑一眼说买他大个锤子，我怕在集上碰见那些狗日的。

6

李木肩着犁赶着牛出门时，在豆撺上踢了几脚，豆荚就爆开了，青青的豆子滚溅开来，回头对豆姑说把豆子摊开好好翻晒，下午打场，天怕要变了，骨酸。麦子可以摞到冬日再打，可豌豆收了就得打，一场连阴雨，豆子在豆荚里就生芽了。豆地是上茬地，豆收了地就得抓紧犁，歇好了明年种麦子。李木一股劲儿犁到紫犍牛背上有了汗印儿，才歇了牛。把套绳下了，让牛在地里吃草。李木吃了两个馍，喝了一壶水，便进了麦地。麦地多么整爽，像案板一样平整，麦穗像四楞鞭鞘，籽粒像充了气，圆鼓鼓的，撑得麦芒乍开，淬金蘸银的，挨到胳膊小腿上，就像一根根针划过。李木闭着眼睛胡乱掐了一把麦穗，脱下汗衫铺展，一个麦穗一个麦穗搓。搓净一个麦穗，吹净麦衣，一颗一颗数一遍。"豌八扁二麦六十，谷三千，糜一摊。"这是老人留下的口诀，说的是庄稼成收了的标准。李木数了十个麦穗揉下的籽粒，最多的一个穗子竟然有六十二颗麦子。平均一下也有五十五颗，庄稼是成收了啊。李木躺在犁过的豆地里，跷起腿闭着眼睛一粒麦子一粒麦子放进嘴里嚼，新麦的香甜就通过舌尖传遍了全身，心里的泼烦就被这香甜冲淡了。

迷迷糊糊听到"日儿——日儿——"的声音，李木几乎是一个蹦子跳起来，就看见了那"火柴盒"已到地头。李木摆过眼装作没看见，手忙脚乱地将麦子刨进干粮包里，提着鞭子甩步往沟沿边两头牛走去。胡协警喊，站住，你跑啥。李木只能停下脚步，赔着笑脸说噢，胡协警呀，我赶牛，牛快跑到沟里去了。胡协警走到跟前说站住，我有话跟你交代。李木说啥事嘛，大热天害得你这么远跑来。胡协警走到跟前，说你厉害，敢告人了！李木心里"咯噔"一下，说告人？我到哪里去告人了？胡协警说别装蒜了，敢说没告？李木急了，手往头顶一指，说我当着白天大日头赌咒……胡协警摆着手说你别老拿赌咒来蒙混过关。李木说你们老不信我，除了赌咒，我再有啥办法。胡协警说告没告咱们以后再说，记者正往你这里赶哩，我警告你，别乱说。李木说记者？胡协警说少装蒜，罚款呀啥的不要说，别当他们能把我们咋样。李木说你放心，啥我都不会说的。另一警察说别表面一套，背后一套。胡协警拍着李木的头说，头不要往胶锅里搋。李木说借我个胆子都不敢嚰。"火柴盒"卷起一道土龙走了。李木踢着脚下的土块说我日你娘，日你先人，日你八辈祖宗。

李木套了牛还没犁上两个来回，一辆白色的"鳖盖"又灰头土脸停在了地头。车上下来两个人，一个举起相机拍照。李木知道这是记者，在城里揽工，电视上、工地上老看到他们。李木摇着手说别照嚰，有啥照的嘛。背照相机的说你是李木吧。李木点点头。瘦高个说让牛歇歇，我们聊聊。李木说活误下了，我啥都不知道。说着就赶着牛往前走，两个记者就跟了上来，背相机的说你啥都不知道？你知道我们要问啥？有人给你打过招呼了吧？李木甩着头说没没没。瘦高个说我们是新华社的记者，你别害怕，停下牛，问你几件事。李木在牛沟子上甩了一鞭子，说我一个打牛后半截的，天聋地哑的啥都不知道，你去问别人吧。背照相机的说你一个月时间是不是被捉了两次罚了两次？李木说没有的事，谁跟你说的？瘦高个说你别管谁跟我们说的，就说有没有这事？李木说没有。背照相机的说你老婆已经跟我们说了，两次捉去罚了九百块。李木心里骂这个烂嘴婆娘嘴松得像棉裤腰，就说女人的话你们也信？骡马不是马，女人不是人，就会戳闲话捣是非。瘦高个说刚来那车是派出所的吧。李木说啥车？我没看见。背照相机的说没看见，你还和他们站在那里说话哩。李木说你们一定是看错了，这日头大的，眼睛都出汗哩，看啥都蒙混。背照相机的取下相机，鼓捣了几下，把照相机伸到他跟前说你看，你们说话的照片。李木扭过头去一看，可不是，还那么清楚，就像是在近前拍的，就傻眼了。瘦高个说他们跟你说了些什么？李木说说啥，问有啥困难，收成咋样，关心着哩。瘦高个扑哧一笑，说他们问你有啥困难，收成咋样，关心着哩，是不是收成好了下次多捉你几次多罚你几个？李木浑身抖了一下说你们快走嚰，忙你们的去嚰，这里灰尘土扬的，脏着你们哩。背照相机的说是他们威胁你了吧。李木忙说没有，没有，他们是警察，又不是坏人，咋会威胁人，城里人都说有事找警察哩。瘦高个就说你再这样软沓沓的蔫乎乎的，他们可真就坏人了。这么说着就到了地头，李木回犁的时候，抬头瞥见"火柴盒"停在半山坡，就说大人，你放过我吧，他们在那山头上盯着哩。瘦高个说大人？你是不是把他们也叫大人？李木头摇得像个拨浪鼓，说你们走吧，求求你们，别把祸招到我身上。背照相机的说你怕啥，他们还能把你命要了？李木说要了命也比惹麻达强，要命是一时的事，惹下麻达就是一辈子的事，把他们招惹下了就是大麻达，一辈子的麻达，你们沟子上土一拍走了，我还要在人家手下活人哩。瘦高个就说杨所长是不是说过他们捉赌是打猎，还说猎人最忌讳的是空手而归？李木几乎带着哭腔说你们想和他们弄事就弄去，别把我们这些茶障人搅进去噻。两个记者互相看看，叹口气走了，李木又说求求你们，千万别说我女人给你们说罚款的事，我会感念你们一辈子，留个地址，我给你们送吃，这里羊好，领导都来这里吃羊肉哩。

"鳖盖"走了，李木坐在地里半天没有动弹。本来还能犁半架地的，他没心思犁了，卸了牛就往家里来了。一进院子就吼开了，你那嘴咋就松得像棉裤腰啥都装不住？豆姑揣着一双面手从屋里出来，说咋了，吃炸药了？李木吸到豆姑跟前，说你给他们说啥罚款的事了？嘴上老没个把门站岗的。豆姑说他们问，咋不说？咱又没赖，交罚款也交得有罪了？李木跺着脚说你个烂嘴要招祸啊，我的奶奶。豆姑也气了，说我招的祸我顶着，再捉把我捉了判了打了。李木拍着地面说你个猪脑子呀，女人就是头发长见识短！

豌豆连打带扬五天。这五天，李木心就像老是给揪着，耳朵伸得老长老长，却没啥事。豌豆扬出来，小山一样的豆堆青光熠熠，李木的心稍宽了些。豆子装袋码垛，柴草起摞上泥，就下了一场透雨。哪里是下雨，简直就是下收成，有这场雨，油菜、糜子、谷子、荞麦、洋芋该是成收了。又想到豆子迟打上两天，就泡到雨里了，损失是无法估算的。天爷照顾着哩，九百块钱咋也补回来了，日他娘还愁啥。李木展脱脱地一直睡到雨停。

7

这天，李木刚套了牛车准备去割草，"火柴盒"开进院来。下雨没几天，倒没掀起多大土尘。大黑小白狗又扑又跳咬个不停。李木看到了杨所长就坐在车上瞪着他，头皮就麻酥酥的。忙端出狗食盆子，将两只狗连哄带赶圈进了屋里。杨所长几个这才从车上下来了。

李木说杨所长，快屋里坐，我给咱们宰鸡杀羊。杨所长嘿嘿一笑说你家鸡确实是香，环保鸡嘛，喷喷喷，那味儿正，羊肉嘛老埂岭的就更没得说了，可咱无福消受啊。李木说所长说的哪里话，你吃是我家的光荣。杨所长说光荣吗？要吃山几个记者来可要兜着走哩。李木搓着手说不是我，所长，我都不知道记者长得光脸麻子，家门朝哪边开着。杨所长一挥手，说不说了啊。李木说所长，我要找了记者，一家子活不过明天。胡协警说你别老给我们赌咒，我们也不是三岁的娃娃。杨所长忽然提高声音说我说不说这些了。就都哑雀了。杨所长指头戳着李木的脑门说我来是给你报喜的，我受处分了，处分懂吗？就是被收拾了，高兴吧。李木眼睛绷得牛大，眨都不眨，双手搓出刺啦刺啦的声音。杨所长说不过，你别高兴得太早，只是处分，所长还没给撤掉，我现在正戴罪立功呢。

杨所长掏出"中华"来抽出一根，递给李木说今天，我来正式向你道歉来了。李木不敢接烟，杨所长提高声音，说拿着，抽。李木只能接了，杨所长还掏出火机来，李木忙咬着烟去接火，杨所长一打打火机，火苗喷出一拃高，烧着了李木的眉毛，李木吓了一大跳，忙抹了一把眉毛。几个人就哈哈大笑起来。杨所长自己点了烟，狠狠咂了一口喷到李木脸上，说交给你一个任务。李木点着头说您给的任务我李木豁上命也要办好。杨所长说再去找记者。李木说所长，我哪里去找记者，哪里敢找记者。杨所长说这是任务，你必须找着，要对记者说，草鞋镇派出所为他们工作方法欠妥专门到我家道歉，并退还了罚款九百块钱。

胡协警掏出一沓钱来递给杨所长，杨所长把钱递到李木面前，胡协警举起照相机咔嚓咔嚓就照起来。李木哪敢接那钱，往后退了几步，杨所长说吓了，找记者时咋不吓？拿着！李木不敢伸手，杨所长吼道：拿着！李木颤抖着接了，胡协警又咔嚓咔嚓照了几张。杨所长说找到记者，把我的话一字不差说给他们。停顿了一下，我说的话记下没？李木说记下了。杨所长说给我说一遍。李木说得磕磕巴巴。杨所长皱着眉头说说得这么磕巴，是不是我们逼你唬你了？李木说没，没有。杨所长说再说一遍。李木就又说了一遍，更磕巴，把方法还说成了办法。杨所长说再说一遍。李木又说了一遍，杨所长又说你要让记者在网上报上给我写出来，我等看哩，记下没？李木点点头。杨所长说明天一早到派出所来拿相片，把相片也送给记者。

杨所长走到"火柴盒"跟前，又回转头来，扑到李木跟前说你告诉我，是不是朱远和你一起告的？李木说所长，我真没告记者。杨所长说只要你告诉我是朱远干的，就没你事了。李木拉着哭声说我真的不知道，不知道记者咋就来了。杨所长说好，你硬！我小看你良民李木了。杨所长气汹汹上了车，李木扑到"火柴盒"跟前，手里举着钱说所长，你留着买烟抽吧。杨所长没有理会他，"火柴盒""日儿——日儿——"走了。

李木浑身已经让汗水浸透了，一屁股坐在地上。豆姑扛着锄满头大汗从地里跑回来，说天神呀，我还当又把你捉走了。看到李木手里的钱，说把钱给咱退回来了？我就说没犯法，罚咱没道理，他们想明白了。李木把钱砸在地上说钱钱钱，钻钱眼里了，这是给你送钱来了，是给你送难来了。李木哭了，说他们咋就老跟我过不去做啥嘛。豆姑把李木的头揽在怀里，指头在李木的头发里轻轻地抓着，李木就号哭起来。哭了好一会儿，李木跳起来就往草鞋镇来了。

进了朱记杂货铺，大喊：扁头，扁头。朱远从货柜后面探出头来，说咋了，叫魂呀。李木一把扭住朱远说我跟你没冤没仇的，你害我做甚呀。店铺里有几个人，正选东西哩，看了李木两眼往外就走。朱远忙拽着李木往里屋走，说大呼小叫的，把顾客都给吓跑了。李木说你说你胡日鬼捣棒槌的给我弄的啥事？朱远说啥事，挂你婆娘了还是睡你妹子了？李木说你们车吃马哩还是马踏车哩，别把我牵累进去，你能搬动镇长，我连个村长都搬不动。朱远给李木拧开一瓶冰镇绿茶，李木几口灌了下去，朱远说咋了？到底咋了？李木说给我装，是你叫来了记者？朱远说我不认识记者。李木说你别抵赖，一定是你，你想出那口气。朱远说我说弄你说不弄，我就再没管，现在倒怨起我来了。李木喝了一瓶冰镇绿茶，激得"嗝儿——嗝儿——"打个不停。李木说你现在给我把记者叫来。朱远说叫记者干啥？李木说猪头已经给我道过歉了，而且罚我的款也全退给我了，我要给记者说。朱远说是猪头让你这样说的吧。李木说不是，是我自己想这样说的。朱远耷拉下眼皮说不是猪头让你这样说的，那我就没办法，记者是随便能找得到的？他们连镇长都不尿。李木说反正你把我扯进事里来，你得把我从这事里拉出来，他们去我家的架势你没见，做噩梦哩。

李木把塑料瓶往地上一摔，跳起来往外就走，说我算看透你了，猪头逼问我说是不是你叫来的记者，我知道是你叫的，可我怕给你招祸，说你没有，没想到你是这号人，见死不救。朱远把李木按着坐下，说我给你说你要是说你找到了记者，按他的话给记者说了，这不是证明记者是你找来的？不是不打自招？有你这么瓜的吗？他是给你娃下设计圈套套你娃哩。李木打了个冷战，朱远又说你别怕他狗日的，记者下来，你没见猪头那孙子样，秃头上汗水一样往下淌哩，人家记者那才叫厉害哩，书记、镇长都赔着笑脸，他狗日的屁颠屁颠给人家上烟定饭的，人家理都没理，你现在不理他，他当你背后有记者撑腰，再弄你他得掂量掂量。又说不怕事就没事，越怕事越找你。这李木也明白，在村里他就不怕事，事就少，可是，那得看谁跟谁。在村里他面对的是和自己一样的人，可现在面对的是猪头他们，不怕事能行吗。李木说我就想安安生生种地，你们都逼我做啥嘛。

第二日天还麻乎乎的，李木又往草鞋镇来了，可走到半道，在一棵树下吃了十几根烟，取照片不就说明自己要找记者嘛，不说明自己找过记者能找到记者嘛，还真就把找记者的事揽在自己身上了，照片不取比取强。下午，"火柴盒"开到了院里，胡协警打开车窗对李木说我们的话是秋风灌了驴耳了，唵！把照片砸到李木脸上，说给记者送去！

8)

"火柴盒"就像风一样，"日儿——日儿——"来了，"日儿——日儿——"走了，跟朱远招了祸那段时间一个转转子。"火柴盒"每次到老埂坪，先是开进李木家院里，胡协警说没啥事，来看看你，嘿嘿。他们就在树下打牌、吃烟、闲诌，就像他家院子是生产队的麦场。开始杨所长还问记者找到了，我咋到现在还没见到他们写的东西，后来啥都不问了，来了，走了，走了，来了。李木脑袋里就塞满了"日儿——日儿——"的声音，就越发理解朱远他大说脑袋里老是过车，就像一只苍蝇、蚊子围着你转呀转呀，转够了走了，可你耳朵里还"嗡嗡嗡"的。李木怕头疼，更怕像朱远他大一样一瓶一瓶吃去疼片。朱远他大都七十多的人了，可他还年轻，要吃掉多少去疼片。他没朱远有本事，能搬动镇长。李木多想猪头能在他家吃顿饭，喝场酒。可他们不但不吃他的肉喝他的酒，连瓜果都不吃。有一回，他们在院子树下打牌，李木忙把最大的羯羊宰了，剁好，宰了两只鸡，劈了一根老树根煮上，肉味都煮出来了，"火柴盒"却"日儿"一声，掀起一道土龙走了。四十多斤的大羯羊、两只大公鸡，煮了两大锅，三个人放开肚子吃，正是酸酒臭肉的三伏天，才两天就有味儿了。豆姑心疼舍不得喂狗，强吃了一碗，结果当晚就拉肚子，拉脱水了又花钱去吊水。那只羯羊咋也卖个一千五六。折了财，人遭罪不说，眼看着麦子就黄了，活又垒下了。

豆姑被烟呛醒，点了灯，就见李木蜷缩在炕旮旯咕嘟冒烟，一双眼睛枯井一样盯着窑顶。从枕头下摸出电子表来一看，才四点多钟。豆姑就披了衣服围着被子坐着。李木又续了一根，说给我打四个荷包蛋。豆姑边穿衣服边说你要做啥？李木说让你打就打。豆姑不敢多话。荷包蛋好了，李木吃过后一抹嘴，跳下炕就走。天还麻乎乎的，豆姑张了张嘴，又合上了，她知道李木心里泼烦，问也是白问。

李木要去找朱远，想在收麦前把事平了，集中精力收庄稼。麦收一开始，大苦就一茬一茬来了，麦子起摞收油籽，油籽起摞收糜谷，糜谷起摞收荞麦，荞麦起摞挖洋芋，犁地、打碾、阴草、送粪，连续几个月不得消停。地里的活只要种进去，就会一茬一茬不错时节长出来，这事了不了，猪头隔三岔五一趟一趟的，啥事都误了，庄稼要一误就是两年啊。他想通过朱远联络镇长，只要能搬动镇长给猪头打个招呼，猪头就会放过他。李木拍着铁皮门，把朱远拍醒，朱远披着衣裳，紧张地说咋了，出啥事了？李木说唉，你说你弄的这事害死人了，就跟那时犯事一样了，我都快和你大一样整瓶整瓶吃去疼片了，你帮我联络联络镇长。朱远撇了一下嘴说你当镇长就像我这么好联络，要这么好联络那还是镇长？李木知道朱远在摆架子，有一回他问过朱远咋搬动镇长的，朱远说就是个花钱的事。李木说不就是个花钱的事嘛，该花多少花。朱远说你当谁想花钱人家就能收呀。李木拽着朱远往外就走，朱远说去哪里，镇长是这么见的？李木说咱到馆子里边吃边说，我请客。朱远说大清早下馆子，吃得进去？不是白糟蹋钱嘛。李木说事急噻，我这不是还要赶回去干活嘛，忙得人恨不能长出四只手来，麦头子都快掉在地里了。朱远说忙就做活嘛，活做完了再说。李木说猪头搅得人心不安，干啥都没心劲，夜夜睡不了个囫囵觉，头疼得要炸了。朱远说你怕他个球，我现在就不怕他。李木说你当然不怕，你有镇长撑腰哩，我有啥？李木从朱远的杂货铺拿了两条烟，掏了钱，朱远说就这烟也想见镇长？李木把烟塞给朱远说给你的，你费心给联络联络。朱远拍着烟说镇长不会轻易给打招呼的。李木说该咋花就咋花，陷到了事里就是个花钱的事嘛，咱们一起耍大，你知道我这人心里一装上事日子就乱了。朱远说谁心里能装得了事，镇长倒也能联络上，只是他现在说话杨所长不一定听。李木说咋了，出事了？帽子抹了？朱远说那倒没，调走了。李木说调走了？调走就说话不顶事了？朱远说人走茶凉嘛，当官的都势利着哩，哪像你我一辈子都黏着。李木说你咋不早说，掉头就走。朱远说我给你找记者，让记者来吓他狗日的。李木头都没回。朱远要早说镇长调走了，他也不会花两条烟的钱了。李木心里骂，说两条烟就能把你富了，狗球掉到油缸里了，又尖又滑。李木没招了，事一时平不了，只能走一步看一步了。

从草鞋镇回来，李木到麦地走了一圈。麦子成熟的气息让李木浑身的力气鼓胀起来，拔了两把麦子像拧绳一样拧拧麦秆，麦秆发出咯嚓嚓的声音，他蹴下来就拔开了。麦死中伏中，现在才入中伏，再等五六天收正好，麦子还能上点面，可李木心里慌，搅进了事里就不知道明儿会出啥事。收麦叫虎口夺粮，狂风、冷子、暴雨，都是灾。中午回家，李木对豆姑说下午拔麦。豆姑说早了点吧。李木说能收了。他懒得和豆姑多说，说得再多豆姑也解不了他心上的泼烦。

拔麦子苦大，起五更睡半夜的，从麦子起摞到油籽上场，一个月过去了，竟然没事发生。不是"火柴盒"没来，"火柴盒"照样来，照样去他家，只是他两口子都在地里，家里没人，也就走了。李木就想只要他不在家里，他们来了就没着落，那么只要减少在家的时间，熬过一段时日，慢慢就淡了，淡了，事也就渐渐平了。奶奶说过，天大的事都熬不过日子。李木觉得熬真是个好办法。糜谷、荞麦黄熟还有半月时日，正是犁地的季节。伏天犁四遍，薄地养富汉。往时都是上午犁一大架，他改成了上午一架，下午一架。当然不能满架犁，那样牛受不住，乳牛还怀着犊。他上午犁到小晌午卸牛，下午三点犁到五点卸牛。卸了牛，边放牛边割草，牛吃饱了，一车草也割满了。这样他基本上整日都在地里。猪头他们来，见不到他，这么熬下去，事定会熬没了。

这天上午，他在鹰台子犁地，到小晌午，卸了牛，牛在埂上吃草，自己就去塄坎下割草，"日儿——日儿——"的声音传来了，抬眼一望"火柴盒"过来了，就忙趴在塄坎下草地上，等着"火柴盒"过去。可"火柴盒"停下来了。李木听到几个人向着他走过来，只能慌忙爬起来，继续装着割草，心里却打起鼓来。他瞟了几眼，猪头、胡协警和两个警察向他走过来。李木只能站起身来。

胡协警说那是你家的牛？李木挠挠头说嗯嗯。胡协警说封山禁牧知道不？李木说知道，知道。胡协警说知道还在坡上放牛？你这是破坏国家封山禁牧政策。李木说我不是放牛，我是犁地，刚卸了牛，你看我犁的地。胡协警说牛在坡上吃草，还想抵赖。李木说牛在我家地头上吃草……杨所长双手插在腰里，说废啥话，把牛赶了，回去交给李镇长，坏人让李镇长做去。

两个小警察就扑过去赶牛。李木说所长，您高抬贵手，我知错了，我认罚。杨所长说你不是说你犁地吗？牛在你家地头上吗？咋这阵又错了，要我？李木赔着笑脸说所长，所长，我认罚，认罚。杨所长说我告诉你，封山禁牧是国家的大政策，你看那山崖上都写着封山禁牧，人人有责，我看着了就得管，这是国家的事，你不是能联系上记者吗，记者不是厉害吗，你问问记者看我能不能管？李木说能管，我知道政策，所长能管，所长啥都能管，我这就回家拿钱去。杨所长说胡协警，你跟他去拿罚款，把收条打了，写封山禁牧罚款。胡协警说所长，罚多少？杨所长眯眼一笑，说李木，你是良民嘛，你说罚多少？李木说所长，您说多少就多少吧。杨所长笑了，说我说多少就多少，我说一万你掏得起吗？李木见杨所长笑了，就说所长哪有那样狠心，咱一个茶障人，可怜着呢。杨所长说你李木不茶障，不可怜哩，有记者撑腰呢。李木指着天说所长，我给你赌咒发誓，我要是认得记者……杨所长打断他的话说我也知道你没那么大本事，这本事咱镇上只有朱远有，你说是不？李木嘿嘿笑着不说话，杨所长说你不说我也知道，胡协警，跟他去拿罚款。胡协警说所长，罚多少？杨所长说少罚点，良民嘛，一头牛罚五百块吧。李木说所长，这……杨所长说咋，嫌少了？一只羊都罚二百块哩，一头牛能买几只羊，你给我算算一头牛卖多少只羊的钱。李木搓着手说所长，你看……杨所长说那这样吧，你把牛赶上跟我们走，看李镇长咋处理你，李镇长一分不罚，我也替你高兴。李木说我交，交。

去家里还有一截路，李木就坐了"火柴盒"回到家，豆姑迎出来，李木说上次胡协警还来那钱呢？豆姑就进屋去拿钱出来，李木说再取一百来添上。豆姑忽闪忽闪眼睛，李木说没听着？豆姑又取了一百出来递给李木，李木把一千块钱交给了胡协警，胡协警说拿纸笔来，我给你打条儿。李木说不要条，要啥条儿，家里也没纸没笔。胡协警说是你不要，可不是我不打。李木说是我不要，是我不要。

"火柴盒"走了，豆姑说又罚啥款？李木说日他娘的款。豆姑说家里咋没纸没笔，欢乐书包里啥都有。李木说那条儿是你要的，你个瞎尿，连个轻重都掂不来？豆姑吐了一下舌头，说不是每次都罚五百块嘛，这次咋就罚了一千块？李木说一头牛五百块。豆姑说罚封山禁牧呀，你放牛了？李木说他娘的个屄吧，地头上田埂上草密得人都走不过去，还要到山坡上去放吗，啊？豆姑说这事他们也管？不去捉贼，管起这事来了，老鼠吃过地圪塄了。又说一群羊还罚不上一千哩，宰人呢嘛。李木吼说你是苍蝇转的，唵？嗡嗡嗡的。又说，还嫌老子头不大，唵？

9

被追到地里罚了款后，李木又恢复到以前的劳动程序，早晨犁一大架地，中午回家，饮过牛羊，扒两碗饭，套牛车就出门，天黑尽了才回家。一车草用不了一个下午，李木完全可以歇个晌，日头偏西再出去，秋老虎跟三伏天没啥区别，晒得老墙头都起皮，但早走能减少在家的时间。割草也不再去平坦的地方，而是进了羊肠谷。羊肠谷就像羊肠子一样，"火柴盒"进不来，只不过是远了很多。进了羊肠谷，找一棵树把牛卸了拴在车栏杆上，牛儿吃草，车放在树荫下，李木就在牛车上歇晌。尽管有蚊虫叮咬，但李木比在家里歇晌睡得实落。当然李木买了一瓶花露水。还是个躲。李木还是想熬，通过躲来熬，把事熬淡了熬化了，除此之外，他也想不出别的办法。地是不能不犁的，一年的庄稼两年做，地犁不好，明年雨水再广，庄稼也会减产。因此，每天，除了上午在老埝坪周边的庄稼地里能看到李木赶着一对牛犁地，正午以后，人们在老埝坪是看不到李木的。

这天，李木正赶着牛车要出门，老拐子骑着摩托来了。老拐子肉煮得好，女儿也长得俏，耍赌的一来，盘儿上桌儿下地侍候着，一来二去的，女儿让黑叫驴带走了。说是做了黑叫驴的三房四房还是七房八房，老埝坪人弄不清楚，只是背地里笑话笑话。黑叫驴一听就是个外号，虽然叫了这么难听的外号，却是有三个矿的大老板，人长得黑，胖，铁塔一样，光女人养着十来个，还经常耍小姐。叫驴就是公驴，一头叫驴要务劳（配种）一个庄子上的草驴（母驴），可不就像叫驴，不过人前人们都恭恭敬敬地叫老板，人家有钱嘛，有钱人翻脸了就是祸事。老拐子女儿跟了黑叫驴，再回来就大车小辆的，老拐子家的日子就翻天覆地了，一年娶了俩儿媳妇，还捅起了五间大瓦房，收拾得屋净瓦亮的。老拐子的收入也就不仅限于卖柴火羊肉，主要靠打灯头，就是收场子费。收场子费有名堂，有黑叫驴的面子嘛，除了必须给的那部分，耍赌者除了通吃、满灌啥的，都会给老拐子抽钱，赢了钱的还要给红钱，收入可比卖柴火羊肉高多了。老拐子就看不上养羊那点利了，不再养羊了，一来耍赌的，就来李木家挑羊。以前李木主要操心二十几只母羊。封山禁牧羊出不了山，只能圈养，羊羔子满四十天就出栏了，再往大喂就没精力了。老拐子家不养羊了，李木就把以前主要卖羊羔子改成主要卖羯羊了，苦当然是大了，可利润也大得多。

　　李木领着老拐子进了羊圈，挑好了羯羊。捉羊时，李木想起前不久给猪头他们宰了的那只羯羊，心里"我日他娘我日他娘"地骂着。把羊拴在牛车上送到老拐子家，李木赶着牛车进了羊肠谷。

　　第二天上午，李木在沟台子犁地。巴眼也在沟台子犁地。地埂连着，两人犁到一处时，巴眼喊停了牛撵过来说猪头这次扫荡成果大了。李木说又扫荡了？巴眼说装，昨日下午的事。李木说噢，昨日下午我去羊肠谷割草，豆姑带欢乐浪娘家去了，家里没人。巴眼说连窝端了，全是大老板，一窝子抄了八十多万。李木说八十多万？我的娘呀。巴眼说狗日的老拐子这次惨了，猪头说老拐子支赌场，要重罚，至少要罚狗日的一万，老拐子耍赖，猪头脸子一甩，人就带走了。李木说老拐子给带走了？巴眼皱纹里都是笑，说老拐子还挣扎哩，别看狗日的平时仗着他那卖屄的狐狸精在我们这些人跟前横着行事，铐子咔嚓一铐，狗日腿子都软了，尿裤子了。巴眼说得唾沫星子都飘到李木的脸上了。

巴眼是老埂坪最早卖柴火羊肉的，后来老拐子也卖柴火羊肉，两家子抢生意就有了矛盾。老拐子女儿跟了黑叫驴，来吃肉耍赌的都去了老拐子家，巴眼家就没了生意。巴眼给人说老拐子家当然生意好，既卖屄又卖肉，既支桌子又支床。传到老拐子耳朵里，两人扎扎实实打了一架。别看巴眼是个背锅锅，可他有劲哩，又比老拐子年岁小，就占了上风，可后来巴眼吃了大亏，老拐子睡到巴眼家，杨所长带着人把巴眼捉走了，押了几天，巴眼赔了老拐子三千多块钱，又被猪头罚了一千块。

巴眼说这次猪头没坐"火柴盒"，换了跟那些老板一样的"咆牛"，都穿便衣带枪，到了狗日的老拐子家门口一停，老拐子当是赶来吃肉耍赌的老板，就开了门，认出是猪头已经晚了，还没喊出声，就让人家把嘴捂了，猪头捉了个现场，满桌子都是老人头。李木说每次都扑空，这回端了个大窝，猪头也算把颜面顾住了。巴眼说球，你当猪头捉不住？那是不捉，捉赌有明目张胆捉的，还拉警报"日儿——日儿——"的，不是报信？做样子给上头看，给咱们看。李木说你是说他们故意不捉的。巴眼说当然了，以前在我家吃肉耍赌，猪头那边一上路就给这通消息，等猪头进村，这边战场打扫了，肉往上一端，酒往满里一添，你还捉人家吃肉喝酒啊。李木说那这次咋就连窝子端了？巴眼想想说我估摸着他们是犯了啥心病。李木说跟老拐子能犯心病？巴眼说不要羞他先人啊，猪头看得上跟他犯心病？怕是那黑叫驴跟猪头犯心病，你想捉老拐子罚老拐子都是打黑叫驴的脸哩，你没见那阵势，黑叫驴脸都黑成一块炭了，揪了猪头的领子说你等着，你等着，话里有话哩，可猪头这次硬是给黑叫驴没留一点情面。李木说他们能犯啥心病？好得啥一样，一个有权，一个有钱哩。巴眼说朱远跟他不好？现在臭得闻都闻不得了。李木点点头说也对着哩，这些人翻脸比娃娃还快。巴眼说你说狗日的猪头，吃老拐子家的肉少了？说翻脸就翻脸，有几个耍的老板跟猪头熟悉，都说情哩，猪头就是甩着一张脸子，一点情面都不给。李木说上次收拾你，这次收拾老拐子，给你报了仇，公道哩。巴眼说公平个球，别指望那狗日公平，要是真为了还我个公道，我给他送旗子放鞭炮哩，他们肯定有啥事哩。

李木拐了烟头就开始犁地，巴眼跟着犁沟边走边说你以后少招惹猪头，没好事，招祸哩，吃过我多少只羊，整我一点都不手软，偏刃子斧头砍，恨不得把我家扒了给狗日的老拐子，说要把我的背锅锅削平，你听狗日的恶毒不恶毒？李木说我没招惹他们。巴眼说没招惹他们，他们咋老去你家？都看得见，心里跟明镜一样。我给你说，这些人是喂不熟的狼，交不过，你把心掏给他们他们都不知道好哩，朱远、老拐子啥下场？我算是把狗日的看透了。

巴眼犁自己的地去了，李木就想扑空了多少次，这次捉了个满灌，大获全胜，猪头情绪肯定大好，或许以后就把他给忘了。李木甚至想要是杨所长再争个气，能抓住那些偷盗的，心情定然大好，就再不会纠缠他了。

10

糜子开镰的第二个晚上，李木睡得迷迷糊糊，被狗的狂叫吵醒，豆姑哆嗦着说有摩托车的声音。李木披了衣服，顺手提了备在门后的二截棍，耳朵贴到大门上问深更半夜的，谁？大门外应了声我。声音熟悉，名字就在嗓子眼儿里，就是吐不出来。李木迟疑了一下，门外说哥，我是大光。

开了大门，帮大光把摩托车立好，大光说哥，月亮亮的，咱在院里说话，别吵着嫂子和欢乐。李木知道大光深更半夜来定是有事，怕豆姑听见，就对屋里喊：捞两方肉炒上，再炒个鸡蛋，我和大光兄弟喝两盅儿。大光说嫂子，不麻烦了，你睡你的。

院里的月光像落了一地蒲毛，两个人在院墙根蹴下，一人点了一支烟。

李木和大光是在煤井里认识的。刚出外打工时，李木去乱岗子井下挖煤。一次井下瓦斯爆炸，巷道坍塌，他闪得快，大光却被埋在煤块下面。煤井出事故，逃命是争分夺秒的事。大家只顾眼前路不平撒腿往井上跑。他都跑出一截了，又不忍心，一起吃一起睡一起说一起笑的一个人，咋能眼睁睁看着让活活地埋了。他硬着头皮返回来把大光从塌落下来的煤堆中扒了出来，背起来就跑。刚跑出一截，第二次塌方就将那段巷道封死了。大光把他认了哥，年年来看他一两趟。去年大光又在煤厂谋了一份活，不下井了。大光来找他说钱是少点，但安全，我有关系，送一只羊，两条烟就成，哥你也去吧，离家近，家也能顾，比在外面揽工好。李木没去，说哥就想种地。

大光说前两天老埂坪捉赌你知道不？李木说知道，猪头这次风光了，八十多万。大光说光黑叫驴就被没收了十八万哩，气坏了。李木说啧啧啧，十八万该是多大一堆钱，可不气坏了。大光说要说十八万对他也不是个啥事，他家让偷过一回，保险柜给人家抬走了，丢了二百多万，连警都没报，没事一样。李木说那他还生那么大气做啥？就当输了遭贼了嘛。大光说哥，这事不是钱的事，是面子的事，都是黑叫驴要好的几个老板友，生意上有往来，还是他招呼来耍的，你说伤不伤面子？这都不说了，主要是猪头捉了老拐子，罚了老拐子，这让黑叫驴的脸往哪里放，分明是抽他的大嘴巴子嘛，钱的事小，面子事大噻。李木说就是，就是，人活脸，树活皮，土墙活的一层泥。大光说黑叫驴指着猪头的眼窝子翻先人道亡人地一顿骂，都唾到脸上了，不是人拉住耳光都扇上去了。李木一下来了精神，说唾到猪头脸上了？还要扇猪头？要说猪头捉赌也是公干，国家的事嘛。大光说哥，猪头再日能见了黑叫驴跟孙子一样，有钱人势大着哩。李木说那是，城里人说有钱就是大爷。大光说其实他们都通着哩，黑叫驴每次耍赌，他们都打电话通气，猪头还帮他盯着上头的，就是县上、市上、省上来捉赌的，有啥情况报信。李木说日他娘，我就说咋捉赌老是一扑一个空。又有些想不明白，说既然那样，猪头还废车耗油一遍一遍地捉个啥。大光说哥，做样子给上头看嘛，咱这一带耍赌在省里都是挂了号的，上头逼得紧，没有行动咋行，要真正捉赌，还开警车呀，"日儿日儿"的，人没到声先到了。李木说不是通着气吗？那天咋还捉了？大光说猪头就想捉黑叫驴一回。李木皱皱眉头说我明白了，听说上头下了罚款指标，还有提成、提留、奖金啥的，只要捉住一次，每个人拿不少钱，还说没收的钱给上头报个零头，剩下的都分了，老辈人说钱坏君子水坏路，实实的，你说多好的关系，硬给钱坏了。大光说是这么个事，也不是这么个事，煤不是涨价嘛，能拉上煤就是拉上钱了，猪头和他弟、小舅子合伙组了个车队，要在矿上拉煤，可煤涨价后，当官的亲戚朋友一窝蜂一样来拉煤，供都供不上，和那些相比，他算哪头蒜，拉不上煤猪头就记下仇了。李木说噢噢，日他娘还是个钱的事。

大光说黑叫驴要猪头卖他个面子，不要上报，不要带人，不要罚款，没收的钱退了，就当没发生过这事，因为捉住的里面还有当官哩，上报了官都当不了了，可猪头说捉奸捉双，捉赌捉场，捉到场子上，事就不由他了，没收的钱物都记了账，一车连司机五个人，十只眼睛盯着哩，说出去了得。李木说他说的也对哩，派出所是他说了算，可说来讲去是国家开的，又不是他家开的。大光说话是这么说，其实还不是猪头一挥手的事，大家都分钱哩，就不怕人说出去？有一回捉了几个人，人家打了一个电话让他接，他一接连个屁都不敢放就放了。李木说肯定还有比他更厉害的人，没人拿住他他还了得。大光说黑叫驴说你们个人的损失我给你们补，只多不少，保证不会让你们吃亏，可猪头拿得硬就是说不行，黑叫驴就火了，说断路是不？你没有退路的时候可别怪我绝情。猪头当然害怕了，黑叫驴没给他少送钱，煤矿上死了人瞒数字，都是猪头下来处理的。李木说对对，咱们那次出事故，死了八个，结果他们说死了三个。大光说猪头害怕黑叫驴哩，被逼得没办法就说真不是我要捉你，是老埂坪有人举报，人家盯着哩，不依不饶的。黑叫驴问是谁，猪头不说人，只说除了女人娃娃老弱病残，老埂坪还有几个踢起土的人。后来，黑叫驴就找了大嘴，大嘴又找了我。李木说找你干啥？大光几口咂掉一根烟，说哥，你听了别害怕，他们让我找两个人撅你一条腿。李木哆嗦了一下，说啥，撅我一条腿？我举报的？我日他娘吃饱了撑的？大光说哥，猪头这是往你身上兜事，不往你身上兜，黑叫驴不放过他。李木搓着手，转着磨磨说我哪里敢惹他呀，躲都躲不及，黑叫驴也是个猪头，就不想想我跟他有冤有仇？举报他有啥好处？我日他娘。大光说你咋惹了猪头？李木就把自己遇的事说了，大光说噢噢，我心里还纳闷猪头咋往你身上兜事，还当你为了资金哔。

大光站起来，说哥，你能走就走了吧，再不出去先躲躲也行。我想黑叫驴也是饿到面子上，堵到气头上了，有钱人堵到气头上做事横着哩，他真撅折过人的腿。李木说我能走哪里？大光说哥，去外面揽工吧，等他气过了，事也就一风吹了，你再回来种地，你爱种地嘛。李木说我走了，你咋交差？大光说你一走，我给他说你听到风声跑了，他还能咋样？李木说不能说我跑了，说我跑他就真当是我干的，坏名声哩。大光咬咬牙说哥说得对，不能把名声坏了，我就说种地没指望，出去揽工了，难道他还满世界撅你去？李木说今年庄稼好得，他们要不信咋办？万一把你开了，哥就把你害了，好不容易有了个好活。大光说开了我，我再找活，这世上活多的是。又续了根烟，李木低着头说兄弟，你咋知道得这么细详？大光说哥，大嘴他妹不是也让黑叫驴包了嘛，大嘴就到煤场上管事了，我们沾点亲，我进煤场就是他帮的忙，黑叫驴要找人撅你一条腿，让他找人，这事犯法哩，要知根知底的人干，他就找到我了，把前前后后的事给我说了。

豆姑就喊：和大光兄弟进来噻，菜上桌了。大光掏出几百块钱来说哥，你拿着当路费。李木推回去，说兄弟，其实种地比揽工强，啥都是自己做主，自由自在的，要是那活丢了，你回去包点地种，哥不骗你，种地好着哩，家也护揽了。大光笑笑说哥，人逛赖了嘛，我没你那个苦心噻，等过上几年再看吧。李木说兄弟，你看我能不能过几天再出躲去，你看地里黄拉拉一片，你嫂子一个人咋行？大光想想说成，我就说你正在收粮食，粮食打了就会到镇上去卖，我们准备在草鞋镇集上拾掇你，庄子上拾掇容易露事，其实大嘴也怕出了事顶缸。李木捏着大光的手，大光说哥，出去躲上一年半载，黑叫驴正在省城盖大楼，公司要往省城搬，搬走后，就不常回乱岗子，事也就了了，你继续回来种你的地。李木叹了口气，说兄弟，我不是躲黑叫驴，黑叫驴就是撅折我一条腿也没啥，能长好哩，我是躲狗日的猪头，他是个大麻达。"嘭、嘭、嘭"拍着院子又说我日他娘，我给他狗日的猪头攒着哩，把老子逼得哪天没路走了，我就用咱这张烂羊皮换他娃那张牛皮哩。大光忙说哥，可不敢有这想法，猪头多大了，咱才多大，正活人哩，划不来。李木说我日他娘，这么个活人不活它罢。大光说哥，你听我说，猪头胡吃海喝的，满身几十种病，吃药比吃饭还吃得勤，半截身子都入土了，说不定哪天命就绝了，用不着咱舍命，再说他最多能干一年了。李木说咋了，上头要拾掇他，知道他狗日的作恶？大光说不是，退休嘛，国家年龄杠杠卡得很死，官当多大，到了年龄都得退，他退了就不能当所长了，不当所长就球都不是，咱还怕他？李木攥着大光的手说猪头真剩一年时间了？大光说实信儿，大嘴说的。李木跳起来说谢谢兄弟，这咱的日子就有指望了。大光说谢啥噻，我这命还不是你给背回来的，要说谢也是我该谢哥哩。

豆姑炒了四个菜，酒都添好了。两个人就喝到了鸡叫，大光要赶回去上班，又不能让人看见了。李木送大光出门，大光说哥，别给嫂子说，女人胆子小，吓破胆你走了娘俩咋过活？走时给我喘一声，我好去交差。李木进来，豆姑说大光兄弟来啥事？李木说没啥事，问我去不去煤场上。豆姑说那还神神乎乎的，你没给大光兄弟说种地的事，劝他回去种地？

11

李木和豆姑今天割的是李贵家地里的糜子。割到歇息，豆姑就回家了。平时到了小晌午时分豆姑才回家，做饭，操心牛羊猪狗吃吃喝喝。今天她还有件事。平安给儿子做满月，豆姑要去随情。豆姑对李木说今个儿你回家吃吧，糜子快收光了，中午也歇一晌。看着李木比收麦时还黑还瘦，豆姑心疼啊。李木说还是带到地里来吧，等糜子收完了，我好好睡几天。自从大光走后，李木五更起半晚上才回，中午不回家，都是豆姑把饭带到地里吃，不过他没给豆姑说急着赶活的原因，只是说庄稼黄了长到地里心慌。豆姑把饭做好，喂了猪狗，饮了牛羊，添上了草料，收了鸡蛋，已是小晌午时分，便洗梳了一番，头上喷了发油，画了眉毛，撕了一角红纸，抿在嘴唇上。她买了口红，可那口红有怪味儿，老恶心想吐，嘴唇还起皮，觉得还是红纸抿上好，没味儿，也不太艳。又换了身新衣裳。打扮好，就往庄子上来了。以前给娃做满月过百日，都是提鸡蛋、挂面，买炼乳、奶粉啥的，关系好一点的，抱一只歇了窝的鸡去，看娃时给娃塞个一块两块的。现在改成上礼了，跟红白事一样，都上十块。不让多生，娃就金贵了，也对着哩。豆姑和几个女人一起去上礼，豆姑掏了二十块钱。豆姑和平安媳妇处得好，说得来，走得近，儿子金贵嘛，自从平安的妹妹跟了黑叫驴，平安也到煤矿上管事了，豆姑还想过种地要不行了，跟平安媳妇说让李木跟着平安去，现在用不着了，种地好着呢，可人活一辈子总要维几个知心的人。再说现在家里日子也在人前头走着，豆姑就想多出十块，人就活这么个意思。十块钱的主她还是能做的。豆姑把钱递过去，却被一双手挡了回来。是老拐子。豆姑吃惊地看着老拐子，老拐子脸阴得像要下雨，说你家的礼咱可收不起。这分明是一巴掌，抡圆了的一巴掌，豆姑的脸唰地就红了。老拐子声音大，所有人把目光罩到了豆姑身上。豆姑觉得一桶汽油泼到她身上，又"嗤"一根火柴点了。她一扭身就跑出了大门，一路跑回家，一进大门就号哭起来。豆姑边哭边将饭菜盛进陶罐提着往地里来了。当然，她没忘记在锅台上放一块钱，将板凳提出来放在门口。欢乐念书去了，回来看到板凳就知道大人不回来，踩着板凳开门进去吃吃喝喝了。

李木还在"唰——唰——"地割着，抬起腰来时见豆姑来了，说咋这么快就来了，老拐子没摆席？豆姑没有说话，抓了镰刀埋头割起来。李木听得豆姑在啜泣，问咋了。豆姑哽咽着说老拐子说了，咱家的礼人家收不起。李木愣了一下，说个老拐子，我李木把他咋了，掘他家祖坟了，不收我的礼？豆姑扔了镰刀，坐在糜把子上呜呜呜哭起来，哽着说当那么多人的面，驴脸扯了有一丈长。李木狠狠地说号丧啊，我问他狗日的去。说着就走。可走到了地头又停下了。猪头捉了赌，把事兜在他身上，老拐子能不知道？老拐子肯定把捉赌的事安在他身上，黑叫驴才让人来搬他一条腿。豆姑抹了把眼泪，说这是打咱的脸哩，你去问他，问他！李木说问啥，问就是个淘气的事，不收给咱省下，以后不来往算了。豆姑说养了个卖屁妈，还卖出身价来了，丢人现眼的，自己倒还觉得风光得不行，不收我家的礼，收了我家的礼我还觉得脏了我家的钱哩。李木说这么想就对了，咱等着他。捧着陶罐呼噜呼噜吃起来。

糜子收完就砍谷子，谷子砍完，割荞麦，白天收，晚上打。一个月的时间，粮食收完打净，地里就剩下洋芋了。

吴大头的蹦蹦车停在大门口的时候，李木正在羊圈里吃着烟端详着羊。他要出门揽工，这些东西就养不住了。豆姑挡了狗把吴大头领进来，吃了几根烟，吴大头就说到杂粮的事，吴大头说我给你出的价你可以去打听。李木说等我忙过这几日消闲下来，肯定给你留着。吴大头出了大门又说羊我也收，有卖的羊吗？李木说三四天后你来，咱们一起说，价好了不要说杂粮，连牛带羊一起卖给你。

第二日是草鞋镇的集日，李木去赶了个集，在农贸市场一样一样问了价钱，给豆姑买了一身衣裳一双鞋，给欢乐买了一身衣裳一双鞋一把电子枪。回来，又去了趟巴眼家。羊和牛他想卖给巴眼。母羊都双身了，卖给吴大头，就等于一刀子害了两条命，卖给巴眼就会养起来，巴眼养了一辈子羊，爱羊哩。巴眼眯着眼睛看了半晌，摇头说你的牛羊不敢买。李木说咋了，我的牛羊是偷来的还是抢来的？巴眼说唉，李木啊，伙上别人祸害庄子，你以后还咋活，兔子都不吃窝边草啊。李木就明白了，庄子上人把遭贼的事也安在他身上了，就说你也信我李木是那样的人？巴眼说庄子上人都说哩，能不信吗？猪头一遍一遍跑你家做甚？咋没跑我家来？除非瞎了。

李木蹴在岗子上，心里希望猪头能来一趟。村里是待不下去了，再待下去，所有的事都会安在他身上，在庄子上他就彻底臭了。他要给豆姑说走的事，猪头能再来一次，就好说了。这么正想着，大门外就有了"日儿——日儿——"的声音。李木心里骂村长说得对，真像瘟神一样。豆姑哆嗦着说你赶紧进去藏起来，我就说你不在，他们没指望就会走了。李木说躲个球，躲过初一躲不过十五。李木站起来，"火柴盒"就进了院子。两只狗又扑又跳的，李木提着棒子追着大黑小白说狗日的，滚，狗日的，滚。就听"啪"一声，杨所长开枪了，打在白狗腿上，白狗"哇呜哇呜"叫着提着腿跑进屋去了，黑狗给枪声吓着了，跑出院门去了。杨所长笑着说我的枪法还行吧，打腿子比打头难多了，我没想打死那狗，良民李木家的狗嘛。胡协警说就是，

就是，狗腿子才多细，打头闭着眼睛都打得着。李木耳朵都震麻了，
吓得脸色苍白，杨所长说没事吧，李木。李木说没、没事。杨所长拍
拍李木的肩膀说通知你个事，后天镇上有个学习班，到时候你要参
加。李木说这、这平日都是村长才能去哩。胡协警说这个学习班只能
你去，后天早晨九点钟报到，到时候点到哩，闪了你小心点。

　　"日儿——日儿——"的声音远了，白狗"呜哇""呜哇"呻吟
着，豆姑"噭——噭——"地哭。李木给小白绑扎腿子，腿是好不了
了，骨头碎了。李木给狗拌好食端来，抚着白狗说都是我害了你。欢
乐从学校回来看到白狗腿折了，就哭喊起来，说谁打折的，我打折他
的腿，抱着白狗哭得眼泪一豆一豆的。

12

　　李木到了派出所后，才明白是社会治安综合治理工作和问题人员
什么学习班，听了一阵总算听明白他们这些人都是有问题有案底的。
对"案底"这个词李木不明白，但看看一起来学习的三十几个人，有
刑满释放的，有小偷小摸的，有打架生事的，尤其是见抢女人娃娃钱
挤在女人堆里把东西掏出来乱戳的张烂货也在，就明白自己和这些人
成了一样的。

　　三点多散了，人陆续走光了，李木站在派出所对面咬着一棒子
烟，盯着派出所大院走来走去……当杨所长从院里出来时，李木还是
掉头拔腿就走。但杨所长已看见，走了过来，说李木，良民，等我问
话是吧？李木说不是，不是，我等蹦蹦车回家。杨所长拍拍李木说咋
不问了，你不是问题多嘛，问吧，我保证有问必答，你问的话挺有意
思的。正好过来一辆蹦蹦车，李木边追边回头说所长，我先走了。杨
所长说李木，我告诉你，你是有案底的，不要再动不动给我讲你是良

民了，落下案底，一辈子都不是个清白人。李木撒腿跑开了，他听到身后的笑声，水一样淹过来。

回到家，李木从缸里舀了一马勺冷水灌下去，就在院子里走，从东走到西，又从西退到东。从东再走到西，又从西再退到东。嘴里咬着烟棒子，咕嘟咕嘟冒着，完了续上，完了续上。瓷光光的院子都走起土尘了。豆姑出来一次，李木那么走着，出来一次，李木那么走着，豆姑想，要是走草鞋镇，这么走都一个来回了。豆姑心疼就说李木，你进来喝口水，缓缓噻，你这么走把我都走乏了。李木说我日他娘，你乏了你到炕上去挺着，想咋挺咋挺，管爷？！还那样走。豆姑就哑口了。李木心里督烦着，就会说"我日他娘"，心里要不督烦，只说"日他娘"。欢乐也不敢招惹他大，给娘说我大咋了，这么走来走去像给拴住了。

李木终于把自己走乏了，就进屋来了。豆姑忙盛了饭菜端上来，李木扒了两老碗米饭，吃了一碟子炒肉片，灌了一老碗米汤，就展展躺在炕上，两只眼睛盯着窑顶。李木两只眼睛盯着窑顶常常会谋算一些事。比如把卖羔羊改成卖羯羊，把喂养骡子改换成喂牛，盖几间砖瓦房，买风力发电机买电视，头蹦蹦车贩杂粮，把欢乐送到城里念书，都是眼睛盯着窑顶谋算的，也会把每一块庄稼想上一遍，还会想羊啊牛啊。现在，李木两只眼睛盯着窑顶不是盘算，而是后悔。往这岗子上搬家那年，是因为和朱魁家生了事。两家有一道共用的院墙，朱魁家在墙根前种了一棵李子树，那树活得旺，树头铺开来长，枝子就纷纷伸到李木家院里来。朱魁女人老说他家揪她家李子吃。有一次把李木说火了，吼骂你家那李子还没爷的卵泡子大，能吃？要不爷把这两个卵泡子给塞上，也把你那臭屁给塞住，算赔你。结果朱魁女人骑在院墙上骂，豆姑也上了墙骑上墙头对骂，后来两个女人就撕扯起来，再后来李木和朱魁就打了一架。其实也不单是李子树的事，他们两家屋前屋后住着，多少年了，平日里积攒下的事多了，今儿我家鸡啄了你家的葱苗儿，明儿我家娃收了你家蛋，鸡毛蒜皮的小事儿团了疙瘩，像滚雪球越黏越大，就出祸事了。村子里因鸡毛蒜皮的事儿酿出大事的多了，李遽和朱扁就是因为疙瘩结得大了，没揉散，动了刀子，李遽捅了朱扁，钱花了一模糊，还判了刑。猪头下来处理，有理三扁担，无理扁担三，一人罚了五百。两人都后悔了。一连几个晚上，李木就瞪着眼睛盯着窑顶，一晚上一晚上盯，豆姑就吓得睡不着，拿眼睛盯着李木，后来，李木跳起来说我日他娘，搬家，搬到宽天展地四面不靠的地方去。就这么，把家搬到这靠路边的岗子上来，天宽地展的，又近路，方便，也再没和谁犯过口舌。现在李木想的是如果不和李魁打那一架，如果搬家不搬到这岗子上，如果草鞋镇不来展销蹦蹦车的，如果他不打算买蹦蹦车，如果那天不是集，如果那天他不洗头换衣，如果他没站在那岗子上，如果不避"火柴盒"掀起的土尘，继而又想如果有钱人不来吃"柴火羊肉"，如果乱岗子下面没有煤，如果他在城里揽工……最后竟然想到如果没有派出所……屙到地上的屎能坐回去，唾到地上的唾沫能舔回去？越想越明白，没有如果，啥都是命中注定，归到了命上，李木就把心里的泼烦化了，老人说得对，命里有啥，你就得受啥。他不想了，眼睛也不盯窑顶了，就一眼一眼看出出进进还忙活着的豆姑。出门躲好躲，揽工也不错，一走家就和老埂坪的许多人家一样，就剩下女人娃娃了，猪头他们肯定就不会再来纠缠了，可他得把走的事说圆了，不能在豆姑心里搁事，可咋给豆姑说呢？

　　豆姑忙活完后，上了炕，脱了衣服躺下，当李木的手碰到豆姑的大腿时，就有了话头。李木抚着豆姑的大腿说你知道胳膊拧不过大腿这话吗？豆姑说老话嘛，咋不知道。李木说你说胳膊能不能拧过大腿？豆姑说胳膊肯定拧不过大腿，瓜子都知道。李木说胳膊拧不过大腿，你说该咋办？豆姑脑子里过了一下，说不知道，你说嘛。李木说女人就是不爱动脑子。豆姑说女人动脑子，要男人做啥？你说嘛。李木说拧不过就不拧了嘛。豆姑说噢噢。李木说胳膊拧不过大腿，可不是胳膊不想拧就不拧了，大腿擩到你怀里逼着你拧，你说咋办？豆姑脑子里过了一下，说不知道，你说嘛。李木说那就躲呀。豆姑说躲？对，拧不过还不躲那才瓜呢。李木说咱现在就遇上了这样的麻达，跟猪头比，猪头是大腿，咱连个胳膊都不是，连个小拇指头都不是，惹不起躲得起，我得出去躲躲。豆姑坐了起来说躲啥，你就在这儿，天塌不了，地陷不了，日头照是日头，月婆照是月婆，他们就是把那"火柴盒"整日整夜放到咱院里又能咋？我就不信他敢一枪把你打了。李木说天是塌不了，地是陷不了，把咱一枪打了他狗日的也没那个胆，可是他们能把咱的日子一戳一个窟窿，一戳一个窟窿，戳成个筛子底，到处走风漏气，这日子还咋过？豆姑就"噢——噢——"地哭。李木说你哭个啥，男人不都出去揽工了嘛，日子不照过，我又不是没出去揽过工。豆姑说日子过得比揽工好，你看今年粮食打的，空了多少年的囤子都装满了。李木说这不是为了躲事嘛。豆姑就"噢——噢——"地哭。李木说你别哭了噻，我想明白了，日子太顺了，老天爷都嫉妒哩，给点不顺来搅拌一下，要不然顺得还能挡住？豆姑说你别往老大爷身上推，这不是老天爷的事。李木说那是我的事？！得是，我现在脑子里整日都是那"火柴盒"的声音，我可不想像朱远他大，一瓶子一瓶子吃去疼片，朱远他大都是半截入土的人了。豆姑的声音低下来了，不再"噢——噢——"，而是"嗝——嗝——"的，李木说你说那天那一枪悬的，我耳朵都震麻了。豆姑呼地坐了起来，说猪头不会是开枪打你没瞄准打到狗上了？李木心里说他狗日的没那个胆，我离他还没三尺远，他打不上，眼睛瞎实了都打得准，可说出的话却是说你倒把我提醒了，肯定是，他不敢把咱往死里打，打死要抵命，可他会把咱一枪打残了。豆姑说我的娘呀，你说得对着哩，家里是待不成了，你得躲一躲。却又"噢——噢——"地哭，说可那得躲到啥时候？李木说等他们不在了。豆姑说不在了？死了？天杀了，除了杨所长，他们年岁都不大哩。李木说不在了就是死了？他们是国家的人，调动啊退休啊，不就是不在了？像猪头再过一年就退休了，不像咱种地要种到死。豆姑说噢噢，一年咋也不长，出去躲躲，正好也散散心。

13

李木坐在老埂岭的天子口一块避风的石头上，过了天子口，就看不到老埂坪了。已是深秋了，风很硬朗，撞在石头上，发出硬邦邦的声音。草和刺被风压得趴在地面上，一片一片揪光了叶子。李木怅惘地望着那一挡挡梯田，只有他犁耱过的地整爽爽的，黑黢黢，土带三分黑，五谷起鼓堆，那都是三犁三耱的上茌地啊，壮着哩，唉，他走了豆姑就种不了，只能撂荒了。他心里就咯拧咯拧地难受，今年他本来还想多包点地哩，他预感明年还有个好收成。可他要揽工去了。这时日出去揽工就像个笑话，其实就是个躲。

不过李木的心情还是好的。昨天，正好是个星期日，他和豆姑带着欢乐去了趟草鞋镇，把钱存了，今年的收成加上卖牛羊的钱他整整存了八万，还给豆姑留下了两千块钱，自己留了一千。有这八万块钱，欢乐将来到县城念书就够了。这让他心里有了底。他给大光打了电话，说出门揽工的事。事要顺了就顺得让人都说不出个奥妙来。大光正好在草鞋镇给煤场买东西。他就把大光叫到馆子里，一家子和大光下了顿馆子。他问猪头一年后真能退？大光说肯定退了，年龄是死杠杠，大家都说哩，还有错？他说退休就回家种地去了，和我们这些人一样？大光说咋会呢，当那么些年所长钱可弄下不少，这辈子都花不完。他说猪头退了会不会是胡协警接班。大光说不会的，大嘴说了胡协警算个球，连个正式的都不是。李木说大嘴也见不得他们？大光说猪头祸害的人多了。李木心里一下宽了阔了，一年时间嘛，还不是眼皮一翻就过去了。

李木让豆姑带着欢乐去逛集，大光硬硬塞给欢乐五十块钱。李木死活不让欢乐拿。大光急了说哥，给娃的，等我有了娃再还回来，礼尚往来嘛。豆姑带着欢乐走了，李木和大光继续喝酒。就说起黑叫驴要撅他一条腿的事，大光说黑叫驴一直在省城，大嘴怕惹事上身，给我说先拖着，不急，问起来再说，我说万一你要听到风声跑了呢，大嘴说那最好了，还让我专门放个风，让你听到，跑了。李木给大光敬了杯酒，大光一饮而尽说哥，你在家先待着，有啥情况我及时给你报信，天寒了，出去受罪，怕活也不好揽，我估摸这事也就这么了了，黑叫驴一天事多得啥样，早上说的晚上就忘了。李木说现在不是躲你们老板的事噻，是躲猪头，前几日把我弄到镇上参加学习班，说我们都是有案底的人，案底是个啥？大光说案底就是记录下你干的坏事。李木说日他娘，我到底是杀人了还是放火了偷人了还是耍赌了，我得问他狗日的去。大光说你说不过他们，也弄不过他们，落了案底，他们就更好找你碴了，别惹，还是躲躲，一年时间，就当跌个年成。

一股风刮来，李木站起背过身避过，觉得脸上凉森森的，抹一把是泪水，他不知道是风从眼里掉出来的，还是自己流下来的……

劫访

　　张富贵是被自己咳醒的。睁开眼，他感觉嗓子就像是扯毛绳，没
憋住又咳了几声。紧挨着他睡的六指扯起被子包了头，蹬了他两脚说
操，快起来，赶紧出去。张富贵歉疚地说就出去，就出去。只要不是
被呛着了，连续咳嗽过三声，就得赶紧躲到没人的地方去，大家都很
自觉。

　　地下室是车库改成的，十几平方米，住了十二个人，床是上下三
层，像火车上的硬卧车厢，每层睡四个人，就像码砖头垛子，只能侧
立起来。一层挨一层太低，坐着直不起腰抬不起头，上床下床只能爬
着进出。张富贵紧咬牙关憋住要喷出来的咳嗽，抓了衣服从中铺爬出
来，快速穿上衣服，猫着腰从地下室上来，就拼命咳起来。

　　住进地窖一样的地下室，张富贵才发现感冒是这世界上最可怕
的，谁不怕被传染呢？药贵得了得，感冒一回，吃不够两百块钱的药
好不利索，这就等于平白无故地多出来一笔开销，相当于一个月的饭
钱和店钱白白地没了。不知是现在的药不行了，还是病厉害了，感冒
上了身就像长到身上了，要是放大方了，这儿发炎那儿感染的，上千
块地花。在家里，喝两大碗红糖姜水，吃几片阿司匹林，然后再来一
老碗酸辣揪面，卧两个荷包蛋，起面一样焐在被窝里发上几身汗，不

188

出两天保准就是个好人了。可车库改成的地下室，跟家里的洋芋窖一样，潮湿，阴森，憋闷，一场缠绵了一个星期的连阴雨，水泥墙壁都渗出了水豆子，床四边胳膊粗的钢管架子都湿乎乎的。老板提供的被子薄得一把能捏成一团，盖在身上轻得就像里面装的是纸屑，不要说是出汗了，连身子都暖和不了。

北京雨后的早晨多数有雾，今儿却没有雾，雨是歇了，云还没退尽，像黑心棉絮一堆一堆的，不过天还是一坨一坨地露出来了，瓦蓝瓦蓝的。北京只有雨后才有这样瓦蓝瓦蓝的天空。院里积下了许多小水坑，清幽幽的。树的叶子给雨洗过，水汪汪的。张富贵感慨地想，这么好的雨你下到我们那地界多好，偏偏要下到这北京来，北京不喜欢雨嘛。还是夏天，院里比地下室热多了。可张富贵还是觉得浑身发冷，就像鬼拔毛一样，心里说娘的，这阵子千万别放倒了。他忙又踅回地下室，憋着气从人造革包里摸出半包"银翘解毒片"，提了夹克衫，快速逃出来，又是一阵猛烈的咳嗽。

老民办已经起来了，在自来水管前洗漱，回过头来说："别扛，赶紧吃药，扛是扛不过去的，别放大方了，北京的感冒比乡下的感冒黏人。"

"第一顿药要加量，说明书上说一顿吃几粒，你得加一倍吃才能见效，现在的药不如从前了，里面的重要成分少了。"老民办端着脸盆往里走时又说，"感冒药有吗？"

张富贵说："有，有，上次感冒买下的药还没吃完，谢谢，谢谢。"

其实张富贵只有"银翘解毒片"，还是上次感冒吃剩下的半包，他不好意思说没有，上次感冒就吃了老民办一板"感冒通"，给钱人家不要，他说那我买药还你，老民办笑了，说有给人还药的？

"银翘解毒片"按说明一顿吃三片。张富贵数出三片，想想又数出三片，放进嘴里，吃豆子一样咯嘣咯嘣嚼起来。大夫说嚼烂咽下去吸收快，见效快。这药贼苦，一层甜皮儿咬破，苦得整个舌头都麻了，他抿紧嘴闭着气，跑到自来水管前接了一捧水吞咽几口，又涮涮嘴，顺便抹了两把脸。

老民办提着蛇皮袋子往外走。

张富贵说："天阴还去这么早？"

老民办说："反正也睡不着，拾一个算一个，今儿轮到叫号了？"

张富贵又咳了几声说："叫号。"

老民办说："记着把诉状、身份证带上。"

张富贵说："贴身装着哩。"

老民办是要去拾瓶瓶了。

看着老民办的背影，张富贵叹了一口气。

老民办原是个民办教师，多年转正不了。他的一个学生大学毕业考入劳动人事局后告诉他，其实十几年前他就转正了，只不过让人顶替了。老民办开始追查，这个局那个委找来找去，得到的答复是一样的：这不可能。老民办说那我要看档案。对方说这也不可能。老民办说为啥？对方说你没这个权力，你以为你是谁。后来对方又说即使是像你说的那样，事情都过去十几年了，已经成了事实，怎么解决？婚姻上不还有事实婚姻这么一说？老民办说这就是你们给我的答复？什么浑蛋逻辑，少糊弄我。对方就不理他了。老民办只能上访告状，县、市、省一级一级地跑。对方派了一个和他有亲戚的干部来对他说这件事的严重性你可能还没有足够的认识，你想想这不是一个人能办得了的事，也不是一般能力的人办得了的事，这件事牵扯方方面面好几个部门，上上下下十几个领导，你扯住这个线头不放，会扯出一个毛线厂来，那可就是一场地震，就是你告赢了，惹下这么多的大贵显要你怎么活。老民办说难道他们还会杀人灭口不成？亲戚说我给你说顶替你转正的那人已经当官了，他爹虽然退休了，可人家在位时手上提拔起来的那些人现在都在要害部门，大权在握，这些人是黄豆芽绊绿豆芽，里勾外联的，而且被顶替的也不是你一个人，你就当个亏吃吧，揉个肚子疼算了，你惹不过他们，如果你不再上蹿下跳地告状上访，人家答应补偿你，给你办一些事，保证吃不了亏。老民办说补偿我，怎么补偿？他们能让时光倒退十几年吗？老民办继续上访告状，对方就开始还他以颜色，先是在竞争上岗中，站了二十年讲台的他走下讲台成了个看大门的，接着在镇卫生院干了十多年护士的老婆被辞退了，不久他又在学校人员精简中被精简回家。老民办去问理由，对方回答说这都是按政策办理的，你觉得有问题就去告吧，你不是能上访告状嘛。老民办只能继续告状，告是告下了，结果是登记过后，省里推到市上，市上又推到县上，县上让他等消息，一等数月，没了下文。再去告，还是这么个过程，就像是设计好的电脑程序，连脑子都不用动。亲戚又来了，说你真是搞着杆子打月亮，掂不来天高地厚，这些人是你能惹下的？你说从省上到市上，从市上到县上，哪个部门接待过你的事？就是接待了又咋样？还看不来势头？人家打过招呼了，自古以来官官相护，这道理你不懂？我看这些年教书把你自己教傻了，如果你不再上访告状，他们答应可以让你们重新上岗，还可以给你们调整岗位进城，你有什么要求都可以提，在他们能力的范围内不犯法，保证满足你的要求，保证你们俩安安稳稳退休，不会吃亏。老民办说有什么要求都可以提，他们能恢复我十几年前雄心勃勃的豪情壮志吗？亲戚说实话告诉你，顶替你的那人跟咱们也都是亲戚，打断骨头连着筋，你说你这样以后亲戚还咋做？连亲戚都告，以后在镇上还咋做人？把他告倒了正好给别人腾了位置，你说你做的是不是亲者痛仇者快的事？！老民办说是亲戚？那就更该告了，在亲戚背后都下黑手，当了官还有别人活的路。亲戚说你好好想想吧，你把这年纪咱们就不说了，你说跟他们结了仇，两个孩子以后还要工作生活，他们……老民办打断亲戚的话说打击报复把我的儿女都计划进去了，那还指望他们什么？老民办就到北京上访来了。人家又掀起了新一轮的打击报复的高潮——坏他的名声。本来都是一个镇的人，牵牵连连的亲戚，一些受过人家恩惠的人，无中生有，调盐加醋，联想夸张，说他告状是无事生非，完全是嫉妒诬蔑，许多人都在真相之外，跟风扬土，以讹传讹，都说他这人心是炭坑里的石头变的，又硬又黑，连自己的亲戚都不放过，还能交？还造谣陷害说他跟学生胡搞，还组织了一帮人来调查。尽管事没有落实，但名声却坏了。给他传话的那亲戚官也没提拔，更是到处宣扬。后来顶替他的那家伙因为贪污受贿被关起来，被说成是他害进去的，结果他被那贪官的老婆堵在大街上，脸被抓了个稀烂，还扣了一身的屎尿。不知情的亲戚朋友见他像躲瘟疫。一些要好的朋友说算了，人都抓了，告状还有啥意义？老民办说还有逍遥法外的。老民办上访告状六年，正如亲戚所说，拽着线头扯出了一个毛线厂，撤换的，开除的，停职的，降级的，市、县处理了二十几个人，引起了一场大地震。状告赢了，可回到家他成了孤家寡人，老婆顶不住压力，最终跟他离了，儿子大学毕业，说没脸回来，远走南方，女儿高中没法念下去，辍学去了省城打工，家没了，亲戚没了，朋友也没了，镇上还传说着他的种种劣迹，跟那些官员走的近的，指桑骂槐，呲鸡咒狗，从街上走过，就有人对着他唾，他干脆又回到北京。

老民办给秀才讲的时候，张富贵给他们烧水泡茶。老民办说尽管付出很大代价，但他觉得值，不后悔，有成就感。秀才是一个作家，来了有三个月了，他要把他们这些上访的人的事写成书。老民办现在成了一个上访志愿者。上访告状六年，老民办积累了丰富的经验，深知许多人上访因为两眼一抹黑不得窍门，走了不少弯路，吃尽了苦头的艰辛，就对初访者指点培训，代写状子，出主意定计谋，还和秀才一起写了一本上访指南的小册子，打印出来免费赠送，还帮助上访者联系临时活路。张富贵最初的状子是侄儿写的，老民办看后说写得太嫩不扎实没分量，重写了一个，确实扎实有分量多了。他复印了十几份，老贴身装着一份，以备随时之用。

平日这时间，张富贵也拾瓶瓶去了。到北京上访告状，不像进派出所、钻空子钻进领导办公室，或者冲到党委、政府大院头顶状子一跪那么简捷，一切都有规有矩的，走进大院登记大厅，就像走进医院挂号看病，排队、登记、领表、填表、交表，缺一个环节都不行，最后等待叫号接谈。和医院不同的是医院整日都可以挂号、叫号、接谈，这里一天只有三个小时发表登记时间，早上一个半小时，下午一个半小时，每月每人只有一次填表的机会。上访的人又太多，排几天都不一定能填上表。交表以后，需要好几天才能等到被叫号，接谈，一旦错过了，只能等人家接待完新访户后才能轮到，这一轮又不知要轮到何时。如果这个月填了表，没有被接谈，只能等到下个月重新填表再等接谈。被接谈之后，状就算告下了，然后就是漫长的等待。人家要批回到省上，省上批到市上，市上批到县上，县上批到具体部门，这一路批下去不是十天半月能完成的。没经验的会在被接谈之后，以为在北京把状告下了，事情可以得到解决，便打道回府。可往往是只要你回去了，人家就不当回事，脸子又冷下来了，远不像叫你回去那么热情。老民办说一定要在北京熬着等着，只有待在北京，他们才会有压力，接到要解决的准信儿再回去。可要在北京熬和等，花销不是个小数儿，来上访的多数人家境贫寒，没有家底，不找活儿干，吃饭住店都没办法维持。好在北京大，捡破烂，揽零工，活路多，勤快点也不至于困住。也有些公司摸着门道，专门来这里雇人，价钱当然比劳务市场雇来的要便宜。也有最好挣的钱，那就是有人来雇他们去站队，为上访的公司企业壮大声势，跟着那些领头的去政府门前晃荡晃荡，喊喊口号，举举牌子，半天时间就能得个三五十块，好一点，熬到吃中午饭，还能有份盒饭。不过这种活儿不常有。

张富贵进京以来是靠拾瓶瓶维持上访的生活。拾瓶瓶听上去不好听，跟捡破烂一样，但要比在家种地强多了，这几年刨除自己的花销，他还存下了一点钱。眼下，正是夏天，拾瓶瓶的黄金季节，一天咋也有几十上百块的收入，可今天轮他叫号。

张富贵靠墙根蹲着点了根烟，咳得越发厉害，一咳腔子里就像霉烂了一样疼痛，眼睛鼓胀得像要爆出来，太阳穴蹦跳得像弹棉花，脑仁子疼得像蛆在拱，心想这感冒至少得花去一两百块，就有些后悔，自言自语地说人家解脱了，你喝这么多做啥，你当你自己的事也有了着落。

感冒肯定跟昨晚上喝酒有关。张平远的事解决了，激动得又哭又笑，又打又闹，就像疯癫了一般，把钱全掏出来，只留下了车费，非要请大家好好喝一场。张平远和女人在外面打工，只有十六岁的女儿花子在家。三年回来才知道花子被村霸强奸后霸占了三年，娃都生下了。花子还没嫁人就等于成了寡妇。张平远想背个炸药包把狗日的一家炸了，可思前想后还是忍了，去找那村霸说把你婆娘离了，把花子娶了，我就认下你这个女婿。谁知那狗日的揪了他领口说爷的事要你管，你当你女儿是仙女。张平远造了个炸药包背着就往村霸家里去了。打工三年，张平远一直在一个石料厂放炮炸山，会造炸药包。可那村霸却警觉得很，在半路上拦截了他，把他打了个半死，夺了炸药包背到他家房子里点了，倒把他家的房子炸成了平地。张平远到处告状，可到处都包庇。一个人再坏，没有村上和派出所撑腰，成不了村霸。结果状没告赢，张平远倒以私藏炸药私造炸药包行凶未遂被判了三年刑。劳改出来，张平远就到北京上访，一上访就是三年。前日花子打来电话，说那狗日的开着车耍风光，结果让两辆大卡车一前一后挤了脓包，一家子一个都没剩下。张平远买了香表供品奉献在院心，头在水泥地上磕得"咚咚"响，连哭带笑地说我的仇天报了啊，老天爷开眼哪，老天爷开眼哪。张平远解脱了，多好啊，再也不用住这阴暗潮湿的地下室了，绾了疙瘩的日子又将顺了，可以顺顺溜溜地往前走了。谁愿意放下老婆娃娃热炕头的日子不好好过耗在这地下室里？张富贵羡慕张平远啊，说我们都姓张，你咋就这么好的命噻。他酒量不行，喝不了几杯，可他想喝酒，这酒喜庆嘛，也想喝醉了好好睡一觉，他天天晚上睡不好，常常是像睡着了，又像是醒着，脑子里乱纷纷闹嚷嚷的。结果就喝多了，浑身烧得像着火，夜里大概是蹬净受了凉。

张富贵把抽了几口的烟掐灭，装进烟盒，洗过脸，出了小院，就往马老太老酵子馒头店而来。

说是馒头店，其实没有店，不过是在房子面墙上挂了一小块三合板，上面用毛笔写了"马老太老酵子馒头店"，在租住的房子前摆了三张桌子，几把椅子、板凳，大蒸笼也摆在巷道里。桌椅板凳都是好心的居民家里淘汰下来捐赠的。

马老太老酵子馒头看上去不像城里人蒸的馒头云白水亮的，有些黑，但实在，分量足，有面味，捏上去瓷实，不像城里这店那店做的馒头，用发酵粉、洗衣粉、膨胀剂、染色剂啥的，还用硫黄熏，虚晃得一捏就像海绵。马老太蒸馒头就放老酵子，头天发面，第二天五更起来蒸馍。在馒头顶上点一朵梅花，嫣红嫣红的，马老太说是讨个红运。除了馒头，马老太还烧一大锅玉米糁子，也实在，用蓝边的粗碗盛。还泡拌了莲花菜、萝卜丝、土豆丝几样小菜，一个馒头一碗玉米糁子一碟小菜只收两块钱。谁要是感冒了，马老太还免费熬姜汤。

每天早晨马老太只蒸三笼屉馒头，卖完三笼屉馒头，也就到了排队叫号的时间，马老太就去排队、叫号。马老太蒸的馒头城里人也爱吃，买的人排队，去的迟了就买不上了。大家建议马老太扩大经营，说不定还能干大了，马老太说我是来告状的，又不是来挣钱的。

马老太上访已有四年。女儿在镇上开了一家裁缝店，心灵手巧，衣服做出了名气，客人就很多。街对面也开着一家裁缝店，却门庭清冷，就觉得是她抢了生意，整日捎话带语，指桑骂槐，想把马老太女儿赶走。后来，双方起了争执，女儿被打瘫痪在床。警察倒也介入了，可是人家也赖在床上，说是打成了严重脑震荡，还弄来了法医鉴定书。一处理，判了个互有伤害一顶一平，还以影响治安罚了两千块钱。这分明是拿偏刃斧头砍。马老太再告就没人理睬了。后来，别人对马老太说那女裁缝是镇长的相好，有镇长罩着，天下衙门是官开的，你还告啥，能告进去？女婿被人家恐吓后，跑得不见面了。马老太就到北京上访。中间倒是处理过一回，对方答应赔点钱，可马老太不要钱，就要人家坐牢。结果人家骂她不识抬举，说你去告吧。马老太咽不下这口气，说这口气都咽了还活啥，我就不信没个王法。为了熬下去，马老太就蒸起馒头来。

馒头店只有小英子在，张富贵冲小英子笑笑，说："姥姥排队去了？"

小英子甜甜一笑，"嗯"了一声说："叔，今儿叫号？"

张富贵说："叫号。"

小英子是马老太的外孙女，一直在家伺候瘫在床上的娘。去年，马老太女儿为了不让娘受罪，喝了毒鼠强，没了。有人就劝马老太算了，女儿也不在了，人家又有人护着，你也这么大年纪了，回家享上几年福吧。可马老太说我女儿还在地下等着哩，没有结果我见了咋交代？女儿死了，马老太把小英子也带来了。马老太把馍蒸出来，就由小英子去卖，她早早就去排队、叫号。小英子卖完馒头，也会去排队、叫号，就像实习一样。马老太说明年我就七十三了，七十三八十四，阎王不叫自己去，这个坎能活过去活不过去谁知道，我活着告不赢，死了小英子得接着告。

张富贵要了两个馒头，一碟萝卜丝，一碗玉米糁子，又对小英子说："给叔熬碗姜汤，多放点葱花，叔给你钱。"

小英子一笑甜甜的，说："叔，你感冒了？夏天咋还感冒，我就给你熬去。"

张富贵说:"娃,有热感冒,更难缠哩,你可要注意。"

只要看见小英子,张富贵心里就难受,一方面可怜小英子,为伺候瘫在炕上的娘,十岁上书就不念了,看到小英子常常对着那些和她一般大小背着书包的女娃发愣,他的心就像给人揪了一把,家里不遭事,小英子正背着书包上学哩。一方面一看到小英子,他眼前就浮现出女儿小云的情形。

大女儿小兰坐月子,小女儿小云去看姐姐,计划生育队就进了村子,村长王跃进带着人捉人,小兰翻墙跑了,小云抱着娃,结果把小云当小兰给捉住了,小云喊着说我是小云,不是我姐小兰。可没人理会她。小云给抬上装着手术床的手术车当下就给结扎了。两个女儿长得像,计划生育队的人分不清小兰、小云,王跃进该分得清,一个村子上低头不见抬头见的,何况小云穿着一中的校服,还喊着说我是小云,不是我姐小兰。可狗日的王跃进却不说话,看着小云被结扎了。这分明是报复。他与王跃进是有过节的,修公路占地补偿时,王跃进从他们修公路占地的三户身上每户剥削去了一亩的补偿款,他向上反映过,最后把钱追了回来,王跃进把这仇就记下了,当着干部的面说你狗日的等着,有你狗日的好日子过。

小云那年高三,老师说发挥正常考个重点大学该是没问题。大学生,城里人,这是他上小学时就抱有的理想。他似乎看到自己的理想在女儿的身上要实现了。抱着老大的希望,谁知道却遭遇了这样的无妄之灾。这事一出,学校传得沸沸扬扬的,小云的书也没法念了。小云本就心高气傲,学习又好,按说是个有前程的女子,这个打击太大了,不是盯得紧,在这世上也就没了小云。

顺溜的日子就这么拧巴了,他带着小女儿到处告状,开始还有人出来接待,说是研究解决,可一研究就几个月。他一级一级跑,人家是一级一级研究,后来连研究都没人研究了,见了他就说你咋又来了，走走走。小云到了婚嫁的年龄，可一个姑娘还没结婚，却结扎了不能生育，找对象就难了，只能找拖儿带女的二婚，结了两次婚，嫁的都是二婚，都没过上多长时间就离了。一连串的打击，小云的精神就出了问题，一年比一年严重，现在连羞丑都不顾，逢人就追着说我能生娃，我给你生个娃吧，我能生娃，我给你生个娃吧。

张富贵吃了两个馒头，喝了一碗玉米糁子，两碗姜汤，出了一身汗，浑身舒服了许多。他又要了两个馒头。这两个馒头是给李广大带的。李广大昨日中午给了他一个葱花饼子，他不愿欠人情，再说到这里来的都不容易。他多给了小英子两块钱，小英子不收，他说："天热了买雪糕吃。"小英子还是不收，说："以后仰仗叔的地方多着哩。"一句话说得张富贵眼泪就喷了出来，这娃才这么大点，命就给绑在事上了。

离开"马老太老酵子馒头店"，张富贵本打算先去买点感冒药，可一碗玉米糁子，两碗姜汤，喝出了一身大汗，浑身松爽多了，就想或许是小感冒，这半包"银翘解毒片"吃完也就好了，大夏天火辣辣的太阳还蒸不好感冒？如果叫完号感觉没减轻，再买也不迟，耽误了叫号可不是熬几天的事，对于拾瓶瓶来讲，这时节时间就是金钱。于是把衣服往紧里裹裹，直接向着大院来了。

去大院要经过一条狭长的巷道，巷道里总是有一簇一簇的人。一入巷道，几个小伙就冲他叫喊："老乡，过来登记，早登记早挂号早处理。"

一个小伙子径直走过来问："还没登记吧，来这里登记，叫号早，接谈快。"

张富贵摇摇头走了，心里说日他妈，这种钱也挣，啥人嘛。

这当他已经上过了。他刚来这里就被一个小伙拦住去登记。看看人家衣服都统一，袖子上也有袖章，跟警察一样，以为是公家的人，他就过去登记了。省、市、县、乡、村、庄，北京住的宾馆、招待所、旅店、电话号码，身份证号码，他登记得很详细，单怕人家找他解决问题时找不到他。不久，县上来人扑进小旅馆把他"找"了回去。后来他才知道这些人根本就不是公家人，而是公司的，围绕着上访，就有了许多公司，这些公司专门搜集上访者的信息，然后卖给那些劫访的人，每条信息二百到三百块。而且还帮劫访者捉人，捉一个人几千上万块。他这才知道还有劫访的。

张富贵瞥见李广大和几个人站在巷道抽烟说话，从抽烟的姿势和说话热情的样子，他就觉得这几个人有问题。李广大才来三天，在这儿哪有这么多的熟人？他不敢掉以轻心，扭过头猫着腰往大院大门口疾步快走。可李广大已经看见他了，高喊起来："张富贵，张富贵。"他知道坏事了，十有八九是遇上了劫访的。他没理会李广大，撒腿往大院里冲去。

以前劫访的很厉害，只要你被盯上，他们会冲进大院、大厅把人架走。这两年国家管起来了，不允许在大院、大厅把人架走，大院门口有人站岗，大厅里也有人值守。可只管院内，大院之外就没人管了。县、市甚至是省上来的劫访者，由于人生地不熟，就通过各地驻京办从那些公司花钱买信息，雇北京本地人劫访。这大院周围和上访的人群中布满了劫访的人，穿着打扮甚至是口音都跟上访的相仿。这些人也会从上访者那里买信息，结果为了钱，有些人就没德行了，像叛徒汉奸间谍卧底一样，一边上访一边靠出卖信息帮劫来供养自己的上访，有些人尝到了甜头，干脆把这干成了职业，做起发家致富的梦来，因此这里没有一个人是可以相信的。

对此，老民办编了顺口溜，用毛笔写出来，贴在墙上告诫大家。

　　门高院大街巷深，此地处处有陷阱，
　　递烟搭话有目的，称兄道弟未必亲，

手机电话要保密，身份姓名莫明称，

逢人只说三分话，未可全抛一片心。

李广大是初访，生得厉害，像这么高喊名字是最忌讳的。老客互相间从不叫名字，都有代号，像李翰墨因为是个大学生，大家都叫他秀才；马奎一脸麻坑，就叫麻子；顾多智两个大板牙像铲子，人都叫铲子；朱随军手上多长了个指头，就叫六指；他和章大平年龄都相仿，虽然他是弓长张，章大平是立早章，可叫出来都是zhang，为了区分，秀才就把他叫弓长，把老章叫立早；张平远因为耳门上有两个肉桩桩就叫了拴马桩。老客都很警惕，别说这么高声大气地叫名字，烟递上问都问不出来，即使是冒充爹娘兄弟姐妹表叔舅哥七姑八姨的，也休想套出一句实话来。老客们把初访者叫生皮。生皮初来乍到，耐不住寂寞，遇事总是很热心，话多事多，毛手毛脚。不但会高声喊叫你的名字，还会带着人串着门儿找你。唉，也不能说有啥错，将心比都一理，啥都是互相的，出门人嘛，你对人家热心，人家才对你热心，热心换得别人的关怀帮助。可到这里性质就不一样，你的热心会给别人带来麻烦。张富贵初到这里也和李广大一样，逢着人打听一个人，觉得北京这么大，人山人海的，找个人实在不容易，到这里来的人都是走投无路的可怜人，说不定家里遇了啥事，就热心地带着人家串着门找。他还有些纳闷，大家同病相怜，咋就这么冷漠，心变得这么硬。老民办培训了他以后，他才明白了。秀才这几日正在写他的事，问他一些情况时叫过他的名儿，李广大在旁边听到了，还说我爹叫李富贵，听上去挺富贵的，可惜呀让人整瘫了，不然他来上访，你们可以拜个弟兄。张富贵还想着抽时间培训培训李广大，可还没来得及培训，这个生皮就把他给卖了。

只要跑进大院，就没事了。尽管这些人会守在门口像苍蝇一样，但其他人会掩护他，团结就是力量，帮人就是帮己，这是老民办给他们写下的口号。可李广大却蹿上来一把扯住他说："张富贵，叫你哩，你没听到？"

张富贵翻了李广大一眼说："你高喉咙大嗓门地叫魂啊。"说着，把两个馒头往李广大怀里一塞，"还不赶紧排队，有工夫站在这里闲谝？"

李广大说："我登记了，他们会尽快给我安排解决。"

张富贵就知道李广大已经上当了，急慌慌要走，李广大却拽住不放说："你跑啥，你表哥找你，给你送钱来了。"

张富贵确定是遇上劫访的了，说："我哪有表哥，还送钱？这话也信，没脑子啊。"

张富贵甩脱被李广大拽着的胳膊就跑，可那几个人已经把他围住了。

一个小伙子说："你是张富贵？"

李广大说："他就是张富贵，和我住一起。"

四个人就一前一后一左一右把张富贵夹在中间，一左一右两个人一人一条胳膊插进张富贵腋窝，往起一抬，张富贵被架得双脚离地，被快速带离了大门口。这些人都是年轻小伙子，动作干脆利落，不拖泥带水，老民办说是在什么营专门训练出来的，擒拿个个在行，一个人拿住你你都脱不了。张富贵挣扎了两下也就不挣扎了。紧接着一辆面包车"呜儿"过来，"嘎吱"停下，张富贵被塞进车里，又"呜儿"一声，车就驶了出去。

窗玻璃上贴了黑膜，外面什么都看不见。一个多小时后，车停在一个四方四正的院落，张富贵被从车上推下来，推进一间房子里，铁门就哐里哐啷地锁上了。房间里黑咕隆咚，很呛人。张富贵揉揉眼睛四下看看，隐约看见还有四个人，都靠墙蹲着，就像四个冒烟的烟囱，明白他们也被劫了。房间里只有一孔小窗户，用指头粗的钢筋栅着，地上连垫屁股的半截砖头都找不到。张富贵明白这就是听过还没进过的黑屋子了。张富贵又一连串猛烈的咳嗽，咳得气都快断了，他不敢往里走，怕把感冒传染给那四个人，就蹾在窗子下面。几分钟后，他就昏沉沉睡过去了。

张富贵被一脚踢醒时，他抬眼一看，是个胖子。旁边站着劫他的一个小伙子。他看看手腕上的电子表，他已经睡过去了一个半小时。

小伙子说："就是他。"

胖子又踢了一脚说："起来，起来。"

张富贵往起一站，腿一软没站起来，本就浑身疲软，腿也蹾麻了。

胖子抓住他的衣领往起一提，他才勉强站了起来。

胖子说："你是张富贵？"

他看看胖子，没有回答。没有回答就是肯定了。

胖子说："跟我走！"然后，推了他一把。

张富贵四下看看，进来时里面的四个人剩下两个，垂着头在那里打盹。看来那两个已经被劫走。

走出黑屋子，张富贵看到还有三个人在"迎接"他，一个大背头，一个瘦猴，一个秃头。张富贵明白他们是来劫他回去的人，就是说是他们县上的或者市上的甚至有可能是省上的啥干部了。大背头站在那儿抽烟，目光冷漠，神情傲慢。张富贵知道这是头儿，也就是领导了。常言说头发往后倒，不是老板就是领导。秃头就剩下一绺头发，却还从头顶梳过去，贴着头皮，抹了头油，纹丝不乱，他觉得有些失笑。

张富贵抬头看了一眼天，残云退尽，被云蒙了几天的太阳，发狠似的光芒四射，十分晃眼。被阳光一刺，太阳穴狂跳不已，头就像要炸开，他两只手按着太阳穴揉着。胖子一把把他推到了车门前，又一把把他推上了那辆面包车。

车厢内分成了两截，中间用一道不锈钢栅栏隔开。前半截有四排座位，第一排座位把座椅下了，安上了一张小桌子。这种车张富贵是第三回坐了，他记得很清楚，前两回没有这张小桌子。他不知道车里安张桌子能干什么，难道在车上他们还要写东西？晃得能写？张富贵也只是心里过了个意，这用不着他操心。不锈钢栅栏隔出来的后半截就一排座位宽，座位也下了，窗子上了不锈钢栅栏，他知道那是他待的地方了，就很自觉走进了不锈钢做的一个小门，胖子把小门"咔嚓"锁上了。车就开了。张富贵打量了一下，虽然不宽裕，但一个人躺下是足够了。地板比地下室里的床铺要干爽。

又闷又热，就像蒸笼，他想透透风，可看看窗户，没有可以打开的，不过也好，他想好好出一身汗。他把鞋脱下来，抽下鞋带捆在一起，这就是枕头了。

张富贵躺下去前，瞥了前面一眼，桌子上已经摊开了扑克牌，三个人围桌而坐，张富贵这才明白那张桌子是用来打牌的。像这种面包车从北京跑到县城，再快也得一天半夜或者一夜半天，怎么也得有个事干。前两次他们也打牌，只不过是用一个纸箱子当牌桌。听他们边打牌边谈话，知道他们是在斗地主。

张富贵躺下去，觉得浑身生疼，骨头酸困，脑壳里像有一堆蛆在噬咬着，就想快点睡着，人睡如小死，最能止疼，也治感冒。可偏偏一时睡不着。他们打着牌开心地喊叫着，他也就断断续续听明白对上号了，背头是朱县长，胖子是顾局长，瘦子是常主任，就剩一绺头发的是苟师傅。他们竟然把他叫狗东西，那顾局长说："狗东西，把车开好了，别像平日想咋开就咋开，今儿这上面可坐着县太爷哩。"

张富贵有些后悔，如果从马老太老酵子馒头店吃过后出来不急慌慌地去大院等着叫号，而是先去买感冒药，可能就躲过这一劫了，可是这世上没有卖后悔药的。被捉一回，等于折了一回大财。这么被捉回去，事是解决不了的，还得回北京来，光车费就得几百块钱，回来了就得回家去看看，一来一去最少也得半月一月，眼下正是拾瓶瓶的黄金季节，算上耽误了每天拾瓶瓶的收入，里出外进就几千没了。

看看手腕上的电子表，到吃第二顿药的时候了，他拿出药袋，一看还有五颗药了，嘴里本就干涩，黏得都快张不开了，没有水，就不能嚼了，嚼了全黏在嘴里。他努着口水，努出点口水来，喂一颗药，努出点口水来，喂一颗药，这么将就着将五颗药片勉强咽下去。不一会儿，就迷迷糊糊地睡去了。

这是张富贵第三回被捉回去了。

第一回是他被拦在大院门外登记后不久，县上来的人将他堵在了小旅馆里。其中就有县人口和计划生育局曹局长。局长态度很好，对他说跟我们回去，你的事情我们都了解清楚了，一回去就给你解决。他说你们不会给我解决的，我找了你们几年，啥事都没顶。曹局长说这次保证解决，我们以党性原则向你保证。他说你给我说说你们的党性原则。曹局长还笑着说先上车，上了车给你细细讲。这么说着，把烟递过来，火也跟了过来。那烟可是"中华"，一根就能买他抽的烟三四盒。他想抽抽到底是个啥味儿。他叼到嘴上，曹局长立马也打着了火，他接火点烟时，曹局长说这里不是解决问题的地方，你的问题只能回到县上解决，这次回去就给你圆满解决了。他也知道这里只是把事批回去，解决事情还是在县上，就跟着人家上了车。可是，车一出城，人家就换了一张脸子，曹局长的指头就像绣花针一样在他的眼窝上剜着说：

"胆子吃大了，敢上北京了，总书记接见你了？总理接见你了？唵！唵！

"往北京跑，我还当你住在中南海，原来就在狗窝一样的地窖哩。

"还让我给你讲党性原则，你算个球？

"在北京能住一辈子？根都拔了？再不回村了？

"下次再往北京跑，捉回去把你关到牢里去。"

曹局长的指头几次剟到他眼珠子上，剟得他眼珠子生疼，他揉着眼睛，一个小伙一脚踢在他腿肚子上，把他踢坐在椅子上，他站起来，又给一拳捣在腔子上。他们一个个脸像紫茄子。那时间他胆子还很小，他被吓坏了，他甚至害怕他们会在路上把他的命要了。

第二回是2009年，新中国六十周年大庆，上访控得很严，说什么一票否决。要说那次从严格意义上讲，他不是被捉回来的，而是被逼回去的。他们带着侄儿来了。侄儿书念得好，考上了大学，多少年了，他们张家出的第一个大学生，家里穷，没钱上，挨家挨户地就像化缘一样，张家家家户户也都是帮了钱的，指望着以后能有个出息，在外面撑门面，遇个七事八难的，也在外有个见世面的人打点料理，那时间他还没陷进这事里，光阴也好，帮了两千，借给了三千。可谁知这娃毕业后考这考那了几年，最后考了个中学的教师。侄儿说小爹，你要不跟我回去，他们就不给我转正，我的工作就完了。跟侄儿一起来的两个人抱着膀子说你看着办吧。他知道现在大学生找个工作也不容易，害了侄儿的工作，他的罪孽就大了，只能跟着回去。

路上，一个干部戳着他的脑门说你哪里都不能走，在家里待着，别轻举妄动，只要离村出门就被认为是上访告状。事关侄儿转正，人家说的话就很拿人，他在家里整整待了一年。这一年他只能憋屈在家里，不敢像人家警告他的"轻举妄动"。

长拖拖的一年，没活干他会疯的，可种地吧一年的庄稼两年做，地荒了几年，板结得跟老山坡子一样，草把根扎得老深，种上也没啥收成，再说种地的牲口都处理了。最后，他还是借了女婿家的牲口种了麦子、豌豆，又种了糜、谷、荞麦。

他回来了，王跃进只要经过他家大门口，总会进来溜一圈。

"北京到底是天子脚下，水土就是养人啊，看把你狗日的养得肉嫩皮鲜的。"

"我在家等着人家来押我哩，他们啥时来押我呀？我把铺盖卷都备好了。"

"你狗日的得抓紧告，别啥时我出门了，人家还当我逃跑，把一条汉子的名声坏了。"

"中南海咋样，领导们很热情，问寒问暖的吧。"

狗日的王跃进不仅会说风凉话，欺负人也有的是花样，站在他家院心掏出家当来就尿起来，边尿边说："我这村长让你狗日的给告掉了，现在更好了，干啥都没人管了。"

经过几年的告状上访，这时的他已经没什么害怕的了，他眯着眼睛看着王跃进说："那是你狗日的沟子底下撅橡子高抬我了，我要能把你告下来，几年前人家就把你拿下了。"

王跃进嘿嘿一笑说："你狗日的还有自知之明，不过我要谢谢你，你看我村长当了十几年，以前老怕他们收拾我，现在村长不当了，谁还能把我球咬了不成？"

有一天，张富贵坐在院里磨生了锈的宰猪刀子，几年不用，再不磨这刀子就让锈吃光了。

王跃进来了，说："啧啧啧，狗日的磨刀呢，这是要杀人呀。"

"王跃进，你狗日的再厉害，敢杀人吗？"

"你狗日的敢杀人了？！看来北京还真能练人的胆子。嘿嘿。"

"可能敢吧，我还不能肯定，毕竟没杀过人嘛。"

"就你狗日的，杀我？！"

"我估摸了一下，拿刀子我杀不了你，你狗日的那两个儿子人高马大，虎背熊腰的，三五个人近不了身，孙子也枪杆一样起来，后世重着哩，没人拿得住，我单膀独力的还没靠近，就让你那些如狼似虎的后人收拾了，你说我把刀磨这么快，不是给你们磨下了，再说你狗日的又前后当了十几年村长，上面的路也通着哩，祸害下事了都能摆平，刀是我的，到时候还不把罪定在我身上？"

王跃进嘿嘿地笑着说:"你狗日的脑子也灵光哩。"

"不过,我要杀你狗日的,用不着刀。"

"嘿嘿,那用啥?舌头?"

"你狗日的有没有想过,忽然一天,一家子人一个都不剩,就像你二爹王永山一家那样被灭门了?"

王永山就行事横,欺男霸女的,人家男人在家,都敢去人家家里。一个早晨,一屋子七口人全死了,是给毒鼠强毒死的。警察来了几车,盘查来盘查去,整整折腾了一个月,案子到现在没破。

"你说那次事出的,你奶奶快八十的人了,都没躲过,没有善终啊。"他这么说着扔给王跃进一根烟,"我在北京遇到了一个高人,他给我讲要成事得讲策略,我说啥叫策略?他说就是拐着弯弯把事做了,那样弱人也能干大事。"

王跃进脸上变色了。

"我想过了,人再厉害也厉害不过毒鼠强,毒鼠强一元一袋,花钱少,却能办大事,日他妈,花十块钱买一大包,毒得死二三十口人,灭门随便。像你家,两袋也就够了,不过为了痛快,我准备用四袋,也不值啥,四块钱的事嘛。你狗日的老说你命硬,硬得过毒鼠强?"

王跃进夹着烟的手开始抖了。张富贵将一根烟的屁股掏空,续接了一根烟,咂了两口,吹到王跃进的脸上,说:"其实,这世上能要人命的东西很多,办法也很多,和我一起上访的一个,去年他不上访了,回去了,造了一个炸药包,半夜背到村长家去了,嘭的一声,把村长一家五口全埋了,村长家绝后了,公家掏钱都找不上人把那狗日的挖出来埋了,最后干脆就地埋了,连个坟鼓堆都没起,说那狗日的有好多好多钱,最后没人继承,充公了,连口棺材都没背上,你说这事做得漂亮不,痛快不?你想过没想过,你家忽然有一天也那么嘭的一声?"

这事是真的，不过是他从报纸上看来的，一个人把一家子给炸埋了。

王跃进走了，他追了两步说："再坐坐噻，我给你讲讲外面的事。"

看着王跃进步子飘忽忽，他想他是把一块大石头放在狗日的心上了。

第二日，他穿过村子的时候趴到王跃进家窖口看看，王跃进就撵了过来，说："你狗日要干啥？"

他笑笑说："看把你狗日的吓的，我没那么傻，就你这条老命我还划不着，总得等你家大大小小的回来齐全了，有个词咋说来？对，斩草除根，你说是不？"停顿了一下又说，"你狗日的该把这窖口封严实了，这么敞着最容易把东西扔进去，这些年你狗日的得罪的人多，不说大人，那些娃娃啥东西不给你往里面扔？娃娃害死人不抵命的。你说我那闺女虽然让你们给整傻了，可要指派她把毒鼠强扔进你家窖里，那还是没问题的，把你一家子都弄死了，公家也不判她，你见过公家枪毙傻子吗？"

他走了，到了远处，又回过头来说："不过你把这窖口封严实了也没用，你封严实了难道就撕不开了？你家人多势众的，该在窖跟前院子里轮流站个岗，那样才保险。"

一段时间，他不是在王跃进家房前屋后转悠，就在他家水窖周围晃荡，狗日的王跃进就像他影子，他走到哪垯都能感觉到他就尾随在身后。

又一天，他坐在王跃进家的窖沿上，说："这么下去你狗日的这把老骨头怕撑不了几天，再说，猴子也有打盹的时候，你呆个迈眼，我就能把事办了，你整天就像一只老狗一样跟着我就能看得住？你得想个办法。"

王跃进绷着两只布满血丝的眼睛盯着他。

"我倒有个主意，你听不听？算了，算了，我知道你不想听我的话。"他掉头就走。

王跃进追了上来拽住他，说："富贵，你说噻，说噻。"

他说："咋，想听？"

王跃进忙递给他一根烟，还把火也给点着了。

他咂了两口烟，悠悠吐出来："你看这样行不，我也不想做得太绝了，到了那世罪也重，上刀山下油锅的，一想浑身就起鸡皮疙瘩，再说你说我这辈子人活得，没意思嘛，我也想早早投胎转世重新活人，你舍一个儿子，把我命要了，国家把你儿子枪毙了，一命抵一命，很公平，我家能祸害你家的也就我一个，再没啥人了，你舍一个儿子，换一家平安，这样至少比灭门强，划算哩。"

王跃进的脸都成酱紫色了，他又说，"我可给你说明白，你狗日的别想拿你老命跟我换，你狗日的半截身子都入土了还不行好，做的恶太多了，我换了划不着，"看看王跃进，又说，"不过你狗日的舍不了命，我日子过得烂成这样了都还想活，你狗日的日子红火得火焰一样正享福哩，我知道你狗日的心比石头还硬，硬舍儿子都不舍自己。"

过了几天，王跃进提着一桶油来了，说："你家地里啥都没种，怕也没油吃了，胡麻油买着吃贵着哩。"

点了根烟，王跃进说："你真不去北京告了，他们把你吓住了？"

张富贵笑笑说："我正在考虑，你说吧告也告了这些年了，越告越没劲了，我想自己解决了，不给政府添麻烦了。"

"告还是要告哩，只要告响了，上面处理这事，他们的帽子肯定就戴不住了，这事主要责任在他们。"

"你狗日的没责任？"

"我有，有，不敢说没有，可我不是主要责任。"

"不是主要责任，你狗日的要说那是小云不是小兰，他们狗日的敢做手术？"

"我是一时昏了头噻。"

他一脚就把王跃进踢了个马趴，说："你狗日的不是一直说你没认出来吗？"

"认出来了，一个村的人，从小看到大，咋认不出来，咱们不是有仇嘛。"

他冲进屋提了刀就出来了，王跃进跳起来飞奔而去。

这是一个旱年，庄稼种也是白种了，没收成，这也没啥，力气就是个尿泡，越吹越大。好的是侄儿转正了。转正文件下来的第二天，侄儿就打来了电话，他收拾好了准备出门，王跃进又来了，他看看王跃进，觉得王跃进一下子老了。

王跃进说："我看新闻现在对上访重视得很，一票否决。"

他"噢"了一声。

王跃进说："中央专门开会，省上也开会，市上也开会，都讲维稳哩。"

他"噢"了一声。

王跃进说："真不去告了？"

他说："你说呢？"

王跃进说："得告，这事你占百分之百的理，咋能不告？告赢了国家赔你不少钱哩。"

他说："也是啊，可要去北京，今年没收成，连个路费都没有。"

王跃进说："路费得多少钱？"

"一千。"

"把我当瓜子哄？"

"这一路不光是火车费，吃呀住呀的，到了北京去大院，光打的

210

就得一二百块，北京啥都贵。”

“你狗日的一个上访告状的还打的，当福享呀？”

“北京你狗日的去过的，知道大到哪垯去了，坐公交地铁啥，摸不着路，我第一回到北京摸了五天摸不到，最后还是打的去的。”

“那、那你自己有多少？”

“我一分钱都没有。”

“找别人借去呀。”

“我要是你狗日的，走不了两户，就把钱借上了，我日子烂到这地步了，谁借我一个钢镚儿？明知道是狼借猪娃子有借无还的事儿么。”他一甩头说，“对了，你狗日的借我几个吧。”

“你狗日的要到北京去告我哩，问我借路费？”

“唉，那就算了，不告了，再说告也不顶球事，不如自己解决痛快。”

“都告了这几年了，不告甘心？”

“不甘心能咋？”

王跃进就像给套在磨道里的驴，在地上转起圈圈来。

“我只能借你狗日的五白。”

“借我五百我走不了噻，等于没借嘛，还得待下去。”

“六百，你狗日的看，行就行，不行就算了。”

“你狗日的借我八百，我细着点花，到北京就好办了，这几年也维下几个朋友，饿不下。”

“蚂蚱吃露水跟杆杆上，你是借钱还是搞买卖？”

“没办法嘛。”

“好好好，我借你狗日的八百。”

八百块钱拿到手，他嘿嘿一笑说：“你狗日的说这事有意思没意思，我要告你，你还给我借路费，你应该评先进哩。”

他并没有立马就离开村子，他想让老狗日的再煎熬几天。借钱后的第三天，王跃进来了，说："你狗日的咋还不走？不走就把我的钱还给我。"

他笑笑说："你狗日的好好睡你的觉，我要是放毒鼠强，眼睛一眨的事，你狗日的看不住。"

"你狗日的到底啥时间才走？"

"我听说车费又涨了，北京房租也涨了，那肯定吃的喝的都涨了，我算了个细账，八百块肯定不够，我得再找谁借点。可是你看吧，现在村里就是老人、女人、娃娃，拿不出钱来，只能等过年时掌柜的们从外面回来再说。"

王跃进又掏了二百出来说："够了吧，明天能动身了吧。"

"我可是去告你哩，你狗日的倒急得不行了，我给你说这钱我可还不上。"

"快去告吧告吧，钱啥时有了啥时还。"

"那就明天吧，你让孙子摩托骑过来把我送到镇上，我坐班车走。"

王跃进绷着眼睛看着他半晌，说："你、你个狗日的啊。"

他嘿嘿一笑说："不怕我把你狗日的告进去了？"

"我不是村长了，他们还能把我球咬了？"

"你狗日的不了解，现在的干部不管干不干都查哩，好多干部都是不干了才查出来的。可别说大话，我知道你狗日的不干净，抗旱、打涝坝、水窖啥的，没少捞。"

王跃进已经跨出门去，他跟出来说："你狗日的活了这么大年龄，见过这么让人失笑的事，掏上钱逼着人去告你狗日的。"

王跃进一路小跑，他又追了几步说："你说我这次告要不要把你狗日的腐败的事也一起告了？现在我看查腐败查得挺厉害，我想了，反正我就是想把你狗日的告进去嘛，那事把你狗日的告不进去，腐败的事肯定能把你狗日的告进去。"

　　他想如果王跃进不派孙子过来送他到镇上，那他就不走，他觉得这么也挺解气。

　　第二日，他还睡着，王跃进的大孙子就骑着摩托进了院子，他磨磨蹭蹭收拾完，这才坐上摩托车往镇上来了。

　　这一觉张富贵睡了三个多小时，醒来后，发现车停着，车上只剩下他一个。看看窗外，是一个镇子，车停在"悦来酒店"门前。显然他们去吃饭了。早晨吃了两个馒头，早就前胸贴后背了，口舌干燥得像铁皮一样。他心里窝火了。

　　过了好一会儿，他们回来了，携带着一股浓郁的酒气。车就开了。

　　"你们吃过了？"张富贵说。

　　没有人回答他。

　　"大酒大肉地吃过了。"张富贵说。

　　没有人回答他。

　　"喝了不少酒吧，这酒气重的。"张富贵说。

　　依然没有人回答他。

　　张富贵抬起脚准备踢不锈钢栅栏，可他收住了脚，躺下去，面对着车后侧身睡下，他掏出手机来，装着打电话。老民办说他们最怕记者，你只要说你认识记者，即使是捉住了往回押他们也不敢过分对你。

　　"李记者，我又被捉了……啊，现在正在押回去的路上……对，现在已经到了一个小镇，他们刚吃过饭……我声音不敢大，他们就在车上斗地主……对对，我早晨到现在没吃一口东西，他们把我关在车上，装犯人的那种车……我感冒了，高烧四十二度了……对对对，你把材料给我收好，我要死在这车上了，你可要给我做主……车号？车号是……"

不锈钢门"哐啷哐啷"开了，顾局长一把拧住他的胳膊吼着说："给谁打电话啊。"

张富贵将手机压在身下。

顾局长要将他的手从身上抽出来，张富贵说："要打人还是打劫？"

朱县长说："张富贵，我给你说……"

张富贵说："朱县长，你给我说啥？你有啥说的？我早晨吃了两个馒头，被你们雇人抓到黑房子里，整整一天了，你们知道饿，我就不知道饿？我就是你们抓的一头驴，也该给把草吧。这么做事，你们他妈的还是人吗？"

张富贵以前见这些人是发怵的，说个话都说不利索，这几年上访，他一点都不发怵了，说话利索了，而且敢带刺儿了。老民办说得对，你越是怕他们就越会让你怕。他也想明白了，咱的命贱嘛，还怕个球，他们的命可贵着哩。老辈说得对，狠的怕愣的，愣的怕不要命的，命贱的还怕啥命贵的？

顾局长说："你不是睡着了吗？"

张富贵说："就不怕我睡死了？"

常主任拿了一桶方便面，说："吃吃吃。"

张富贵想要笑常主任，就说："干部里像你这么瘦的人可不多，你看那几位领导，身体壮得跟牛犊子一样，看来你的官还不大。"

常主任说："赶紧吃你的吧，屁话真多。"

张富贵说："干吃？算了吧，留着你们斗地主饿了吃吧，我能扛得住，就是扛不住了饿死了，也是给你们把害除了，反正像我们这样的人活得也没多大意思，不像你们活得多美，大酒大肉的，惜命哩。"

朱县长脸黑成了一疙瘩铁，吼着说："掉头，掉头。"

车就又掉了头。

张富贵还想要耍朱县长，说："朱县长，你斗地主手气真壮，赢了有一万吗？今年你肯定官运很旺。"

又说，"你好好赢，他们就是手气好了也不敢赢你的钱。"

没有人跟他对话。

车返回到了小镇，停在一家小饭馆前，张富贵说："县长，'悦来酒店'的饭菜做得不好还是太贵？"

朱县长恶恶地说："狗东西，你他妈的，谁让你把车停在这里的，去'悦来酒店'。"

张富贵说："噢，对了，是不是我吃那么高级的馆子不合你们的规矩？那就在这垯吃吧。县长啊，人不信命不行，你说你的命咋就那么好，大领导当着，吃馆子都比咱高级，斗地主是一百的票子往里飘。唉，我活得个啥人，一个钢镚儿攥到手里都能攥出汗来。"

顾局长说："张富贵，少说几句对你没坏处。"

"这我知道，知道，谢谢局长你提醒，不过像我活人活到这个地步，好处能好到哪垯，坏处又能坏到哪垯，死了倒解脱了。"

车停在了"悦来酒店"，进了门，服务员显然还记着他们，惊异地看着他们，他们就在大厅里坐了，张富贵却没有坐，而是说开个雅座。服务员看看他们，就把他们带进了雅座。进了雅座，顾局长把菜谱扔在他面前说："自己点，我告诉你别浪费了。"

张富贵说："这你放心，我知道粮食是咋长出来的，知道猪是咋长大的。谁知盘中餐，粒粒皆辛苦，这话我也知道，别老觉得我没觉悟，这一点你们没我觉悟高。"

又说："李记者说像你们捉我们这号人回去，公家是拨专款的，公家公平着哩，肯定也给我算了一份的，那我怎么也得花点又不是花你们自己的钱，你们说对不？"

张富贵不客气，一盘红烧猪蹄，一盆麻辣毛血旺，一碗烩牛肉，两碗米饭。让所有的菜都多加辣椒，又让烧了姜汤。

菜点好了，张富贵说："你们还吃不吃？"

没有人回答他。

张富贵没想着他们回答，继续说："你们这一趟得花多少钱？这一来回油钱、过路过桥的钱、四个人在北京住、吃、玩、雇人找我、捉我，哪儿都得花钱，在北京啊一动弹就是钱，五万、十万？李记者调查过，说捉一个上访者的费用在五到十万。"

李记者是他编的，但账是实在，报纸上算的，老民办每天都买报纸回来，张富贵也经常看，虽然他只念了个小学，但不认得的不懂的就请问老民办，老民办很耐心教他，这样下来还真认下不少字，现在一张报纸他能完全读下来。

吃饭没叫他，这气还窝在心里，日他妈世上有这么心硬的人？张富贵还想气气他们，就说："你们真是好脾气啊！"

常主任撇着嘴说："你们是上帝嘛。"

张富贵嘿嘿一笑说："我知道上帝，上帝是外国人的老天爷，可是你见过上帝是关在拉猪的笼子哩？"

常主任说："那怎么是拉猪的铁笼子？"

张富贵说："你们坐的那截不是，我坐的那截不是吗？就差个槽了。"

常主任不说话了。

张富贵说："主任，你见过上帝？噢，对了，要是你见了上帝，那肯定就不是这一世的人了。"

常主任拍了一把桌子，张富贵说："咋了，你不想见上帝，那就升不了天堂，人死了只有两个地方能去，不是上天堂，那就得下地狱，我读过一篇文章就是这么说的。"

常主任脸已经像猪肝了，张富贵说："唉，人啊，该行好的时候还是行点好吧，行好咋也比作恶强，天堂总比地狱好，是不？"

顾局长一脸鄙夷地说："张富贵，上访上出经验了，学得南腔北调的，你当南腔北调的就能藏住？就能躲过我们的眼睛和耳朵？"

张富贵心想南腔北调，难道在北京口音真的混了？想想也是，这几年上访一直和天南地北的人在一起，口音可能有变化了，他听着他们的话也觉得有些生。他学说过普通话，因为每次接谈问话，人家听不懂他的老家话，要求他讲普通话。

张富贵脸上挂着笑意，不温不火的，说："没办法嘛，你们的眼睛真是雪亮的，啥都瞒不过你们。"

顾局长一脸轻蔑的笑容，说："你该学英语，把头发染成红的黄的蓝的，就成了外宾了，我们就找不到你了，找到你也不敢动你了，有豁免权。"

张富贵说："这话可是你说的，李记者要写了，你得承认。"

朱县长终是坐不住了，霍地站起来往外走，张富贵说："县长，你们带感冒药没？"

朱县长没有理他，出去了，张富贵的话也跟了出去，"我感冒三天了，不信你来摸摸我的头，我本来肺就不好，大夫说肺要是咳烂了会死人的，你们不怕我死在你们的笼子里？"

张富贵知道他们怕上访死人。有一个上访的死了，家人把尸体拉到了天安门广场，可是惊动了大领导，把那个省好几个不小的领导的乌纱帽都抹了。

人都出去了，张富贵吃得痛快，盘净盆干，肚子填了个扎扎实实，一身大汗出得没停，一下子舒服了些。他又要了两瓶绿茶，抹抹嘴出米，顾局长把·盒药扔了过来。"新康泰克"，这是好药，一盒十几块。

张富贵坐在朱县长旁边的凳子上，朱县长站了起来，张富贵四平八稳坐着，将"新康泰克"药盒打开，说："药是好药啊，你们也怕我死在你们车上了，谢谢了，不是你们，我还不知道这药啥味儿哩，唉，你说咱这是啥命嘛，好药都吃不起。"

吃了药，看看朱县长又说："我一个土里刨食的老百姓，没觉悟，要了两瓶绿茶，行不？不行就退了，别坏了你们的规矩。"

天完全黑下来了，车里一片漆黑，上了车，他们都不说话，一个个东倒西歪地靠在椅子上，不一会儿就传出了呼声。

一路上睡的时间太多，药效还没发散开来，张富贵睡不着，他看着窗外。一轮圆月就像被一条绳子拴在车上，跟着车在跑。这月亮真大，就像个笸箩。他还没见过这么大的月亮，但月亮并不明亮，泛红色。

几年上访，他的事先后解决过两次。第一次他被接到了县上，给安排在县招待所，吃喝都管着。来了一个顾县长，把曹局长那一帮人一顿好训，说你说你们他妈的做的这是人做的事吗，丧尽天良，简直是丧尽天良。然后说你们给我听好了，这事要解决不好，这个年别想在家里过，全给我滚蛋！顾县长掏出几块钱塞进他手里说你不要东奔西跑地乱找，就找他们，这就是他们的责任，要是他们解决得你不满意，就找我。说着，对一个提包的小伙子说把我的名片给他一张，你们也都把电话留给他。又对他说你也把电话给他们留下，你随时给他们每个人打电话。他感动得流泪了，扑通跪下了。几个人把他拉扯起来。顾县长走后，那几个人对他说我们抓紧时间研究给你解决，你回家等着，一有结果就通知你。他们给他留了一个电话，说有事就打这电话。那是他们办公室的电话号码。他说得等到啥时候，人家说过完年吧，这事得研究后才有结果。他想说还过年，县长说解决不好，这个年你们别想在家里过，可是他怕把人家说火了。

从县招待所出来后，他转了几个卖手机地方。一问最便宜的手机也要六百多块，好在县长给了几百，自己又添了点，一狠心买了一部手机，怕研究有了结果人家联系不上他。村上只有村长王跃进家装了电话，可这事那狗日的咋会给他通知？手机买上了，他打了人家给他留下的电话号码，把手机号告诉人家。

熬过了年，还不见消息，他打电话过去，人家说还没上班。过了十五一打，人家说领导都不在。又过了几天，他再打，人家说局长出国考察了，这事得等局长回来。他说多久回来。人家说两周。两周后，他又打电话，人家说局长开会去了。他说我等到啥时候？人家说等着！这么着，地就开始种了。他想顾县长气生得那么大，话说得那么扎实，事该是能解决了。他就把豌豆、麦子都种上了。地里活忙完，他再打电话，人家说局长不在，以后不要打电话了，有了结果我们会打电话通知你。又等了一段时间，还不见消息，他就到县上去了。等了一天，把曹局长堵到了办公室。曹局长皱着眉头说让你等着，你跑来干啥？出去，出去。还不等他说什么，进来两个人把他揉了出去。他掏出顾县长的名片，给顾县长打电话，顾县长倒是接了，可说他已经调离县上了，你找他们吧。他说顾县长，你行行好，再给说说吧。顾县长说人一走茶就凉你该懂吧，我现在说话人家不听了。他一下子没辙了，把庄稼交代给女婿，又往北京来了。

第二次见他的是陈县长，陈县长还给他泡了杯茶，说你的事我都了解了，你说领导都换了，曹局长退休了，你们村长也落选了，你这事咋解决？他说可我家小云一个水灵灵的女子，现在人不人鬼不鬼的，让他们白害了？陈县长说这种事说穿了只能是工作上的失误，就是他们在职也抓不了他们，判不了他们，你说还能咋？！就当这是处理了行吧。他说这咋能算处理？他们就啥事不担这么了了？那我家小云咋办？陈县长说我去你们村调查过，你家以前日子过得可是数一数二的，现在呢？你说你这几年跑的，把好端端的日子过成啥了，地荒了，家散了，老婆女儿都托养在别人家，你说你到底图个啥。听我的话，别再到北京去上访了，回去把日子拾起来好好过吧。他说可……陈县长拍着他的肩膀说老张啊，农村人不都讲命嘛，你就认命吧，就当栽了个跟头，难道你要在栽跟头的地方较一辈子劲。

　　从陈县长办公室出来，他觉得筋骨给人家抽了一样，心里空落落的，腿子软塌塌的。他认命了，真的认命了。是啊，几年了，地荒了，日子也荒了，事还是事，而且越告越没指望了，局长退休了，村长也落选了，不认命还能咋？从县上回来的路上，他直接去了大女儿家，他要听县长的话，把老婆女儿接回来，把撂了的日子拾起来好好过。老婆生下小云，月子里落下病，一条腿不得劲，拉不来，他走了连一驮水都驮不回来，没办法，只能带着小云撵大女儿去了。

　　见了面，他都认不出来，老婆的头发全白了，黑枯干瘦的，门牙也掉了，一下子成了个小老太太了。老婆捏住他的手哭得气都快断了，他心里就像刀戳。他能想到老婆过的个啥日子，女儿女婿没啥，可还有公公婆婆，天长日久的，惹人家厌嫌，又带着疯女儿小云，定然是吃的下眼饭，看的冷脸子。他问小云呢？老婆说不着家，一忽儿来了，一忽儿走了，就跟天上的云朵一样，见了人就撵着走了。

　　回到家，进了大门，王长头从院子里日急忙慌跑出来，他进屋一看，小云一丝不挂，躺在炕上，还嘻嘻笑着说他说我能生娃。他提了镢头追出去，追了几道梁，没追上。王长头在另一个山头上喘着气说一个羞丑都不顾的疯女子，再说又不是我一个。回到家，他的头把墙都撞了个坑。思前想后，八月十五的晚上，他下定决心把女儿送走了，活在这世上这么痛苦，还不如及早到那世去享福，要真有那世的话，他相信这世被人祸害的人会在那世享福，早死早脱孽，投生个好人家，重新活一世。他在院心供了西瓜月饼，上了三炷香，替女儿许了愿。在月亮下他吃烟吃了半个晚上，直到老婆睡了，把一包毒鼠强用水化匀，端进了女儿睡的窑洞里，女儿睡熟了，月光从窗户照进来，均匀地布了女儿一脸，女儿俊秀的脸庞就像画儿上电视里的女娃一样，他的心就像被人揪了一把。他拉着被子给女儿盖好，悄悄出来，端着一碗毒鼠强在鼻子上闻闻，差点喝了下去。他把碗摔成了几牙，说日他妈，我就不相信这世上没公道！他得给女儿讨个说法，人争一口气，佛争一炷香，这口气都不争还活个啥人，他豁上这一辈子，也得把这口气争了。他连夜动身往北京来了。

这一觉睡得踏实，张富贵一觉醒来，太阳升得老高。张富贵坐起来，揉着眼睛，感到尿憋，就喊我要尿尿。

司机换成了顾局长。顾局长恶声恶气地说："憋着。"

他说："不给你添麻烦，反正这后面是我一个人，尿到这里，也臊臭不到你们，你继续开吧。"

"嘎吱——"，车停下了。

下了车，张富贵撒了尿，并没有及时上车，而是站在那里扩胸、踹腿、扭腰，实在是憋屈，腿麻腰疼，也憋闷，头晕脑涨，他想好好透透气。

顾局长瞥了一眼说："赶紧给我上车，上访还把你上得高级得不行了。"

张富贵并不示弱，说："别看你浑身赘肉，身体不一定有我好，至少是三高吧，脸色就看得出来，都是吃出来的病，你这日子好得，可要小心活着，千万别早早走了。"

这些知识都是从报纸上学来的，要不然他哪里能知道这世上还有三高这样的病，又如何知道吃还能吃出病来。

顾局长气得大吼："你上不上？"

张富贵说："不上你能把我咋样，撂到这里？那倒好，我回北京也近点。"

顾局长撇撇嘴说："回北京，你也不撒泡尿照照。"

张富贵说："刚照过，你不下来照照？石窠里尿还在，清汪汪的。"

上了车，张富贵看一个纸箱子里有方便面、火腿肠、鸡蛋、榨菜。张富贵各样拿了一份，又拿了一瓶红茶，顾局长说："自觉点，别不自重。"

张富贵说:"一个吆牛后半截的给逼到北京告啥状了,还说啥自重?"他想刺激刺激顾局长,"再说不要说这东西不是你掏自己的腰包买的,就是你买的你舍一口吃,也是给你积阴德哩,话别说得那么难听,在老板领导跟前积德没有在我们这号人跟前积德容易。"

顾局长不说话了。

张富贵还想往他心尖尖戳几下,又说:"兄弟啊,别多嫌我们这些可怜人,你命好,事没摊在你身上,不一定你一辈子都平顺着,将心比心,都一理,看你年龄也不小了,你也有儿女了吧,可千万别遇上我这样的事。做人嘛,多想想可怜人的难处,让人家念着好总比咒着好吧。"

张富贵把方便面桶打开,将红茶倒进去,泡着,然后开始剥着吃鸡蛋、火腿肠。

几个人都陆续醒来,他们开始吃东西,张富贵才知道前面还有开水,本想踢不锈钢门几脚换开水泡方便面,又懒得看他们的脸色,就抱着桶吃自己的。

那些人吃完,常主任拿着牌说:"县长,打……"

朱县长说:"猪脑子,打个球!"

张富贵心里笑着,将东西吃光后,又吃了药,看着窗外。

这路生得厉害,两边是茫茫的水田,阳光扑在上面亮汪汪的,庄稼绿蒙蒙密匝匝的像案板一样,远处的山也是石头山,树碧草绿,一点儿地皮都看不到。他看看手腕上的电子表,断定他们走岔了路。按照前两次的时间推算,这时间该进县城了,可窗外连个高楼大厦的影子都看不到,即使是他睡着了,车速快,过了县城,外面也不该是这样的风景,而是馒头峁,黄土梁,干山枯岭,深沟大壑,不要说是这么风光的水田,连树都没几棵,更别说这么平坦,就是说今年雨水广,也不会绿到这样的程度。肯定是走错了,要不就是他们还有别的事要办。

他躺了下去，想不一会儿药效该发作了。

他听到“咯咂、咯咂、咯咂”的脆响穿过车底板传来，就像是碾在小塑料盒上或者花生壳上。他又坐了起来，往外一看，路面上有一小东西在爬行，很多。张富贵以为是癞蛤蟆，揉揉眼睛细看，却是螃蟹，有娃娃巴掌大小，穿过路向左边爬去。

车依旧在行驶，螃蟹越来越稠密了，“嚓嚓嚓嚓嚓嚓”的声音越来越密集。张富贵心就“嚓嚓嚓嚓嚓嚓”的，心里说咋还不停车，太残忍，等螃蟹过完了再走也不迟。又走了一截，车终于停下来了，因为螃蟹密成了一片，苫盖住了路面，形成了一个四五米宽的螃蟹带，看上去就像一条路搭在另一条路上，交叉叠加成一个十字，螃蟹壳儿反射着阳光，一片明亮。蟹群爬动的声音听上去是庞大的，像是风卷过庄稼地，又像是遮天蔽日的蝗虫群扑进了脆嫩的糜谷地。却又是细微的，像非常薄的金属片撞击出的声音，又像是无数把剪刀空铰出的声音。蟹群簇拥着穿过路面，向另一片稻田涌去，有些螃蟹被挤起来浮在蟹群上面，就像被其他蟹抬着，有些螃蟹被挤翻了，仰躺在地，肚皮白亮白亮的。看看水田，更多的螃蟹还在往这边汇集过来。

等了一会儿了，螃蟹带越聚越宽，朱县长说：“这等到啥时候，开过去，开过去。”

苟师傅说：“县长，这么密，开过去得碾死多少，等过完吧，估计快了。”

常主任说：“咱们下去捡些螃蟹，这东西可是大补。”

于是就都下了车，没人理会张富贵。

张富贵说：“把我也放出去，就是监狱不也还给犯人放风嘛，让我透透风，伸伸腿，这荒山野地的，怕我跑了咋的？”

还是没人理会他。他就踢那不锈钢栅栏。苟师傅上来了，说：“你他妈的事真多。”

张富贵说："你没妈？从墙缝里蹦出来的？"

苟师傅翻着眼睛瞪着他说："我就是个司机，不是干部，他们怕你，当我也怕你？"

张富贵说："你为啥不怕我？"

苟师傅说："我没官没职，怕你个球！"

张富贵说："一辈子当不了官了？"

苟师傅说："当不了了，就一老百姓。"

张富贵说："就是你把他们的沟子翻过来舔了也当不了官了？"

苟师傅不说话了。

张富贵说："我还当你对我这样回去就能当官，你说你对我好也是个开车的，对我不好也是个开车的，为啥要在我这可怜人身上找欺头呢？你这么对我，要是能升官也就罢了，可你一辈子都当不了官，他们那沟子还有啥舔头，光彩？下贱不？舌头伸那么长舔他们的沟子，他们不还叫你狗东西吗？"

苟师傅甩甩头，张富贵说："你是不是想打我？"

张富贵倒希望苟师傅揍他两拳，可苟师傅只是哼了一声，却从那箱子里拿了一包"中华"烟扔给他。

他们捡起几只被压碎的螃蟹，顾局长说："妈的，空的，一点蟹黄蟹肉都没有。"

"这时间的螃蟹就是个空壳。"

等了好一会儿，蟹群还看不见尾巴，朱县长说："等到啥时候，开过去。"

苟师傅看看说："估计快过完了，再等等。"

朱县长脸子阴了下来，顾局长从苟师傅手中一把夺过钥匙说："孬种样，我来开，多大的事，上车。"

顾局长一轰油门，车蹿出去，张富贵捂着耳朵紧闭眼睛，但"咔嚓嚓咯唧唧"轧过去的声音非常尖锐，张富贵就觉得心上有无数蟹爪在抓。从后窗看去，蟹群就像泥潭被碾出两个车轱辘印痕来，但很快，那两条车轱辘印痕就被涌过来的螃蟹又填满看不出来了。

张富贵躺下去，听到一种细微的声音，欻啦欻啦的，寻着声音找去，看到一只螃蟹不知啥时爬到他"屋里"来了。他伸手去捉，却又把手缩了回来。螃蟹就在他的"屋里"爬来爬去。张富贵心里说你啊咋比我还倒霉，自己钻到这笼里来，成了个离群孤雁了吧。

一个村庄出现在前方，车离了公路拐进村庄，在插着红旗的大队部停了下来。张富贵趴在窗子上看着外面，一些人围到车跟前来了。

不锈钢栅栏打开，顾局长喊："下车。"

张富贵看看窗外正好有条水渠，就捉了那只螃蟹，下了车来到水渠边，把螃蟹放进了水渠。

顾局长走到一个肚子像扣着一口锅的胖子面前说："朱村长，人我们给你弄回来了，这次你要看不住，下次有你好看。"

朱村长扑到张富贵跟前，却猛然刹住了，说："县长，他不是张富贵。"

朱县长像爆炸了一样说："什么，你说什么？"

顾局长说："你他妈的开什么玩笑，看清楚了。"

朱村长说："局长，我不是开玩笑，张富贵都七十了，头发胡子全白了。"

张富贵明白了，他们抓错人了，难怪这地界那么眼生。

朱村长盯着张富贵说："你他妈的也叫张富贵？"

"你他妈的，咋了？我不能叫？我爹给我取的！"张富贵说。

朱县长对顾局长发火了，说："你他妈的怎么搞的，也不看身份证？花了那么多钱，倒把别人的人拉回来了。"

朱县长气坏了，一脚踢飞了地上的一个土疙瘩，在地上转了几个圈，说："我告诉你，这次要是再被登记扣了县上的分，上访县的帽子抹不掉，你就滚回去给你老婆做饭去！"

"我以为他们看过身份证了，妈的，这些狗日的京骗子，只知道收钱，办事一点都不负责任。"顾局长就像个娃娃跺着脚说。

朱县长在地上转起圈圈来，顾局长走到张富贵跟前说："身份证。"

张富贵说："为啥要给你看身份证？"

朱县长说："这阵看身份证顶个球用。"

他们上车了，张富贵追过去说："你们把我拉到这个地方，我咋办？你们得把我送回去。"

顾局长扑下来说："把你送回去，你蚊子打喷嚏好大的口气，你以为你是谁？你害得我们还不够？！"

张富贵说："到底谁把谁害苦了，我……"

车"呜儿"一声已经开了，张富贵对着那车吼着说："日你们八辈祖宗，你们把老子到底扔在哪垯了？这是哪垯？有你们这么做事的？！"

张富贵站在那里，围过来的那些人陆续走了，他追过去问一个老头说："这是哪垯？"

那老头刚一张嘴，朱村长蹦过来说："滚，赶紧离开我们村，否则别怪我不客气。"

张富贵说："别这么横，你这村长怕要完了，他们路上说了要把你这村长撤了，别看你也姓朱，朱县长可是六亲不认。"

朱村长说："日他妈，还不都是你害的。"

张富贵嘿嘿一笑说："日他妈，我连我们村长都害不了，能害了你？"

朱村长吼起来，"你说你他妈的叫啥不好，偏偏也要叫个张富贵，滚，给我快点滚！"

张富贵蹲在那里吃了根烟，朱村长一直盯着他，许多人在远处看着他，他站起来，他们就闪走了。他向村外走去，在田野里，遇到一个老人正在锄玉米，他递给老头一根烟，问老头这里是哪垯，大概口音也听不懂，问啥老人只是个摇头，用半生的普通话问，勉强听明白这儿是朱家寨，离镇上有二十多公里。按照老人指点的路，他向着镇子走去。他身上只有几块钱，攒下点积蓄还存在折子里，折子压在床板下面。只能到镇上，找个活挣点路费，再到县上，从县上到省上，这么一截一截往回挪了。

我与世界的距离

1)

　　阳光穿过窗棂，光线里极其微小的尘埃浮动着，就像有着生命的律动。桌案上一只叫不出名的小虫子在爬行，我不知道它来自何方，叫什么，在忙碌些什么，从我打开台灯到日光涌进窗户，一刻不停。窗外，垂柳细长的叶子在小风中翻转着，叶子的两面，向阳的一面墨绿，背阳的一面银白，翻转中反射出耀眼的光亮，就像孩子手里晃动着的镜片。碧绿如毯的草地上，有一群麻雀蹦蹦跳跳，就像潭中泛起的泡泡。一位大婶推着小推车，车内的小孩粉白如藕，这是上午九点，太阳还不暴烈，小推车的凉棚还没打起。几只小狗在追逐打滚。

　　写下这个题目，我的手颤抖了。时光退回到三十多年前的那个上午，语文课上的是鲁迅先生的《记念刘和珍君》。一下课这个题目就成了我们的口头禅，纪念孙武群君，纪念顾原成君，纪念王道远君，纪念王老二君，纪念牛老四君，当然，肯定说过纪念李春生君，纪念张啸君，纪念王志浩君。我们知道纪念的意思，但我们没有跟死亡联系起来，我没有想到有一天，我真会写一篇纪念李春生君的文章，更

228

没有想这么早。

2)

　　大哥翻建老地方，打电话说你那些古董还要不要，不要就扔了，占地方。我忙说留着，留着，我回去拿。大哥笑着说多少年都没动过，还宝贝一样。周末我回去了一趟。大哥所谓的古董主要是一个榆木箱子。看着榆木箱子，我感到一种难以言述的亲切。箱子是母亲的陪嫁。我们那一带木头奇缺，结婚时女方家都兴陪一对箱子，漆成大红，上面有黄漆画的富贵牡丹、报春腊梅之类图画。小学毕业，中学要去草鞋公社读，离家四十余里山路，要住校，就得一个箱子，把重要东西锁起来。所谓重要东西就是馍馍和炒面，至少要吃一周。家境贫寒的学生多，馍馍和炒面不锁起来就会被偷吃。母亲便给了我一个箱子。这箱子伴随我整整十年，至现在，又过去二十年，里面装的应该是些古董了。不过我想，除了课本和作业本，箱子里大概不会有别的东西。

　　箱子一直锁着，放在老屋的一个旮旯里，从我考上大学就再没打开过，我的记忆中已没有了钥匙。我问大哥，大哥说你用的箱子问我找钥匙。我又翻腾着找，大哥拿来锤子，说找啥，砸了去，多少年了，有钥匙估摸也锈死打不开。我不想砸，翻转着火柴盒大小的锁，侧壁的漆被刮过，我笑了，这是一把我曾丢失钥匙的锁。一个疯疯癫癫的少年，丢钥匙是再正常不过的事了。砸这样一把小锁当然容易了，可砸了还锁不锁，那时间哪有多余的钱买新锁。丢了钥匙我们自有办法，找出装弹簧的一侧，刮掉漆，封弹簧的铝铆钉露出来，用刀尖挑出铆钉，倒出铜珠和弹簧，刀刃插进锁孔一转，"吧嗒"一声锁就开了。再找一把长短宽窄一样的无用钥匙插入锁孔，将铜珠和弹簧依匙牙深浅装进去，拧转能开，再用铝丝砸封弹簧孔，就又是一把好锁了。我找了一把小刀，正如法炮制，爹捎着锹回来，扔过一串钥匙。这串钥匙足有一斤重，大大小小钥匙几十把，有些钥匙已没锁可用了，可他还留着。因为翻修老地方，大哥和爹在许多方面意见相左，比如时间，爹想推后两年，说人一辈子能盖几次房，急惶惶做啥，大哥不允。再如父亲说门窗用木头雕花的，可大哥要用塑钢的。凡此种种。光阴交到大哥手里，大哥就是家长，父亲便有了寄人篱下的感慨。两人正拗着一股劲，大哥当然不知道爹有钥匙。

打开箱子时我想该是蟫丝纵横，书虫惊遁，然而箱内干净整齐，课本、作业本码放整齐，连卷起来的角都拉展抚平，报纸、牛皮纸包着的书皮依然如故。我明白了，父亲经常翻看这些课本。父亲在农民扫盲夜校识了些字，能勉强读这些课本的。

从一年级到高中的课本竟还都在，尽管有些挼得已经很破旧了。我是个细详人，这是这些年人们对我的一致评价，当然，这与我们没书可读有关，那时候我们最快乐的三件事是开学、发新课本、看电影。而发新课本更让我们激动，因为课本是我们的唯一读物，不像跟我们同年纪的城里孩子，有《天方夜谭》《童话大王》《少年科学》《少年文艺》《十万个为什么》《安徒生童话选》这样的书可读。我从一年级课本开始一本本地翻阅起来，对于一个已入不惑之年的人来说，儿时的课本最是怀旧的。大哥嘿嘿笑着说还真是宝贝啊。

　　爷爷七岁去讨饭，爸爸七岁去逃荒。今年我也七岁了，高高兴兴把学上。毛主席教导牢牢记，阶级斗争永不忘。

这是小学一年级《语文》第一册中的一课。

　　红小兵，地头坐，贫农大爷来上课。/资本家，狗地主，害咱穷人代代苦。/干革命，把枪拿，毛主席领导打天下。/红小兵，心里亮，阶级斗争永不忘。

　　这一课是《贫农大爷来上课》。那时忆苦思甜是一门很重要功课，请"贫农大爷""上课"是经常性的，"贫农大爷"讲的都是熬活受罪的故事。现在想来，这不应该是语文课，而应该是政治课。那时候所有的课里都包含着政治因素，比如算术吧，就有算剥削账的题，一个长工给人扛活一年，地主打了多少粮食，长工分回多少粮食，然后求地主剥削了多少粮食。而但凡开批斗大会，学生也必须列队参加。

　　在箱底我翻出三张照片，因为是夹在一本作业本里，又压在一箱书下，照片没有发黄。照片背景是草鞋公社中学生锈的铁大门，一张是我、李春生、张啸、李生玉的合影，一张是我和李春生的合影，一张是李春生的单人照。照片是普通的四寸大小，四边被裁成波浪式的花牙。两张合影上方均有一行字，写着名字和日期，这是那时候流行的风格。两张合影照上李春生面带微笑，单人照上李春生表情坚毅冷峻。他有一头密而长的头发，且向左边梳着。这一点与众不同，那时候绝大多数人都梳三七头，头发都是向右梳的。单人照正面能看出背面有字，翻过来看，是那时候十分流行的两句诗，或者说是格言、对联：书山有路勤为径，学海无涯苦做舟。诗句是竖写的，抵诗句两字有一破折号，写着"与王志浩君共勉，李春生，一九八〇年八月二十五日"。王志浩就是我。不可否认，李春生是我们几个中字写得最好的，潇洒中透着刚劲。这当然与他父亲有关。他父亲读过私塾，那时候村子墙壁上的毛主席语录、标语都出自他手。

　　记忆会篡改历史，但照片会复原过去。光阴如白驹过隙，一晃近三十年过去了，倘若不是翻出这张合影，我的记忆中是不会有这张照片的。端详照片，过去浮现。

八月二十五日，对于我们是一个正常的日子，这是草鞋公社中学一年一度开学的日子。可一九八〇年的八月二十五日，对于我们是一个非正常的日子，这是我们第一个复读年开学的日子。吃过早饭，父亲拉出家里的灰驴备鞍子。给灰驴勒肚带时，父亲一只脚蹬在鞍子上，两只手使劲往紧拉肚带，灰驴都给他扯得趔趄着几乎倒地。四十多里地，翻沟越岭的，肚带勒不死，在颠簸中会转鞍，驮着的东西会掉落，因此要将鞍子和驴身尽量勒成一体。

爹勒紧了肚带，李春生捎着一袋黄米，他爹提着铺盖卷进了院子。春生爹说来，吃烟，让他们两个弄球去，考不上大学，一辈子就得弄球这些事。这话自然饱含着激励鞭策我们的意思。因为我们已经历了一次名落孙山，他们当然会抓住时机对我们旁敲侧击。

他们蹴在一边吃烟，我和李春生往驴背上搭黄米和铺盖卷。铺盖卷轻，把握好绳子长短适度勒成驮子往上一搭就行了。可两袋黄米每袋一百二十斤要扎成驮，在一路的颠簸中不掉落，是不容易的。我们把米袋袋口扎捆在一起，觉得很扎实了才搭上驴背。父亲说拉着驴在院里走两圈。我就拉着驴在院里走，两袋米就像吊着的两个沙袋，而米袋又是塑料编织的尿素袋，很滑溜，越吊越长，最后垂在驴肚子下面，碰得驴腿都迈不开，还没走上两圈，两袋米就掉到了地上。

我们脸红了，又弄了一遍，然结果雷同。我们羞愤啊，连这最起码的活都做不好。父亲走过来，一把推开我，他把每个米袋解开重新扎过，拦腰掂匀，横着用绳子从中间扎死，将两袋米捆成驮子，搭上驴背，拉着驴走了。春生爹说我也去。父亲说你去做啥，一个人够了，白跑路费鞋。我们两家前后院住着，自上中学以来，去学校几乎都是我爹送我们俩。春生爹说往年他们是上学，我不去，今年是复读，我得去啊。这又是在鞭策激励。你不能不承认我老家那些人，平平常常一句话都有话外音。

到了村巷，我看到张啸爹拉着驴，后面跟着张啸和李生玉。他们两家房前屋后住着，每年开学他们的父亲交替送他们。张啸爹把缰绳递给张啸说我不去了，让你王叔把驴捎回来。因为春生爹去，张啸爹当然不去了，他们之间矛盾很深，根源在于大队权力之争。我们上初二那年，大队来了社教队，春生爹几个人抓了张啸爹的奸，张啸爹丢了大队长，春生爹当上了会计，两家就结下了仇怨。这自然影响到李春生和张啸之间的关系，不过到了学校，家庭仇怨体现在他们身上也仅是互不说话。

草鞋公社中学是车马大店改出来的，学生宿舍是以前喂牲口的箍窑。每间能挤六个人。学生住宿舍都以村庄为基础，因此，我们四个住在一个宿舍。铺好了炕，把口粮交到了灶上，报了名，我们就去照相。因为，复读生要交照片。每年毕业班都要合影留念，参加高考需要照片，条件好的同学之间也会合影，而同学之间送单人相片在当时也是很时尚的。那时候学校有几个老师已有了经济头脑，买了照相机，争着揽学生照相的活。照了要交的一寸照，老师说你们一个村的，照张合影留念吧。照相是要花钱的，尽管我们都没有几个钱，可不照怕老师不高兴，我们四人还是照了合影。之后，李春生又拉着我合影。相比之下，李春生家条件是我们四个中最好的，他家里人口少，爹是会计，他又是独子。我俩合影的钱是他掏的，我不想欠他人情，卖了几斤饭票——饭票就是米，那时间有来学校买饭票的贩子。我给他钱，他不要，我硬给，他夠了。夠是我们西海固方言，大意是指一个人被激怒，发脾气。例如夠死我了（气死我了）。他说你咋这号人，这么生分以后还咋处？咱们是兄弟，一辈子的朋友。我说对，我们是一辈子的朋友，兄弟。

谁也不会想到，这话说了不到一月，我们就分道扬镳陌如路人了。问题不是出在我们身上，而是出在家里。大队部选了新址盖起了房，从老庄子搬了出去，大队部老院子处理给了李春生家。李春生家老院子要处理，我家志在必得。我们弟兄四个，院里只有三孔窑洞，把李春生家院子买到手，"以后就再不用求爷爷告奶奶批新地方"，父亲如是说。前后院住了这么多年，两家没有生过口舌，用亲如一家形容也不过分，我吃过春生娘的奶，春生大我半岁，我生下来娘没奶，春生娘就奶着两个，直到我娘下奶。而李春生家缺劳力，自留地、家里一些活计我们一家都搭手做。因此我爹觉得春生家老院子卖给我家是十拿九稳的事，他对春生爹说不说价，多少钱我都要了。可是春生爹没把院落卖给我家，更让爹气愤的是卖给了大巴掌家。大巴掌一直跟我爹不对火，顶着一股劲。爹一怒之下去找大队支书，说他买下老大队部，大队就该把老院子收回。可春生爹是会计，谁会理会他的说法。爹没把事扳回来，倒落了个告人的名声。这当然影响了我和李春生的关系，我们疏远了冷漠了，尽管从小学到高中我们有十年的同桌之谊，可少年之间的关系就是这么脆弱和无奈。在读书的事上，父亲说不出啥来，也从来不说啥。但与李春生家有了矛盾，父亲问我你跟宝子谁学习好？宝子就是李春生。我说说不上。父亲说这咋能说不上？自己的锅大碗小没个把握？我说学习不是干活，有力气没力气一眼就能看出来。父亲呃了一声，狠狠地咂了几口烟说咋得往宝子前头赶。我狠狠点头。只要成为对手，互相就是一种激励。李春生成了我的坐标，也成了我的动力。

　　与我和张啸都不说话了，李春生处境可想而知，我和张啸私下说他可能会调换宿舍，然而，他没有，而是直接转学了，转去县一中复读。经过几年高考助推，转学已蔚然成风，有关系的都转进了县城一中二中三中，在别的县有关系的，转到几百里以外的县城中学。爹也努力想把我转到县城中学去复读，可复读生太多，又没关系，没办成，父亲很沮丧地说朝中无人，啥事都办不成啊。这话在我听来，依旧带着鞭策的意思。

　　我清楚地记得李春生离开草鞋公社中学那天是中秋节。那时间中秋节不放假，午休时我和张啸、李生玉去河谷瓜园偷瓜。如果偷不上，我们就凑钱买一个西瓜过中秋节。中秋时节西瓜已经扫园，但河谷地势低洼，瓜园里还有未熟的秋瓜蛋子，有一个老汉守着。出了校门，碰上了英英，让我们等她，她把书放回宿舍就来。我们站在柳树下等英英，李春生背着铺盖卷从校门出来，我们故意高声说笑，显得无比快乐。李春生转进县一中，我们当然嫉妒，谁不想去县一中复读啊，现在想来我们之间的冷漠与仇恨由此而生，嫉妒是一种卑鄙的仇恨。张啸恶恶地说我们一定要考上大学，我和李生玉狠狠地点头。

李春生看着我们，许久，他狠狠地咬着嘴唇走了。后来我想，他原是想等我们走了悄无声息地离开学校的。看到我们在柳树下有说有笑，他认为我们是专候在那里等他离开，以表达对他的不屑和鄙视。现在想来，他离开草鞋镇中学时的背影孤独而忧伤，毕竟我们有着十年同窗之谊。

我们都没有想到这会是我们今生的最后一面。

从李春生转入县一中复读到离世，二十多年的光阴，同住一个村庄，复读那几年，假期都是回家的，后来都在外面讨生活，但逢年过节也都是回村的，应该说低头不见抬头见，可我们竟再没见上一面。现在想来他是把自己封闭在家里，躲避着与我们相见。

3

你读过高六高七高八高九高十吗？如果你是八〇后九〇后，肯定没读过，但六〇后七〇后绝不陌生。我想你也明白了，我说的是复读。1977年恢复高考，人们说对于下乡知识青年意义重大，事实上对于整个农村意义更为重大，更为持久。高考为我们乡下人打开了一条突破森严的城乡二元体制壁垒的重要通道，让我们看到了改变命运的曙光。因此，我们称之为鲤鱼跳龙门。多少学生匍匐在通往高考的路上，日复一日，月复一月，年复一年。时隔多年，我依然清晰地看到1981年那个上午发生在学校的事。我们正在上课，忽然校园里闯进几个人，他们拉着一头黑叫驴（公驴）。那叫驴辔头全都绾着红绸，挂着铃铛，备着鞍子，上面搭着栽绒褥子，黑叫驴昂首挺胸，"昂昂昂"地叫着，甚是英武。四个汉子也都穿了新衣——一色的天蓝色中山装，显得干净利索。他们扑进我们教室，在正在上课的田秀秀头上苫了一方红绸子，抱起来就走，出了教室像搭一口袋粮食一样将田秀秀架上驴背，驮着走了。田秀秀已经订婚三年了，她哀求过男方，说等今年高考结束，考不上立马就结婚，可人家已经等了三年，不愿意再等。她就从家里逃跑出来，人家到了日子，直接来学校娶人了。

多年来对于高考的经历我羞于启齿，近知天命之年才坦然面对。2012年9月的一个下午，一位大学同学自驾游来看我，喝过酒，又去茶楼喝茶醒酒。茶楼的窗口正对着二中的大门，大门内高高竖起的大红光荣榜就像照壁，金色的名字光芒四射，晃花了我们的眼睛。正是一年一度红光荣榜更新时日，榜前人山人海，莘莘学子高仰朝圣的头颅。同学感慨万端，说那是什么？那是龙门啊。端起茶杯往外一扬说以茶代酒，敬他们一杯。同学跟我上下铺，本来高我三级，恢复高考他就参加了高考，复读了整整八年，与我同级进入大学。我们聊起复读。同学感慨地说八年，抗战才八年啊，以前羞啊，我都不敢跟人提及，现在我到处讲，那不是耻辱，是我锲而不舍的精神象征啊，何况我们那时间的老师，一大半都是工农兵大学生，有的高中都没上过。

他打开手机念道：全国高考1977年录取率4.8%，1978年录取率7%，1979年录取率6.1%，1980年录取率8%，1981年录取率11%，1982年录取率17%，1983年录取率23%，1984年录取率29%……2012年录取率75%，而2012年全国硕士研究生录取率3.2∶1，他拍着桌子说千军万马过独木桥，盛况空前啊，你说咱们考的是不是研究生？博士研究生！

我上过高六。那时候高中两年，那么就是说我复读了四年。尽管第一个复读年，我们都像闹钟的发条，拧得紧得不能再紧了，但1981年的高考我们又落败了，我差了五分。一年一度的八月二十五日又到了，一大早父亲就给灰驴备鞍子，他哼着秦腔《大登殿》。五分之差让父亲看到了黎明前的曙光，他说五分嘛，一年咋都挣够了。他觉得那就是生产队挣工分，他哪年都比别人多挣几百个工分。他并不知道之于高考，零点一分之差，全国会有多少学生落榜。父亲去送我和张啸，李生玉不复读种地去了，李春生照旧去县一中复读。然而，接下来的两年高考，我都落败了。

不可否认，高考彻底改变了我的命运，让我成为一个城里人，成为一个国家干部，甚至成为一个作家，走上了一条有追求的路，但有一点我很清楚，倘若不是李春生，我和那些名落孙山的同学一样，和我的父老兄弟一样，这阵子或正在打牛后半截唱山歌，面朝黄土背朝天，或正在城市那些脚手架矗立的地方，顶着炎炎烈日汗流浃背地为城里人建设着美丽家园，绝对不会坐在装有空调的楼房里，喝着茶，抽着烟，读书写作。完全可以说如果没有李春生，就没有我的今天。因李春生这个坐标，我别无选择，我的父亲别无选择。有一次，和张啸说起来，张啸也是这样认为的。

1983年我再一次高考落败，父亲已经不像前几次落败那样恼怒了，他很宽容地对我说读书人啊是出在坟里。这是老家一种宿命的说法，言卜之意考上考不上都是命。当我们谋事不成命运不济，我们都会归于命上，归于命就只能认了，认了一切就都想通了。整个假期父亲没有提说复读的事，我想父亲已经认命了。说实话，尽管我不甘心，但我也认命了。复读，多么可怕的字眼，朝六晚十二的生活，就差头悬梁，锥刺骨了。门板上、墙壁上、手心里、胳膊上甚至是腿棒子上都写满了公式、定律、生词、成语、单词、分子式，走走站站我们手里拿着书本死记硬背。最让我们震惊的是同宿舍的朱长山，他说胡话竟然都是在背课文。这样的日子我过了整整五年，除了煎熬，我再想不出词来形容。复读让学生处于崩溃的边缘，自杀和精神分裂的同学每学年都有。看榜后有疯癫了羞丑不顾的，有跳井上吊的，英英的哥哥就是用裤带吊死在一棵树下。至今我依然清楚记得刘耀庭坐在井沿上唱歌，劝慰不进，无法接近，直唱了一个下午，最后吟咏着"轻轻的我走了，正如我轻轻的来；我轻轻地招手，作别西天的云彩"，飘然落井，打捞上来已气绝身亡。那是明朝就有的一口老井，深幽，水旺。说也奇怪，自刘耀庭跳下去，井水日渐沉落，最终枯萎。复读让我苦不堪言，濒临崩溃，我不能保证自己比那些自杀的人更坚强。

一年一度的八月二十五日又到了，我早早吆着一对牛去犁地。这时间已经包产到户，田地分到了各家各户，我家分到了八十多亩地，犁地是一项长活。到了地里套上牛，才犁了两个来回，娘到地里来换我，说你大已经拉着驴驮着铺盖和口粮去学校了。后来我才知道，父亲赶着羊出村时，在村巷碰上李春生爹送春生去学校。父亲把羊赶回家圈进圈里，让娘去地里换我。

1984年，老天开眼啊，我在高六的高考中终于上线了，且进入了本科线。那时候可没有现在的估分，只有榜出来才知道结果。看榜归来，没有见到父亲，有些奇怪，尽管看榜的日子正值麦熟豆黄、绣娘下床的季节，但每年我看榜这天归来，父亲都蹴在大门外场沿上，像一只老鹰，盯着嵝岈口的路，那是从草鞋镇到张王庄的路。我是在麦地里见到父亲的，一家人都在拔麦，我扑进麦田甩开膀子拔起来。父亲已经拔到半地了，到地头时我竟然追上了他，这是从未有过的。和父亲一起拔麦，通常都是他拔到地头回过来捆麦子了，我还在半地里拔着。我想有两个方面的原因，一是我激情澎湃，二是父亲沮丧颓唐。等父亲拔到地头时，表情已变得坦然而亲切，竟然还递给了我一根烟。他点了烟说，这读书人啊出在坟里。我复读了四年，参加了五次高考，这句话别人已经说过多次了。

黄昏收工，回到家中，喂了羊牲口，堵上鸡圈门，我才告诉父亲，我说我中了。我觉得我说这句话时就像《范进中举》中的范进，至少像课堂上我读时的那种感觉。父亲靠着墙根歇缓，"突儿"像一只麻雀飞了起来，他说中、中、中了？我说中了。他说你个狗日的咋不早说嚷。我说不收麦呢嘛。他说收个锤子，迟收一天两天，就是不收又能咋样，这是多么大的收成啊，你狗日的也能憋住。他双手搂住我的头扭了又扭，就像小时候惯我一样，我说做啥做啥。要知道我已是二十三的人了。父亲嘿嘿一笑说你说老爷也有弄不准的时候，啊。那天我才知道，每年看榜那天我前脚出门，父亲后脚出门，去老爷庙里求一根签。五年间他拿回了五张签条，一个上上签，一个下下签，两个中平签。这年他抽到的又是下下签：年年岁岁花相似，岁岁年年人不同，若问收成有无有，春花秋月一场空。

这一年，张啸也幸运地被省城一所中专录取，李春生依旧名落孙山。

4)

四年师范大学毕业，我分配到了县一中，学校安排我带复读班。按说带复读班都是经验丰富的老教师，可是复读班一班班主任陈老师在给学生报名时忽然脑溢血，学校考虑到我是正经八百的师范大学毕业生，就安排我接替陈老师。复读生真是多啊，教室有限，就把几个大仓库腾出来做补习班的教室，一个班一百四十多人，站在讲台上，下面就是人山人海。

名单拿到手里，我看到有好几个复读生都是我的同学，三个还是同班。1985年，乡镇高中全部撤并进了县城，他们只能到县城来复读了。李春生的名字也在其中，我不能确定这是不是他。张王李赵，李姓是大姓，而春生又是多么普通的一个名字。周耀斌曾是我的同学，现在是我的学生，他告诉我李春生来复读，一听我带复读班，又回去了。我心里冷笑，却也有些怅然。

周耀斌告诉我李春生有一次晕倒在了考场里，自杀过一回，看榜后把自己吊在了宿舍的房梁上，正值假期，校园没人，倘若不是两个讨吃的从窗户翻进学生宿舍寄身，怕早就不在人世了。周耀斌还告诉我，李春生写诗，经常发表。我心里冷笑，在黑板报上、校办小报上发表也叫发表。可周耀斌说《星星》《飞天》《绿风》《青春》……老多刊物上都有，常拿稿费。这让我惊愕了。

十年浩劫，万马齐暗，朝政更替，诗潮暴风骤雨般席卷着神州大地。全国各地诗刊林立，很多文学期刊都设了"校园诗人""校园诗歌联展"等栏目。自发组织的民间诗社、诗歌团体更是粲若星辰，内部诗报有数千家。我们县一中就办有《长风》诗报，油印，对开八版。有人用盛唐以誉当时盛况。那时候手里拿一本诗集或诗歌刊物是一种时尚，一种风潮。诗潮兴于大学，也席卷了中学，在中学生中产生了持久而广泛的影响。1957年1月创刊的新中国最早的诗刊《星星》，1979年的复刊（1960年10月被停刊）之后风靡一时，成为文学界一个标志性事件。县一中订阅《星星》就超过百本。学校、工厂、机关，公交客车、公园小径，人们手捧的不是《读者文摘》，而是《星星》，《星星》成为学生的《圣经》。1983年李春生就在《星星》上发表诗歌，一年四次上刊。"《星星》知我心"，李春生在日记中如此称颂《星星》。至我到一中教书，李春生已在《星星》《飞天》《诗刊》《绿风》《诗神》《诗潮》《诗歌报》《青春》等几十家报刊发表了两百多首诗作。在1986年由全国中学生参与投票评选十大中学生校园诗人活动中，他虽没当选，但票数很高，足看出他名气之大。

我的大学时代正值诗风大兴，学校一半学生都畅游在诗歌的海洋里，我自然也不例外。我虽然发表诗歌不多，但大量阅读诗歌，当时风行一时的诗歌刊物学校阅览室都有订阅，李春生发表这么多诗作，按说我应该注意到他，可我却没有印象。周耀斌说他用的是笔名"春生"。这就对了，"春生"这个诗人我是熟悉的，在我的笔记本上抄有他不少的诗，只是我没有把他跟李春生联系起来。我没想到李春生也写诗或者说他会写诗，而"春生"像秋生、冬生、建国、建党、建军一样，又是多么容易被重复的一个名字，我们班里就有两个名叫春生的，后来我在网上搜过，叫"春生"的人几十万，叫李春生的就有数万。

李春生离开县一中去了市一中复读，帮他转学的是市一中校报《云河》的主编，也是市一中高三语文组组长。《云河》虽是校报，可与省市文学报刊关系密切，刊登的作品常被选载，在学生中颇有影响。到了市一中，李春生成了《云河》的副主编。他在市一中复读的情况我了如指掌，因为我有几个同学都分配进了市一中，李春生的语文老师就是我同班同学，也以诗人自居。市一中有好几位老师写诗，他们有时会和他在某家刊物同一期上相遇，这让他的诗名像一只鸟在一中飞翔。转入市一中不久，李春生就在《诗刊》上发表了一组八首诗，是栏目的头条，而我的同学只有一首五句的诗刊登于这一期，还在尾巴上，像个补白。在市诗坛有着大师之称的落叶松专门为李春生搞了个庆祝酒会——小酒馆摆了一桌，李春生的座位被安排在主席之位，他的几位老师则屈居下面。就在这一年，省委宣传部和文联联合举办诗歌征文，李春生斩获一等奖，去省城领奖，宣传部长亲自给他颁发奖状和一百元奖金，还和他合了影。当介绍到他还是个高中学生时，会场上掌声雷动。记者采访了他，他激动而紧张，脸红气粗，说得结结巴巴。颁奖仪式后有一个诗歌沙龙，与会的诗人有许多白发苍苍的前辈，拍着他的肩膀用小兄弟称谓他，用才子、新星赞扬他，还跟他合影。第二天报纸刊登了领导给他颁奖的照片，还登了好长一段他的话，但他觉得很陌生。回来学校校长表扬了他，《云河》为他做了特刊。那时间假以诗歌名义的活动甚是繁荣，李春生受到广泛的邀请。他又如何经得住诱惑，频繁参加活动。现在想来，或许李春生是借写诗逃避复读的重压。复读让多少人心力交瘁，精神崩溃，痛不欲生。但不可否认李春生的诗是越写越好了。

诗名滋养了李春生的孤傲与自信，让他高考连续落败中垂下的头颅又烈士就义般昂起来。从他剪贴本上剪贴诗刊社每届青春诗会名单上可以想出，他最大的愿望是参加一届青春诗会。

"他已不在复读状态。"同学告诉我。

5

到市一中复读的第二年，李春生暗恋上了宫闱。因为在学校举办的文艺联欢会上，宫闱朗诵了他的诗。这一年迟志强的《铁窗泪》大肆流行，学生把这首歌词改成：

> 是谁制造了高考，你在世上称霸道，有人为你疯疯癫癫啊，有人为你去上吊，一次次高考，一双双镣铐，高考，人人对你离不了，高考呀，你是杀人不见血的刀。

复读生压力巨大、精神分裂、自杀事件频发，引起社会的关注，教育部门要求为学生减压，学校就经常举办一些歌唱、舞蹈、诗朗诵、运动会等各种形式的大小型汇演，每个复读生都要出节目。宫闱出的节目是诗朗诵，朗诵的是李春生的诗。宫闱可是校花啊，又属于学校内测的准大学生，极其冷傲，目中无人，同学送外号冰雪公主，但她朗诵了李春生的诗，且连简介和通信地址都朗诵了出来，听来显然是特别强调，这便有些暧昧了。要知道那时候大龄复读生很多，我们班上最大的二十六，关系暧昧的不在少数。

李春生孤傲的心里涌起阵阵涟漪，就连宫闱不流畅的朗诵在他看来也是别具风韵，从此宫闱走进了李春生的心里梦里。李春生虽然是个诗人，但腼腆内秀，孤傲而自卑，他当然不会邀请宫闱吃冰棍轧马路，更不会献诗倾诉，他把爱深藏在心底。当然他也明白，要想赢得宫闱的芳心，除了诗，他没有别的资本。他要献给宫闱一个大礼——出一本诗集，在扉页印上"献给宫闱"，定然能征服她。一方面他对自己的诗很自信，一方面他想宫闱既然选择朗诵他的诗，最后还那么强调了自己，对他自然是有意的。因此出一本诗集的愿望便急不可耐。

李春生把发表的诗整理出来，取名《向缪斯致敬》，背着便去了出版社。他很自信，因为圈子里有几位诗人都已出了诗集，签名赠送，意气飞扬，对他们的诗他是不屑的，那样的诗都能出诗集，他的诗当然没问题。落叶松也这样说过。然而，一位头发花白的老编辑只是走马观花式地翻翻他的诗稿，摇着头说要出版除非是汪国真、席慕容、北岛、舒婷、顾城这些人的诗。李春生有些蒙了，后来他拿出了几个诗人赠他的诗集，老编辑告诉他这都是自费出版的。李春生说自费出版是什么意思？老编辑告诉他自己掏钱呀。他说不看……诗的质量？老编辑笑了，说现在的诗哪还有质量，无病呻吟，胡言乱语，无非一句话多断几次句罢了。李春生没想到老编辑会这样说。他嗫嚅半晌问自费需要多少钱？老编辑说书号三千，至于印刷费那是根据页码、册数、纸张等等来定。他拿起一本诗集问就印这样一本。老编辑翻翻，说得一万吧。

一万啊，当时的万元户那就是大款了。这时间家里已帮不了李春生。1981年包产到户，谁的日子谁过，会计的意义就不大了。1983

年公社改为乡，大队改为村，班子改选，春生爹又失了会计，大病一场，一病半年，身体彻底垮了。医院说是肺心病，不能生气，不能劳累，李春生娘承担起了地里的劳作。然而，麻绳从细处断，几年间娘又累倒在炕上，不久便去世了，家里光景更是日薄西山。

李春生没想到事情会这样，从出版社回来，他沮丧地写道："缪斯高贵的头颅上正落满了鸟粪。"

李春生很苦恼，找落叶松倾诉。尽管落叶松在市诗坛有大师之称，但在李春生看来很名不副实，因为他没见到落叶松的诗。落叶松在市诗坛的地位是建立在他有全国、海外的许多诗刊、副刊的投稿地址和编辑姓名，与全国许多著名诗人、编辑有广泛的联系，常给刊物编辑推荐诗人诗作，这怎么能称得上大师呢？但落叶松对他不薄，只要有活动，总会叫上他，说个丢人的话，饭都白吃了多少顿。落叶松拿出两瓶酒，两人就着花生米和榨菜喝，几杯酒下肚，李春生便稀里哗啦倾吐了自己的苦恼。落叶松拍案而起，怒斥出版社的唯名唯利，最后拍着胸膛说你别灰心丧气，我给你推荐到香港、台湾出版社。李春生是千恩万谢。一周后，落叶松告诉李春生，香港一家出版社对你的诗大加赞赏，决定出版。李春生简直是感恩戴德，在当时香港、台湾那可是诗的圣地啊。他紧握着落叶松的手说大恩没齿不忘。但落叶松又说，不过出版社要收管理费，人家那里管理严格。李春生问需要多少钱？落叶松说人民币两千块，这还是通过关系得到的优惠价。两千块，这不就是出版社的书号费吗？可李春生不这么认为，管理费与书号费是两码事，书号费是买书号，管理费则是另回事。李春生决定要出，可两千块钱的管理费从何而来？李春生十分害羞地向落叶松讲述了自己的窘境，落叶松说你愁什么？以你的名气，诗集出来还怕卖不掉？这是投资，你想想一本书定价四块，卖一千本就是四千块，先借上嘛，诗集出来我替你卖去。还说这样，我赞助你五百，你掏一千五百块的管理费，诗集出版挣了钱请我喝两场酒就行了。这更让李春生万分地感谢了。李春生吞吞吐吐说大师，请替我保密。虽然他认为管理费与书号费有着本质性差别，但交了钱传出去终归不好。落叶松说明白，咱们互相都不说，就当这事没发生过。事实上落叶松没给李春生说明白，印刷费将是个大头。

　　一千五百块钱的管理费从何而来？李春生从一个复读的同学身上得到了启发，这位同学的爹瘫了，娘是个哑巴，靠卖血供自己读书。李春生开始卖血，卖够了一千五百块，给了落叶松。然而书号还没拿到手，落叶松却在扫黄打非中被抓了，罪名是套用盗卖假书号。落叶松供述一个香港书号他拿到手只需要三百块，卖到两千五到三千，还有一些书号是从书上盗用的。而他举例说明就以李春生为例，大讲特讲。当问及你写过什么？落叶松说我什么都没写过。又问及什么都没写过为啥被称为大师，落叶松说我只不过搜罗了些诗刊地址和编辑姓名，其实那些编辑我一个都不认识，他们都被诗歌洗脑了，都成神经病了，最好哄骗。李春生被叫去录了口供。一时间大报小报电视都报道了，这让李春生无地自容，羞愤至极。他哭了，哭得晕了过去。他在日记中写道："繁华过后，沉渣泛起，骗子披着诗歌华丽时尚的外衣……缪斯正在蒙难。"

　　就在第二天，李春生从阅报栏里报纸上看到海子自杀的消息。李春生又卖了一回血做路费，去了山海关。他在日记写道："1989年3月26日凌晨，女娲娘娘补天的彩石掉了一块，世界坍塌了一角……在山海关与龙家营之间的火车道上，一位声名显赫的人静静地卧在钢轨上，风为他梳理那头浓密的长发，原野所有的花朵都向他微笑，以馥郁的香气为他沐浴……自远方而来的火车，像一把罪恶的利剑切开了他的身体……他的身旁留下他写在这个世界上最后的诗句：我叫查海生，是北京大学政法系的教师，我的死与任何人无关。有一个鲜艳的橘子目睹了他的离世，我没有见到那个橘子，它被世俗吞噬了。"

他抄录了海子的《我请求：雨》：

　　我请求熄灭/生铁的光、爱人的光和阳光/我请求下雨/我请求/在夜里死去//我请求在早上/你碰见/埋我的人//岁月的尘埃无边/秋天/我请求：下一场雨/清洗我的骨头//我的眼睛合上/我请求：雨/雨是一生的过错/雨是悲欢离合

他写下一首诗：

　　海子
　　死了
　　像一首纯粹的绝唱
　　我还活着
　　苟且
　　像一只流浪狗

　　海子
　　我还不能乞求一场雨
　　清洗我的骨头
　　合上我的眼睛
　　还不能请求熄灭
　　与光同尘

　　在这尘世
　　还有两粒微尘
　　依附在我的身上
　　一个伤痕累累的父亲

246

和一个将为我换回婆娘的

苦命妹妹

他们在我的阴影下

如光线中浮游的尘埃

不由自主

苦海无边

从山海关回来，李春生背着铺盖卷黯然离开市一中。落叶松一案在市一中掀起的冲击波他是能想象出的，他觉得自己遭遇了这世上"最龌龊而耻辱的事"。

6

结束了复读生涯，李春生并没有回张王庄，而是踏上了去省城的班车。到了省城，他在一家打印社自己设计印装了所有发表的诗歌，这花掉了他卖一次血的钱。他背着自印的诗集去作协、编辑部、文化厅、报社、出版社等与文化有关的单位推销自己，他以为这些单位需要像他这样的人，他很自信。然而，他太不了解这个社会了，他不知道社会上有一种叫编制的东西，不知道这些单位严重超编，更不知道找工作需要背景和学历。这就使得他去这些单位找工作显得滑稽而另类。更为重要的是这年已是1989年，起于1979年的诗潮波澜壮阔地持续了十年，已呈退势，诗坛过度繁荣导致鱼目混珠，诗歌殿堂的穹顶正在坍塌，世俗之潮正汹涌袭来，"诗人都是神经病"已在社会上广泛流行，而他却沉溺诗歌世界对此一无所知。在经历了一次次"婉拒"之后，李春生算是长了点见识，在日记中慨叹："社会原来是这样的。"

在李春生看来找工作比征服宫闱要容易得多，却成了不可逾越的天堑，这打乱了他对人生的设想。按他的设想，找到工作后，工资加上卖血，献给宫闱的诗集很快就会面世，诗集一面世，他就胆气十足地去见宫闱，然而工作没找上，让他的一切都没了着落，吃喝都成了问题，他不知道下一步的路该如何走，深藏在心底的爱恋又让他寝食难安。他决定去见宫闱，向宫闱表白，宫闱已考入省大一年，再不表白就辜负了宫闱对他的爱。

李春生又卖了一次血，西装革履，皮鞋锃亮地来到了省大校园。他还准备了和宫闱去名典咖啡语茶去喝咖啡的钱——尽管喝一回咖啡要花吃三天饭的钱，但他觉得值。校园有一个湖，明媚的阳光在湖面洒金点银，湖边成双成对的学生把倒影投进水中。李春生对着清澈宁静的湖水调整了一番心情，在走向教学大楼的时候，他看到宫闱向着湖边走来。李春生悲欣交集，什么是缘分，心有灵犀一点通，这就是缘分啊。他想象了一百种与宫闱的相见，却没有想象过如此天意的邂逅。宫闱倚着一棵金叶榆，哼着《爱如潮水》。一直等到宫闱哼完《爱如潮水》，李春生才走过去，轻轻叫了声宫闱。

宫闱看了李春生一眼说你叫我？

李春生往前跨了两步，又叫了声宫闱。

宫闱说你是……

李春生觉得是自己打扮得过头了，说宫闱，我是……

宫闱说你先别说，让我想想。

李春生从这话听出宫闱是在跟他开玩笑，就说宫闱……

宫闱说想起来了，你是诗人，叫什么春，对李春天。你也考上了，哪个系？

李春生脸一红说我没考上大学，我是……

宫闱噢了一声，说那你在这里干什么？修剪草坪？

宫闱是在跟他开玩笑吗？李春生疑惑了。

李春生叫了声宫闱……

这时一个男生走过来，抚摸了宫闱的脸蛋，宫闱说再见。挽了男生胳膊走了。

李春生呆痴痴地站在那里，他听到那男生说他谁呀？宫闱给给给一笑说一个诗人。男生说神经病。宫闱说你才神经病哩。男生说诗人不都是神经病么嘛。宫闱咯咯咯地笑了，还回头看了他一眼。

李春生一阵发晕，脸色一片苍白，忙蹲下去，卖血时人家说他卖得太勤了，会要命的。他不相信这就是他的宫闱，他给宫闱写信，专门送到了数学系。宫闱回信说对你我没有什么印象，一间教室坐了一百多人，满打满算几个月时间，你又能记住几人。至于朗诵诗的事，我不喜欢诗，我读不懂你们那些所谓的诗。朗诵你的诗是因为我忘带了准备的朗诵稿，临时抓了一张垫屁股的报纸救火，且我不知道那是你的诗。如果给你造成误会，请你原谅，我不是故意的。李春生蒙了，真是这样吗？宫闱一定是受到了什么刺激或者为世俗诱惑，才做出如此残忍的背弃，他又写信说你为什么要说谎？宫闱回信说我为什么要对你说谎呢，说穿了复读就像一个驿站，我们只是过客，请你忘记我。李春生写信说你说的每一个字我都不信，你告诉我为什么？你受到了什么样的刺激、诱惑、威胁？宫闱回信说别再给我写信了，请你放过我。李春生又写了信，表达了这几年的思念之情，还说为她献礼的诗集即将面世，最后说请你回心转意。宫闱失去了耐心，回信说请你远离我，别再纠缠我，否则我……报警了。李春生再写信就石沉大海了。

真是人生何处不相逢，宫闱，我是多么地熟悉啊，多年后，我转行进入纪检部门，宫闱就和我同一个单位，我怎么也没想到她会是李春生的初恋，因为此时的宫闱已是个非常世俗的人了，说闲话，打小报告，双腿架在桌子上斗地主，内裤都露在外面。后来，我曾在桌子上放了一本诗集试探过宫闱，她看到后说你喜欢诗。我说你也应该有诗缘，咱们上大学时正是诗潮澎湃的时代。她摇摇头说我不喜欢诗，读不懂。但接着，她来了兴趣，"要说起诗，还闹了个大笑话哩。"于是，她当笑话一样讲起李春生。

她说我不是追诗的天使，我是学理科的，不懂诗，选择了诗朗诵这种形式是因为诗短，我要朗诵的是徐志摩的《我不知道风是在哪一个方向吹》，那时间徐志摩的诗风靡校园，连同学告别说的都是"撒扬那拉"。临近上台时，我发现抄好的诗找不见了，急得抓耳挠腮，一同学从屁股底下抽出晚报，说这上面有一首诗，我就拿了晚报上台应急，"结果连诗后面括弧内作者简介和通信地址都朗诵出来，我还当也是诗句哩。"她笑得上气不接下气的，"那傻子还以为我对他有意思，后来纠缠过我一段时间哩，开始我还觉得好玩。"她挠着头说："他叫什么来者，对，李春天。"我说李春天是他妹妹，他叫李春生。她说你认识？我说我们是同班同学。她说你那同学咋那么有意思，太有意思了。

我想李春生如果相信这是阴差阳错，那么他所受的伤害要轻得多。后来，他又去学校找宫闱，在省大校园徘徊了几天，看到了宫闱和那男生出双入对，他的心碎了，他抄写了泰戈尔的《世界上最远的距离》，写上"致宫闱"，贴在了教学大楼大厅的黑板报上。结果被宫闱的男友携人架到学校保安处，遭到了批评、教训、警告、严重警告，如果他再踏入大学校园就报警。

被从大学校园像流氓一样驱赶出来，李春生心里百味杂陈，他把准备和宫闱去喝咖啡的钱全买了酒，把自己灌醉在一家小旅馆里。

第二日，李春生离开了省城。他再没有联系过宫闱，但把第一本诗集献给宫闱的初衷没有改变，他要把诗集摆在新华书店的书架上，让她在看到诗集之后悔青了肠子，诗集改名为《献给宫闱》。

7)

离开省城之后，因为一件事迫在眉睫，李春生回了家。开学李春生去学校时父亲就告诉他，今年考上考不上，都必须结婚。他已二十七了，在老家这年龄都是几个娃的爹了。由于市场经济的推波助澜，张王庄方圆彩礼已达三四万了，就他家现在的境况，娶媳妇成了大问题。然而，天无绝人之路，在李春生家的体现就是给了他一个灵秀漂亮的妹妹。李春天已长成大姑娘。于是，换亲成了解决眼前危机的唯一出路，并已在父亲的运作之中。

换亲在张王庄方圆传承数百年，是天经地义的事。换亲多数情况下发生在家境贫寒或者男的有这样那样问题的家庭。对于已是一个诗人的李春生来说，给他换亲无疑是天下最残忍最耻辱的事。他严辞拒绝了父亲，为此父子发生了激烈的争吵。李春生对父亲说三年内，我娶个媳妇回来服侍你。父亲说我还能活三年吗。李春生明白如果不给妹妹找个如意郎君尽快嫁了，父亲就不会停止愚昧的换亲，即使不是以女易女的换亲，也会找一个有钱人家，以妹妹的高价彩礼来解决他的亲事。李春生问妹妹有没有心上人，妹妹说哥，你带我去趟城里吧，我想看看楼。是啊，妹妹到现在连县城还都没去过。他说县城的楼有啥看的，哥带你去省城看楼。到了省城，李春生才知道妹妹并不是想看楼，而是要进城打工。他说那你不给哥明说。妹妹说要是让爹知道，连门都出不了，这几年人都进城打工，爹就是拦着不让我去。李春生问为啥，妹妹说怕学坏了。李春天在一家餐厅找了个端盘子的活。李春生心里万分悲凉，妹妹长得这么漂亮，到城里却只能端盘子。李春天说哥，咱们一起打工，娶嫂子也用不了几年。李春生说你好好照顾自己，找个如意郎君，哥的事不用你操心。

李春生也留在城里揽活打工。在省城打工三年，他遭遇了欠薪、欺骗、讹诈、侮辱、嘲弄，至离开省城已是伤痕累累。他写了一组诗，标题是《天堂的阴影即地狱》，题记用了萧伯纳的话：地狱是名誉、义务、正义以及其他恐怖道德的故乡，地上的恶事都在它的名义下所犯。在这组诗中，他诅咒了这座城市。离开省城时，留下了一截指头，带回了一把藏刀。这把藏刀是他在一家藏族小屋买的。西藏是人类的天堂，更是诗人的圣城，李春生梦想着去一趟西藏，甚至想为西藏写一本诗集。他当着欠他八个月工钱的老板的面用这把藏刀剁下了一截指头。日记中他写道："尽孝十年。"

李春生一头扎进南窑儿小煤窑，开始了挖煤生活。南窑儿一带下面全是煤，公家开，私人也开，大大小小的煤矿加上煤窑有上百家。公家开的矿安全系数高，事故少，且进去了就是工人，用老家人的话说那就等于一头扎进公家的怀抱里，啥都有保障，出了事公家也要养你一辈子，可没有关系进不去。私人开的小煤窑进去容易，但事故频发，啥都没保障，用老家人的话说那就是干阳间的活，拿阴间的钱，有力气挣，还得有命花，出了事就只能怪命不好。李春生原本觉得下窑三年就可以娶个媳妇，解脱父亲的苦难。然而，时代进步得太快了，彩礼一年一涨，等他挣够一个媳妇的彩礼，在小煤窑度过了六年时间。下窑六年给他留下了痛苦记忆，从他一百多首写下窑生活的诗中可以看出：

"那个睡在我身边的倒霉蛋，即使白炽灯能熔化太阳，在他的眼里看不到一丝光明""世上最亮的，不是太阳公，是煤，它能燃烧出富丽堂皇的光明；世界上最黑的，不是煤，是挖煤人，他的眼神都是黑暗的……""世上所有的煤都在燃烧，挖煤人却在最黑的暗中。""那天，我才认识到人皮的伟大，它像母亲的子宫，包裹着已经化了水的筋肉，如婴儿般粉红……"

六年间李春生从死神门前走了三趟，一次冒落一次透水，好在私人小煤窑都不深，给掏了出来。一次瓦斯爆炸，他被窨了洋芋，埋了整整七天，挖出来后就像火塘里烧焦了的洋芋蛋，皮皱得像揉捏过的丝绸，到处是褶子，一身的肉脱了，皮松得拧住往起一提能提一拃高。李春生缓了一个月，免费的肉尽饱吃，皮鼓紧了，肉瓷实了，脸上的褶皱也绷展了，又在阴凉瓦屋，人也白了许多。这次老板大方，补给了李春生一笔钱，李春生就有了整整六万块，提前三个月结束了下窑生活。

揣着六万块钱回家，李春生就要带父亲去北京。一是给父亲看病，父亲手抖得厉害，吃饭已不能用筷子，像个娃娃用勺子，他知道父亲得的病是邓小平得过的帕金森综合征。二是父亲有个愿望，去北京看看毛主席。父亲对毛主席有着深厚的感情。可父亲死活不去，说我最大的病是心病，你娶了媳妇，成家立业，爹的病就好了，，就不抖了，等你媳妇娶了，自己过上光阴，爹就去北京瞻仰毛主席。为此他跟父亲争吵，可一争吵父亲就浑身哆嗦，他只能妥协了，也明白他的婚姻大事确是父亲最重的一块心病。在张王庄他家是寒姓，单门独户，父亲逃难逃到张王庄，一直在张家拉长工，解放后落在了这里。自古以来都是户人欺孤，一家人看人眼色仰人鼻息地生活，父亲就希望多生几个儿子壮大门面。可母亲生他后血流不止，身体抔了亏，缓了好几年，才又生了妹妹，再就没生养。

对自己的婚事，李春生心里已有一个人，当然已不是宫闺，如今宫闺之于他已只是一个幻影。在一同下窑的任福的婚宴上，李春生见到了黄梅英，他自信地想到了郎才女貌。黄梅英是任福媳妇的表妹，李春生请任福去提亲。任福停顿了片刻说她不适合你。李春生说你怎么知道她不适合我？任福想想说她没上过学。李春生说没听过女子无才便是德？任福说我跟你实话实说了吧，我表叔那人难缠，你对付不了。李春生说我跟黄梅英过，又不是跟他过。任福说这样，你先去唐庙访访我表叔那家人再说。李春生说能有多难缠，别废话了。任福提亲回来说彩礼要八万，这也太夸张了，你还是……李春生点了一根烟抽完，说八万就八万。任福说你、你这要创纪录呀，咱这方圆彩礼也就五万，最高不上六万，我表妹是漂亮，可……要不咱们再打捞打捞，姑娘多的是。李春生咬咬嘴唇，又说八万就八万。

亲事说定，父亲拿出了两万给他。李春生知道这是父亲为自己攒下准备后事的钱。李春生回到南山梁，在澡堂里泡了大半天，洗净了指甲缝肉皱里的黑垢，去洗脚屋削去手上脚上木结一样的老茧，去理发店理去蓬蒿一样的头发，便去了市场。南窑儿一带盗贼猖獗，市场里有卖防盗裤衩的，牛仔的，前后四个大兜儿，装得下十万二十万的，黄澄澄的铜拉链，有马莲叶子宽。在南窑儿的银行，李春生跟柜台内的女子有一番争执，因为取出来的钱全是黑乎乎脏兮兮的，连女子数钱的指头蛋都像羊粪豆豆一样黑明黑明的，钱揉得都没精神了，绵沓沓乌突突的，弹、甩都没了脆响。李春生要换号码都没乱的新崭崭的钱，那女子看都不看他一眼，说没新崭崭的钱儿，又跟了句，人不日样，还毛病多得很。这句话尽管说得声小，但李春生还是听见了。李春生取钱要去办喜事，怕触霉头沾晦气，不想跟女子喊架，就赔着笑脸说咋能没有新崭崭的钱儿呢，你箱子里有腰带（封条）都没解的钱。他说得和蔼可亲。可那女子瞪了他一眼，继续数她的钱。女子有些欺人，李春生有些恼怒，想跟女子好好骂一仗，可女子头都不抬，后面人又催，李春生掉头骂日他娘的催命啊催，跟后面人干了起来。门口的保安过来，说请你过来。李春生说日他先人，我日他八辈子先人。理都没理那保安就走了。他觉得只有粗话才能表达他的愤怒。李春生坐了班车来到县里的银行。虽然多花了三十六块钱的车费，但他觉得值，这事就得有派头，弹一下"咯嗤"一声，甩一下"咯嗤"一声，这样的钱才有派头。在县银行，他说我要新崭崭的钱。小伙二话没说，就给了他新崭崭的钱，连腰带都没解。他又把爹给的两万也换成新钱。新崭崭的钱有香味，李春生把钱贴在鼻子上，美美地吸了几口，悠悠地吐出来。来到黄梅英家，李春生把八匝子号码都没错的票子压在了黄梅英爹眼前的炕桌子上，头一扬就把黄梅英定下了。两个月后，李春生娶回了黄梅英。

8

我是在李春生的葬礼上见到黄梅英的。黄梅英确实长得漂亮，有端庄的五官，修长的腰身，乌黑的头发，白皙的肌肤，纤细的手指。她没有化妆，却嘴唇鲜艳，睫毛上翘，眉毛浓密，加上一身黑衣，更显得卓尔不群。

嫁给李春生那年，黄梅英已二十二岁了，在唐庙庄及周边地界，女子十六七岁就嫁人了，最大年龄没有超过二十的。当然不是黄梅英人长得不迎人，有什么缺陷，不处对象，相反，正是因为她长得漂亮，对象处得稠，才没嫁出去。黄梅英前后定过五次亲，都悔婚了。当然不是她悔婚，而是她爹和她弟。

关于黄梅英的爹和弟弟，从人们送给他们的绰号就可略知一二。黄梅英的爹大名叫黄彦宝，可唐庙人都叫他黄拐子、老赖。其实他腿不瘸，拐子是一个带诅咒意味的绰号，意思是非让人打折腿不可。大人叫他黄拐子，娃娃也叫他黄拐子，大人听到了也不加以制止，这就足以说明黄拐子的名声之差。黄拐子是个不务正业的人，大集体时一直当民兵营长，从不务劳庄稼，包产到户后家里的地荒芜着。唯一的本事就是打婆娘，喝了酒就打，输了钱打，无缘无故也打。

黄梅英的弟弟黄小兵人送外号小赖、瘟神，用唐庙人的话说和他爹是一个鬼背着送下的。年轻力壮的都风风火火进城打工揽钱去了，黄小兵却守在村上，村里只剩下老人娃娃女人，黄小兵就有了用赖之地，偷鸡摸狗，从村巷走过，能变成钱的见啥拿啥，连老爷庙里的大钟都偷着卖了。他要借东西你不借，他会当着你的面捉你家的鸡，跟他理论，他会说你家鸡，有啥证明，明明是我家鸡嘛，我刚喂了几只虫子，要不咱们割开鸡嗉子看看，虫子说不定还活着哩。再不就说是我家鸡把鸡蛋下到你家鸡窝里，抱出的鸡你说是你家的还是我家的？不仅赖，还二，腰里常别一把尖刀，跟人弄事就拿出不要命的架势。有道是狠的怕愣的，愣的怕不要命的，谁不惜命呢，蝼蚁尚且偷生。要命的与不要命的生事，不要命的自然要占上风。黄小兵正是把住了人们惜命的心理，凭着"赖"和"二"横行乡里，通吃唐庙周边，成了村霸。

黄梅英十四岁就进城打工，她想一辈子不回来，处对象后，她不回来相亲，爹就打娘。她扯心娘，只能回来。黄梅英长得漂亮，自处对象以来，爹和弟就把她当成了摇钱树，从她的终身大事上连赖带骗超过六七万块，用唐庙人的话说，"赖下的礼行（礼物）都能置个家了"。

李春生提亲前的一次悔婚，男方是钱川的钱家。定亲时彩礼说了五万。彩礼上齐，日子都定下了，黄拐子又提出一万离娘钱，对方不应，说离娘钱有上万的？离娘钱是个规矩，但给多少是人家凭心举愿的事。为此两亲家打了一架，婚事自然告吹。按规矩事出在女方，彩礼应全退，可黄拐子耍赖，只退三万，为了表示自己有理，黄拐子又使出惯用伎俩，坏那娃名声，说是耍小姐让人家捉了，赌博让人家罚了，这长那短地为自己争理。这钱家却不像前四家，守在门上骂上几天大街当亏吃了事。钱家在镇上开一家铁匠铺，四个儿都是彪形大汉，名字就叫龙虎豹彪，日日抡大锤，个个胳膊像松椽，肌肉像岩石。退亲时钱家父子五个都来了，拿出一个账单，跑路费、改口费、青春损失费等等，一项一项算得清楚，连抽一根烟叫一声爹都算了钱。黄拐子才骂了一句，就给人家摁住，拿鞋底掌嘴，掌得满嘴喷血。黄小兵拔出尖刀扑过去，给钱家老大一锤打了个狗吃屎，刀也甩了出去。老大一笑说爷耍刀的时候，你还是你爹卵泡子里的尿！那老大拿起尖刀，说刀出壳，要见血，老子打了一辈子刀，规矩不能破了。说着抓起黄小兵的手，扬起尖刀剁下去，一截指头就落地了，又在脸上一拉，一道口子翻开，血就冒了出来。黄小兵屎屎拉了一裤裆，爬起来就跑开了。这一回，一分没赖下，还倒赔了一万块和一根指头。

每次悔婚对黄梅英都是一次伤害，男方气愤不过，造了不少谣，什么做过小姐、父女乱伦、养过私娃子（私生子），啥话都说得出口，名声传得要多难听有多难听。第五次悔婚后，又处了两次对象，彩礼直往下掉，都不超过两万，黄拐子跟人家拍桌子，说日你妈的你是来娶寡妇啊？人家却说都悔过五次婚了，跟寡妇有啥区别，两万元彩礼够数了。

任福来提亲，先跟黄梅英说人你是见过的。黄梅英没有印象。任福说看上你了，我给你打保票，人没麻达，牢靠得很，就是家里寒些。无论家庭条件如何，不论瘸子瞎子，黄梅英都不在乎，她最大的愿望就是赶紧嫁出去。可爹狮子大开口，彩礼八万，按行情最高也就五六万元，这么高的彩礼，自己又是那样的名声，黄梅英对这门亲事就不抱啥希望了。然而李春生却应了。

从订婚到入洞房黄梅英都有一种恍惚感。在待嫁的日子里，她一直担心爹悔婚，没想到这次爹真把她嫁了。她对李春生是心存感激的，能掏这么大价钱娶她，证明是爱上她了，爱上了就会珍惜，她对自己的婚姻充满了寄托与信心。但她明白虽然爹把她嫁了，但不会轻易放过他们，她不是爹的女儿，是摇钱树。爹不是一般的难缠，打骂威逼，寻死觅活，不达目的誓不罢休。哥哥就是看明白了，结婚后连新娘回娘家站对月这样的规矩都不讲究，就和嫂子进城了，一去音信杳无。因此，她打定主意，一结婚就和春生带着娘进城打工，远离这个家。婚事是腊月里办的，过了正月十五，黄梅英就提出进城打工，然而李春生否决了。

李春生再也没有出门打工的想法了，打工的日子他已过够了，给他座金山他都不去，城里能挣钱，可过的是下贱日子，受那窝囊气，种地有啥不好，日子自己做主，自由自在。重要的是他要写诗，这几年虽然没断，但整体上说来是荒废了，诗坛都把他遗忘了。当然这话他不跟黄梅英说，黄梅英没念几年书，恐怕不知诗为何物。他对黄梅英这样说，自娘去世，爹是趴锅趴灶的，又借酒浇愁，身体亏得厉害，都瘦成一把柴了，我老觉得某天早晨一睁眼，爹就走了，我们进了城，爹要真的一口气上不来，就真让蛆咬了，落一辈子骂名。爹这辈子没享上福，咋也得在家伺候上几年，尽尽孝，让爹享几年天伦之乐，人嘛活的也不光是个钱，钱随时都可以挣，但是，给老人尽孝错过就永远补不上了，咱们的当务之急是生个儿子，得让爹见上孙子，不孝有三，无后为大，进城打工吃了上顿找下顿能要娃？爹这身体状况，迟了我怕爹等不住，见到孙子说不定爹就精神了，像冲喜一样。

李春生说得合情合理，黄梅英不是蛮不讲理的人，可她知道待在村里，她爹和黄小兵就是罩在头上的阴影，走都走不出来。黄小兵二十了，婚事就在眼前，要说家里的情况，不说悔婚昧下的彩礼，就是她的彩礼给黄小兵娶个媳妇都绰绰有余，可爹是一分都不会拿出来的，至少会给他们摊一半儿花销，这她太了解了。但她又不能把爹和弟的无赖细说给春生，只能说人活着不光是钱，这话没错，可是咱在家里伺候着爹就享福？咱们出去把钱挣下了，给爹好吃好喝好穿戴，带爹去看病，这么待下去只能越待越穷。

李春生说在家里照样误不了扒光阴，人都进城打工了，窝子地都撂荒了，挑好的地种上几十亩，日子不难过，只要天照顾，给一年收成，抵得上打几年的工。

黄梅英说天照顾？这几年天照顾过几回？被窝里偷着吃馍馍，自

258

哄自。

李春生说你给我一年，我跟老天爷打个赌。

黄梅英就不好再说了，毕竟她还是新媳妇。不过她也想黄小兵对象还没说下，从说到拉扯咋也得一年。黄小兵名声太坏了，媳妇肯定不好说，就说那咱们说好了，就一年。

李春生笑着说你咋这么爱进城，城里就是天堂吗？你不要爱慕城市"肮脏的虚荣"，我会让你拥有一个光华四射的世界。在李春生看来，黄梅英这般急于进城就是爱慕城市"肮脏的虚荣"，这是从城里打工回来的人共有的毛病。

这一年天没照顾，种了近百亩地，没有一点收成，李春生长吁短叹的，黄梅英却是开心的，正好为说服李春生进城打工找到了理由。然而，还没翻年，家里的事就找来了。黄小兵骑着摩托来说闲月，找她浪去。她知道肯定是又打下了什么坏主意，不想去，可嫁过来眼看一年了，不回趟娘家惹人笑话。

黄梅英回到娘家，屁股还没坐热，爹就把事情摆了出来，你弟找下对象了，现在彩礼大得吓人。黄梅英没有说话。爹说拉扯了你嫂子家里力尽汗干，还欠了一屁股债，你弟娶媳妇的花销你和你哥就摊了吧。黄梅英说我结婚还没一年，他家啥光阴你去看看。爹就发火了，老子把你养大……黄梅英转身就出来了。爹追出来说你去哪里？黄梅英说我总得回去商量商量。爹说有啥商量的，你得把事扛起来，让小兵把春生叫来。她掉头就走，还没出大门，就听见娘的号叫声。她只能回来了，这是爹惯用的伎俩。

李春生来后，连续咂光了三根烟，眼睛没有离开过黄梅英，黄梅英承受不了那样的目光，起身出去了。黄小兵跟出来，黄梅英说跟着我吃屎嘛。

黄梅英坐在园里的果树下呜呜咽咽，身子一抽一搐的。李春生仰天长叹一声，掉头进去对黄拐子说我认下了。黄拐子清清嗓子说回去拿钱吧。李春生说我、我们刚结婚,拉下的账债还没还上,家里没钱……黄拐子说这事急,那面等着了礼,现在好姑娘不多了。黄梅英说你当我家里开银行,应下了还得给你挣去。说着拉了李春生就要走,黄拐子一脚踢翻了凳子说急等着用钱哩,钱拿来了你再回去。黄梅英明白爹这是在逼他们,没理会走了。李春生抽了一根烟说爹,这边能不能借上,我认账。黄拐子一拍桌子说你让我给你借钱去?我借钱要你是做啥的?日你娘给我耍心眼子?李春生咬着嘴唇说好好,我回去借去。黄小兵说现在借钱比挣钱难,你只能拉高利贷。李春生看了黄小兵一眼,忽然笑了,说都替我想好了,你给我拉上吧。黄小兵却嘎嘎一笑说我给你拉上,那不成了我拉下的?拉高利贷得你拉,我给你联系,你等着。不一会儿,黄小兵领来一个人带着借据和钱。写借据的时候,李春生拍拍四匝人民币说这钱连号码都没乱。黄小兵说刚从银行取的。李春生说这附近有银行?能取到号码都没乱的钱?李春生知道这是他娶黄梅英的钱。黄小兵说利息一月一清,迟一天可是驴打滚地翻哩。

回去的路上,黄梅英哽咽着说谁让你认了,谁稀罕你认了?李春生说那你说我该咋办?还不是为了你好,一头是你爹你弟,一头是我,还不把你难肠死了。又说这在我的意料之中,你娘家就剩下这一桩事了,肯定得出几个,只是……我没想到这么多。这话深深地感动了黄梅英,她趴在李春生的胸前哭了。

回到家,黄梅英说我们一块儿进城吧,两个人打工还起来也快。李春生说爹咋办?你看他现在还能照顾自己?黄梅英说咱们把爹带到城里去。李春生说带到城里能养活得了?高利贷不还了?再说爹愿意去城里?黄梅英不说话了,李春生说咱两个人进城打工,不及我一个人下窑挣得多,你就在家伺候爹。黄梅英说下窑那是挣阎王爷的钱哩。李春生说我都遭过三次难了,事不过三,老天爷终不会在一个人头上响炸雷,我信命。

　　李春生下窑，黄梅英种地。这年倒赶了个好年成，黄梅英苦得脱了相，结果把孩子小月（流产）了，孩子都能看出来模样了，是个儿子。李春生回来哭着说你咋这么傻啊，多好的收成也不及我们的儿子。两个哭罢，李春生叹口气说唉，我给娃把名字都取下了。黄梅英说啥名儿？李春生说明天，男娃女娃都叫这名。黄梅英说这哪是个人名。李春生说明天咋不是个人名嘛，人们说起来总说美好的明天。李春生下窑三年，加上黄梅英种地的收入，四万元连本带利还清，两个人都长出了一口气。

　　过了年，李春生对黄梅英说爹的身体越来越差了，我得下窑挣点钱带爹出去看病。然而，爹睡倒了，几次晕厥，醒来便一声接一声地咳，都咳出血了。李春生往医院送，爹死活不去，硬拉到县医院，找老赤脚做了全面检查。老赤脚那年来队上接受劳动改造，因是个医生，到了队上就做了赤脚医生，春生爹是会计，多有照顾。老赤脚说肺癌，晚期，你爹这病几年前我就让他看，他不听话嘛，别枉花钱了，拉回去吧，想吃啥让吃点，想喝啥让喝点。李春生想了想，就给妹妹打了电话。李春天回来，要送爹去北京看病，爹说花那钱做啥，老赤脚是大医生。回家的时候，春天要跟回去伺候，爹说春天，你别回去了。春天说爹，我知道。跪在地上就磕了几个响头。爹睡了四个月炕走了，临走前把一个存折给了李春生说这是春天寄回来的钱，我没花一分，在县城我想给她，怕伤着她，你要急用就用去，不用就给她，我死了别给她说。李春生痛哭流涕，说爹，你就原谅春天吧，她也不易，让她见你最后一面吧。爹说你长个猪脑子呀，她回来人家唾沫星子都会把她淹死啊，让她回来受那气？我都要死了，还有啥不原谅的，我死了你们就进城去打工吧，以后也有个照应，你就一个妹妹。爹又掏出一封信说你给春天吧，她念了小学，读得下去。后来，李春生看了信，这是一封由三封信组成的信，时间跨度十多年，从暴怒到无奈再到原谅，信爹是含泪写的，眼泪把字都洇花了。

公公的死让黄梅英内疚心寒，娶她花掉了十几万，这钱要带着公公去看病，也不至于这么早就过世了，就是病看不好，去北京大医院看上一回，也算是把孝心尽到了，春生就不会这么难受。虽然春生不说啥，但她心里明白。

送埋了老人，黄梅英感到从未有过的轻松，她看到了进城的希望，看到了好日子。李春生把黄小兵的婚事看成家里最后一桩事情，她不这么看。爹和弟弟还会想方设法地刮他们的。不过，她没有立刻和春生谈进城打工的事，老人走了要送七，这份孝心是要尽的。一七七天，七七四十九天，就秋末冬初了，也不是出门的时候。但翻年他们就带上娘进城。可公公的七七还没过，娘也走了。娘走前来了一趟，娘说春生是个背重的男人，是你的福气，是娘拖累了你们，娘死了你们就像你哥远走高飞，能走多远就走多远，待在村里一辈子就陷在泥坑里了。娘回去的当天晚上，就用毒鼠强结束了被男人拳打脚踢的一生。黄梅英知道娘早就不想活了，只是放心不下她，要不然几个娘都不在人世了。娘走了，黄梅英明白娘是照着春生的爹活着，春生的爹死了，她就成了他们唯一的拖累，才走了这条路。

爹又摊给他们三万，说你娘跟我一辈子也没享个福，我想送她送得好一些，八个阴阳三昼夜的经，柏木棺材，花销你们兄妹三个摊，一个人三万。黄梅英咬咬嘴唇没有说话。晚上黄梅英对李春生说抬埋娘这份钱应该出的，你别不高兴。李春生说我知道，我心里有准备，女婿外甥半个儿，你是我生命中最重要的人，我不会让你夹在中间两头受气的。黄梅英偎在李春生怀里说我们三个摊，每人三万就是九万，一个白事有花九万的？爹在娘身上连三万块都不会花的，就等于我们抬埋了娘吧。李春生说这是积德的事，也是你家眼下最后一桩事嘛。

依旧拉了高利贷。不过这回李春生没有下井挖煤，三次死里逃生，不怕死那是假话，老天爷真要眷顾他这样的人，这世上便没有这么多的苦难与不平。李春生想再和老天爷赌一把，挑了几块窝子地，一开春就拉粪犁糖，样样做得精心，窝子地歇得油渣一样肥壮。可老天爷没下一滴雨，麦子豌豆没种进去。黄梅英说我们进城打工吧，三万元的高利贷天天都在吃钱。李春生说我觉得今年有一年好收成，老天爷总不会在一坨娶歪使狠，我再跟老天爷赌一把，种秋庄稼。然而，种胡麻、荞麦、糜谷的日子过去眼看半月，老天爷依然没有给一场雨，连一些老汉都绝望出门寻活去了。李春生犯了偏，把所有的地都种上了胡麻、荞麦、糜谷。几天后，一场雨铺天盖地地来了，直下了三天。雨是下下来了，如果霜冻推迟上半月，庄稼就能收上，就是霜来得早，收不了果实，草长起来，买些羊回来育肥，也是好收入。

好运气来了门板都挡不住。胡麻、荞麦、糜谷长得水灵灵的，张王庄一带要通电了，来了拉电线的。山梁上架电杆，山大沟深的，再牛的现代化机械也使不上，只能雇人和牲口往山头上拉运电杆、瓷娃娃、电线、螺丝，人挣的是人的钱，牲口挣的是牲口的钱。李春生拉着两头牛跟着通电队走，大半年时间挣下了一万多。而庄稼地里更是一派风光。庄稼自种进地里，风调雨顺，长得疯了一样，霜冻比往年迟来了近一月，庄稼成收了。胡麻油有抗癌症的功效，荞麦、糜子含糖低，是糖尿病人最好的食物，小米连城里人月婆子都吃，可见多有营养，城里人细粮把身体吃坏了，把粗粮当药吃，自然就贵了，这几年价格翻了几番。年底一算收入顶得上打工几年的收入，三万块钱的高利贷还清了。李春生对黄梅英说你说不比打工强，进城里打工，让人家像牲口一样吆喝？虽然这一年辛苦，但与打工相比他活得自由自尊，更为重要的是他恢复了诗人的状态，一年写下了四百多首诗，发表了几十首。娶黄梅英他看到了三宗事，小舅子娶媳妇和抬埋两个老人，现在两宗事已经了结，就剩下外父百年一件事。从外父的精气神看，还有些年。因此，还完这三万高利贷后，他全身心放松了，他需要宁静自由的生活，他要彻底地回到诗的境界中来。他吟出了"若无闲事在心头，便是人间好时节"，他唱出了"翻身农奴把歌唱"，他写出了"山里的生活，就是风、花、雪、月……"李春生从精神上回归诗歌了。

9

对付这样一对父子，李春生写诗的头脑是远远不够用的，黄梅英却看得清楚，黄小兵结婚，娘去世，家里看上去暂时是没事了，事实上事正轰隆隆碾轧过来。她断定爹等不到娘过了一周年就会再娶，爹跟周寡妇已不是一年两年。周寡妇三十多岁，三个儿子，老大十六岁，老小八岁，个个都是他们的账债，那就是一个无底的泥潭，会将他们闷死。黄梅英打定主意，翻年进城。可她怀孕了，有了孩子没有三五年脱不开身，她不想生下孩子，可已小月了一个，再流产一个怕以后再怀不上，且春生肯定不同意。思来想去，她决定进城去生，翻年进城她还能打几个月工，坐月子也能干计件工资，把活领回来做，日子挡不住。如果春生不愿进城，她就自己先进城，春生一个待在家里，爹和黄小兵想纠缠，没了她这个抓手拿不住春生，春生耐不住寂寞，自会撺到城里来的。娘的七七正好是正月初八，初九就进城。只要进了城，再回来就不可能了。主意就这么拿定了。

过年黄梅英没打算给爹去拜年，可李春生说咋能不拜年呢，老人再过分，咱们不能失了礼数。黄梅英叹了一口气。两个人到娘家还没喝口水，黄拐子就说还想着你们不来让小兵把你们找来哩，你们来了，就把事说了吧，你也看到了，人老了没个伴儿难活，再啥不说，吃都吃不到嘴里，我想把你周婶娶过来，这次给摊五万吧。黄梅英说我娘七七没过，坟头土都没干，你就要再娶，等不及了，不怕人笑话？黄拐子说日你娘，老子苦得没明没夜把你们抓大，就是要你给老子气受的？黄梅英说不知道自己多大年岁了，比你小二三十的女人嫁你一个六十多的老汉，图个啥，不图你的钱，还图你的人，没负担的寡妇多的是。黄拐子给了黄梅英一个嘴巴。黄梅英的嘴被打破了，起身就走。黄拐子说事还没说完，你走哪里？黄梅英说有啥说的，你想娶那是你的事，跟我们说啥？盯着我们一家刮？看春生好说话？一分没有。黄拐子干号着说别人养的是儿女，我养的是冤家，我活得还有啥意思。黄拐子又在房梁上拴了绳环要上吊，黄梅英说死了埋死的，还能埋活的。黄梅英知道谁都可能上吊，爹都不会上吊，她铁了心要走。爹却扑出门去咔嚓一声把门锁上了。黄梅英跺着脚连哭带骂，一个前庄后店的人都睡过来的婊子，你还当宝贝往家里娶，这些年你填他们家多少钱？为了那个婊子你把我娘当过人吗？你的心瞎实了？！她把这些年积攒下的怨恨全泼洒了出来。

李春生靠着墙根吃了半包烟，说把门打开。黄拐子说钱拿来了再说。掉头就走了。李春生一拳打在窗玻璃上，窗玻璃碎了，他的手鲜血淋漓。他去摸窗扇的插销，才发现窗子是钉死的，原来早有预备。李春生踢了几脚门，黄小兵过来说拉高利贷吧，爹那人你还不知道，不就五万嘛。李春生抡圆了胳膊，一个砍脖子将黄小兵打了个马趴说拿老子的钱给老子放高利贷是不？黄小兵趴在地上半天，爬起来拔出尖刀就冲李春生刺过来，李春生一脚踢在黄小兵的胳膊上，尖刀落在地上。李春生抓起尖刀插在门板上说狗日的再给老子玩阴谋诡计，老子让你全吐出来。

被锁在屋里的黄梅英看呆了。李春生下窑后，家里就只有公公和她，公公常和她闲扯，说得最多的是春生。公公说春生是独子，脾性不好，砖头碰疼了脚指头，提斧头将砖砸成末子，树枝垂直下来扫了脸，提砍刀将树砍成秃子。公公说脾性不好，在这社会上会吃大亏的，原本打算把春生送到王木匠那里去，不是想让他当木匠，就想把脾气往下挼挼，木匠活最能挼人的脾性，可他一直在念书。公公说以后你要多担待，他生气了别跟他对着干，堵在气头上会把事做冒头了，闯下大祸。结婚这几年来，家里这么逼他们，也没见春生发多大脾气。还以为公公在吓唬她，怕她以后对春生不好，今天她算是见识了，春生不是懦弱，而是为了她在忍，在熬，就像一个失眠的人熬等天亮。然而，那是一条黑暗幽深没有尽头的隧道，她后怕了，爹这样刮他们，逼急了春生真不知道会做出什么大事来的。

要说李春生的倔强脾性，我是见识过的，别的不说，上学时他的作文好，几乎每篇都被老师当作范文给我们讲读，如果有一回不讲读他的作文，他就把作文撕了吃下去。

黄梅英说春生你，你走吧，别管我了。李春生蹴在墙根，舔着自己手上的鲜血说我不会丢下你不管的。黄梅英抹着眼泪说走吧，你放心，我会好好生下明天的。李春生站起来，仰头朝天咆哮了一声走了，让黄梅英觉得怪异的是，他冲她抱抱拳，像电影上那些江湖人。

李春生又下窑了。七个月后，黄梅英生了个儿子，李春生兴冲冲扑到黄家去看儿子，却被黄氏父子阻在大门外，黄拐子告诉他五万块钱拿来女人儿子都是你的，拿不来钱女人儿子都不是你的。李春生强忍着，哀求只看一眼，黄氏父子却丝毫不给通融的余地。黄梅英说你走吧，出去散散心，别挂念我和明天。说着在明天屁股上拧了一把，明天哇哇大哭，哭声嘹亮。

行万里路，读万卷书。李春生怀揣下窑挣下的钱，像个游僧，云游去了。他需要一次全身心的释放，也需要行万里路。有儿子了，爹娘在九泉之下该瞑目了，他也卸下了一副重担。既然黄拐子不让母子回家，那就让在娘家住着，正好让儿子往大长长。黄拐子再是个没有人性的无赖，总还不至于把自己的女儿外孙卖了杀了。因此，他走得很轻松，但从心里他认下了那五万块，回来就下窑种地。

李春生这一走就收拾不住了，他追寻经典诗歌中的名山大川，遍访名胜古迹，他去了海子到过的德令哈，去了舒婷到过的神女峰，他拜访诗人、编辑，参加诗会，他写下了一千多首诗。不过，在感受到诗带给他的荣耀时，也受了打击，在日记中他这样写道："他们把我称为农民诗人，诗人还分农民、工人、干部、小商贩？诗人连派都不该分，要么是诗人，要么球都不是。娘希屁，欺人太甚！！！"

李春生回来已经三年以后的事了。他先到唐庙，想接回黄梅英和儿子。在村巷里碰上了黄小兵，黄小兵张口就骂你驴日的是人还是鬼？日你娘你一走几年不见，婆娘还会等着你？你以为你是个啥？球毛都不是，我姐已经嫁人了，我警告你，别再骚扰我姐，我姐生活得很幸福。李春生蒙了，傻了，乱了，恍惚了。回到张王庄，李春生更是大吃一惊，他家的院落、土地都已归了王志远。王志远对李春生说是黄梅英卖给我的，她说你死了。李春生心里如乱石崩云。他蹴在院墙下吃了一包烟，醍醐灌顶般恍然大悟，这桩婚事起初就是一个阴谋，一家人沆瀣一气，狼狈为奸，这个婊子（他开始把这样的词语用在黄梅英的身上）正是这个阴谋的主要一环，从头到尾都在骗他，十几万都花在了这个婊子身上，看他榨不出油水了，让他出去散散心，然后编谎说他死了，带儿子嫁人了，真是构思完美啊。他想到了南窑儿那些嫁死的女子，他们嫁给一个下窑的，等着男人下窑出事，然后拿了命钱走人。最毒妇人心啊，这么一个绝情寡义的婊子，他竟看成自己生命中最重要的人。黄梅英，这个名字的每一个字都让他咬牙切齿，李春生心里升起一股彻骨的寒凉，把对黄拐子、黄小兵积攒下的所有仇恨全集中到了黄梅英的身上，他要剁了这个婊子。

李春生之死自然是黄小兵捏造的。

黄小兵的媳妇龚玉英家屋后是高山家。高山开着几个小煤窑，很有钱。可小时候被狗追急了上了树，往下溜时，被枝杈挂了卵泡，把两个蛋挂掉了。婆了老婆，没有生育，最后还跟上人跑了。高山打算抱个娃。按说可以到医院去抱，城里有的是私生子，可又怕抱个有病的娃回来。高山的娘托人留意，能有个知根知底死了爹的一岁左右的娃最好，娃一岁左右就能看清有没有问题，又还没有记忆，谁抓养跟谁亲，叫谁爹。如果女的好，就一并娶进门来。黄小兵就动了心思，那李春生必须得死了才行。李春生两年多没音讯，可不就跟死了一样。人命不值钱，就像下窑的人死了，只要活着的人拿到钱，有谁追究过咋死的，且李春生家里又没人了。可故事如何编，正抓耳挠腮之际，南窑儿发生了命案，是贩毒的黑吃黑。自南窑儿小煤窑多起来，这方圆贩毒越来越猖獗，煤矿、歌舞厅、洗头房吸毒的人多，经常出命案，黑吃黑的事经常发生，墙上"贩毒枪毙"之类的标语都写满了。黄小兵就编造了李春生贩毒，结果黑吃黑，死了。龚玉英不信，黄小兵发了毒誓，说如果我说假话，不得好死。黄小兵让龚玉英约黄梅英去南窑儿逛集见高山，高山请龚玉英和黄梅英吃饭。之后，黄小兵去找高山，高山问你姐是咋死的？黄小兵说贩毒，黑吃黑。高山说我咋没听说。黄小兵说这些事都是背地里的事，谁敢张扬？捂都捂不住，万一败露了怕把我姐我们一家牵扯进去。高山拍拍黄小兵的肩膀说事成，姐夫给你一辆车。黄小兵当然喜出望外。

黄小兵和三朋四友散布李春生死了的消息，李春生的死讯就像一场风刮进了张王庄、唐庙。黄小兵知道黄梅英对李春生是在乎的，对黄梅英说爹摊派了五万块钱，李春生吃不了下窑的苦，就去贩毒，结果黑吃黑被捅死了。黄梅英说尸首呢？黄小兵说你傻呀，黑吃黑还哪有尸首，你看电视上，倒上汽油烧了，扔进海里喂鱼。黄梅英还是不信，黄小兵说都在说，能是假的？黄小兵知道黄梅英会去张王庄探听，就跟王志远说你就说是李春生家把院落土地卖给了你，说需要钱做大生意。黄梅英到了张王庄，王志远按黄小兵的话说了，抚着院门嗷嗷大哭，说他把整个家都卖了，为啥不跟我商量。黄小兵说他为啥要给你说，你们又没领结婚证。

李春生和黄梅英要去领结婚证时，爹说领啥结婚证，计划生育紧得啥似的，爹生了你一个儿，等生下儿了再领结婚证。李春生不想拗父亲的意愿，反正村里都是这么做的，娃娃到上学的年纪报名要看户口簿才上户口。黄梅英倒问李春生为啥，李春生笑笑说我爹的意思让我们生一个生产队哩。黄梅英没笑，咬咬嘴唇没说什么。

后来黄梅英跟我说，她一直怀疑李春生的死讯，但她想嫁给高山，如果李春生活着，她完全能为李春生娶一房女人在城里置个家，也算是一种补偿，和李春生过下去她看不到出路，只看到泥潭。在娘家两年多了，因为拿不到钱，爹和弟对她和明天的多嫌及言语间的屈辱让她死的心都有。而高山求亲时又说明天这么聪明，跟着我将来你是看到的，我会让明天得到最好的教育，让他有大出息。她想自己和李春生日子过成这样，不能让儿子也过这样的日子，她就答应了这门亲事。

我是在县拘留所见到王志远的。王志远是我的堂弟。父亲打来电话说你给说说，好汉护三庄。我说那个狗食，搞得四邻不安，还要护嘛。父亲说你叔在家里不走，老实人嘛，哭得鼻塌嘴歪的。正好我在县上调研，问了一下情况。王志远是李春生送进去的，罪名是霸占家产，调查中发现还犯有讹诈、强取豪夺等罪。老刘告诉我，把一个命案排除了，要不然麻达。老刘说无知啊，那命案说来简直可笑，几个家伙愚蠢到认为银行职员回家包里肯定装钱，看到那女子怀里抱着个鼓鼓囊囊的，以为装满了钱，抢包时那女子紧抱着包叫喊，那个黄小兵就戳了一刀，那女子失血过多死了，结果包里全是卫生巾。唉，恶有恶报，那个黄小兵也让宰了，不宰也活不了。我问黄小兵的案子咋样了。老刘说还能咋样，没进展，乡村图财害命的案子都不好破，反正也不是个好东西，已经死了嘛，破不了就破不了。看了笔录，我笑了，王志远供述说抢人那天他没去，是因为他看了皇历，诸事不宜，他就装感冒输液去了。

按规定没判刑之前不能见，王志远判刑后，我想还是去看一趟，这也是老家人的讲究，有病、遇事村上人家家都会去看，表示慰问。

王志远说哥，你把我捞出去吧，你是省上的干部，一句话的事。我说看你说得容易的，你当出去比进来还容易？王志远说我没啥大事，我就是个小混混。我说好好改造，争取立功减刑，立功了给我打电话，我再来捞你。王志远说哥，你让他们给我弄个皇历。我说干啥，在里面还想看日子做活？王志远说这立功减刑也得个好日子嚎。哥，你别不信，可准哩，你以后做事也看看皇历，保准以后当官一帆风顺。

10

李春生去了高山的小煤窑，才知道高山和黄梅英住在省城，又去了省城，得知高山和黄梅英旅游去了，就又坐了末班车往唐庙来，一路上他脸色阴郁，手里始终捏着那把藏刀，整车的人都惊恐地看着他，鸦雀无声。

到草鞋镇下了班车，已是黄昏，踏上去唐庙的路，走了没二里地，遭遇了一场沙尘暴，一堵移动的黄土墙铺天盖地迎着他压过来，刹那间昏天暗地。我们那一带沙尘暴是很频繁的，老天爷不高兴就会卷起一场沙尘暴，时常发生人羊鸡狗猫猪被卷到数里之外的事，遇上了都要到沟里、崖下、洞中、树上躲避。李春生没有躲避，他的满腔怒火顶着飞沙走石。去唐庙的路在山谷间穿行。山谷就是风道，风受到夹阻，刁野威猛，呼隆隆地就像火车驰过，携裹着的沙粒石子啸叫着打在脸上手上如针刺锥扎，耳孔鼻孔所有的窟窿都灌满了沙子，一张嘴便满嘴沙子，风将呼出的气顶回去，呼吸非常困难。李春生背过身倒退着走，就像风扇叶子，不时给风打得转个圈儿。风入村庄，受到更多阻碍，失去了方向，冲撞卷旋，发出犀利的尖叫。

因为沙尘暴，从草鞋镇到唐庙，李春生比往时多用了两个多小时。唐庙人已经睡了，村巷一片漆黑。黄拐子家大门已闩上，李春生只能翻墙进院。黄拐子前列腺不好，周寡妇又杀了个瓜，一劈两半，结果尿就多得不行。黄拐子正尿着就听到"腾"一声，大喝一声谁。突如其来的吼声吓了李春生一跳，应了声我。黄拐子顺手拉亮了檐灯，虽然黄风土雾，但两百瓦的灯泡还是把院子照得亮如白昼。黄拐子还没尿完，他并不避讳，直冲李春生浇着吼着，是你个驴日下的，你还跑来干啥？你给老子滚，这个家跟你还有啥关系？

李春生来干什么，黄拐子心知肚明，他要把李春生镇住，要窝了他的尖，不然以后会西瓜皮擦沟子没完没了。黄拐子撒完尿，把家当冲李春生抖着，吼道深更半夜翻墙进户，老子就怕了你？也不尿泡尿照照！羞你先人去，就你，老子一泡尿和的泥捏你狗日的几个。

羞辱人是黄拐子耍赖的主要法宝，不用动脑子遣词造句，张口即来，因为啥话他都能骂出口，许多人正是忍受不了他的羞辱才在对阵中落荒而逃的。十年间李春生的不争不辩逆来顺受，在黄拐子看来就是一个窝囊废，日囊尿。因此即使把女儿和外孙一同嫁了人，他也毫不留口德，更无软话。

李春生血往头上涌，做了这么缺德的事还这样嚣张，他的骨骼发出咔吧咔吧的脆响。

黄拐子唾了李春生一口说羞你先人去，你李家坟里把驴埋下了，爷父俩娶一个。

信口捏造莫须有的事，尤其是这样的乱伦，更是黄拐子的惯用伎俩，就像绯闻更多的人会信以为真，这会让自己站在理上，而一些人会因此家院起火。

李春生打个寒战，爹已入土，他还把这样的屎盆子往爹头上扣。李春生就像个煤气罐"嘭"地被点燃了，他"噌"地拔出藏刀，在檐灯的光芒里，藏刀发出一道凛冽的寒光。

黄拐子"嗤"了一声，啧啧啧，个驴日下的，长能耐了，提刀子老子就吓你咧？刀子也是你耍的？啧啧啧，以前老子只当你驴日的是个日囊尻，今儿才知道你驴日的还是头蠢驴，你也是给人拿刀子扎势的？！还反了你不成，不给你驴日的颜色看，你当马王爷三只眼哩。

黄拐子冲进屋，抄起门后的铁棍冲了出来。经常和人生事，黄拐子准备了一根可手的铁棍，一头极其锋利。他端着铁棍向李春生戳来，李春生躲开了。黄拐子太胖，又用力太猛，失去了重心，一个跟头整个人扑向李春生，把他压倒，跟着一声叫唤，一股浓郁的血腥味让李春生打个冷战，全身瘫软。他推开压在身上的黄拐子，看到手里端着的藏刀全插进了黄拐子的胸膛。他慌乱地拔出刀子，一股血喷了他一脸。

一切都出乎意料，李春生瘫坐在地上，休克了一般，他是来算账讨债的，本来只打算打折黄拐子一条腿。他带藏刀是用来吓人的，不是来杀人的。他真正想杀的人是黄梅英，不是黄拐子。黄拐子是自己扑在刀尖上的，可他能说得清楚？谁又相信他呢？李春生把手搭在黄拐子鼻子上一试，已经断气了。他接连抽了几根烟，搜尽黄拐子身上的钱，又进屋撬了箱子，翻腾了一遍。

出了屋门，满身的血腥味让他心里翻江倒海，翻墙时腿软得几乎爬不上墙头。来到黄小兵家门前，正要踹门，却听到黄小兵和龚玉英在议论他。

黄小兵：那就是头瞎驴，推磨连蒙眼都不用准备，我姐那么水灵，是他娶的？那是要嫁城里人，要嫁大老板的，你看我姐生了明天，高山那么大的老板不照样娶她？

龚玉英：高山是为了儿子才娶的你姐。

黄小兵：你只知一不知二，像姐这样带儿子的寡妇多的是，高山过了多少个，都看不上眼，他是看上姐了。

龚玉英：我给你说高山娶姐，主要是姐夫家没人了，明天是孤儿，没有后遗症。

黄小兵：不管咋说，高山娶了姐，这是咱们的福气。

龚玉英：我总觉得姐夫死了这信不实，活不见人死不见尸的。

黄小兵：黑吃黑，敢张扬？我朋友知根知底，实实的，黑道上杀人能让你见尸体，电影上演的都学会了。

龚玉英：唉，要说起来，不是你爷父刮地皮一样刮，姐夫家日子好着哩，你算算前前后后从姐夫跟前弄了多少钱？

黄小兵：那是他自找的，跟他个苕爹一样，苕得连个眉眼都看不出来，不刮他刮谁？

龚玉英：我总觉得这事不踏实，你给我说实话，姐夫的死是不是你编的？

黄小兵：咋、咋成了我编的？

龚玉英：人都说是你爷父编的。

黄小兵：不说了，睡觉，睡觉，快脱噻。

龚玉英：不说实话一辈子休想。

黄小兵：你还长脸了……

龚玉英：咋？你动我一指头我看看。

黄小兵：好好好，我睡了。

龚玉英：你爷父做得可够缺德了，姐夫不是个弱人，我看得出来，他要回来……

黄小兵：呸，他回来能咋，不要说他一个，就是十个我也没看在眼里……突然间大叫一声：你用锥子戳我，这么长的锥刃子，你想戳死我呀，心这么狠。

龚玉英：记得你赌过的咒吗？记得我说过的话吗，你要敢跟我撒谎耍心眼子，我就给你娃下毒，用锥子戳你娃算是轻的。

黄小兵：我的姑奶奶，不编谎，高山能娶姐吗？咱们能有车坐吗？

龚玉英：做这么缺德的事，就是给你飞机，坐上心里能安？

黄小兵大叫一声：你还用锥子戳我？

龚玉英：这么大的事你都敢瞒我，不戳你戳谁？

李春生抬脚就踹门，用尽浑身力气在踹，铝合金门窗发出震耳的哐啷声。之前，他并没有杀黄小兵的想法，他依旧是来讨债算账的。黄拐子是自己扑到刀尖上的，就算没人相信，他也心里无愧。而此时，压在心底的杀气升腾起来了，他起了杀心，他要杀了这个杂种，千刀万剐了这个杂种。他可以骂他，侮辱他，但不能苕种苕种地侮辱他爹。

黄小兵吼叫道妈的谁呀，狠撵到沟子上了。李春生说你先人。黄小兵一把拉开门说是你个二货，苕种，找死呀。李春生掏出一根烟点了吃着说骂吧，多骂一阵，错过这阵就没时间了。黄小兵说老子就骂你了，你能把老子咋样？你不但是个二货，苕种，还是个软蛋，瘪货。说着一拳就打过来。李春生抬起一脚，就踢在黄小兵档里。黄小兵弓腰嗷嗷大叫，说你驴日的等着。李春生说老子等着哩。跟黄拐子一样，黄小兵也从门背后提出一根铁棍戳来，李春生一把攥住铁棍，一扯，黄小兵一个狗吃屎趴在地上，他又一脚踢在黄小兵的腰里。黄小兵嗷嗷大叫，冲龚玉英骂道，你驴日的还不搭手，看着让你爹把老子往死里打。龚玉英却屁股坐在炕沿上嗑起瓜子来。李春生吃着烟，看着黄小兵从地上爬起来。黄小兵说你个驴日下的，你要能活过明天，我把黄字倒着写，老子让你明儿就去见你那苕爹。李春生火冒三丈，拔出藏刀。黄小兵扑通就跪下了，说姐夫，你……李春生不等他说完，一刀捅了进去，说爷怕你说出让爷恶心的话来。黄小兵大叫了一声，爹。李春生说，他在去黄泉路上等你哩。

龚玉英吓呆了，她以为李春生只是要揍黄小兵一顿，没想到他会杀了他，缓过神来就往外跑。李春生大吼一声，她就站住了，哆哆嗦嗦战栗不止。李春生说知道我为啥不杀你灭口吗？龚玉英摇摇头。李春生说是你自己救了自己，你们说的话我都听到了。又问你怎么就嫁给了这样一个人。龚玉英结巴着说我……爹和……他……爹一……样。李春生说另嫁个人活吧，他就是你的祸害，会把你卖了的。

274

李春生抽了根烟，说我走了，你就报案。龚玉英说我……不报……案你……快逃吧。李春生说你不报案，事情咋交代？龚玉英说这……么大……的风，天昏地暗的，我……知道咋说，你……快逃吧。

李春生出门时，龚玉英说黄梅英也是蒙在鼓里，她啥都不知道。

11）

离开唐庙，李春生抄近路来到公路边。喷溅在身上的血沾上了沙子，牛仔衣硬如牛皮，他翻过来穿了，站在公路边，手里拿着一张百元大钞拦住了一辆去省城的大卡车。

到了省城，李春生吃了一碗烩肉，住进一家名叫艳阳天的小旅馆。他盘腿坐在潮湿发散着怪味的床上，就像是参禅打坐，脑子里却一片混沌。朝阳斜照在那些历经风霜而略呈塌陷的参差屋顶上，近处园中斑驳的树叶和远处幽静的苍山交织成了一片。小旅馆开在城中村，城中村是城市的贫民窟，他曾在这里住过二年，周围的一切都是熟悉的。熟悉的物景最能复原记忆。美国的伊利·威塞尔说过，如果有什么东西能够做到拯救人类，那就是记忆。然而，恰恰是记忆彻底打开了李春生的复仇之门，两条人命在身，他已经放弃了生的希望，宿眠在记忆深处的仇恨被激活了，揽工那三年省城烙在他记忆上的那些黑点便跳跃出来。

他想警察对他的搜捕也许已经展开，即使龚玉英不把他供出来，黄梅英也会把他供出来。他不低估警察的能力，他不想被抓，即使抓了有活下去的可能，他也没了活下去的欲望，对这个世界，他已没有丝毫的留恋，这个世界给他的时间不多了，他要抹去记忆中的黑点。

记忆上的第一个黑点是一个女人。十几年前，在29路公交车上，一个女人给了他刻骨铭心的羞辱。那时候他在建筑工地干活，上下工要乘坐29路公交车。29路车穿越繁华的解放大街，总是很拥挤。一天，上车后，他前面站着一个女人，不时看他一眼，皱眉头，捂鼻子，一脸厌恶的表情，就像他满身生满散发着恶臭的疮。那是个三十岁左右的女人，衣着时髦，丰乳肥臀，身上散发着浓郁的化妆品的气味。他确有一种冲动，但他很清醒，努力往后扯着身子，保持着距离。他并没有注意到挎包里露出来的瓦刀把随着车的晃动和人群的涌动，在女人屁股上一戳一捣。在十字路口，绿灯已开始闪了，司机想冲过去，却又临时改变主意，一个急刹车，人潮水一般涌动，他被挤得趴在了女人身上。女人一个猴子偷桃，一把薅住了他的家伙，声嘶力竭叫着抓流氓。正值夏天，他只穿着一条很薄的裤子，那女人攥得很紧，他疼得弓下腰去。女人满脸委屈，声情并茂地控诉他的"丑行"，车上的人被激怒了，砸他，踹他，抓他，唾他。女人还不依不饶，打了110。在派出所，他又被警察打了一顿。他只是牢牢记住了女人的"音容笑貌"，其他一无所知，要找她只能在公交车上碰运气。

几天来，李春生像个城市观光客，坐着29路公交车来往穿梭。十几年了，省城变化很大，高楼大厦挺立，马路宽阔，车水马龙，人流如织，一派繁华景象，但这些与他已没有关系。那女人没有再出现。十几年了，他知道变数很大，搬家了，单位挪地方了，工作换单位了，甚至病死了，毁容了，都有可能不再坐这路车。

这天，李春生上车时，前面一个人操着普通话训斥他说挤什么挤，没长眼睛，讲点文明礼貌好不好，什么素质。李春生说你很有素质吗，像个干部。那家伙说干部咋啦，至少比你有素质。

李春生本想从那家伙身边挤过去，可现在他不想往里挤了，就站在那家伙对面，直盯着看。雪白的半截袖，垂垂的黑裤，乌黑发亮的皮鞋，油头粉面，有些发福。李春生断定他是个干部，打工，下窑，他不止一次见到过这样的干部耀武扬威地来检查工作。有一回，他去一个土烤炉前买饼子。他爱吃土烤炉烤出的饼子，饼子像鞋底，里面卷了小茴香和盐，主要是斤两足，又是死面的，耐嚼，扛饿，不像发面饼吃了消化快，容易饿，且价钱便宜。他买了饼边吃边端详那烤炉，烤炉极其简单，把汽油桶盖揭了，里面套上三四寸厚的泥土，装上炉齿就成了，和冬天取暖的铁炉子一样。饼子就贴在炉壁上烤。饼子也简单，面活好，擀开，撒点盐，卷上茴香，再擀成鞋底样。生意很火，买的人不少。他也想置这么个炉子卖烤饼，这样的烤炉他置得起，只需要一个废了的汽油桶和一辆架子车。废了的汽油桶值不了几个钱，架子车家里就有。正想得入神，摆摊点的商贩一阵骚动，他还没看清状况，腰里重重挨了一下，他腰一软，趴到在炉子上，炉子很烫，他的手立刻烫焦了一层皮。还没站稳，腰里又重重挨了一下，接着又挨了几脚，他倒在地上，往起爬时，一只脚狠狠地踩着他的手。人渣！给我带走。他抬头一看是一个干部。他说我咋了？犯什么王法了？没有人回答他，他被反剪着双手塞进车内。有人说科长这烤炉咋办？科长说砸了。他从车窗看到几个人推倒了那炉子，不一会儿烤炉就被砸烂。在一间小房间里他们连审带问，直到确定他不是卖烤饼的，科长轻描淡写地说了句你走吧。他说就这么走了？科长说还想待就待着吧。当时他竟屁也没放一个就走了。现在想来，那个时候日他妈就该有脾气！

李春生审视着眼前这个家伙，觉得很像那个科长，真是他？这么巧？他有了挑衅的欲望，既然找不到那个女人，能碰到这个人，也算运气不错。他知道他们骨子里对他这样的农民工的鄙弃与不屑，他大张着嘴冲那家伙呼气，咳嗽。那家伙一手掩鼻，想挤到别处去，可他阻住了他的路。他的脸上始终洋溢着微笑。他希望司机能来一个急刹车，那样他就会重重地踩在他擦得明光闪亮的皮鞋上，会撞过去压在他身上，他要激怒他。正这么想着，还真就来了一个急刹车。他狠狠地踩在他的脚上，全身放松压在他身上。那家伙立时破口大骂，你他妈的瞎了。

一个人说李处长，好了好了，别跟这种人一般见识。

李处长说我要他道歉，向这辆车上所有的乘客，向整座城市道歉。

毕竟是干部，不像一般人的吼骂，他运用极富煽动性的语言，就像领导讲话，借题发挥，上纲上线，站在维护城市文明的立场上，把一次公交车上的普通冲撞提升到城市文明的高度，演变成城市与乡村、文明与愚昧的冲突。干部进入了演讲状态，拿捏有度，大义凛然，还配有手势。看得出干部对自己的口才很满意，越骂越顺，口若悬河，理直气壮，他在激发人们共愤，希望人们互动，在他看来公交车上所有的乘客都会站在他这一边，都是他的支持者。他甚至想如果不是车上太挤，人们一只手要抓住扶手，保持平衡，另一只手要捂住自己的包或口袋，以免遭窃，定然会是掌声雷动。

李春生一声不吭，他恍惚了，这不就是十几年前的那个女人嘛，声音尖锐，频率极快，且话也是那女人的话。李春生一把从包里抽出藏刀，说演讲这么长时间乏了吧，好好休息休息。说着一刀捅进了这位李处长的肋间。

有人大叫杀人了，停车，停车。

车停了，所有人闪开一条通道，李春生下车时，又在另一干部嘴上划了一刀，说你是哪种人。

12

省城烙在李春生记忆上的第二个黑点是大马牙。大马牙真名叫马满钵，大马牙是李春生给他起的外号，因为他的两个门牙像小铲一样，在见过的牙中，马牙是最大的。大马牙坑了他八个月工钱，为讨回血汗钱，他挨了几次打。那时候农民工进城刚刚开始，劳务市场一片混乱，欠薪、赖账很严重。大马牙说我有钱，但我就想坑你的血汗钱，你能怎么样？他就去告大马牙了，可人家要务工合同，要在大马牙公司打工的证明，要这要那要了一大堆，他一样也拿不出来，人家说那就受理不了。再去找大马牙，大马牙就使个眼色，几个人就揍他，说狗日的再去告呀。他最后一次找大马牙，大马牙说告我得有人，你懂不懂？有人才会有人受理，你有人吗？有人受理还得花钱，你有钱吗？球都没有你耍牛逼，滚，再往我这里跑，我就让你进去，妈的，反了你不成。进去他懂，就是关进牢房。他瞪着大马牙，大马牙说你不信？我的大哥大丢了，我报警警察就来了。不信？大马牙拍着大哥大说我可以说丢了呀，你说警察信你还是信我？他承认警察信大马牙，大马牙跟警察称兄道弟，勾肩搭背，大马牙喝醉了，警车送回来都是常事。大马牙就是这么嚣张。李春生掏出了那把藏刀，大马牙笑了，哟嗬，耍刀子，跑到我这里耍刀子，知道人们把我叫什么？老刀子，为啥叫老刀子吗？就是老子的天下是耍刀子耍出来的。李春生手起刀落，半截小拇指掉在大马牙的老板桌上。大马牙脸唰地白了。李春生说以后你要提防九指的人。

去见大马牙，李春生去商场买了一身西装，一条领带，一双皮鞋，花去了一千块，这钱花得他心疼，他平时就穿的都是几十块钱的东西。可是要找大马牙，他不这样装扮一番连大门都进不去。老板手下都是势利眼，看人下菜碟子。何况大马牙已成了大老板，在几天的找寻中，他知道大马牙已是什么劳动模范、十大杰出经济人物等等。还得有一个手包，一看比一身西装还贵。他没买。一条小巷卖包的小店很多，跟商场里款式一样，才二十块钱。他知道那是冒牌的，可有那身西装，那双皮鞋，谁又会说这包是假的呢？

然而，见大马牙并不像他想的那样困难，他一直走进大马牙办公室也没遇到一个人阻拦。办公室一片狼藉。大马牙躺在老板椅上，双目紧闭，一脸萎靡。李春生看了大马牙一眼，吃惊不小，瞬间有种不敢面对的恐惧感，因为这是一个行将就木的人。这么说吧，如果十几年前他见到的大马牙是个屠夫，现在的大马牙就是个吸毒者。这个曾经壮实肥硕的家伙如今瘦骨嶙峋，只剩下一张皮，只有大脸盘还肥腻浮肿，就像一个大柿饼，眼泡松弛，连眉毛都耷拉下来了。他闻到一种非常难闻的气味，在当晚的日记中他写道："那是一种死尸糜烂的气味，我熟悉这种气味，在下窑的日子里，我不止一次闻到过这种气息，我以为只有人死了才会发出这么难闻的气味，没想到人活着也会发出这么难闻的气味。我以为那种气味是一种幻觉，被仇恨逼出来的幻觉，我揉揉鼻子，但那气味是真实的。"

大马牙抬起周围布满核桃纹的眼睛看着他，说九指。这让李春生很吃惊，他竟然还记得他。大马牙笑着说坐，坐坐。他没有坐。大马牙说，是来要我的命的吧，那天你剁了手指，我就知道我逃不过你的刀尖，你知不知道，那天我尿了裤裆，我记着那泡尿。后半截话让李春生颇有些失落。

大马牙说包里装的是那把藏刀吧，我看看，我有一个手下，睡了我的女人，怎么处置呢？我就想到你剁手指的刹那，我也想剁他一根手指，我也买了把藏刀，可硬是剁不下来，就是割他的一只耳朵，也费了好大的劲。

李春生没想到自己真把藏刀掏出来，在递给了大马牙的一刻，他紧紧攥住了刀柄。大马牙把一条腿搭在桌子上，高高抹起裤腿。他吓了一大跳，那哪是条人腿，完全是一条腌制过的胖胖鱼，生满了鱼鳞，散发出阵阵臭味。大马牙说闻到死鱼的味道了吧，糖尿病并发症，痛风晚期，癌变了，我都这样了，还怕我？

李春生把刀递给了大马牙。大马牙抽出刀来，说真是把好刀，还是以前货真价实啊，现在的东西真不如那几年的了。大马牙拿着刀子在老板桌上一下一下扎着，说欠你的是三千五百块是不？你不知道，前几年我财门大开，真是财源滚滚啊，我也清过一些赖账，可你没来，三千五百块算个啥，一百倍偿还你都不是问题。李春生说晚了，现在老子视金钱如粪土。大马牙笑了说是晚了，你看到了吧，整个满钵大厦贴满了法院的封条，要拍卖了，我倒闭了，知道我非法集资套进去多少人吗？数以万计。

来找大马牙的路上，李春生很困惑，不像见黄拐子的时候，他的目的那么明确，讨回自己的钱，废他一条腿。见到大马牙他该做些什么呢？只是讨回钱，剁一根手指？还是再干些啥？他不能明确。现在看来，他什么都不用做了，大马牙活不了多久了，就让他痛苦地活到死。

大马牙依旧把玩那把藏刀，说哎呀，没想到最后一个见到的人是你。

大马牙口里扑出来腐肉的气息熏得他头晕，他要走了，伸手要自己的藏刀，可大马牙用刀子点着自己的胸膛说杀一个人要来第二刀是非常痛苦的，我杀过人，因为没找准地方，第二刀手软得实在戳不进去，我放走了，结果就是他——一个我欠过账的人下的套把我害成这个样子。这里进去是心脏，你不用来第二刀，我也少受点罪。

大马牙站起来，走到窗前，说你说我这大厦，三十八层高，你再晚来一会儿，我就会从这儿跳下去了，该是粉身碎骨了吧，世事难料，我建这大厦的时候没想过要从这里跳下去。说着把刀子递给李春生，你来得正好，我满足你的愿望。李春生接过刀子，马大牙忽然抓住他的手，把刀子捅进了胸膛，像死猪一样躺下去。李春生怒火万丈，在大马牙身上扎了几十刀。在日记中他这样写道："人之将死其言也善，非也，恶人将死也不善，还想着害人。"

13

李春生一觉醒来，已是第二日黄昏。这是这些天来他睡得最深的一觉。拉开窗帘，才发现竟下了一场大雨。雨后的世界还是很清爽的。黄昏的阳光透过蒙着旧尘的玻璃，一片昏黄。李春生点了一支烟。许多人临死之所以忧伤，烦躁，慌乱，恐惧，挣扎，是因为他还没有绝望，还没看到生命的尽头。李春生放弃了生的欲望，就看到了生命尽头的安详与优雅，他只是有些疲累，像一个长途跋涉者到达终点的那种疲累。

从小旅馆出来，李春生碰上几个打扮得花枝招展的靓丽女子，芳香扑人。他知道她们是小姐，租住在城中村拉客接客，价钱比洗头房、歌舞厅、洗浴城便宜得多，因为她们直接交易，不用给这老板那老板提成。

雨后的空气清新潮润，马路上有些积水，城市的街巷很正，米黄色的阳光从西边铺过来，给人一种不真实的惶惑感。街上的人比往日多，一个个拖着长长的影子，就像一个个游魂。

经过上岛咖啡店时，他站了站，走了进去。里面光线黯淡，顾客不是很多，大厅隔成了一个个小雅间。一个女子坐在临窗的雅间，光线透过玻璃窗暧昧地斜搭在她的肩上和修长的黑发上。女子施了淡妆，五官搭配匀称，肤色白皙细腻，嘴唇自然红润，粉衣灰裙，随意得体，却又有些俏皮。他能感到她那难以掩饰的冷傲，她连瞥他一眼都没有，仿佛这个世界只有她，或者说这个世界只是她的。她专心把玩一杯红酒，摇晃转动着酒杯，握着酒杯的手指纤细修长。他想起了宫闱。他在斜对面的一个小雅间坐了下来，中间只隔着逼仄的过道。有一股淡雅的幽香，他知道来自这个女子。

他点了一杯咖啡，一份牛排，一份比萨，店里又赠送了一份罗宋汤。才喝了一口罗宋汤，来了一个男人，夹个皮包，应该有五十岁了，从装束上看不是老板就是官员。李春生听到男人叫了一声亲爱的，手摸在女子的脸上，他们不是对面坐着，而是坐在一排，女子靠着男人肩膀，手从男人的裤腰插进裆里。李春生站起来呸了一口，骂了声晦气，站起来就走了。他很后悔到这个破岛上来了。

不远处有一家门面很小的面馆，李春生要了盘炒肉和腌萝卜皮，又要了半斤装的糜子酒。吃过喝过，在大街上走着。雨后的夜晚，有些寒意，但大街上依旧灯红酒绿。来自不同方向的光让他有了几个影子，他就像个车轮，每个影子都是一根辐条。街心矗立着不锈钢雕塑，给灯光照耀得颇为辉煌，雕塑极其抽象，不知道是什么玩意儿，雕塑的基座铺了大理石台阶，他看到自己的影子被台阶折叠得像手风琴。

在宾馆的楼道里，他遇到一个女子，她冲他一笑，叫了一声哥。这一声哥让他浑身一颤，本已被他抹掉的记忆中的第三个黑点又浮现出来。那是他三十岁生日那天。三十而立，他却一事无成，这让他忽然感到忧伤悲凉，万念俱灰。他把自己灌醉了，半夜渴醒过来，屋内燥热难耐，他走出了小旅馆，在巷里遇上一个女子。女子叫了他一声哥，跟我走吧。他去了，却被设了圈套，他刚扒光衣服，就扑进俩小伙。因为他身上只有三十二块钱，他们羞辱了他，还羞辱了他的身体，更可恶的是他们当着他的面做事，那女子就像一只猫一样吱哇吱哇地叫，最后他们把一泡尿尿在他身上。对那个女子，他只记得她名字叫花旦。花旦是戏角，他知道这不是她的真名，小姐和作家诗人一样都会有笔名。那场羞辱不比那女人和大马牙带给他的弱，但是，后来他努力地忘却了，或者说原谅了，因为妹妹也做了小姐。

回到旅馆，躺在床上，打开电视，省台正报道着大马牙被杀的消息。新闻结束了，他翻开一本诗集，是年度诗歌精选，里面选了他的两首诗。宾馆的房间是隔出来的，隔音效果差，隔壁啊噢噢啊的叫唤声和床哼哼叽叽的吱咛声很夸张，这是典型的性骚扰。他有些烦躁不安，把电视声音开到最大，可那声音依然清晰地传来。他下了床坐到沙发上，那声音依旧骚扰着他。声音终于没了，他上了床，可又传来两个人的嬉笑怒骂声，继而又是夸张的啊噢噢啊的叫唤声和床哼哼叽叽的吱咛声。他跳下床抽出藏刀，却听见敲门声。他拉开门，是楼道里碰上的那个女子，她又叫了一声哥，说我能进来吗？还不等他应答，她便进来了。他闻到淡淡的奶味，他想可能是位正在哺乳期的母亲。

小姐还没走到床前，已经扒光了，当她回过头来时，看到李春生手里提着的刀和灯光下青灰阴森的脸。这两年小姐被害时有发生，就在不久前她的一个姐妹还被人害了。她吓坏了，浑身颤抖起来，尖叫着别杀我，我没钱。因为靠近窗口，窗子开着，她越窗而出。

小姐的惊叫让李春生打个寒战，背起包就冲出门去。慌乱之中，那把藏刀落在小旅馆里。他拦了一辆的士说去五星级宾馆，司机说好几家五星级宾馆，你要去哪家，李春生说最远的一家。

这天晚上，李春生在日记中这样写道："她进门的一刻，我想起了我的妹妹，说不定她们认识，且姐妹互称。我已原谅了我的妹妹。出身在我们那样的家庭，她能有什么样的出路。自古就是笑贫不笑娼。她把自己的生活改变了，下辈人的生活命运都将随之改变，她有什么错呢？对于小姐，我们不该以道德的眼光去看待，应该看她背后的、背负的东西。日他妈，社会把我们分成了城里人和乡下人，这就为我们的生活贴上标签，城市文明让多少人受尽屈辱却不愿回到乡下？"

接下来的一天，李春生都在为那个小姐担心，他盯着电视新闻，而宾馆送两份报纸，都没有相关报道。他住在小宾馆四楼，他想落下去该是骨头都碎了。李春生并没注意到他住的那间房正在旅馆正门上方，二楼升出个玻璃平台。小姐落在平台上，就等于从二楼摔到一楼，只是左大腿骨折，因赤身裸体，擦伤厉害。

14）

紫金城别墅区在城市的西边，算算时间，黄梅英应该还没回城，人死了要过七七，头七过了才几天。但李春生还是来到这里。或许，黄梅英没有把明天带去，或许他们请了保姆带着明天。别墅区的门卫很敬业，李春生说了许多话，还是进不去。不过这难不住他，围墙不是传统的砖石砌筑，是高而粗的铁栅栏，通过铁栅栏就能看到高山家的别墅和门前的小院。明天三岁多了，会跑会疯了，不会总待在屋内，保姆会带到小院里来，会带到小广场上来。他到现在没见到明天，肯定认不出来，但保姆会叫明天。街上有卖望远镜的，他买了一架背着。他没别的意思，只想看看儿子，远远地看看儿子，也看看黄梅英，对黄梅英他已没有任何怨恨，倒有些悲悯，也是个不幸的人啊。他不会靠近他们，他身上背负了太多的命债，不想自己的罪恶伤及儿子和黄梅英。

然而，他看到了黄梅英，一身黑衣，戴着孝。儿子已经那么大了，简直就是个小兔子，跑得黄梅英都撵不上，明天明天地叫着撵着。他围着别墅区的栅栏，从不同的角度欣赏着儿子和黄梅英。他看到了儿子的笑容，看到了黄梅英的泪水。他的泪水流了下来。晌午了，他们进去了，应该是吃饭，午睡。他在一家面馆吃了碗面，又来到栅栏前。靠着栅栏抽烟。黄梅英带着儿子出来，已是下午三点。仅仅一个小时，太阳斜过中天，就起风了，已是深秋，起风就有了寒意。黄梅英说明天，回家，感冒了要打针，就上不了幼儿园了，老师就不喜欢你了。于是他们就回去了。幼儿园、别墅，儿子现在的生活是他没有为儿子设想过的生活。

李春生回到宾馆，给李春天打了电话，李春天在电话里哭了。李春生在宾馆西餐厅订了餐，要了焦盐牛排、比萨、乌冬面，要了咖啡，还有一瓶红酒。多年不见，兄妹的激动是可想而知的。但他们都没有哭泣。李春生一直抽烟，喝酒，喝咖啡，看着妹妹吃。妹妹用刀叉很熟练，叫服务员时很文明，他笑着。李春生给李春天讲自己第一次喝咖啡像喝茶一样，端着杯子喝，根本不知道要用小勺搅着喝。李春天咯咯咯地笑了，说我第一次喝咖啡不知道放糖，我还跟人说这么苦，还贵得要命。李春生觉得不好笑，但还是嘿嘿嘿地笑了。李春天说哥，你别老抽烟，吃呀。李春生说你吃，哥午饭吃得迟，不饿。李春天说那你点这么多。李春生说你多吃点。李春天说我减肥哩。减肥，这是城里人的日子。李春生笑笑说今儿就别减了。李春天说哥，少抽点烟，慢慢戒了去，城里人抽烟的越来越少了。李春生点点头。

李春天掏出一串钥匙说哥你去住吧，我还有一套房。李春生拿过钥匙，钥匙链很精致，上面有个小熊猫吊坠，钥匙磨得明晃晃的。他故作轻松把钥匙抛上去接住，抛上去接住。最后把钥匙递给李春天说哥还得出趟远门，得些时日，回来就去住。李春天说那你把这宾馆退了，今晚就住去，花这钱做啥。李春生说哥还约了几个朋友要见，等哥回来就去住。李春天说哥，我开了一家烟酒批发部，你经营吧，地段好，人气旺，收入挺不错的。李春生说哥知道，我去过批发部，春生烟酒批发部，我回来就经营。

为了轻松，李春生扯起过去的话头，他们说啊说啊，但都没说起黄梅英。李春天不知道怎么说，又觉得跟哥哥这么多年的第一次见面，怎么能说让人揪心的事，她连明天都没提，反正哥哥回来了，以后有的是时间。而李春生不想给妹妹增添心理负担，他倒想说说明天，最后也没说，他知道自己不说妹妹也会视明天为生命的。

李春生把一张卡递给妹妹。卡面除了他身上所有的钱，其余全是妹妹这些年寄给爹的，他没有告诉妹妹这里面有她寄给爹的所有钱，那样等于是在妹妹的心中扎刀子。他也没有告诉妹妹爹临死说的话，只是说以后清明，回去给爹和娘上坟。李春天就哇地哭了。他的眼泪在汹涌，但他全咽进肚里去了。李春天说哥你装着，我不用。李春生说让你给哥存着，密码是你的生日。

李春天又把钥匙和一沓钱拿出来，说哥，你拿着，回来就去住。李春生把钱和钥匙推回去，说我回来就去找你。李春天说哥，钱你带着，穷家富路。李春生说哥身上还有钱，哥约的朋友到酒店了，你回去吧。李春天说哥，你的手机号我记一下。李春生说哥的手机号是外地的，等这段时间忙完，回来办了本地号就告诉你。事实上，他没有手机。

李春生送妹妹出来，拦下一辆的士，李春天哭着上车时，李春生说春天，像春天一样好好生活。

回到房间，李春生就翻出通讯录，给我打电话，然而我正在大山深处访贫问苦，这是我的常规工作。大山深处是没有信号的，即使科技再发达，也无奈大自然崇山峻岭的隔阻。他又给张啸打，通着，可没人接。张啸已在服刑。张啸中专毕业后，追求并娶到了一位局长的女儿，留在了省城，进入城建局，奋斗到局长之位，后来分管城建的副局长出事，他也受到牵连。自服刑以来，张啸只接固定几个的电话，其余的电话一概不接，连信息也不看，遁世入禅一般淡定。李春生给我们每人打过三次。

这个夜晚，李春生写过十几页纸的诗，但最后他都一行一行地画掉了，只留下一句：世界上最远的距离，是我与这个世界的距离。

黎明时分，李春生离开了宾馆。他选择走海子的路。铁路从城市穿过，他沿着铁路走到郊外，但两次卧轨都让人叫了起来。再往前走，他看到了黄河，就放弃了卧轨，选择了投河，黄河之水天上来，奔流到海不复回，他希望黄河把自己带入大海。他沿着黄河一直走到黄河拐弯的地方，芦草飞雪，鸥鸟翔集，正值秋汛，黄河水汹涌混浊。他登上一个石嘴，抽了最后一支烟，纵身跳了下去。

李春生没有被黄河带入大海，两个小时后他就被打捞上来，黄河大桥桥墩之间淤积了大量杂物，交管部门在疏通时发现了他。李春生背的是户外防水包，里面还没进水。警察从包里翻出通讯录，拔了李春天的号码。或许是包里只有书的缘故，警察只是把李春生当成了一个溺亡者或自杀者，并没跟近期接连发生的案件联系起来，倘若他们翻看包里的日记，也就不用再为破几个案件费心劳神了。

我是在回省城的路上，才知道李春生"没了"。电话是李春天打来的，她泣不成声，说志浩哥，我哥没了。我蒙了，说咋就没了？李春天又说我哥他跳河了。

我是在火葬场的殡仪馆见到李春生的。化妆后的他就像睡着了一样，安详地躺在那里。李春天哭成了一摊泥。如果在别的场合碰见，我是认不出她的，自从她进城后我就再没见过。从小在我家出进就像出进自己家，她特别黏我，把我叫哥，我背她抱她，我娘还和她娘争说这是我的女儿嘛，你看跟我儿亲的。见到我，她哭出了声，我多么希望她扑过来偎依在我的肩头哭泣啊，可她没有扑过来。如果是小时候，她受了委屈就会扑到我怀里来，眼泪涎水鼻涕肆意落在我的身上。我们隔膜了，原因在我，不在她，我到城里这些年，没有给她一毫一厘的关怀，连打听打听她都不曾有过。悔恨像一把刀，剜着我的心。我跪了下去，泪水喷涌而出。张啸来了，李春天扑过去，偎依在他肩头号啕大哭。张啸虽在服刑，但他做局长多年，自由是有保障的。

我说要火化？李春天说火化。我说老家忌讳火化……李春天说那都是老家人的破规矩，城里人兴火化，咱为啥就不能火化，我哥一辈子想做个城里人，我给我哥买了公墓。我呃了一声，我想他或许更想回到张王庄，去过一个山民"风、花、雪、月"的日子。李春天又说过两年，爹十周年，我就把爹和娘一块儿搬到公墓里来。

我觉得最具中国文化精髓的一个词语是争先恐后，大街小巷半夜三更都能看到争先恐后排队的人。上天堂也一样，据说第一炉对死者活者都有诸多好处，为了能第一炉火化，李春天送出了一万块钱，司炉同意加班，提前一小时开炉。这还要偷偷摸摸，严守口风，因为第一炉是个领导。当那耸向苍穹的巨型烟囱喷出烟雾时，李春天跪了下去，我也跪了下去。那缕烟飘散在了城市玫瑰色的上空。

公墓依山坡而建，山坡百草萋萋，野菊花粲若星辰，山风贴着地皮刮过，软草匍匐在地，硬一点的山刺、冰草、蒿秆、芨芨挺立风中，把风划破了，就像丝绸从刺蒿上拉过，发出撕裂的声音。高一点的树被风压弯，柔枝抚地，强风过后，枝子又纷纷弹回天空，天空中不时有候鸟群向南而飞。

送走了张啸和黄梅英，我说春天，去我家坐坐吧，认个门，以后……李春天说哥，改天吧。我说春天，如果你还记得小时候，就原谅哥，还把我当哥吧。说着我哭了。李春天说哥，我不是那意思，我哥的头七过了吧，咱们那里讲究，不过头七不能进别人家门，不吉利。我说城里不讲究这些。李春天说哥，咱们以前有过这讲究，还是讲究吧，我怕出事。我伸手想去摸她的头，小时候我老是摸她的头，但我的手最终落在自己头上。

15

我不知道李春生是不是刻意选择了星期天去赴死。按老家人死了送七的习俗，每周的星期天，我都去送七，还有张啸、李春天、黄梅英，我们在李春生的墓前坐着。

李春天是李春生的三七过了之后来我家里的。她带来了李春生的包。我和老婆都说去外面吃，春天说就在家里吧，外面吃得没一点胃口，我来做吧，老家的吃食，哥，小时候你可没少吃过我做的饭。要做顿老家的吃食还真不容易，因为多以杂粮为主，而家里没有杂粮，只能做顿土豆雀舌面。李春天要出去买东西，我说算了，以后吧，一个减肥的，一个吃零食的，你当像咱们小时候那样？吃饭就是个意思。春天的土豆雀舌面做得很正宗，老婆大加赞赏，她不是恭维，她也是我们那一带出来的。女儿虽没说啥，但她也吃了两碗。

吃过饭，老婆要上夜班，女儿要去补课，就剩我们，我竟不知道跟她说什么，这些年不要说关怀，连打听她都没有，这让我觉得说什么都是虚伪的。李春天说这几年我也想认个门，可是你们是啥人，

我是啥人……我说春天，哥……我噎得说不出话来，我他妈的还有话
说？还有脸说？李春天说哥，我给你说说我吧，你要还在村上待着，
我不会给你说，可你是城里人了，我想给你说说。又说我一直想找个
人说说。

是啊，谁不需要倾诉呢？我有两个朋友，他们不信天主教，但他
们会去教堂倾诉，可现实生活中找不到倾诉的对象，你一倾诉他们不
是笑你矫情，就是第二日传得沸沸扬扬。教堂是适宜倾诉的地方，他
们说倾诉对人生大有裨益。

和所有做了小姐的乡下女子的经历没什么不同。李春天遇到的第
一个老板是个北京人，他发现了李春天的美貌，说这丫头，卖相好。
卖相好，老板怎么会轻易放过呢。因此她没干多久就走了。她换了几
次活，老板都垂涎她的美貌，她只能一遍遍反复找活。活换得越频
繁，越是挣不到钱，因为试用期工资很少，只给个生活费。她渴望挣
到钱，她知道哥哥下窑了，那是挣阎王爷的钱，她担心啊，出个事她
就把大孽造下了。她把自己的第一次卖了，做了小姐……我惊讶于她
的坦诚，没有任何的掩饰和避讳，这需要勇气，我更惊讶于她冷漠的
口吻，就如说着别人的事，暴力、虐待、抢劫、强奸……她遭遇的苦
难远比我们对一个小姐想象出来的要多，而她只有自己扛着，连个倾
诉的人都没有，连个想靠的肩头都没有。她没有流泪。她需要这样的
倾诉，她说爹发过毒誓不认我，哥发过毒誓不认我，我熬啊熬啊，我
就像一个失眠的人，熬等天亮，他们认我了，我的天就亮了，可夜是
那么的长，他们认我了，我的天亮了，可他们都死了，哥，你说我是
不是家里的灾星啊，我挣钱就是为他们挣的，可他们一分都没花上，
爹那么大的病，哥被逼得下窑，他们都不花我的钱，哥，你说我活得
有意思吗？她哭了，我说春天……她说哥下窑那几年，我睡不着，睡
着就做噩梦，我怕哥死在窑下，那就把爹的命要了，我们这个家就完
了，我去找过哥，他不见我，我等他，他打我……哥没死在窑下，可

他这么死了，哥，我不该出来，安安生生地给哥换个媳妇回来，哥也不会出事，咋活还不是一辈子呢……

我说春天，过了不惑之年，我也才活明白，这世上多数人走的路，都不是自己想走的路，但都在走，往尽头走，你在城里待了多年，也该是明白的。老家人信命，把一切都归在命上，以前我认为那是一种迷信，是一种无奈，现在我不这样认为，人活一世，哪有不无奈的时候，归到命上，还有啥想不通的，还有啥苦吃不下去？我摸了一下她的头，说春天，说到你哥，他在你肩膀放了一副担子。李春天说我知道，明天就是我的命。我说明天会更美好。

李春天走后，我迫不及待地打天李春生的包。包里有十几本中外著名诗人作家的诗集、散文集，他亲自设计的三本诗集，一本是献给宫闺的，书名变化最大，《向缪斯致敬——献给宫闺》《献给宫闺》《灵魂的倾诉——致宫闺》《征服——致宫闺》，另两本诗集为《天堂阴影》《我与世界的距离》，有一本自己的散文随笔集，取名《尽头》，七本日记。李春生的日子记得很细，几乎每天都有记录。不了解他的人，读了日记就能看到一个鲜活的他。说我是个细详人，李春生才是个细详人，包里还有许多老照片，有我们从小学到中学的合影，几个人的合影，也有我们的单人照，许多照片不要说我保存下来，连印象都没有。照片后面有编号，想必他打算插于书中，因为他的诗和散文集有相当一部分写的是儿时的岁月。在摄于1980年8月25日我的单人照背后写着：宝剑锋从磨砺出，梅花香自苦寒来。与李春生君共勉。王志浩。

按老家人的说法，七七过后死者就在那世安定下来了。李春生七七这天，已是初冬，塞北的冬日无风便是好日子。我们躺在向阳的坡上，太阳暖烘烘的，张啸揪了一截芨芨在嘴里嚼着，说我是在应酬时见到春天的，一个老板带着她，那一刻是个啥感觉，就像一桶汽油迎面泼来，接着被点燃，我的心都着火了，那是在我们的房前屋耍大的啊。见到我，春天掉头要走，老板火了，给了她一个耳光，那哪里是给她一耳光，那是给我一耳光啊。我把老板揍了，一酒瓶，老板头上开了一拃长的口子。回到家，我把自己揍了，我对着镜子扇自己，对着镜子骂自己，张啸啊张啸，大会小会上你讲父老乡亲，兄弟姐妹，好汉护三庄啊，从小打群架你最爱说的一句话啊，你把羞先人当喝凉水啊，你威风八面，人五人六的，你球都不是。第二天，我打电话叫来了春天，我说你有多少钱。她说十来万。我给李老板打了电话说你去买房吧。春天很聪明，她说哥，我想买门面房。这几年她也有几套房了。下一步的路我给她指好了，到别的城市去。这城市她待下去咋办？她得找对象，她得嫁人啊。

我说谢谢你。

张啸捣了我一拳说你有没有想过跟我打一架？我想过，不止一次，就像小时候为了一个颗羊粪豆豆，打他个头破血流。

我笑了，羊粪豆豆满山遍野都是，可当成为赌注，那就跟金银财宝一样有价值。在山野我们经常玩的一个游戏就是赢羊粪豆豆。

张啸说你们结婚为啥不请我？我当了大局长你买房为啥不找我？你的朋友圈子里为啥没有我……多了。就因为咱们都中了，你是本科我是中专惹出来两家不和那些烂事？在这城里，你看看我们张王庄出来的有几个人？

是啊，我是本科，张啸是中专，村上人是最现实的，有比较才有鉴别，于是便有许多话，说来说去全成了闲话，我们生分了，两个人生分了。

张啸说我们有杀父之仇吗？我们谁把谁家的祖坟刨了？我们谁把谁家的娃搡到井里了？你说我们到底谁把谁咋了？有多大的仇恨？我们一起长了整整十七年啊，他怎么就不找我们啊。

我说可我们也没找过他啊。

张啸长叹一声，说我们真他妈的不是东西。

我们没有想到高山也来了。他们带来了酒肉，我们就在李春生墓前吃喝。

回去的路上，李春天说哥，我想把明天争过来抚养，他们肯定不会同意，高山就是冲儿子才娶的她，你一定要帮我这个忙。我说你还没跟你嫂子谈吧。她说没谈过，我哥七七没过，我哥又杀了她爹她弟弟，咋跟她谈，她也可怜。我想她读了哥哥的日记，我说，确切地说，他只杀了黄小兵，但黄小兵也有人命在身，活着也可能是个死，你别心里这么想。李春天说有人命也该国家杀，他不该杀。她说哥，明天我一定要争过来，肯定得打官司，花多少钱都行。她掏出个卡递给我，我推回去说用不着钱，我先跟黄梅英谈谈，或许我们把事想复杂了。

七七过后的一天，我约了黄梅英。我先对她父亲和弟弟的死表示了惋惜。黄梅英说我知道是他干的，我不会说出去，但我恨他。我说你爹是撞到刀尖上的，你弟……也有人命在身。黄梅英看看我，停顿了片刻说，就是我爹我弟该千刀万剐，也不该他动手啊。他让明天以后咋活？我以后咋活？她哭起来，说今儿他的坟，明儿我爹我弟的坟，我这两个月一直在上坟，你知道不知道，人是咋骂我的？丧门星，扫帚星，呜呜……我说一切都过去了，一切都是命。

等她平复下来，我说起明天。黄梅英说明天是我的骨肉，我不是后娘。我说春生……黄梅英说我知道你们的想法，明天就是春生的儿子，他就姓李。我说高山……她说我嫁他时说得清楚，明天不能姓高，他也同意。又说我嫁高山就是为了明天能活个好人。我说那高山……她说高山娶我不是为了儿子，这几年结婚离婚的也烦了，他就想娶个老家的女人，单纯，实诚，守家，不像城里女人总想弄点啥，春生死了，他也难过。他不是人们说的小窑主，坏良心的那种人……

我想起李春生日记里的一句话：真相在真相之外，真理在真相之中。

后　记

　　这是继作家社出版了中篇小说集《黑夜长于白天》之后我的第二部中篇小说集，所收录的作品依然是以"农村"或"乡土"为题材的作品。从走上写作之路始，我一直在写农村，虽然混进城市已经二十多年，成了游离于故乡之外的异乡人，在城里生活已有了与故乡生活对等的时光，但总是觉得最熟悉的还是故乡的人、事、生活，而且离开之后再回过头来看，反而觉得对故乡的理解更为透彻更为成熟，因此我说，离开的人才有故乡。

　　这几年"乡愁"忽然就热了起来，许多媒体都推出了乡愁之类的节目，像一种时尚，一种潮流。在中国的乡村社会正发生着广泛而深刻变化的当下，乡村的传统基因正在转变，乡村的气息正在流失。当农民像赶花季的蜂群涌进城市，数年间乡村的凋敝衰败令人瞠目结舌惊心动魄——乡村的凋敝衰败是塌方式的。我想这应该是触动了人们"乡愁"这根神经的主因吧。

　　乡愁是什么？每个提起的人都是能写会道的，而在许多人笔下，所谓乡愁，像唐诗宋词一样，像美文一样，但是不可否认，这类"乡愁"中有着一种虚浮的温馨，有着一种伪的意绪，有着一种轻飘飘的忧伤，甚至有着一种怕伤害了故乡的思虑，就像黄昏水一样漫过大地的阳光。似乎故乡只属于记忆，只剩下记忆，像一段过往的旧时光那样恍惚轻远。不错，乡村的母性注定她成为人类永恒的记忆胎盘，然而，故乡并没有消失，而是真实地存在着，在大变革的时代背景下，它复杂地、艰辛地、残缺地、焦虑地、痛楚地、隐忍地存在着。而农民——这个命定的身份注定他们成为生活在社会最底层的群体，生活就是生下来，活下去，深陷在前所未有的大变革中，对于他们来说，活的不是结果，而是一个过程。无论是挺进城市，还是留守乡村，他们都是卑微的，矛盾、盲目、迷惘、无奈、扭曲、孤独、厌倦。风是沙的路，他们就像一粒粒沙子，一场风就刮得摸不着东南西北了，而别人口气大点，对他们就是一场风。他们在迷离裂变的大变革中用各自的遭际与经历诠释着命运，表达着同质化个体的时代命运感。毋庸置疑的是，在他们每个人的身体里都潜伏着一个故乡——卑微而寒凉。因此，我想倘若故乡只剩下一个地名，他们真正就解脱了吗？英国诗人库伯说："上帝创造了乡村，人类创造了城市。"那么如果故乡只剩下乡愁，那是可悲的，也是可怕的。要知道，乡村是人类社会的根据地，没有哪一个民族一个国家会让乡村完全消失。从这个角度上讲，我想说轻言故乡，就是一种背叛和遗弃。

卡夫卡这样说："那些使我们高兴的书，如果需要，我们自己也能写。但我们必须有的是这些书，它们像厄运一样降临我们，让我们深感痛苦，像我们最心爱的人死去，像自杀。一本书必须是一把冰镐，砍碎我们内心的冰海。"从"高兴"这个角度讲，这些作品是让人高兴不起来的。但是，我还会这样写下去。值得欣慰的是写了二三十年，我依然对写"农村"或"乡土"充满激情。

季栋梁
2016年3月

图书在版编目 (CIP) 数据

我与世界的距离 / 季栋梁著. — 北京：北京十月
文艺出版社，2016.5
ISBN 978-7-5302-1553-1

Ⅰ.①我… Ⅱ.①季… Ⅲ.①中篇小说—小说集—中
国—当代 Ⅳ.①I247.5

中国版本图书馆 CIP 数据核字 (2016) 第 021965 号

我与世界的距离

WO YU SHIJIE DE JULI

季栋梁　著

出　　版　北京出版集团公司
　　　　　北京十月文艺出版社
地　　址　北京北三环中路 6 号
邮　　编　100120
网　　址　www.bph.com.cn
发　　行　新经典发行有限公司
　　　　　电话（010）68423599
经　　销　新华书店
印　　刷　三河市三佳印刷装订有限公司
版　　次　2016 年 5 月第 1 版
　　　　　2016 年 5 月第 1 次印刷
开　　本　880 毫米 ×1230 毫米 1/32
印　　张　9.5
字　　数　240 千字
书　　号　ISBN 978-7-5302-1553-1
定　　价　32.00 元
质量监督电话　010-58572393